王觉仁 著

大汉天机

2

七 星 龙 渊

浙江文艺出版社
Zhejiang Literature & Art Publishing House

图书在版编目（CIP）数据

大汉天机 2：七星龙渊 / 王觉仁著. — 杭州：浙江文艺出版社, 2021.5
ISBN 978-7-5339-6341-5

Ⅰ. ①大… Ⅱ. ①王… Ⅲ. ①长篇小说–中国–当代
Ⅳ. ①I247.5

中国版本图书馆CIP数据核字(2020)第249982号

责任编辑 金荣良 於国娟
特约编辑 林欢欢
营销编辑 赵颖萱
封面设计 韩庆熙

大汉天机 2：七星龙渊
王觉仁 著

出版发行 浙江文艺出版社
地　　址 杭州市体育场路347号
邮　　编 310006
电　　话 0571-85176953（总编办）
0571-85152727（市场部）
印　　刷 北京市松源印刷有限公司
开　　本 889毫米×1194毫米 1/16
印　　张 23.5
字　　数 420千字
版　　次 2021年5月第1版
印　　次 2021年5月第1次印刷
书　　号 ISBN 978-7-5339-6341-5
定　　价 49.00元

目录

目录

第一章 猎物

归国宝，不若献贤而进士。

——《墨子·亲士》

元狩元年冬，十月[1]。

关中的大雪一连下了十余日，几乎把整座长安城埋葬。

清晨时分，青芒站在未央宫太常寺一座小院的回廊上，仰头望着纷纷扬扬的雪花从铅灰色的苍穹不断飘落下来，心绪就像周遭的世界一样混沌而空茫。

那天霍去病把他从北邙山救下来后，就直接送进了宫，然后便再也没有出现过。这些日子，十几个太医和宦官轮流照看他，给他治伤敷药，伺候他吃喝拉撒，把他照料得无微不至，可自始至终都没有人开口跟他说一句话。

青芒屡屡尝试着跟他们交流，但无不以失败告终。这样的境遇不由得令他想起了於单——他在那活死人的"坟墓"里苦熬了三年都没发疯，实在不是件容易的事。

想起於单的惨死，还有年少时两人在大漠相处的一幕幕，青芒不禁满心伤感。尽管於单在很多事情上欺骗了他，但至少有一点他没撒谎：当初他们的确是患难与共、形影不离的兄弟。

然而，昔日的兄弟最后死在了自己的面前，而他只能眼睁睁地看着，什么都做

1　汉初沿用秦朝的"颛顼历"，以十月为岁首，以冬季为一年的第一个季节，故此时已是元狩元年。

不了。这让青芒很不好受。他忍不住想：假如当初自己不把天机图交给於单，那么於单就不会心生觊觎，也就没有后来的这些事，这样於单就不会死了吧？

这么一想，青芒觉得好像是自己害死了於单，心里顿时像灌了铅一样沉重。

此刻，青芒唯一可以确定的是：正是由于自己的这一行动，才使得原本隐匿的天机图重现于世，从而引发了令人始料未及的纷争和杀戮。眼下，虽然天机图暂时落到了朝廷手上，但不论是墨家、匈奴还是垂涎此物的任何其他势力，都绝不会善罢甘休，进而导致更多的流血和死亡。

而不幸的是，从某种意义上说，青芒便是这一切的始作俑者！

所以，他觉得自己有责任阻止这一切，无论采取什么方式、付出多大代价。

当然，青芒也知道，在此之前，自己首先要做的一件事便是活下来——在这个危机四伏、众敌环伺的长安尽最大努力活下来。

其实青芒很清楚，从被抬进未央宫的那一刻起，他便已成为天子刘彻的囚徒。这十几天来，天子表面上把他扔在这座小院中不闻不问，实则一定在暗中冷冷窥伺着他，犹如一个老谋深算的猎人在窥伺一只走投无路的猎物。

沉思间，小院的木门“吱呀”一声打开，一个上了年纪的宦官走进来，低着头趋步近前，在廊下站定，微一躬身：“秦门尉。”

青芒讶然。

这是打他进入未央宫后，头一回有人开口跟他说话。眼前之人是一向伺候他的一个领头宦官。青芒料想，此人一定是奉旨来传召他了。

“原来你不是哑巴。”青芒揶揄一笑。

老宦官恍若未闻，仍然低着头：“请秦门尉随我来。”

“去哪儿？”

老宦官不语，只侧了侧身子，做了个“请”的手势。

青芒步下台阶，问道：“是陛下传我吗？”

老宦官仍旧不答，径直转身朝外走去，俨然又恢复了哑巴之状。青芒无奈一笑，只好快步跟上了他。

二人从院子出来，院门两侧站着十几名禁军守卫。老宦官跟为首的军士点了点头，便领着青芒往右一拐，走上一条长长的回廊，然后从一条甬道横穿而过，又绕过几座偏殿，旋即走出了太常寺。

眼前是一片平坦开阔的广场，远处大殿耸立，气象森严。青芒料想这一定是去觐见天子，心里正盘算着待会儿该如何应对，前面领路的老宦官忽然往左一闪，快步走进一片园囿之中，然后左弯右拐，越走越偏，离那些宏伟壮阔的大殿越来越远。青芒不禁纳闷，脱口道："请问内使，咱们这是去哪儿？"

老宦官置若罔闻，仍旧埋头直走。

青芒不悦，索性停下脚步："喂，你要再不说话，我就不走了。"

老宦官终于止步，左右看了看，然后慢慢转过身来，阴阴一笑："宫里人多眼杂，只有这儿清静些，阁下勿怪。"

青芒听出弦外有音，心中更为狐疑："你是何人？带我来此做甚？"

"你不必管我是谁，我只是受命向你传达几句话。"

"受命？"青芒眉头紧锁，"受谁之命？"

老宦官趋前几步，定睛看着他，轻轻吐出了三个字："大单于。"

"伊稚斜？！"青芒一震，一时竟有些反应不过来。

"单于有命，不管你之前干了什么，他都可以既往不咎。他只让我转告你，务必取得刘彻的信任，代替阿胡儿潜伏下来，伺机夺回天机图。"

青芒注视着他那阴鸷而浑浊的双目，忽然咧嘴一笑："我早已向汉朝投诚，你却来跟我说这些，就不怕我现在去告发你？"

"我既然敢来找你，便无所惧。"老宦官冷冷道，"你若执意想当汉人的狗，我也不拦你，大不了搭上我这条老命，但我敢保证，你也绝对活不过今天！"

"是吗？"青芒又笑着看了看四周，"可我就不明白了，这儿是大汉天子的未央宫，又不是伊稚斜的龙城王庭，你凭什么说我活不过今天？"

"就凭单于派到这宫里的人，远不止我一个！"老宦官说得咬牙切齿。

"若果真如此，那我只能认命了。"青芒摊了摊手，"你得知道，我原本便是汉人。我叫秦穆，魏郡邺县人氏，只因年少时被匈奴所掳，才流落大漠，现在好不容易回到父母之邦了，又怎么可能做你们的奸细？"

"别自欺欺人了。"老宦官冷哼一声，"不管这番说辞是你唬霍去病的，还是跟他串通好的，总之休想骗得过我。"

"哦？"青芒眉毛一扬，"既然你认定我不是秦穆，那你说我到底是谁？"

老宦官一怔，忙道："关于你的确切身份，我还没接到情报，可我知道，你对霍去病说的那些都是胡扯！"

"我跟霍去病说了什么，你又是如何得知的？"青芒双目炯炯逼视着他。

老宦官的目光闪烁了一下："我自然有我的办法。"

"行了，废话少说。"青芒突然往前迈了一大步，一把抓住他的手腕，"你既然想对伊稚斜尽忠，那我现在就成全你。"

"你们要对谁尽忠？"不远处忽然传来一声冷笑。

青芒一愣，循声望去，只见一队全副武装的禁军迅速围了过来，为首之人竟是郎中令李广。几名军士不由分说，一下就把呆若木鸡的老宦官按跪在地上，其他人也纷纷拔刀逼住了青芒。

李广冷冷扫了青芒一眼，把目光转向老宦官，一脸轻蔑道："呼陀曼，你是不是以为自己藏得很深，没人发现得了你？"

被称为"呼陀曼"的老宦官"哼"了一声，梗着脖子不说话。

"实话告诉你，本官已经盯你很久了，只是为了挖出你的更多党羽，故一直按兵不动罢了。今儿倒好，你帮本官又抓了一名细作，也不枉我盯了你这么久。"李广说着，目光扫回青芒脸上。

"郎中令，你误会了。"青芒从容道，"我不是匈奴细作。"

"误会？"李广冷笑，"你若不是细作，为何偷偷摸摸与呼陀曼在这儿接头？"

"不是接头，是他想策反我，被我拒绝了。"

"你拒绝了吗？你刚才不是明明拉着他的手，一副很亲热的样子吗？"

青芒一听，顿时哭笑不得："郎中令明鉴，我那是打算拿下他，拉他一块儿去面圣，何来'亲热'之说？"

"撒谎！我亲耳听见你说要'对伊稚斜尽忠'，你还敢抵赖？！"

见李广一副强词夺理、不容分辩之状，青芒似乎意识到了什么，便淡淡道："也罢，那就请郎中令带我去面圣吧。我是不是匈奴细作，自有天子圣裁。"

"笑话！堂堂大汉天子岂是你一个匈奴细作想见便见的？"李广冷笑，"你现在只能去一个地方，那便是廷尉寺的死牢，让张汤跟你慢慢聊。"

言毕，李广大手一挥，众军士一拥而上。青芒深知落到张汤手里必死无疑，眼下只有先脱身再作打算，旋即双足运力，猛地腾空而起，脚尖在一名军士肩上轻轻一点，当即突出重围，紧接着几个兔起鹘落，眨眼间便翻过了园囿的围墙。

李广大怒，立刻带着手下追了上去。

张次公坐在北军军营的值房中，兴味索然地翻看着近期的一些治安简报。

这是每月一次的例行公事。简报依例由内史府汇总后报送中尉寺，同时抄送一份副本给北军。

看着看着，张次公忽然有些烦躁，把手中的简牍往案上一扔，朝外屋喊道：“陈谅。”

陈谅闻声跑了进来。

“都给我拿出去！”张次公一手揉着太阳穴，另一手指着堆满案头的几十册竹简，没好气道，“照例归档，再给内史府发个回执。”

“哦。”陈谅不敢多言，赶紧抱起那一堆竹简往外走。刚走到门口，一册竹简“啪”地掉在地上，声音十分清脆。陈谅一惊，连忙捡起来，无意中扫了一眼，忽然眉头微蹙，仔细看了起来。

片刻后，陈谅脸色一变，走回张次公面前，小心翼翼道：“将军……”

张次公闭目不语，好一会儿才闷声道：“怎么了？”

“这份简报，您可能会感兴趣。”

“什么案子？”

“是十几日前，尚冠前街的一起失火案……”

“你有完没完？”张次公终于睁开眼睛，怒目而视，“不就是民宅失火吗？死几个人关我屁事？！”

自从十几天前在北邙山上被霍去病抢了头功，张次公便一直心绪不佳，天天都没好脸色。对此，陈谅早已见怪不怪，也习惯了当他的出气包。“老大，虽然只是民宅失火，但我看这案子没那么简单，可能跟墨者有关。”

蓦然听到“墨者”二字，张次公立马变了脸色，把手一伸：“拿来。”

张次公接过，刚看了个开头，眉头便忽然一紧：“仇芷若？！”

“没错，就是那个跛脚的女子。”陈谅道，“尚冠前街失火的那座宅子，正是她和她叔父仇景租赁的，同住的还有数十个做木匠的伙计，结果那天晚上一把火就烧死了十几个，还跑了七八个。依我看，这把火烧得实在蹊跷。”

张次公丝毫没有停顿，很快就把整份简报从头到尾浏览了两遍，最后把竹简扔回案上，冷然一笑：“这个草包殷容，竟然就这么稀里糊涂结案了！”

“简报上说，是汲黯给这帮木匠做的保，我估计殷容不敢惹他这个刺头，便卖他这个面子。另外，殷容这老小子贪财，也可能收了那帮木匠的钱，所以才草草把案子结了。”

张次公蹙眉思索，右手食指在书案上一下一下地敲击着：“那依你看，这场大火是怎么烧起来的？”

陈谅想了想：“要我说，八成是这帮墨者内讧。”

张次公投给他赞赏的一瞥：“那你再说说，汲黯知不知道这帮人的真实身份？”

陈谅挠了挠头：“这个属下就不敢妄议了。汲黯跟那个工头仇景是同乡，才找他们去内史府干活，至于他们的底细，我想……汲黯应该不知情吧？”

张次公“哼”了一声：“未必。”

陈谅微微一惊：“倘若他真的知情，那这事可就大了。”

“没错，这事小不了！”张次公眼中闪过一丝兴奋的光芒，“我甚至怀疑，汲黯跟他们本来就是一伙的！”

陈谅惊得张大了嘴巴：“您是说，汲黯是……是墨家在朝廷的卧底？”

“难道没有这个可能？”

“那……那咱们该怎么做？”

张次公沉吟半晌，霍然起身：“走！”

“去哪儿？”

张次公径直走了出去，头也不回道：“尚冠前街。”

未央宫的规模极为宏大，到处都是殿堂楼阁，青芒压根儿分不清东南西北，只能像只没头苍蝇似的一路狂奔。可是，宫中的禁军多如牛毛，往往刚甩掉一拨，便又有两三拨围了上来，丝毫不给他片刻喘息的机会。

青芒不由得暗暗叫苦。

照这么跑下去，就算不被杀死，也会活活累死。况且经此一番折腾，他身上好几处刚刚愈合的伤口便又裂开了，丝丝血水不停地渗出来。

此刻，青芒在一片迷宫般的偏殿群中左冲右突，蓦然发现自己迷路了，跑了半天似乎又绕回了刚才经过的地方。

四周禁军的叫喊声此起彼伏，杂沓的脚步声从各个方向逐渐朝他迫近。

青芒停在一座小殿门外大口大口喘息。正焦灼间，忽见此处的殿门并未落锁，赶紧伸手去推，不料却纹丝不动，显然是从里面闩上了。

他不禁苦笑。

难道这回真的在劫难逃了？

对于今天猝然发生的一切，他到现在都还理不出头绪。

那个叫呼陀曼的匈奴奸细显然不知道自己的真实身份是阿檀那，可见他声称接到伊稚斜的命令肯定是在撒谎。但是，这个呼陀曼又如何得知自己跟霍去病的事呢？除非他是皇帝身边的近侍宦官，在霍去病向皇帝禀报的时候偷听到了，否则该怎么解释？

倘若如此，那么李广明知其是匈奴奸细，却为了“挖出更多党羽”就一直留他在皇帝身边侍奉，岂不是太过危险？虽然李广可以通过密切监视加以防范，但他就不怕百密一疏吗？即使皇帝对此知情并予以首肯，但李广身为负责宫禁安全的郎中令，在关乎皇帝安危的事情上也绝不该如此轻率。

此外，在方才的抓捕行动中，李广的表现也令人费解。青芒想，按说我现在已经通过霍去病向朝廷投诚，而且在天机图一事上也立了大功，就算李广怀疑我跟呼陀曼有何瓜葛，至少也该给我一个解释和辩白的机会吧？可李广为何一副咄咄逼人的样子，似乎一心要置我于死地？即使要杀要剐，也该由天子发落，李广岂能不分青红皂白便径直把我扔进廷尉寺的死牢？

难道是我以前得罪过他，所以他要挟私报复？

不可能。

刚这么一想，青芒立刻否定了自己的想法。尽管记忆尚未恢复，可青芒对李广的为人还是略有所知的。即使自己跟他真有过节，青芒也相信李广不会是那种因私害公、睚眦必报的小人……

总之，今天的遭遇让青芒觉得哪儿哪儿都不对劲，可翻来覆去又想不清个所以然。

此时，追兵的脚步声更近了。

青芒无奈，正想拔腿再跑，身旁的殿门突然打开，一只有力的大手从门缝中伸出，一把将他拽了进去，然后“啪”的一声关上了殿门。

小殿中光线昏暗，青芒好不容易才看清这个从天而降的“救兵”，顿时一脸惊愕：“是你？！”

张次公、陈谅带着一群全副武装的北军士兵强行闯入尚冠前街的宅子时，郦诺正与仇芷薇和几个女眷一起在前院扫雪。

此时，大雪初霁，天光渐开，空气冷冽而清爽，这群年轻女子扫着扫着竟然玩心大起，便嬉笑着打起了雪仗。郦诺本无意跟她们打闹，却被仇芷薇一连扔了好几个雪团，索性把扫帚一扔，追着仇芷薇频频还击。

仇芷薇连声尖叫，四处躲藏，最后被逼得无路可走，只好咯咯地笑着举手告饶。

郦诺白了她一眼，对众女子道："行了行了，都别闹了，快干活吧。"仇芷薇忽然攒了一团硕大的雪球朝她脑后扔来。郦诺察觉，敏捷地把头一偏，躲了开去。

恰在此刻，院门被张次公一脚踹开，于是那团雪球便迎着他的面门而去，"噗"的一声在他脸上炸开了花。

所有人都呆住了，整座院子一瞬间鸦雀无声。直到大队禁军士兵冲进来将她们团团包围，仇芷薇等人仍然回不过神来。

张次公在被雪球击中的刹那间也蒙了，不过很快便反应过来，然后一边拍打着脸上的雪花，一边缓步走进了院中。

当他的眉眼五官渐渐露出来时，郦诺一眼便认出了他，同时也在心里迅速猜出了这个不速之客的来意。

"敢问将军，何故强闯民宅？"郦诺从容问道。

张次公的眉毛上还挂着不少雪花，看上去有些滑稽。他摸着隐隐作痛的鼻子，瓮声瓮气道："下手还挺重！是谁扔的？敢站出来吗？"

"是我。"郦诺抢在仇芷薇之前把话接了过去，"民女不小心冒犯了将军，还请将军恕罪。"说着敛衽一礼。

张次公盯着她看了一会儿，忽然笑了笑："没事，也怪我忘记了敲门。咱俩都有错，扯平了。"

"多谢将军大人大量。"郦诺环视了周遭的士兵们一眼，"不知将军如此兴师动众，所为何来？"

"听说贵宅前不久失火了，还烧死了不少人，有这事吗？"

"确有此事。不过，朝廷的殷中尉和汲内史次日便来调查了，也已经做出了结论。将军若有疑问，可去跟二位长官咨询。"

"少拿他们当挡箭牌。"张次公一听到这两人心里就不爽，"本官怀疑这事另有隐情，打算重启此案，你得跟我们走一趟，回去协助调查。"

"凭什么？"仇芷薇大步走上前来，"这事官府都已经定案了，我们是清白的，凭什么跟你们走？"

"少啰唆！"一旁的陈谅大声呵斥，"北军办案，犯不着跟你们解释。你若敢阻挠，连你一块儿抓！"

“哟，好大的官威啊，吓死小女子了！”仇芷薇拍着心口，一脸讥诮，“那敢问官爷，以何罪名抓小女子？”

“阻挠办案、妨碍公务。”

“你们强闯民宅，还踢坏了我们家的门，我们一没吵，二没闹，三没找你们索赔，只是问一句为何抓人，怎么就阻挠办案、妨碍公务了？”仇芷薇一边说，一边朝陈谅逼了过去，“天子脚下，朗朗乾坤，我就不信没有王法了。来呀，要抓便抓，我倒要看看你们能把我怎么样！”

陈谅被逼得步步后退，登时恼羞成怒，“唰”地拔刀出鞘：“反了你！”

“住手。”张次公示意陈谅把刀收回去，然后踱到仇芷薇面前：“你就是仇芷薇吧？”

来之前，他早已将这宅子里的人在官府登记的基本情况都摸清了。

仇芷薇一怔：“是又如何？”

“听说，你父亲仇景跟汲内史是同乡好友？”

“没错。所以你们若敢随便抓人，汲内史自会替我们讨个公道。”

“仇姑娘不必如此紧张。”张次公淡淡一笑，“本官带仇芷若回去，只是让她协助调查，不会把她怎么样。如果她真是清白的，我自会把她平平安安送回来；可你若是胡搅蛮缠，我就只能把你们全带回去了，还包括你父亲仇景。”

仇芷薇又惊又怒，刚要开口，郦诺忽然道：“不必多言了，我跟你们走便是。”

张次公一笑：“好，像个首领的样子，有担当。”

郦诺心里“咯噔”了一下，脸上却平静道：“将军这话什么意思？”

“没什么意思，我只是随口一说，芷若姑娘不必当真。”张次公又是阴阴一笑，然后做了个手势：“请吧。”

郦诺深长地看了仇芷薇一眼，似乎在暗示她不要轻举妄动，便径直走出了院门。张次公带着陈谅等手下紧随而出。

仇芷薇焦急地追到门边，无奈地看着大队人马押着郦诺远去，不禁恨恨跺脚。

“别来无恙啊，秦门尉。”

未央宫的小殿中，卫尉苏建看着青芒，脸上挂着淡淡的笑容。

“苏卫尉，我不明白，你……为何要救我？”

“很奇怪吗？”苏建仍旧面带微笑，“上回在华阳街，你不也救过我吗？”

他说的就是那次护送孔禹幼子，他被墨者砍伤，青芒奋力相救的事。可闻听此言，青芒非但没有释然，反而更加困惑："当时咱们是在为朝廷办事，我救你理所应当，可现在……宫里的人都把我当成匈奴细作要抓我，你身为宫廷卫尉却来救我。你这么做，岂不是背叛了朝廷？"

"那你自己说，你是匈奴细作吗？"苏建忽然反问。

"当然不是。"

"既然不是，我救你有什么错？"

"话是这么说，可此事毕竟非同小可，万一我洗不清冤屈，你不也得平白无故被我连累？"

"义之所在，为所当为，谈不上'连累'二字。"苏建背起双手，若有所思地笑了笑，"正如你当初帮墨者劫走孔禹幼子一样，你不也是义无反顾吗？"

此言一出，仿佛一声惊雷在青芒耳旁炸响。

他强抑着心中的震骇，眉毛一扬："苏卫尉何出此言？当时你我并肩保护人质，你为此负了伤，我也竭尽了全力，你怎么能说是我帮了墨者？苏卫尉无端扣一个这么大的罪名，我秦穆可担待不起。"

苏建哈哈一笑："事关重大，秦门尉出言谨慎我能理解，可苏某今天冒了这么大的风险救你，你还有必要跟我藏着掖着吗？"

"抱歉，苏卫尉，你仗义相救，在下感激不尽，可你说我藏着掖着，我实在听不懂是什么意思。"

青芒面容沉静，脑子却飞速地运转着。

他这么说到底是何用意？莫非当时在华阳街帮郦诺解救孔禹幼子，已经被他看出了破绽？可若是如此，他为何早不告发，反倒在今天出手相救？难道……苏建除了"未央宫卫尉"的表面身份之外，还有别的隐藏身份？

青芒心里忽然有了一个大胆的猜测。他被自己这个猜测吓了一跳，不过脸上的表情却没什么变化，只是眸光忽然亮了一下。

"也罢，既然都把话说到这份儿上了，那咱们就开诚布公吧。"苏建意味深长地看着他，"实不相瞒，苏某的真实身份正如你心中所想。"

青芒一怔，暗暗惊叹苏建的眼力，同时更加惊讶自己所料不错。可他的表情还是没有丝毫变化："苏卫尉，你这话我就更听不懂了。我从方才被你拉进来到现在，脑子一直是蒙的，根本不知道你所谓的'真实身份'是何意。"

"秦门尉，你年纪轻轻，这份定力却着实让人佩服。"苏建笑了笑，"行了，你也不必小心提防了，实话跟你说吧，苏某正是墨者。”

又一记惊雷訇然炸响——这正是青芒刚才所猜测的！

饶是青芒定力再强，此刻也不禁倒吸了一口冷气，并且下意识地后退了两步。

“怎么？我们墨者又不是什么妖魔鬼怪，再说你也不是头一回跟我们打交道，何至于惊骇若此？”苏建笑道。

“是的，我是跟墨者打过几回交道，可每一回都是刀兵相见。”青芒冷冷道，“而你作为宿卫宫禁的卫尉，身系陛下和宫廷的安危，现在却自称是墨者，我难道不应该感到惊骇吗？”

“若是别人，自然惊骇，可是你，不应该。”

“为何？”

“因为你帮过我们，你是我们的朋友。这也是我今天冒死救你的原因。”苏建用一种诚恳的语气道，“秦穆，现在只有我能帮你逃出去，但前提是你必须信任我，否则……我就爱莫能助了。”

青芒不置可否地一笑：“你口口声声说我帮过你们，指的就是‘孔禹幼子’那件事？”

“不止那一件。”

“不止？”青芒觉得这个话题越来越诡异了，“还有什么？”

苏建直直地盯着他，半晌才吐出两个字：“陵寝。”

青芒心里猛地一颤，脸色却依旧沉静，淡淡道：“什么意思？”

“张次公围剿陵寝那一夜，若非你出手相救，我们的人恐怕就全军覆没了。你帮的这个忙，不是远比救孩子的那个忙大得多吗？”

苏建说得如此确定，似乎没有什么理由再怀疑他墨者的身份。然而，青芒并未就此放松警惕。他隐隐觉得，今天发生的这一连串事情都太过反常了，背后好像有一条无形的引线勾连着它们。青芒琢磨不透这条线是什么，却分明能够感受到它的存在……

“苏卫尉，你刚才说要帮我逃出去，那我想请问，宫中防卫如此森严，现在外面到处都是禁军，你打算怎么帮我？”

青芒决意不在“墨者”的话题上跟苏建纠缠，他现在必须化被动为主动。

“这有何难？”苏建胸有成竹道，“我一个堂堂卫尉，弄一套禁军甲胄给你，再带你混出去，不是易如反掌吗？只是……”

“只是什么？”

“你得答应我一件事。”

“何事？”

苏建定睛看着他，一字一顿道：“加入我们。”

青芒哑然失笑。

“你笑什么？”

青芒沉默片刻，才道：“我要是拒绝呢？”

“为什么？”苏建脸色微微一沉。

“因为，我身为大汉子民，不想反叛朝廷。”

“你以为我们就想反叛吗？”苏建有些激动，不自觉提高了音量，“我们墨家向来以‘兼爱’‘非攻’为宗旨，以拯济天下苍生为己任，若不是朝廷逼人太甚，对墨家赶尽杀绝，我们又岂会对抗朝廷？”

青芒定定地看着他，半晌才冷然一笑：“抱歉，苏卫尉，我不能答应你。”

苏建面露失望之色，重重地“哼”了一声。

“你跟我透了底，我却不加入你们，你现在是不是很想杀我灭口？”青芒又笑了笑。

苏建目光冷冽，沉声道：“你说呢？”

青芒迎着他的目光，脸上一直保持着笑容。突然，他视线一动，看向苏建的后侧，脸色随之大变。苏建一惊，下意识回头去看，而腰间的佩刀就在这一瞬间被青芒夺了过去。等他反应过来时，锋利的刀尖已经抵在了他的眉心。

苏建苦笑：“秦穆，我刚刚救了你，你想恩将仇报吗？”

“人不为己，天诛地灭。”青芒冷冷道，“你都想杀我灭口了，我岂能不设法自保？”

“原来你是这种忘恩负义的小人！”苏建恨恨道，“亏我还一直视你为仗义侠士，还把你当墨家的朋友！”

“那只能怪你自作多情了。”青芒冷笑，“你信奉的是墨翟的‘摩顶放踵利天下’，我信奉的是杨朱的‘拔一毛利天下而不为’。咱们本来就不是一条道上的，可你却硬要把我引为同道，还说我帮过你们多少多少忙，这真的是莫名其妙。我不知道是什么原因让你产生了误会，不过说心里话，我很感激这个误会。”

“就算杀了我，你就能逃得出去吗？”

“我根本没打算逃出去。”青芒坦然道，“我本来便是汉人，压根儿不是什么匈奴细作，而且还冒死帮朝廷拿到了天机图，我还等着陛下赏赐我呢，干吗要逃？方才是郎中令误会我了，又不听我解释，我只好先脱身再说。”

“那你现在想怎么样？杀了我吗？”

“杀你？”青芒呵呵一笑，“我只要带你去见陛下，揭露你的墨者身份，就又立了一大功，你说我怎么舍得杀你？”

苏建冷哼一声：“揭露我？你觉得陛下信你还是信我？”

“这可不好说。”青芒狡黠一笑，“不试试怎么知道？”

苏建满面怒容，突然大喝一声，闪过刀尖，左手如爪抓向青芒手腕，右手挥拳猛击青芒面门。青芒早有防备，右腕一翻，轻松躲过，同时左掌“啪”的一声抵住来拳，然后反手一抓，反倒扣住了苏建的右腕，同时右手的刀刃已经架上了苏建的脖子。

“苏卫尉，说句实话，咱俩单练，你根本不是我的对手。”青芒一边微笑，一边左手使劲，把苏建的右手扭到背后，然后推了他一把：“开门。”

苏建闷哼一声，不得不用左手拉开门闩，打开了殿门。

青芒用力一推，两人便站到了外面的走廊上。正在附近搜索的李广见状，慌忙领着大队禁军围了上来。

“秦穆，你好大的狗胆，竟敢挟持卫尉！”李广怒目圆睁。

“郎中令少安毋躁，我现在抓的这个人，可不只是未央宫卫尉。”青芒淡淡道，“他还有一层隐秘身份，说出来怕会吓着你。”

“小子，你今天大闹未央宫，已是死罪，若再伤着苏卫尉，只怕陛下会灭你三族！”李广沉声道，“我奉劝你，要是不想株连亲族老小，就乖乖把刀放下。”

对于青芒刻意强调的苏建的“隐秘身份”，李广仿佛完全没听见，既不好奇也不追问，这种反应显然不合常理。可青芒对此却并不诧异，他甚至早已料到李广会无视他的话。

如果说今天发生的所有事件背后的确有一条引线，那么此刻的青芒已然隐隐窥破这条线是操纵在谁人之手了。

“郎中令，我还是那句话。”青芒冷笑，“让我去见陛下，是死是活，是一人独死还是三族皆诛，全凭陛下圣裁，我无怨无尤！”

李广摇头一叹：“我看你小子真是不见棺材不掉泪啊。”

“你错了，郎中令。”青芒意味深长地一笑，“我这人向来命硬，恐怕见了棺材也不一定掉泪。”

“好，那本官今天就成全你，看是你的命硬还是陛下的铡刀硬！”

“多谢郎中令成全。”青芒又是淡淡一笑。

仇芷薇慌里慌张地赶到内史府，把郦诺被捕的消息告诉了仇景。

此时，仇景正在正堂的工地上忙活，闻讯大为惊讶，立刻扔下手里的活儿，领着仇芷薇来到汲黯的临时值房，让她把发生的事情复述了一遍。

汲黯听完，眉头紧锁，片刻后才道：“别着急，张次公可能不是冲你们来的，他这是在借题发挥。”

仇景父女面面相觑，都不解其意。

“张次公向来与殷容不睦，跟老夫也有些芥蒂。”汲黯解释道，“而你们这个案子是我和殷容处理的，所以他想借此对我们二人发难，跟你们应该关系不大。”

仇景稍稍松了口气，却仍满面忧色：“虽是如此，可芷若毕竟在他手里，万一有什么闪失，我可怎么对得起她早死的爹娘啊！”

“你放宽心，张次公虽然霸道，但我谅他也不敢胡来。”汲黯安慰道，“我回头就去找殷容，想办法把芷若姑娘先救出来。”

第二章 密码

虽有贤君，不爱无功之臣；虽有慈父，不爱无益之子。

——《墨子·亲士》

未央宫中，李广大踏步走在前面，身后的青芒挟持着苏建，数十名禁军围着他们，就这样走进了一条长长的甬道。

甬道被夹在两面高墙之间，对行走其间的人构成了强大的压迫感。

差不多一箭之地外，一条复道凌空飞架在两面高墙之间，居高临下地俯视着这条狭长逼仄的甬道。

青芒眯眼望着那条高高在上的复道，仿佛看见了自己悬而未决的命运——他知道，那个操纵一切的人，此时一定在上面耐心等待着他，以一个老谋深算的猎人的姿态。

众人又往前走了十几丈，李广终于停住脚步，然后单腿跪下，朗声奏道："启禀陛下，秦穆带到。"

话音落处，一张英武威严、睥睨天下的面孔果然出现在了复道上。

下面的禁军士兵齐刷刷地屈膝跪地。苏建也下意识地想跪下行礼，怎奈刀还架在脖子上，动弹不得，于是他和青芒就以鹤立鸡群的模样杵在了当场。

刘彻的目光锐利而森冷，像箭一样笔直射向了青芒。

青芒微微仰头，以一种不卑不亢、淡定从容的神态接住了天子逼视的目光。

不知道过了多久，刘彻眼中的冷厉之色才渐渐淡去，缓缓道："秦穆，你口口声声要见朕，可现在见到了，你却既不放下武器，也不跪地行礼。仅凭这两条，朕便可以治你一个大不敬之罪，你知道吗？”

青芒闻言，无声一笑，扔掉了手里的刀。苏建终于脱身，赶紧跪地。青芒也跟着跪了下去，朗声道：“微臣秦穆叩见陛下。”

刘彻盯着他看了片刻，才道：“都平身吧，秦穆除外。”

众人谢恩站起，唯独青芒跪着，这下变成“鸡立鹤群”了。

“未央宫自建成之日起，还从未像今天这样热闹过，这应该归功于你啊，秦穆。”刘彻揶揄道。

“回陛下，是郎中令误把微臣当成匈奴细作，微臣无从辩白，只能设法自救，这才搅扰了大内的安宁。臣实在是迫不得已，还望陛下明察。”

就在青芒俯首说这些话的时候，他并不知道，那个叫呼陀曼的“匈奴细作”正快步走到刘彻身边，躬身奏报着什么。

刘彻听完，面无表情道：“秦穆，抬起头来。”

青芒依言抬头，目光恰好与复道上的那个老宦官撞个正着，顿时满脸惊愕，像是白日见鬼一般。

在刘彻看来，他的表情仿佛在说：不可能！这个呼陀曼刚才明明已经被李广抓起来了，怎么还会站在这里？！

“秦穆，如你所见，他是朕身边的内侍吕安，不是什么匈奴细作。”刘彻不无得意地欣赏着青芒万般惊骇的表情，“他和李广只是在跟你玩一场游戏而已。”

“游戏？”青芒显得越发惊诧。

“是的，这都是陛下对你的考验。”一旁的李广接言道，“你一个自幼流落匈奴的人，为虎作伥那么多年，现在突然说要为朝廷效忠，天知道你是真的迷途知返还是假意投诚？还好，你没让陛下失望，我和吕内侍这一关，你算是过了。”

青芒闻言，略为释然，旋即指着另一旁的苏建，有些语无伦次道：“那、那苏卫尉他，他莫非也是……”

“苏某当然也是陛下安排的。”苏建回头看着他，淡淡笑道，“你难道真以为本官是墨家安插在宫中的卧底？秦穆，自从你进入长安，在不到一个月的时间里，便与那帮墨家刺客至少有过三次交集：一次在丞相邸，一次在天子陵寝，还有一次在华阳街。这究竟是巧合呢，还是你跟墨家之间有什么不可告人的秘密？为此，陛下不得不命苏某对你进行试探甄别。令苏某欣慰的是，自始至终，你的反应和表现都是正常的，无可指摘。尤其是最后挟持苏某那一下，更是干净利落、痛快果决！所以，过了今日，倘若再有人怀疑你跟墨家有什么瓜葛，苏某头一个不答应！”

苏建这番话说得十分真诚，也毫不掩饰对他的赏识之情。青芒听完，既恍然又赧然，遂抱拳道：“多谢卫尉的信任！在下方才多有冒犯，还望卫尉海涵。”

苏建笑着摆了摆手。

复道上，刘彻一直凝神注视着青芒，观察着他每一个细微的表情和变化。到最后，他在心里得出了一个结论：这个秦穆应该没什么问题，至少目前看来是这样。

青芒跪在甬道上，脸上是一种劫后余生、如释重负的神情。

然而，无论是此刻这种表情，还是刚才的惊愕、困惑、讶异、恍然，其实都是他装出来的。因为他知道，这都是天子现在最想看见的。

事实上，早在吕安假扮“呼陀曼”跟他暗中“接头”时，青芒便已看出了一丝破绽。当时吕安自称奉伊稚斜之命，让他代替阿胡儿潜伏下来——如果这是真的，吕安就肯定知道青芒在匈奴的真正身份是“阿檀那”。可问题是，当青芒随后质问他“既然你认定我不是秦穆，那你说我到底是谁”时，吕安却闪烁其词，说不出来。这足以表明吕安撒了谎。而他撒谎的原因只可能有两个，二者必居其一：要么他真的是匈奴卧底，却并未从伊稚斜处受命，只是擅作主张，假传“圣旨”；要么他根本不是匈奴细作，而是出于什么目的，假冒这个身份来诱骗青芒。

无论真正的原因是哪一个，对青芒而言，最佳的应对策略都是把他扭送到天子面前。而就在这个时候，李广登场了。

他一上来就咄咄逼人，丝毫不给青芒解释辩白的机会，这不免给了青芒一种演戏演得“过火”的感觉。按说身为郎中令，李广做事绝不应如此急躁和草率，再说青芒又是刚刚在天机图一事上立功的人，并且有霍去病出面保荐，李广岂能丝毫不加顾及？

如此反常的表现让青芒心中疑窦更深。再结合吕安的疑点，青芒已经隐约意识到：这场抓捕“匈奴细作”的戏码绝没有表面看上去这么简单，背后很可能有某种力量在暗中操纵。

随后，在青芒身陷险境、千钧一发的时刻，苏建以一种更令人意想不到的方式出场了。

跟吕安和李广相比，最后上场的苏建，其“演技”无疑要比他们高明得多。他扮演的“墨家卧底”的角色异常真实，好几次险些令青芒信以为真。

不过，这不等于苏建没有丝毫破绽。

苏建的首要问题是态度过于恳切、言谈过于率真了，一上来就竹筒倒豆子，把该说的不该说的一股脑儿全说了，这不能不让青芒心生疑惑：一个堂堂的未央宫卫尉、一个墨家打入朝廷的高级卧底，怎么会如此心直口快、缺乏城府？假如他真是墨者，完全没必要跟青芒说那么多，只要用实际行动把青芒救出去就行了，何必苦口婆心说个没完？

其次，苏建要求青芒“加入墨家”的提议也显得过于突兀、不合时宜，给人一种乘人之危、“强买强卖”的感觉。以青芒对墨家文化和郦诺等人的了解，墨者似乎不该是这个样子。

总而言之，苏建的表现给了青芒两个强烈的感觉：一是操之过急，二是用力过猛。这不像是墨者所为，倒更像是急于求证某种东西而显得欲速不达、弄巧成拙。

综合上述种种疑点，青芒便有理由怀疑——今天遭遇的这一连串奇诡之事很可能是一个局。紧接着，青芒挟持了苏建，李广则再次围住了他。而青芒就在这时候主动做出了试探。他告诉李广，苏建除了卫尉之外还有一层隐秘身份。照理听到这话，任何人都会追问一句，可李广竟然充耳不闻，既不好奇也不追问，仍旧照他这个“角色”的理路在“演”，也就是一味对青芒威胁恐吓，给青芒制造压力。

就是这一明显不符合人之常情的表现，让青芒最终窥破了这个诡局——有一只“无形的手”躲在暗处操纵了这一切！而这个幕后操纵者不会是别人，只可能是当今天子刘彻！

廓清了所有迷雾之后，青芒能够做也应该做的最后一件事，当然就是来面见天子了。

这便是今天这场游戏的最后一关。

此刻，当刘彻从吕安、李广、苏建那里一一得到反馈，确认青芒没有问题之后，他终于从复道上走了下来，并径直走到青芒面前，沉声说了三个字：“平身吧。”

青芒谢恩站起，感觉膝盖都跪疼了。

能允许他起身说话，至少证明这最后一关他已经闯过了一半。换句话说，危险尚未完全解除，接下来还有半关，绝不容许他有丝毫松懈。

“秦穆，还有些话，朕想问问你。”

果不其然，说来就来了。

“请陛下垂询。”青芒俯首躬身，无论神态还是语气都十足谦恭。

“据霍去病称，你自小被匈奴所掳，后来在匈奴苦练武艺，成了於单的侍从。可朕想知道，为何三年前於单投奔我大汉，你却留在了匈奴？”

“回陛下，当时情况危急，伊稚斜的手下一直紧追不舍，微臣只能把追兵引开，於单太子才得以安全脱身。如若不然，恐怕谁都逃不了。”

刘彻没说什么，又道：“那於单逃亡之后，你就投靠伊稚斜了？”

“臣并非真心投靠，而是假意逢迎，目的只是为了活下来。之后，臣一直在寻找机会逃离，所幸终于在漠南之战等到了机会。”

“你在漠南之战中做了什么？”

“回陛下，臣在战前暗中给霍骠姚传递了许多绝密情报，其中包括战区地图、敌军兵力部署和各部动向等，从而令我军顺利穿越敌方防线，一举摧毁了匈奴大营。”

这些说辞，当然是青芒事先跟霍去病商量好的。

“这么说，你的功劳可不小啊！”刘彻似笑非笑。

“谢陛下首肯！然臣身为大汉子民，为朝廷做事乃天经地义，臣不敢居功。”

“你既然已经做了这些事，照理应由霍去病上奏朝廷，等着我论功行赏，从此光明正大地为朝廷效力，可你为何没有这么做，反而仍躲在暗处，还摇身一变成了丞相邸的门尉？”

“回陛下，这都是霍骠姚的安排。”

“怎么说？”

“霍骠姚得知微臣是於单太子过去的侍从，便想出了一个利用微臣试探於单的计划。据霍骠姚称，试探於单是否忠心也是陛下交给他的任务。而为了试探於单，势必不宜公开微臣在漠南之战中的隐秘作为，只能对於单谎称是私下逃回汉地的，这样才能获取他的信任。刚好微臣有一位表兄在丞相邸任职，微臣征求霍骠姚的同意后，决意以丞相侍卫的身份作为掩护，便与表兄取得了联络，这才有了后来发生的事情。”

青芒的这番说辞，也是与霍去病讨论后决定的，自然毫无破绽。

刘彻显然早已从霍去病那里听到了这些，现在只不过是再次确认而已，所以并未多想，又道：“苏建方才说，你来到长安的时间不长，却前后与墨家刺客有了三次交集。坦白说，这也是朕的疑惑，一个长年生活在大漠的人，一回来便与墨者屡屡撞到一起，若说你此前便与墨家有什么瓜葛，倒更容易让人信服。”

“回陛下，臣也很纳闷。”青芒诚恳道，“只能说天意如此，臣也无可奈何。倘若可以选择，臣宁愿从未跟他们打过交道。陛下也知道，墨家刺客穷凶极恶、悍不畏死，所幸上天垂悯，微臣才得以保住性命，活到今天。”

这话也说得无懈可击。刘彻听完，淡淡一笑：“听你这么说，好像很惧怕这帮墨者？”

“惧怕虽不至于，但微臣实话实说，跟他们打交道，也绝不可掉以轻心。”

经此一番诘问，刘彻对青芒的回应还算满意，脸色遂缓和了一些，道：“你与墨者多次交手，都能全身而退，证明你有些本事，另外，也可以说你是一员福将。鉴于你在漠南之战中的表现，加之帮朝廷取回了天机图，如此功劳，不可不赏。吕安……”

“老奴在。”一旁的吕安躬身承旨。

“传朕口谕，即日任命秦穆为卫尉丞，协助苏建统领南军、宿卫宫禁。”

此令一下，苏建、李广和一干手下不禁都有些诧异，连青芒自己都始料未及，不由得愣在当场。

卫尉丞，卫尉属官，秩俸一千石，协同卫尉统领南军，即宫中禁军，虽然算不上高官，但位居要津，亦属天子近臣，向来是个人人眼红的肥缺，天子从不轻易许人。如今秦穆初来乍到，且背景复杂，却一跃而居此位，足见天子对他的赏识和器重。

满朝文武中，能博得天子如此青睐和荣宠的，恐怕除了卫青和霍去病，就只有这个名不见经传的秦穆了。

见青芒一时回不过神，苏建忙在一旁提醒：“秦穆，还不赶紧磕头谢恩，傻愣着干什么？”

青芒赶紧跪地，叩首拜谢：“微臣秦穆叩谢陛下隆恩！从今往后，臣誓为朝廷尽忠、为陛下效死！纵肝脑涂地，亦在所不辞！”

至此，这场险象环生的致命游戏和生死考验总算画上了一个沉重的句点。

“除了宿卫宫禁之责，朕另有任务给你。”刘彻没有让他平身，而是正色道。

“请陛下明示。”听天子口气严肃，青芒心中又是一紧。

“你跟墨者打过多次交道，经验可贵。是故，日后凡是涉及墨家的案子，你一概参与，朕交给你便宜行事之权。若有必要，你可直接向朕奏报。”

天子这道旨意，与其说是交给他一项重任，不如说是赋予了他直达天听的特权，青芒自然掂得出分量，不由得心中暗喜。

如此一来，他便能名正言顺地以查案为由跟墨者打交道——其实就是跟郦诺多多打交道，这难道不是公私兼顾、一举两得的美差吗？

刚一念及此，青芒便连连暗骂自己：你小子想什么呢？刚刚劫后余生、惊魂甫定，你就生起了儿女情长的心思，这岂是大丈夫该有的样子？皇帝刚给了你极大的荣宠和恩遇不假，可凡事利弊相生，职权越重，危险越大，这种时候应该满心戒慎恐惧、如临深履薄才对，岂能为一个女子劳心分神？

就在青芒埋头上演“内心戏”之际，刘彻已经悄然屏退了李广、苏建及一众禁军，连吕安及手下宦官也都被支开了，足足退到了十丈开外。

顷刻间，白雪皑皑的甬道中，只剩下负手而立的皇帝和跪在地上的青芒。

天子故意隔离出一个如此私密的空间，又是准备唱哪一出？

青芒一动不敢动，心里却“咚咚咚咚”敲起了鼓。

霍去病的值房也在北军军营中。

一大早，便有宫中眼线跟他透露，说今日天子会设计考验秦穆，估计没那么容易过关。霍去病一听便紧张了起来，顿时坐立不安。

整个上午，他一直在告诉自己：这家伙是个该死的匈奴人，是手上沾满汉人鲜血的匈奴左都尉阿檀那，根本不值得同情，就算被天子砍头也是罪有应得！可是，不管他怎么努力自我说服，结果一颗心还是悬着落不了地。

最后他只能无奈地承认——自己对这个家伙确实有着一种惺惺相惜之情。也许是因为秦穆身手过人，让他有了英雄惜英雄之感；或者是因为秦穆的言谈举止和性情都透着一种让人感觉亲和的力量；抑或就是单纯的两个字——投缘。

这十几天来，霍去病好几回都想入宫去探望他，但是天子下了死令，在慎重考察秦穆之前，不允许任何人跟他接触交流，其中当然也包括霍去病。

因此，他只好打消这个念头。

此刻，眼见窗外的雪下了停、停了下，好几个时辰过去了，宫中眼线却迟迟没有消息回报，霍去病索性不再枯等，遂策马出营，打算直接入宫一探究竟。

刚刚驰到营房大门，恰好与张次公一帮人擦肩而过。双方的速度都很快，彼此都没瞧上一眼，但霍去病眼角的余光还是瞥见了一个女子的身影。

那名女子罩着一个黑色头套，显然是被他们抓来的，虽然看不见长相，但身材却有一种似曾相识之感。

霍去病眉头微蹙，尽力回想，直到驰出了好一段路，才蓦然想起这个女子是谁。

不久前在华阳街头，他从张次公手里救了她，却因忘记打问其姓名而引以为憾。

霍去病旋即掉转马头，飞驰回营，找了北军大牢一个相识的牢头，追问张次公抓回来的人是谁。牢头面露难色，可架不住他软硬兼施，最后透露了女子姓名和被抓的缘由：仇芷若，事涉一起失火案，但怀疑是人为纵火、另有隐情。

“什么隐情？”霍去病又问。

牢头苦着脸，压低声音道：“张次公怀疑，失火之处是墨家的一个秘密窝点，起火原因是墨者内讧。”

霍去病想起来了，上回张次公就一口咬定这个仇芷若是墨者，这次又老调重弹了。

那么秀丽温婉的一个女子，怎么会是墨家刺客？霍去病明明记得，当时在街上看见她险些被马车撞倒，倘若她真是墨家刺客，又怎么可能连一驾马车都躲不过？

所以，结论很明显，一定是张次公这家伙别有所图，仗着手中的权势欺压良善！

霍去病心头一热，顿时就想冲进牢里救人，可旋即想到秦穆还在宫中吉凶难料、生死未卜，只好强忍下来，叮嘱牢头好生照看仇芷若，绝不可为难她。

牢头苦笑，忍不住问他跟这个姑娘啥关系，为何如此上心。

“朋友。”霍去病随口道。

牢头“嘿嘿”一笑：“应该不只是普通朋友吧？莫不是……”

“随你怎么想。”霍去病跳上马背，“我去去就来。你给我把人看好了，要是有个闪失，我唯你是问！”说完纵马疾驰而去。

宫中甬道，刘彻静默许久，忽然道：“平身吧，抬起头来。”

“谢陛下！”青芒赶紧起身，微微抬头。

“看着朕的眼睛。”

看眼睛？这什么意思？

两个大男人如此近距离地四目相对，无论如何总是让人觉得尴尬。青芒虽满腹狐疑，却也只能老实照做，抬起眼来与天子目光交接。

天子的眸光锐利、深邃、强悍，且英气逼人。但在这些之外，或者说透过这些坚硬的铠甲般的外壳，青芒却仿佛看到了一层浓得化不开的阴郁和寂寥。

这便是天子内心深处最真实的底色了，青芒想，这无疑也是古往今来任何一个“孤家寡人”都无从逃脱的宿命。

不知为何，青芒感觉这一眼瞬间拉近了他与天子之间的距离——这是人心与人心的距离，无关外在的身份和地位。

“秦穆，朕接下来要问你的话，你必须如实回答，若有半点儿虚言，朕不但会褫夺刚才赐予你的一切，还会杀了你！听明白了吗？”

天子的语气肃杀而冰冷，令人不寒而栗。青芒在这一刻猛然反应过来——天子如此郑重其事地铺垫，接下来要讲的事情一定就是天机图了！

“臣明白。”青芒答道。

话音刚落，便有一串沉稳的脚步声自复道方向踏雪而来。

青芒一听就猜出了来者的身份。

他微微抬眼，一个熟悉的身影便映入了眼帘。

所料不错，来人正是公孙弘。青芒想，他之前肯定一直站在复道上，却奉天子之命没有露面，就是为了等到这一刻现身。

“卑职拜见丞相！”青芒双手抱拳，俯首见礼。

“免礼。恭喜秦尉丞荣升要职。”公孙弘淡淡一笑，“今日咱们就先不叙旧了，客套话也不必多说。你先仔细看看这东西。”说着，从怀中掏出一只青铜质地、一尺多长的圆筒，双手捧着递了过来。

青芒郑重接过，定睛一看，心中顿时波澜乍起、一派汹涌。

天机图！

这便是令无数人不惜一切代价、必欲得之而后快的天机图了！

此物青铜铸刻，以阳刚狞厉的夔纹装饰，主纹两侧以富于变化的云雷纹填充，具阴阳互补之美；圆筒一边刻有大篆体的“天机图”字样，另一边刻着小字号的十二地支：子、丑、寅、卯、辰、巳、午、未、申、酉、戌、亥。十二个字排成一行，每个字上方都嵌着一个滚轮。青芒下意识地伸出手指拨动转轮，便见轮上依次出现了十天干的字样：甲、乙、丙、丁、戊、己、庚、辛、壬、癸。

很显然，这是一组开启天机图的密码器，一共十二位，每位有十个字可供选择。

只要输入正确密码，圆筒应该就能从一端打开，然后取出藏在里面的东西。

然而，此刻的青芒并不知道密码。

他连当时共工是怎么给他天机图的整个记忆都丢失了，遑论密码！

“告诉朕，密码是什么？”刘彻缓缓开口了，每个字都像有千钧之重，打在了青芒心口。

“陛下恕罪，臣……不知道密码。”

公孙弘和刘彻对视了一眼，脸上都难掩失望之色。

“你不是於单的贴身侍从吗？怎么会一无所知？”

青芒遗憾地摇头：“臣不敢欺瞒陛下。臣以前从未见过此物，今天是第一次。当时在北邙山上，臣曾打开帙袋，欲看此物，可它外面严严实实地包着一层油布，勒口处还盖着一块封泥。由此可见，此物很可能连於单本人都未曾打开过。”

“封泥上盖着‘共工’二字。”公孙弘接言道，“你可知这两字是何意？是代指某人，还是别的什么东西？”

青芒又大摇其头：“这个卑职也毫无所知。”

“一问三不知！”刘彻重重地“哼”了一声，“那你拿它回来又有何用？！”

“陛下息怒。”青芒忙道，“虽然刚才两个问题，臣都答不上来，但臣也曾从於单口中探到一点儿消息，知道此物是墨家的东西。”

“又是墨家？！”刘彻和公孙弘异口同声道。

公孙弘尴尬，赶紧闭嘴，免得再跟天子抢话。

“那你可知具体是什么？”刘彻赶紧接着问。

“臣听於单讲，墨子当年亲手打造了好几样厉害的兵器，据说谁只要拿到这些兵器，便足以扫灭强敌、荡平天下。不过具体是些什么东西，到底厉害到什么程度，臣就不清楚了。”青芒端详着手中的圆筒，“臣估计，这里面装的应该就是这些兵器的设计图。”

事实上刘彻也早已猜到天机图跟兵器有关，不过现在从青芒这里得到证实，还是忍不住倒吸了一口冷气。所幸这东西最终落到了自己手上，刘彻想，要是被匈奴或墨家夺去，后果必不堪设想！眼下虽然暂时打不开这东西，但只要不让它落入他人之手，便不至于给朝廷带来威胁。这也算是不幸中的万幸。

思虑及此，刘彻紧绷的脸才缓和下来，道：“没有密码，这东西便形同废物了。”

“陛下就没考虑过……用强力打开它吗？”青芒试探道。

刘彻无声冷笑，不说话。

公孙弘见状，便接过话茬：“此物既然设计得如此精密，那当初的设计者肯定会有所防范，倘若使用蛮力，恐怕会毁掉里头的东西。”

“这倒也是。”青芒点点头，作懵懂状，“那要不……命专人轮流拨动这些转轮，日夜不歇，最后总能打开吧？”

公孙弘闻言，矜持一笑：“秦尉丞说得轻巧，若照此法，你可知需要多少时日才能打开？”

青芒把头摇得像拨浪鼓。但其实他早就心算出来了，那个数字十分骇人，简直大得不可思议。

公孙弘接过圆筒，用一种老成持重的口吻道：“这只是一道简单的算术题：十二位的密码，每位有十个字可选，那么理论上讲，这个密码就有一万垓[1]种可能的组合。若命人日夜不停地尝试破解，此法称为‘穷举’，倒也不是不行，只是这一万垓种组合，你说需要耗费多少时日才能试一个遍？”

“三年？五年？还是……十年？”青芒索性装傻到底。

公孙弘又笑了笑：“就算找一批手快的人，昼夜轮班去拨这十二个轮子，一刻钟大约可以拨一百五十遍，那么一个时辰可拨一千二百遍，一个昼夜便是一万四千四百遍。一年平均三百六十五个昼夜，便是五百二十五万六千遍。以一万垓除以该数字，你猜得转多少年？”

青芒又是一个劲儿摇头。

“十九万零二百五十九年！”公孙弘说得津津有味，活像这东西是他设计的，“即便运气好，拨到一半碰巧拨对了密码，那也得将近十万年！”

青芒夸张地吐了吐舌头，一脸惊骇之状。

“秦穆，你知道朕等不起十万年，对吧？”刘彻悻悻道。

青芒会意，立刻挺起胸膛：“请陛下放心，从今日起，臣一定竭尽全力去寻找密码。臣相信，精诚所至，金石为开！总有一天，臣一定会把天机图一览无遗地献给陛下！”

刘彻冷冷地看着他，直看得青芒心里阵阵发毛。

“好，朕等你。”

半晌，刘彻才淡淡道。

卫尉寺位于未央宫的西部，朝廷的许多官署皆坐落于此。

青芒辞别天子后，便奉旨来卫尉寺找苏建报到。苏建发现他身上微有血迹，知道是伤口裂开，立刻命人帮他处理了一下伤口，然后让他换上了一套崭新锃亮的卫尉丞的甲胄，接着又领他认识了一帮同僚，最后带他来到了自己的值房。

1　古代以“垓”表示“亿”。

卫尉丞的值房是一座三进的大院落，前院驻扎着一队禁军，中院两厢是一帮书吏掾佐办公的地方，居中一间正堂便是卫尉丞的值房，后院则有寝室、庖厨、库房等；而整个院落里的所有吏员、军士当然都是他的手下，统统听命于他。

看着满院子列队迎候、笑脸相迎的属下，青芒顿生恍如隔世之感——短短一个时辰前，他还在宫里四处逃窜，被人围追堵截，命悬一线；现在却摇身一变成了铠甲锃亮、春风得意的卫尉丞，前途俨然一片光明。

造化如此弄人，怎不令人唏嘘！

苏建向众人隆重介绍了新官上任的秦尉丞，众属下免不了一番阿谀奉承。青芒也逢场作戏地讲了一堆场面话，然后宣布择日在长安最好的酒楼宴请苏卫尉和众弟兄，让大伙儿喝个痛快、不醉不归！

众人一阵欢呼，随后各归各位。苏建拍拍他的肩膀，又说了几句勖勉之言，方才离去。青芒走进正堂，望着堂上那一方端正而威严的官员坐榻，想象着自己坐在上面发号施令的情景，不禁无声一笑。

身后，一名军士匆匆来到门口，朗声道："禀尉丞，霍骠姚求见，已在外等候多时。"

青芒本来想说"快快有请"，可一想到霍去病这些日子都没露面，心下不悦，决定报复他一下，便道："本官等他十多天了，他才等了多久？你去跟他说，本官正忙，让他再等等。"

"是。"

军士刚一转身，便险些与大步闯进来的霍去病撞个正着。

"秦尉丞好大的官架子！"霍去病满脸讥诮，颇为不快，"霍某去见天子都无须禀报，难不成你一个刚刚上任的卫尉丞比天子还难见？！"

青芒一怔，挥手让那个尴尬的军士退下，然后咧嘴一笑："霍骠姚好大的火气，一来就给我扣这么大个罪名！我自己也是刚到，连官榻都来不及坐呢，你不得让我拾掇拾掇，再好好接待你？"

霍去病瞪了他一眼，径直走进来，一屁股坐在他的官榻上，还故意拉开一个大马金刀的架势，眯眼盯了他片刻，才道："秦穆，披着这身光鲜的甲胄，你不心虚吗？"

"心虚？"青芒煞有介事地低头看了看，"这身甲胄是陛下亲赐，又不是偷来抢来的，我何必心虚？"

"少跟我装蒜！"霍去病冷哼一声，"别以为今天蒙混过关就万事大吉了，你隐瞒真实身份骗取天子信任，不是偷是什么？还敢在我面前大言不惭？”

青芒无奈一笑：“那你要我怎么办？难不成现在去跟陛下自首，说我跟你串通一气欺骗他？”

霍去病一听就火了：“你敢威胁我？”

“别误会。”青芒又笑了笑，“咱俩不都说好了吗？我帮你拿回天机图，你帮我隐瞒身份，你情我愿，公平交易。总不能我帮完了你，你就翻脸不认人吧？”

“难说。”霍去病眉毛一挑，“我还真有点儿后悔了。”

青芒叹了口气：“我现在也在帮朝廷做事，你别总是对我充满敌意成吗？”

“除非你是汉人。”霍去病冷冷道，“否则休想让我消除敌意。”

青芒苦笑。

霍去病对自己的匈奴人身份如此耿耿于怀，只怕真的忍不了太久。平心而论，与匈奴人“合谋”来蒙蔽天子，也的确违背他的本性和职责。青芒沉吟片刻，很快做出了一个决定。

“汉人……”青芒意味深长地一笑，“或许如你所愿，我还真的是个汉人呢？”

“骗鬼呢？！”霍去病一脸不屑。

“骗你干吗？”青芒走过来，示意他让个地方，“挪个地儿，我慢慢跟你说。”

“就在那站着！”霍去病纹丝不动，“这是未央宫，没你匈奴人坐的地儿。”

青芒摇头苦笑，只好走到下首的旁榻，刚想坐下，霍去病又道：“那也不能坐，你就给我站着说话！”

“喂，我说兄弟，这可是我的值房，你这样让我很没面子的。”青芒委屈道。

“谁是你兄弟？”霍去病白了他一眼，“你的小命还在我手里攥着呢！惹恼了我，随时让你脑袋搬家，还想要面子？！”

青芒盯着房梁翻了个白眼，随即过去把大门关上，然后走回来，一五一十把自己的真实身世全都告诉了他。

“什么？你父亲是汉人？！”霍去病听完，顿时满脸惊诧，“可於单怎么口口声声说你是匈奴人？还说你的父母是被汉人所杀？”

“他是想让我救他，才故意那么说。”

“那你父亲是谁？”

“不知道……”青芒神色一黯，“这事好像没人知道，是个谜。”

“即便你说的都是真的，你也只是半个汉人……”

这个意外的消息其实让霍去病颇感欣慰，因为即使秦穆只是“半个汉人”，也足以减轻他与匈奴人“串通”的负罪感。同时，这也让他对青芒莫名其妙的好感多了一个可以自我说服的理由。

心里虽这么想，霍去病却仍冷着脸，接着道：“说到底，你还是匈奴左都尉阿檀那；如果你母亲是伊霓娅，那么匈奴的浑邪王就是你的外祖父。这一切，你仍然改变不了！”

“没错。”青芒勉强一笑，笑得异常苦涩，“我只是半个汉人，我也改变不了自己的出身，但至少从现在开始，我可以决定自己该做什么、不该做什么。”

“那你想做什么？”霍去病斜着眼问。

青芒一怔，脱口而出道：“至少我能帮朝廷做一些事，就像我在漠南之战中做过的一样。”

话一出口，青芒便懊悔不迭。他本没打算这么早告诉霍去病真相的，因为他知道这个“冠军侯”心气极高，无论如何接受不了别人送给他的“胜利”。

果不其然，霍去病一听便霍然起身，一个箭步冲过来，揪住了他的衣领，狠狠道：“原来你早就想起来了，却为了活命故意瞒着我！”

青芒叹了口气：“你先冷静，听我说……”

“冷静个屁！”霍去病一脚把他踹倒在地，同时“唰”的一下拔出佩刀，刀尖直指青芒的眉心……

第三章 劫人

法不仁，不可以为法。

——《墨子·法仪》

殷容和汲黯带着一队缇骑，风驰电掣地冲进北军军营，径直来到大牢门前，不由分说就要往里闯。陈谅闻讯跑了出来，慌忙带人上前阻拦。双方就在大牢门口对峙着。

“陈谅，你吃了熊心豹子胆是吧？连本官都敢阻拦？”殷容勃然大怒。

“对不起，殷中尉，这儿归张将军管辖，您不能说闯就闯。”陈谅躬身答道，身子仍挡着牢门。

他虽然和张次公一样，向来不把殷容放在眼里，但殷容毕竟是北军的顶头上司，所以说话也不敢太放肆。

“笑话！连你们北军都归我管，这地儿我居然不能进？”

“您可以进，但请说明来由，免得乱了规矩。”陈谅明知最后是拦不住殷容的，可现在张次公在里面审问仇芷若，他只能在此尽量拖延时间。

“你算老几，敢跟本官这么说话？”殷容往牢里一指，“把张次公叫出来，本官跟他说。”

“抱歉，殷中尉，张将军方才……出去了。”

“去哪儿了？”

“卑职不太清楚。”

"你——"殷容一张白脸涨得通红，对左右道："来人，把这小子给我拿下！"

两边的缇骑一拥而上。

陈谅的手下立刻拔刀出鞘。

双方顿时剑拔弩张。

汲黯见状，赶紧挺身上前，微微一笑："陈校尉，殷中尉和老夫此来，是想跟张将军好好谈谈，妥善处理仇芷若的案子，可你若一意阻拦，老夫就只好去跟陛下请旨了。你说说，本来就这么点儿事，犯得着惊动陛下吗？真要把事闹大了，将军脸上也不好看吧？"

"汲内史言之有理。"

陈谅未及答言，一个沉稳的声音忽然从牢里飘了出来。

汲黯呵呵一笑："张将军既然在此，那事情就好办了。大家同朝为臣，多大的事儿不能好好商量呢？"

"可瞧你们二位这副架势，怎么看都不像是来商量的呀。"张次公说着，眼睛瞟向殷容，"倒更像是来劫狱的！"

"张次公，汲内史好言好语跟你说话，那是给你面子，你可别蹬鼻子上脸。还有，我是你的上司，北军是归我管的！莫非你连起码的尊卑都忘了？"

"殷中尉，你这话可不全对。北军是归你管，可也归卫大将军管，若是有些事你管不好，那本将军可以代卫大将军履行职责。"张次公一脸冷笑，"你若有异议，大可去找大将军或陛下申诉，跟我说不着。"

北军在行政上归殷容管辖，可在军政上却归口卫青，所以张次公此言并不算错。而张次公之所以从不把殷容放在眼里并屡屡跟他叫板，首先固然是因为个性不合，但最根本的原因，还是在于这种多头管理让张次公有了抗命的空间和借口。

当然，与其说这是朝廷的制度漏洞，不如说是天子刘彻有意为之——只有这样，才能让北军与中尉寺相互制衡，避免因一方独大而擅权乱政。

殷容闻言，顿时脸色铁青："尚冠前街的失火案是本官和汲内史处理的，经现场勘验和事后调查，足以断定是一起意外事故，你凭什么抓仇芷若？"

"那是你们的结论。我认为这案子疑点很多，有必要重新调查。况且，我也不妨告诉二位，这个仇芷若的身份并不简单，我对她的怀疑也不是一天两天了。"

"什么意思？"汲黯眉头一紧，"你说仇芷若是什么身份？"

张次公冷然一笑："我怀疑，她是墨家刺客！"

汲黯和殷容大为惊愕，顿时面面相觑。

“证据何在？！”殷容大声质问。

“墨家刺客”的指控可不是闹着玩的，万一为真，他殷容可吃不了兜着走！此刻殷容不禁有点儿后悔拿了仇景的贿赂——他压根儿没想到这案子居然会跟墨家扯上关系，否则，打死也不敢往这火坑里跳。

“证据当然有，不过暂时不便透露。”

张次公手上其实什么都没有，除了直觉，可他还是很有信心把这案子办下来。因为他相信重刑之下，仇芷若必然开口。万一不开口，他就把仇芷薇等人抓来，当着她的面逐一用刑，迟早能把她的嘴撬开。

“张次公，要是有证据，你最好亮出来；要是没有，就趁早把人放了。”汲黯意识到事态重大，遂不再跟他客气，“别以为我不知道你那些肮脏的手段！你不就是想刑讯逼供吗？若是无关之人倒也罢了，可这个仇芷若是我的同乡，你想动她，我劝你还是掂量掂量。”

“区区一个小同乡，就值得汲内史如此替她出头？”张次公现在越发觉得汲黯有问题，“莫不是……这女子跟汲内史有什么特殊的关系？”

一旁的陈谅等人闻言，不由得嗤嗤窃笑。

霍去病这一脚踢得够狠，青芒感觉身上的伤口又裂开了，疼得龇牙咧嘴。外面的几名军士听见动静不对，慌忙过来拍门，惊问何事。

“没事，我跟霍骠姚切磋呢。”青芒忍着痛喊，“都滚远点儿，别来烦我们！”

军士们停止了拍打，乖乖走开了。

“说，你当时是不是故意把防线上的军队拉走的？”霍去病眼里闪着凶光，刀尖又往前递了一寸。

青芒无奈，点了点头。

“这么说，我当时之所以能够长驱直入、直捣匈奴大营，全都是拜你所赐喽？”霍去病感到了一种被愚弄的愤怒，同时还有一种深深的失落，“那我岂不是胜之不武，甚至是欺世盗名？！”

“不，我并不这么认为。”青芒忽然挺身而起，迎着寒光闪闪的刀尖，坚定地看着霍去病，“即便我在防线上给你开了口子，可你当时并不知情。你仅率八百轻骑，便敢于孤军深入，横穿敌境数百里，如此勇气和胆识，又岂是常人所能有？！再者，当时匈奴大营还有上万人马，并且都是身经百战的精锐，可你竟然以区区八百人便将其一举歼灭，这难道不算是以寡击众、以少胜多的经典战例？如此武功，比之古代名将又何尝逊色？又岂能说是胜之不武？说到底，天子称你‘勇冠三军’，确为实至名归之誉，绝非什么欺世盗名！”

青芒这一番慷慨陈词，顿时把霍去病说愣了。

两人无声地对视了片刻，霍去病终于收刀入鞘：“那你说，你当时为什么那么做？”

“很简单，我不过是自保而已。”青芒淡淡道。

“自保？”霍去病不解，“什么意思？”

青芒苦笑了一下：“战前，伊稚斜已经给籍若侯、罗姑比他们下了密令，让他们伺机除掉我，而且最好是借汉人之手。既如此，我岂能坐以待毙？迫于无奈，我只能以其人之道还治其人之身。”

“哈！”霍去病忽然一笑，“这么说，你是借我之刀杀了籍若侯他们了？”

青芒摊了摊手：“换成是你，你会怎么做？”

霍去病撇了撇嘴：“那你怎么能认定，我一定会发动奇袭？”

“现在我已经记不清了。”青芒道，“不过我想，之前我肯定对你做过了解，知道你不是等闲之辈，所以……就大胆赌了一把。”

霍去病闻言，不禁眯起了眼，深长地看着他：“你的意思，是早就把我摸透了？”

“也不能这么说。我不过是凭经验和直觉罢了，不然刚才我怎么会说‘赌’呢？战场上瞬息万变，很多事得临机而断，谁又敢说把谁摸透？”青芒想了想，“另外，与其说我把你摸透了，不如说我是基于对自己的了解，才对你做出了相应的判断。”

“什么意思？”

“怎么说呢……”青芒选择着措辞，“应该说咱俩有很多相似之处吧。也许，这就是人跟人之间的缘分。我总觉得，咱俩好像上辈子就打过交道似的。”

“少跟我套近乎！”霍去病心里其实跟他颇有同感，表面上却仍矜持地“哼”了一声，“别以为你是半个汉人，我就会把你当兄弟。之前我警告过你，一旦发现你有任何不轨企图，我会随时杀了你！这话现在还算数。”

“这你就多虑了。”青芒一笑，“我生于汉地、长于汉地，十五岁才去了大漠。在我心里，我就是个汉人，这儿才是我的故乡。更何况，现在陛下委我以重任，我又岂能辜负他？”

“但愿你不是口是心非。”霍去病又白了他一眼，“走吧，跟我出去一趟。”

青芒一怔：“去哪儿？”

“救人。”霍去病说着，头也不回地朝门口走去。

“救人？”青芒越发纳闷，“救什么人？”

霍去病不语，打开大门，径直走了出去。

“喂，我现在可浑身是伤，刚才又被你踢了一脚，这会儿还痛呢……”青芒无奈，只好一边紧跟，一边发牢骚，“咱可说好了，你要是找我去打架，我可不干啊！现在浑身上下一点儿力气都没有……”

北军大牢门前，汲黯丝毫不理会张次公的揶揄，冷冷道：“张次公，咱们索性打开天窗说亮话。你抓仇芷若，是不是冲着殷中尉和汲某来的？”

“汲内史这么说就小人之心了吧？”张次公呵呵一笑，“我抓的是墨家刺客，可你们二位却硬要往上凑。我就不明白了，这到底是我冲着你们，还是你们自己做贼心虚呢？”

见他如此强硬，汲黯意识到再这么僵持下去不会有任何结果，便道：“既然你丝毫不讲情面，那咱们就公事公办。你说你手上有证据，那我现在就去请御史府发函，让李大夫派人来核查。到时候，你若拿不出真凭实据，就等着被弹劾吧。”说完对殷容道：“殷中尉，咱们不必在此浪费时间了，走吧。”

殷容自打听到“墨家”心里便打了退堂鼓，闻言如逢大赦，赶紧一挥手，带着手下缇骑随汲黯一起离开。

一行人驰到军营门口，殷容眼珠一转，对汲黯道：“汲兄，我手头还有点儿事，要不……御史府那儿你先去，咱们回头再商议？”

汲黯知道这家伙临阵退缩了，无奈一笑：“也罢，老兄有事尽管去忙。”

二人拱手作别。殷容带着大队缇骑忙不迭地跑远了。汲黯一叹，掉转马头，带着几个手下往御史府而去。

牢房的走廊阴暗潮湿。

张次公面色沉郁地走了进来。陈谅紧随其后，面露忧色：“老大，汲黯那家伙跟李蔡过从甚密，李蔡多半会替他出头，咱们该咋办？”

按照朝廷规矩，御史大夫李蔡有权过问任何案子，并调阅卷宗、核查相关证据，所以刚才汲黯这一手，可以说是十分厉害的撒手锏，一下就让张次公没了退路。

的确如汲黯所说，一旦查无实据，张次公不仅要乖乖放人，还得遭到李蔡的弹劾。若果真如此，那可真是打蛇不死，反被蛇咬了。

局面相当被动，张次公必须马上找到对策。

见老大闷声不响，陈谅也不敢再多说，随他一路走到了关押郦诺的牢房前。

郦诺双手戴着镣铐，靠坐在墙角，鬓发凌乱，脸色有些苍白。听到门外的脚步声，她眼皮动了动，却未睁开。

张次公盯着她看了片刻，开口道："仇芷若，看来你还真是来头不小啊。本官前脚刚把你请来，后脚便有两个当朝大员来救你，还不惜跟本官撕破脸面。你说这正常吗？一个普普通通的民间女子，值得他们连老脸都不要？若说你不是墨者，那可真是见鬼了！"

郦诺恍若未闻，这次甚至连眼皮都没动。

"仇芷若，将军跟你说话呢！把眼睛睁开，快点儿回话！"陈谅踹了牢门一脚，把门上的铁链踹得丁零当啷一阵乱响。

"我没什么可说的。"郦诺淡淡道，仍旧闭着眼睛。

"芷若姑娘，"张次公阴阴一笑，"其实你越是如此镇定、连话都懒得说，就越能向本官说明一些事情。换言之，这就叫不打自招。你知道为什么吗？"

郦诺不语。

"一般人进到了北军的监牢，莫不是吓得魂不附体，就算横行市井的地痞恶霸也得跪地求饶，更别说区区一个弱女子了。"张次公自顾自道，"可你自从一个时辰前进来到现在，始终镇定自若、毫无惧色，这说明什么？这不恰恰说明你不仅是一个墨者，而且很可能是墨者的首领吗？"

"将军所言极是！"陈谅赶紧附和，"不打自招说的便是她！"

郦诺又沉默了片刻，慢慢睁开眼睛，淡然一笑："民女自幼随叔父走南闯北讨生活，也吃过不少苦头、见过一些世面，深知人活于世，是福是祸，冥冥中自有定数。若将军执意要为难民女，那也是民女命中该有的劫数。既然逃也逃不过，又何必跪地求饶、自轻自贱呢？民女虽身份卑微，却也懂些做人之道。少时读书，对'子路死，冠不免'的典故记忆尤深，故民女时常自勉：头可断，骨头不可以软；血可流，尊严不可以丢。在这点上，或许某些色厉内荏的男人，还真不如我们这些弱女子呢！"

“哈哈哈哈！”张次公拊掌大笑，“说得好，说得好！不愧是墨家首领，有胆有识，有气节有风骨，可谓巾帼不让须眉！张某佩服之至！”

郦诺叹了口气：“民女只是一介草民，不懂什么墨家，更不是什么首领，将军对民女的误解太深了。”

张次公冷冷一笑：“你不承认没关系，咱们迟早能弄清楚，本官有的是耐心。”然后对候在不远处的牢头道：“把门打开。”

牢头赶紧过来打开了牢门。

“走吧仇姑娘，咱们换个地方说话。”张次公道。

郦诺缓缓站了起来：“将军又要带我去哪儿？”

“去见你的一个老熟人。”张次公一脸神秘，“说不定你们一见面，你的身份马上就弄清楚了。”

陈谅颇为纳闷，不知老大葫芦里卖什么药，想问又不敢问。

郦诺闻言，无奈一笑，从牢里走了出来。

一定是张次公扛不住汲黯的压力，才想把自己转移。郦诺想，这说明汲黯正在全力营救自己，想来张次公有此顾忌，也不敢对自己太过分。只不过，眼下张次公要把自己转移到什么地方，却令人费解。还有他神秘兮兮说的那个“老熟人”，又会是谁呢？为什么说我和此人一见面，他便能弄清楚我的“身份”？

霍去病和青芒一前一后驰入了北军军营。

“喂，我说，你骑这么快到底要干吗去？”青芒策马追上他，一脸困惑。

“我不是说了吗？救人！”霍去病头也不回道。

“那你总得告诉我救谁吧？”

“一个朋友。”霍去病迟疑了一下，道，“她被张次公抓了，咱得把她救出来。”

“你这朋友犯了什么事？”青芒并不知道他说的是女子，更不会料到这个女子就是郦诺。

“哪来那么多废话？”霍去病扭头瞪了他一眼，“反正她肯定是被冤枉的，张次公要是不放人，咱们就抢！”

青芒苦笑：“果不其然，你还真是叫我来打架的……”

“你怕了？”

“不是怕，是累。”青芒委屈道，“我一上午几乎跑遍了整座未央宫，都快累死了，你知道吗？”

“少跟我装蒜。”霍去病“哼”了一声，“想帮忙就闭嘴，不想帮忙就滚蛋。”

青芒忍不住嘟囔：“真是上辈子欠你的。”

“你念叨什么？”

“我说上辈子欠你的，这辈子还你还不行吗？”青芒没好气道。

霍去病不再理他，径直往前驰去。

片刻后，二人驰到大牢门前。未及下马，便见那个牢头慌里慌张跑了出来，焦急道：“不好了霍骠姚，仇姑娘被张将军带走了。”

“什么？！”霍去病大为惊愕，“带哪儿去了？”

“这我哪知道？”牢头苦着脸，“就卑职这身份，将军哪能告诉我？”

霍去病又惊又怒，眉头紧锁。一旁的青芒更是一脸纳闷：“喂，你说的那个‘朋友’，居然……是个姑娘？”

霍去病不语，目光落在了周围的雪地上。

牢头见状，便凑近青芒，小声道：“那姑娘，八成是霍骠姚相好的。”

青芒恍然。

“嘀咕什么呢？”霍去病吼了一声，“快跟我走！”说完一夹马腹，循着雪地上一大串凌乱的马蹄印疾驰而出。

青芒叹了口气，对牢头眨眨眼：“都说英雄难过美人关，还真是千古至理啊！”

牢头掩嘴窃笑。

“喂，等等我。”青芒冲霍去病的背影喊了一声，策马追了上去。

张次公、陈谅率一队骑兵押着郦诺，不紧不慢地走在一条长街上。郦诺独乘一骑，被夹在队伍中间，手上仍旧戴着镣铐，头上罩着黑布。

因连日大雪、天气阴寒，路上车马稀疏、行人寥落。

“老大……”憋了半天的陈谅终于忍不住问，“咱们到底要去哪儿？”

张次公淡淡一笑：“汲黯那老家伙搬出御史大夫李蔡来压咱们，那咱们不也得去找个靠山吗？”

“靠山？”陈谅越发糊涂，“谁啊？”

“动动脑筋。”张次公卖了个关子。

陈谅抓耳挠腮，却始终不明其意。

“你就是个榆木疙瘩！”张次公白了他一眼，“李蔡居于三公次位，满朝文武都得听他的，可他不还得听一个人的吗？”

陈谅恍然大悟：“丞相？！”

张次公一脸自得之色：“丞相曾险些命丧墨家刺客之手，要论对墨家的仇恨，还有谁比他更甚？咱们把仇芷若交到他手里，你说还有谁抢得走？”

“将军英明！这样一来，不管汲黯还是李蔡，都得干瞪眼！”陈谅大喜，忽又想到什么，“不过，要是丞相跟咱们要证据怎么办？”

“证据？”张次公冷笑，“这几年，朝廷收拾各地游侠和郡国豪强，动辄一地就杀数百上千人，你以为都有实打实的证据吗？”

“这倒也是。”陈谅释然。

“还有一点，我也得教教你。这官场上的事情，很多时候不是讲究什么明面上的证据和对错，而是取决于背地里的人情和关系，懂吗？”

“将军教诲的是，属下谨记。”陈谅连连点头。

“你记个屁！”张次公嗔笑，“就知道瞎奉承！我说要把仇芷若交给丞相，这里头的人情和关系你看懂了吗？”

陈谅“嘿嘿”一笑：“还请将军明示。”

“人情无外乎两端，不是爱就是恨，不是喜就是憎；关系也无外乎两种，不是敌人就是朋友。我把仇芷若交给丞相，无须给他什么证据，只要告诉他一句话，保管他立马就厌憎仇芷若，视她为死敌。”

“这么神？”陈谅睁大了眼睛，一脸好奇。

张次公得意一笑：“我只要告诉丞相，这个仇芷若是汲黯力保的人，你说丞相还会跟我要什么证据吗？呵呵，他只会比我更迫切地把这案子办成铁案！”

陈谅闻言，再度恍然：“我懂了！汲黯跟丞相向来不睦，所以丞相一定会把汲黯的人往死里整！也就是说，咱们只要把仇芷若交给丞相，接下来就没咱的事了，丞相自会收拾她和汲黯，回头还得给咱们记上一功！”

“丞相也不必自己收拾，自然会有人迫不及待地替他出手。”

“谁？”

“别老是要现成答案，自个儿想想。”

陈谅连忙蹙眉思索，旋即一拍脑门儿：“张廷尉！”

张次公阴阴一笑：“张汤和汲黯的关系，可以说是水火不容。只要丞相抓住了汲黯的把柄，张汤自会像饿虎扑食般扑上去！你说，这世上凡是落到张汤手里的人，有几个能得好死的？到时候，不要说仇芷若必死无疑，就连汲黯也得脱一层皮！”

二人正说得眉飞色舞，身后突然马蹄急响，二骑飞速越过他们，然后一拉缰绳，两匹马儿人立长嘶，双双挡在他们面前。

来人正是霍去病和青芒。

御史府庭院中，一树寒梅傲然开放。

李蔡负手站在树下赏梅，神情闲逸；汲黯满脸焦急地站在他身后说着什么。

忽然，几只乌鸦发出刺耳的叫声从头顶上掠过，打断了汲黯的诉说。

“喂，我说惟贤，你到底在没在听？”汲黯大为不悦，“我这儿说得口干舌燥，你倒好，跟个木头似的杵那儿半天！”

“我耳朵都被你灌满了，哪能没听？”李蔡淡淡一笑，转过身来，“你没看连乌鸦都听得心烦意乱，索性躲你远远的吗？”

“哦，合着这半天都是我在聒噪，你早就不耐烦了是吧？”

“话也不是这么说。”李蔡又笑了笑，“长孺兄，所谓事缓则圆，你说你都为官多少年了，怎么遇事还这么沉不住气？”

“人命关天的事，你让我怎么缓？”汲黯翻了个白眼，“瞧你一副事不关己的样子，是不是打算见死不救？”

“这世上多的是命如蝼蚁之人，又岂能个个‘关天’？”李蔡叹了口气，“你方才说了那么多，可我还是没听明白，区区一个同乡女子，就值得你为她如此奔走？”

“她叔父仇景跟我不仅是同乡，还是多年旧识。这回是我专程把他们从老家叫到京师来干活的，我总得照应人家吧？现在张次公明明是在冤枉他们，我岂能袖手旁观？”

李蔡若有所思：“你确定那起失火案真的只是意外事故？”

“当然。此案是我跟殷容联手调查的，不会有错。”

“那张次公怎么会咬着仇芷若不放？”

“项庄舞剑，意在沛公啊！”汲黯无奈一笑，“我估摸着，张次公是想借题发挥，利用这个案子对我和殷容发难。”

李蔡眉毛一挑：“倘若如此，那这个仇芷若你更不能救。”

“不救？”汲黯一脸不屑，“区区一个张次公，我还怕了他不成？”

“长孺啊长孺，你可真是聪明一世，糊涂一时！”李蔡摇头笑笑，“你怎么就不想想，你方才威胁张次公说要上我这来调取公函，他会采取什么对策？”

“什么对策？”

“如果我是张次公，我一定会把仇芷若立刻送到一个地方。”

汲黯蹙眉思忖片刻，终于反应过来：“你是说，他会去找公孙弘？！”

“你想明白就好。”李蔡淡淡道，“这其中的利害关系，无须我再啰唆了吧？事到如今，你要是还一心想保仇芷若，那你就是引火烧身，自个儿往别人的刀口上撞！”

汲黯不由得倒吸了一口冷气，再也说不出话来。

张次公惊讶地看着堵在面前的霍去病和青芒，勉强笑道：“二位有何贵干？”

“张次公，你几次三番为难仇芷若，到底想干什么？”霍去病朗声质问。

被押在队伍中间的郦诺远远听到了霍去病的声音，不由得心头一热。

而青芒则一直目不转睛地看着郦诺——虽然从身材上他已经隐约认出了她，但一想到牢头说这个仇芷若是霍去病“相好的”，又无论如何不敢相信。

“理由我上回已经说过了，我抓的是墨家刺客。”张次公沉下脸来，“霍去病，我倒是也想问问你，你几次三番阻挠我办案，又是意欲何为？”

蓦然听见“墨家刺客”四个字，青芒不禁眉头一蹙。

张次公是怎么怀疑到“仇芷若”头上的？如果这个仇芷若就是郦诺，那自己该怎么办？难道真的要跟霍去病一起把人劫走吗？

“我霍去病向来见不得仗势欺人之事，既然碰上了，我就得管！”

“那你打算怎么管？”张次公冷笑，“莫非要动手不成？”

“你要是识相，我可以不动手。”

“哈！”张次公夸张地大笑一声，瞟了青芒一眼，“怪不得连帮手都找好了，看来今天这一仗，咱们是非打不可喽？”

霍去病不再言语，“唰”的一下拔刀出鞘。

张次公、陈谅及一干手下也纷纷拔刀，严阵以待。

只有青芒一动不动，仍定定地看着郦诺。

霍去病扭头去看青芒，一脸不悦，青芒却视而不见。霍去病眼中掠过一阵失望，突然一声怒叱，飞身跃起，手中长刀直逼张次公面门。张次公慌忙挥刀格挡，不料刀虽挡开了，胸前却结结实实挨了霍去病一脚，整个人摔下马背。陈谅及众手下大惊，纷纷跳下马来围攻霍去病。顷刻间，众人便杀成了一团。

还剩下四名北军骑兵守在郦诺身前，十分警惕地看着纹丝不动的青芒。

忽然，青芒动了。

他轻轻一夹马腹，坐骑便朝他们径直走了过去。

那四人大为紧张，同时用刀指着他，嘴里连连喊着“别过来”。青芒却恍若未闻，仍旧一步一步朝他们逼近。

霍去病这边，张次公及手下虽有十多人，却只能跟他堪堪打个平手，压根儿腾不出手去阻挡青芒。

青芒纵马走到距那四人约三丈开外的地方时，突然纵身飞起，像一只大鸟凌空朝他们扑了过去。四人大惊失色，未及反应过来，便已被青芒一一踢落马下。青芒借着踢踹他们的力道再度跃起，笔直地飞向郦诺，然后右手如爪，“唰”的一下撕掉了她的头罩。

郦诺和身下的坐骑同时猝然一惊。

马儿长嘶着人立而起，郦诺失去平衡，仰面朝后跌落。

青芒在落地的一瞬间飞快转身，张开双臂，稳稳地接住了她。

郦诺落入了他的怀中，刹那间看清了他的脸，顿时惊愕莫名。

怎么又是你？！

郦诺在心里喊了一声。

青芒背朝所有人，面对郦诺粲然一笑：“别来无恙，郦诺姑娘。”

“那照你的意思，人就不救了？”

御史府庭院中，汲黯一脸懊丧地问李蔡。

“就算要救，也不能由你去救。”李蔡盯着他的眼睛，“眼下这种情况，你出面是在害她，不是在救她。”

汲黯苦笑：“那你说怎么办？该谁去救？”

李蔡背着双手，来回踱了几趟，最后道：“这样吧，我现在就去丞相府打探一下，看情形再做打算，你先回去等我消息。”

“不，我随你一道去。”汲黯脱口道。

“你又犯糊涂了？”李蔡沉声道，“你是成心想害仇芷若是吧？”

“我又不进去，我就在丞相府外面的茶肆等你还不行吗？”

“你就急成这样？片刻都等不了？”李蔡不禁笑道。

“对，等不了，我没你那么好的修为，都火烧眉毛了还气定神闲。”汲黯讪讪道。

“唉！”李蔡一声长叹，“我怎么就交了你这么个朋友？明明在帮你还得被你挤对。”

“得得得，就算我欠你个人情行了吧？”汲黯扯起他的袖子，“走走走，赶紧走。”

“还‘就算’？！”李蔡瞪眼，“这明明就是个大人情好吧？”

“好好好，大人情，天大的人情！我汲黯日后一定结草衔环以报，免得被人念叨一辈子……”

“啥叫念叨一辈子？我是那种小肚鸡肠的人吗？”李蔡甩开他的手。

“不是不是，是我小肚鸡肠。”汲黯怕他走得慢，赶紧又一把扯住，“你李大夫可是一顶一的当世圣贤！你宽宏大量、高风亮节、古道热肠、急公好义……”

“去去去！这些话听着就跟骂人似的……”

二人就这么一边斗嘴，一边拉拉扯扯地走远了。

郦诺难以置信地看着青芒，一时还反应不过来。

“为什么我总是能够在你危难的时候从天而降呢？”青芒笑语温存，“你心里一定充满了这个疑问，对吧？”

郦诺冷哼一声，挣脱他的怀抱，说道：“我心里的疑问是你说话这么肉麻，怎么不会脸红呢？”

又一次与他不期而遇，而且再一次被他所救，其实郦诺心里已经不由自主地泛起了丝丝暖意。可不知是出于女人固有的矜持，或是讨厌他“朝廷鹰犬”的身份，她终究还是把内心的感觉压抑了下去。

“唉！”青芒叹了口气，“明明是英雄救美，却还是难博美人一笑，我这个英雄还真是失败啊！”

郦诺打量了他一眼：“才多久不见，又换了身虎皮？”

“怎么样？比原来那身行头更威武吧？”

郦诺撇了撇嘴：“是不是又跟上回在茂陵邑一样，从哪儿抢来的？”

“错了。有两个证据，足以证明这身甲胄是我的：一，穿在我身上很合身，并不显得紧；二，左上臂的甲片也没掉半个，而且甲布上面也没有任何破洞。”青芒煞有介事道，“现在你总该信了吧？”

郦诺一听就想起来了，这是两人初遇那天自己对他甲胄的两点质疑，没想到他时至今日依然记得这么清楚。想着想着，不由得莞尔一笑。

青芒看着她明艳妩媚的笑容，一时竟有些出神。

另一头，霍去病见青芒得手，大喜过望；张次公发现被抄了后路，又急又怒。双方不约而同停止了厮杀，都朝青芒这边跑过来。霍去病纵身飞起，一下从张次公等人头顶越过，然后几个兔起鹘落，便到了青芒和郦诺面前——最后落下时，顺便把那四名刚刚要爬起来的禁军又踢晕了过去。

郦诺发现他的轻功丝毫不比青芒逊色，不禁讶异。

"芷若姑娘，你没事吧？"霍去病关切道。

"多谢霍骠姚出手相救，小女子感激不尽！"郦诺敛衽一礼。

青芒一听就不乐意了："哎，我说，明明是我救了你，你怎么谢他不谢我？"

郦诺没理他，恍若未闻。

霍去病看他们两个似乎不像陌生人，略微有些诧异，但此时已来不及多想，便一把拉起郦诺的手："快跟我走……"

"等等！"青芒下意识地抓住他的手腕，"她……不能跟你走。"

"为何？"霍去病不解。

此时，张次公、陈谅等人终于跌跌撞撞跑了过来，把三人团团围住。见三人拉扯到一起，气氛颇为古怪，张次公顿时满腹狐疑。

郦诺微觉尴尬，轻轻挣开了霍去病的手。青芒见状，也放开了霍去病的手腕。

霍去病看看郦诺，又看看青芒，终于确认了自己的怀疑："你们两个……认识？"

青芒没有回答他，而是转身看着张次公，冷冷道："张次公，别打了，收兵回营吧，这个仇芷若……我接管了。"

"接管？！"张次公顿时冷笑，"秦门尉，你是不是吃错药了？我北军的人犯，什么时候轮到你接管了？"

青芒一笑，径直走到他面前："张将军，睁大你的眼睛，好好看看本官这身甲胄，是门尉该穿的吗？"

张次公其实方才已经看见他身上的甲胄与之前不同了，但未及细想，现在定睛一看，发现竟然是南军制服，不禁大为诧异。

"认出来了吧？"青芒背起双手，一脸傲然，"听着，本官乃陛下亲封的未央宫卫尉丞，不仅肩负宿卫宫禁之责，而且担负了陛下亲授的一项特殊任务——有权接管并调查任何涉及墨家的案子！”

此言一出，在场众人全都一片错愕，包括他身后的郦诺和霍去病。

张次公怔住了：“这……这怎么可能？”

“怎么不可能？”青芒粲然一笑，“张将军若是不信，现在便可入宫去问陛下，本官若有半句虚言，甘愿把脑袋割下来给你。”

张次公彻底蒙了。

“张将军，我知道你现在一头雾水，不过本官没工夫跟你解释。”青芒用手往身后一指，“去，把仇芷若手上的镣铐解开，马上！”

“秦尉丞，就算你所言不虚，可你恐怕还是无权把人带走。”

尽管心下大乱，可张次公并不是轻易服软的人。

“是吗？”青芒眉毛一扬，“莫非陛下给的权力，你都不放在眼里？”

“我不是这意思。”张次公讪讪道，“我是说，这案子我已经上报丞相府了，现在丞相正等着我把人送过去。你若想把人带走，是不是得去跟丞相请示？”

“呵呵。”青芒虽然心中一怔，但反应极快，“没问题，你把人交给我，我回头自会去向丞相禀报。如若不然，我现在立刻入宫去向陛下请旨，说张将军眼中只有丞相，却把陛下的旨意视若无物。”

“你……”张次公又惊又怒，“你这是诬蔑！”

“我都把圣意跟你说得如此明白了，你还是不肯遵旨，怎么能说是我诬蔑呢？”

张次公极度恼怒，却不敢再吭声了。

“去，把镣铐打开。”青芒盯着他的眼睛，“本官可不是在跟你商量。”

“就算你要接管人犯，也没必要打开镣铐吧？”

青芒笑了笑：“既然接管了，那戴不戴镣铐就是我的事，不必由你来操心。更何况，就算要戴，那也得戴我们卫尉寺的镣铐，而不是你们北军的。”

张次公万般无奈，只好给了陈谅一个眼色。陈谅敢怒不敢言，乖乖走过去打开了镣铐。郦诺活动着僵硬的手腕，下意识地与霍去病对视了一眼，彼此也都困惑不解。

青芒不再理睬张次公，走回到二人身边，朝他们笑笑：“走吧，都愣着干什么？”

“陛下真的给你授权了？”霍去病仍旧半信半疑。

“这还有假？”青芒又是一笑，“我秦穆胆子再大，也不敢编造这种谎言吧？”

“那你干吗不早说？”霍去病恨恨道，“害我折腾了这么半天？”

“你只说救一个朋友，既没告诉我是仇芷若，也没说跟墨家有关，你让我说什么？”

霍去病语塞，半晌才自嘲一笑，对郦诺道："芷若姑娘，既然秦穆能保护你，那……你跟他走吧，在下告辞了。"

"霍骠姚，"郦诺忙道，"不管怎样，今日之事，还是要感谢你……"

霍去病笑着摆摆手，打了声呼哨，那匹坐骑很灵巧地跑了过来。他翻身上马，又欲言又止地看了郦诺一眼，旋即打马离去。

他远去的背影竟然有些伤感和失落，青芒顿觉不忍，好像有点儿对不起他似的。可自己明明没有做错什么，为何会有这种愧疚之感？

"你把我'接管'了。接下来，打算带我去哪儿？"郦诺幽幽道。

"我得好好想想。"青芒回过神来，露齿一笑，"要是实在想不到妥当的去处，恐怕只能带你浪迹天涯了。"

"堂堂卫尉丞，舍得抛弃刚刚到手的荣华富贵吗？"郦诺一脸揶揄，"瞧你方才一口一个陛下叫的，那可真是入心入肺！我若随你浪迹天涯，岂不是毁了你的大好前程？"

青芒哑然失笑，要扶她上马，郦诺躲开了，轻盈地跃上马背。青芒也跨上自己的坐骑。二人并辔而去，很快便消失在长街尽头。

张次公久久地站在雪地里，在心里把秦穆的十八辈祖宗全都问候了一遍。

第四章 交心

义，天下之良宝也。

——《墨子·耕柱》

长街空旷，白雪皑皑。

青芒和郦诺信马由缰地在街上走着，仿佛天地间只剩下他们二人。

“你和霍去病……是什么时候认识的？”青芒憋了好久，终于忍不住问出口来。

“也没多久，大概一个月前吧。当时也是张次公为难我，霍骠姚恰好经过，路见不平，便帮了我。”

“原来如此。”青芒一听，大有如释重负之感。

郦诺注意到他的表情，抿唇一笑：“我跟霍骠姚认识，你好像很紧张？”

“看出来了？”青芒笑，“那你应该也能看出我紧张的缘由吧？”

郦诺没料到他会大方承认，不禁白了他一眼：“我也就随口一说，你别想太多了。”

青芒想着什么，忽然道：“你跟霍去病也就是一面之缘，这就很好解释了。”

听他说得没头没脑，郦诺不解：“什么很好解释？”

“明明是我救了你，你反而谢他而不谢我。这说明什么？这不正说明你跟他不熟，所以才要客客气气，而跟我就像自己人似的，说一个‘谢’字反而见外，对吧？”

郦诺冷哼一声：“你要这么说的话，那我还真得谢谢你。”

“来不及了。”青芒得意一笑，“都被我说穿了才要补救，太迟了。”

“我跟你是多打了几回交道没错，可大多并不太愉快，所以‘自己人’这种说法，只怕是你自作多情了。”

“你们姑娘家好像总喜欢口是心非，没关系，我懂你的心就够了。”

郦诺冷笑：“你很懂女人的心吗？”

“不敢说很懂，但至少知道你们喜欢反着说话。”

郦诺忽然想着什么，幽幽道：“不过要说你懂女人，似乎也不奇怪——毕竟你是匈奴主婿，至少你是很懂你家那位居次的。”

青芒脸色一黯，登时说不出话来了。

“我没说错吧？”郦诺看着他，“你对女人的了解，不都是来自你那位尊贵的匈奴妻子吗？”

“我不确定她是不是我的妻子。”青芒的情绪一落千丈，“也许……”

“也许什么？”

“也许，我跟她只是有婚约而已。”

“不必解释了，你跟她到底只是订婚还是已经成婚，跟我没有半点儿关系。”郦诺说到这儿，才蓦然发觉自己说多了。

假如真的没关系，你又何必这么说？

你刚才还在抢白他紧张、暗示他吃霍去病的醋，那你现在这种表现算不算紧张？你是不是也在吃那个荼蘼居次的醋？

郦诺感觉自己的心一下子乱了。

她不想承认自己真的爱上了一个为刘彻卖命的“朝廷鹰犬”，可越是不想承认，郦诺就越发清楚地意识到自己其实已经“沦陷”了……

还好青芒被她触痛了心事，正自黯然神伤，没有注意到她紧张慌乱的神情。郦诺偷偷瞟了他一眼，发现他整个人都颓了，顿时有些不忍，甚至……有些心疼。

一个钢铁般的男人可以毫不设防地在你面前流露出他的柔软和无助，你还有什么理由继续抱着自己的刚强和矜持不放？

何况还是一个几次三番、奋不顾身救你的人，你又有什么理由伤害他？

“秦穆，我不是有意想伤你的心。”郦诺小心翼翼地选择着措辞，“我这人说话，有时候不太注意别人的感受，你，别往心里去……”

“我没事，你不必担心，是我自己失态了。”青芒苦笑了一下，“还有，有件事我想告诉你。”

“什么事？”

“我不叫秦穆。这个身份是我不得已假冒的。”

“这我早知道了，你不就是匈奴人阿檀那吗？”

青芒又苦笑了下：“其实，我……不只是阿檀那。”

“什么意思？”郦诺不解。

这时，纷纷扬扬的雪花又开始飘落下来，两人刚好行到一家茶肆门口。

“进去避避雪吧。”青芒道，“顺便，给你讲个故事。”

丞相府正堂，公孙弘正在接待张汤。

自从上回在北邙山中了匈奴人的暗箭，张汤便一直在家中养伤，这几日才慢慢能下地行走。半个月没出门，公务都耽搁了，张汤如坐针毡，所以今天便迫不及待地来找公孙弘了。

“我说你也是劳碌命。”公孙弘笑，“趁着养伤多休息几日，有什么不好？非得天天劳碌奔波，你才舒坦是吧？”

“知我者，丞相也。”张汤苦笑叹气，“《易传》有言：‘天行健，君子以自强不息。’人活于世，若贪图享乐、唯求安逸，则无异于与禽兽合流，与草木同朽，岂不哀哉！”

公孙弘大笑点头：“说得好！正所谓‘士不可不弘毅’，大丈夫立身处世，自当有此精神气魄，老夫就欣赏张廷尉身上这股子精神！”

张汤赶紧拱手：“丞相谬赞了，属下汗颜。”

寒暄已毕，公孙弘转入正题：“对了，在北邙山射伤你的那伙匈奴人，追查得如何？”

张汤面露憾恨之色，摇头道：“杜周一直在查，可惜目前尚无线索。”

“会不会是逃回匈奴了？”

张汤思忖着：“天机图没到手，他们肯定贼心不死，属下估计他们有可能还在京城。”

“嗯，只要他们没逃，狼尾巴迟早会露出来。”

“对了丞相，属下听说，那个秦穆，居然被陛下破格提拔了，不知是真是假？”张汤忽然问道。

“刚刚今早的事，你耳目还真灵通！”公孙弘淡淡一笑，“这小子来路不明，行事诡谲，总有出人意表之举，大大异乎常人，老夫现在是越发看不懂他了。”

“事有反常必为妖！我看这小子一定有问题，得好好查一查。”张汤上回因赵信的事找青芒麻烦，反被他压过一头，至今耿耿于怀。

“不管有没有问题，这小子帮陛下取回了天机图，眼下圣眷正隆，犯不着去招惹他。再者说，他终究是从本相手底下走出去的，暂时也还不是咱们的敌人……”

正说着，门外军士匆匆来报，说张次公求见，有要事禀报。公孙弘有些意外，道：“让他进来。”

片刻后，张次公三步并作两步地跑了进来，一脸气急败坏，未及行礼就大喊道：“丞相，卑职要检举揭发，朝中有墨家的细作，而且不止一个！”

公孙弘和张汤闻言，同时变了脸色。

天地迷蒙，北风呜咽，大片大片的雪花在空中凌乱飞舞。

茶肆二楼，青芒和郦诺对坐窗前。

隔壁包间，不知什么人在抚琴，曲调苍凉，琴声呜咽。青芒就在这种凄惶的景致和忧伤的氛围中，向郦诺一五一十讲述了自己的过往。

当然，只是他迄今为止所知道的或能够忆起的那些过往。

而且，青芒略去了不久前北邙山争夺天机图的那一幕，更不敢提天机图的去向——毕竟，把属于墨家的天机图交给了朝廷，终究是问心有愧。

郦诺听得心潮起伏、唏嘘不已。她原本以为自己的遭遇就已经够跌宕起伏了，却没想到青芒的身世和命运竟会如此离奇曲折、惊心动魄！

当青芒终于完成他的讲述，隔壁的琴声也很应景地戛然而止。

此刻，郦诺眼中已分明泛起了泪光。

“这么说……你已经完全记不得你娘的模样了？”郦诺微微哽咽道。

青芒摇摇头：“对我来讲，她只是一个名字，而且是完全陌生的名字。”

“跟我一样，我也不知道我娘长什么样子。”郦诺凄然一笑。

青芒的眼睛也湿润了：“她很早就过世了吗？”

“我出生还不到一年，一场疟疾就把她带走了。等我懂事以后，我看见的娘就只是一个小小的木盒子。我说别人的娘都是一个大活人，我娘怎么会是一个木盒子？那是我第一次看见我爹哭得像孩子一样。我不知道怎么办，就抱住我爹说，爹，不哭，娘只是被盒子关住了，咱们把盒子打开，娘不就出来了吗？”

说到这里，郦诺已经泣不成声。

两行清泪从青芒的脸颊潸然而下。他硬是把脸别向窗外，看见无数的雪花在天地之间惶然奔走，不知要落向何方。

“你爹为何不让你娘……入土为安？”青芒知道这个问题有些无礼，但还是忍不住问。

“那年的疟疾闹得很凶，官府怕传染，强令所有病人一咽气就得立刻烧掉，然后再下葬。我爹拾取了我娘的骨灰后，却舍不得埋掉，便一直留在身边了。”

青芒恍然，同时又满心凄恻。

是一种怎样深厚的情感，才会让一个人宁可背弃“入土为安”的古训和礼制，也要把自己早已骨化形销的妻子留在身边？！

“你这次来长安，你爹可放心得下？”青芒问。

“我爹……两年前就跟我娘团聚了。”

青芒一惊：“啊？对不起……”

“没什么。”郦诺抹了抹泪水，苦笑了一下，“这世间如此险恶，到处都是不平和苦难，活着何尝不是在受罪？死亡又何尝不是一种解脱？”

青芒黯然。

他很想安慰她：世界并非全然灰暗，人生也并不总是那么无望。可一想到自己的命运和遭遇，又何尝看得见多少希望和亮色？于是话到嘴边又咽了回去。

“你爹，是墨家的巨子吗？”

青芒知道自己的猜测一定是对的，可还是想确认一下。

果不其然，郦诺点了点头。

“所以，他才会遭到朝廷的毒手！”郦诺眼中闪过一丝仇恨的光芒。

“是什么人害了你爹？”青芒很好奇。

“蒙安国！”郦诺几乎是咬牙切齿地说出了这三个字，“他是东郡太守，我爹便是在他的狱中被害的。还有一个刘彻亲派的特使，是抓捕我爹的人，我至今也不知道他是谁。这两个家伙都是害死我爹的凶手。当然，皇帝刘彻和丞相公孙弘才是真正的幕后元凶！”

郦诺从回忆中回过神来，忽然自嘲一笑：“我差点儿忘了，坐在我面前的人是堂堂的朝廷卫尉丞，我为什么要跟你说这些？”

“呃……”青芒挠了挠鼻子，“我的经历方才都跟你说了，朝廷的大行令韦吉是我杀的；还有，公孙弘也是我刻在狼头骨上的名字，肯定也是我的仇人。说到底，咱俩其实是一头的，我身上这甲胄，说白了就是一层伪装而已，你完全可以把我视为盟友或是潜伏在朝中的一个卧底。你说呢？”

郦诺想了想，这些话确实有些道理，便不再反驳，随即把父亲遇害的经过原原本本告诉了他。

青芒听得阵阵心惊，万万没料到墨家内部竟也是如此复杂。

“那个东郡太守蒙安国，后来如何了？”青芒料想此人一定已经被郦诺杀了，只是出于好奇，便多问一句。

“还没等我杀了他，他便恶有恶报，被刘彻给满门抄斩了。”郦诺恨恨道。

青芒不由得一震：“满门抄斩？是何缘故？”

“我不知道，也没兴趣知道。”郦诺声音很冷。

“那，出卖你爹的那个内奸，后来就一直没查出来吗？”

郦诺摇头：“毫无线索，怎么查？”

青芒略为沉吟，又道：“对了，张次公这回是以什么名头抓你，你得告诉我，这样我才能帮你。”

“名义上是失火案，不过那是我后来伪造的，实际上，是内奸纵火杀人。那天晚上，宅子里发生了很多诡异的事，一共死了十几个人……”

青芒悚然一惊，沉声道：“慢慢说，把那晚的事发经过全都告诉我。”

郦诺目光幽远，陷入了回忆……

丞相府正堂中，公孙弘和张汤听完张次公讲述了今天早上发生的所有事情，不禁大为讶异，一时面面相觑。

“你是说，秦穆那小子就这样生生把人劫走了？”张汤抢着问。

张次公苦着脸：“卑职能怎么办？人家把陛下都抬出来了，我若不把人交给他，那不是抗旨吗？”

“那你就没跟他说，仇芷若是丞相府和廷尉寺要的人？”

“卑职说了，可秦穆压根儿不把丞相和您放在眼里啊！”

张汤闻言大怒，还想说什么，公孙弘抬手止住了他，对张次公道：“本相想知道，你有什么证据认定仇芷若是墨家刺客？”

“坦白说，卑职没有证据，但该女子身上疑点甚多，卑职相信自己的直觉。”

公孙弘不由得哑然失笑，摇了摇头。张汤眼睛一瞪：“你说什么？直觉？你就凭虚无缥缈的直觉办案？”

“丞相、廷尉，请恕卑职斗胆直言，朝廷这几年打击游侠豪强，不都是‘宁可错杀，不可放过’吗？就算仇芷若不是墨者，也不过错杀了一个草民而已，可万一卑职的怀疑是对的，由她入手破获整个墨家组织，这难道不值得一试吗？”

公孙弘和张汤闻言，也觉得有些道理，便默不作声。

“再者，仇芷若刚一被捕，汲黯、殷容和秦穆便都跳了出来，一个个不惜代价力保她，这正常吗？如果仇芷若只是一个普通的民间女子，又怎么可能惊动这几个当朝大员？依卑职愚见，仇芷若一定大有来头，而这三个人也一定跟墨家脱不了干系！”

张次公之所以把霍去病略过不提，是因为他不敢得罪卫青，而且他也知道公孙弘和张汤跟他一样，绝不敢去招惹这对舅甥。

听完这话，公孙弘和张汤意味深长地对视了一眼，一切已尽在不言中。

说白了，张次公送上门来的这个案子，价值不仅在于有可能破获墨家，更在于他们可以借此机会收拾汲黯！

当然，对张汤来说，顺道还可以收拾秦穆；而对张次公来说，首要目标自然非殷容莫属。

大家心照不宣，各取所需。

就在这时，军士再次来报：御史大夫李蔡求见。

“呵呵，又来一个。”张汤不禁冷笑，“今儿还真是热闹啊！”

当时的陵寝事件，李蔡曾参过张汤，害他被天子停了职，此恨张汤一直未消。现在李蔡也来蹚这趟浑水，无异于给了他一个报复的机会，张汤自然心生窃喜。

“丞相，”张次公忙道，“如卑职方才所言，汲黯果然去找李大夫了，而李大夫料到我会把人犯送您这儿来，所以才来投石问路。既然连贵为三公的李大夫都卷进来了，愈加说明仇芷若的身份绝对不简单。”

公孙弘面无表情，也不答言，只甩了甩袖子，示意他们暂时回避。二人连忙起身，匆匆躲到了宽大的紫檀屏风后面。

“……事情的经过就是这样。”

郦诺好不容易把那天晚上尚冠前街宅子里发生的一连串诡异事件叙述了一遍。

青芒眉头紧锁，陷入了沉思，半晌才道：“你能确定，巨子令是被黑旗旗主田君孺盗走的？”

“至少他的嫌疑最大。”郦诺看着他，“莫非你有别的结论？”

青芒心里隐约有一种感觉，但是这个事件太复杂了，现在下什么结论都为时过早，便道：“我倒也没什么结论。如今看来，田君孺固然嫌疑最大，但其他人的嫌疑也不可排除。总之，你自己一定要注意安全，万事都要小心。”

郦诺感觉到他语气中充满了关切之情，心中顿时涌起一股暖意：“听你这意思，是要放我回去？”

“要不然呢？”青芒淡淡一笑，“我还能抓你回卫尉寺不成？”

“可是，你这么做，朝廷不会怪罪你私纵人犯吗？张次公那帮人又岂会善罢甘休？”郦诺颇为担忧，“这样岂不是把你给连累了？”

“你要是怕连累我，不如随我去浪迹天涯算了。”青芒笑盈盈地看着她，“咱俩一块儿远走高飞，离开这个是非之地。”

“你又来了！”郦诺嗔笑地白了他一眼，“事情这么棘手，你还有心思开玩笑？”

“是有些棘手。”青芒若有所思，同时却又成竹在胸，“不过我青芒绝顶聪明，这事怎么难得倒我？放心吧，没人能把我怎么样，就算皇帝也不能。”

听他这么一说，郦诺才稍稍松了口气，心想他既然敢这么做，那就一定有他的办法。

“对了，‘青芒’这名字……是你的表字还是你的小名？”郦诺忽然有些好奇。

青芒摇摇头：“我也不知道。从北邙山醒来之后，我第一个碰见的熟人——蒹葭客栈的伙计就是这么叫我的。有时候我想，还好这两个字不算难听，若是他叫我‘富贵’‘发财’之类的，我恐怕也只能认了。”

郦诺“扑哧”一笑。

看着她明艳动人的笑容，青芒一时竟有些呆了。

郦诺与他目光交接，顿觉脸颊一热，忙道：“至少这名字也是个线索，可以让你去寻找身世、寻找你的父亲。”

青芒闻言，神色立刻黯了下来：“是啊，可天下之大，我又该到何处寻找？”

“说不定根本不用找。”见他如此伤感，郦诺心中又是微微一疼，连忙安慰，“也许很快你就能恢复记忆，到时候就什么都想起来了。”

“但愿如此吧。”青芒苦涩一笑，看见窗外的风雪渐渐小了。

“走吧，我送你回去。”

尽管很不愿意跟她分开，但二人终须一别。因为这里是长安——无论对青芒还是对郦诺来讲，这里都是一个群敌环伺的虎狼之地。况且，他们又都背负着各自的使命，前路仍有无数的艰难险阻等待着他们。

今天二人能够静静地坐在一起互道身世、彼此交心，在万般险恶中享受片刻安宁，就已经是一种难得的奢侈了。难道，你还想从此跟她长相厮守不成?

青芒在心里自嘲一笑。

公孙弘笑容和煦地接待了李蔡。

二人寒暄了一阵，公孙弘便问他是何来意。李蔡命侍立身后的随从呈上了十几卷文牍，道："丞相，这是御史府最近调查的一批贪墨渎职案，其中涉及多位二千石以上官员，下官初步草拟了处置方案，但还需您过目审核。"

公孙弘拿起案上的一册竹简随意翻了翻，淡淡道："这种例行公事，派个书吏送过来就行，何需李大夫亲自跑一趟？"

李蔡赧然一笑："丞相果然目光如炬，下官此来，的确有件事想当面向您禀报。"

这么快就要摊牌了？公孙弘心中冷笑。

"李大夫请讲。"

"下官怀疑内史汲黯徇私枉法，特来向丞相举报。"

此言一出，不仅公孙弘大为错愕，就连躲在屏风后的张汤和张次公也是一脸愕然、面面相觑。

"汲黯徇私枉法？"公孙弘眯起眼睛，"此言何意？"

"汲黯告诉下官，说北军将军张次公逮捕了他的一个同乡，是个女子，名叫仇芷若。张将军怀疑她是墨家刺客，而汲黯却想救她，还来请下官帮忙。您说，这不是徇私枉法又是什么？"

"听你的意思，是不想帮他的忙喽？"

"丞相明鉴。下官虽然跟汲黯有一点儿私交，但事关墨家刺客，非同小可，下官又怎敢因私害公，置朝廷律法于不顾？"

公孙弘一时摸不透李蔡的虚实，便道："李大夫心系朝廷、公私分明，本相很欣慰。不过，就算张次公怀疑这个仇芷若是墨家刺客，但也仅是怀疑而已，尚无定论。汲黯出于同乡之情，想救这个女子，也是情有可原。你一下就给他扣个'徇私枉法'的罪名，似乎不妥吧？"

“回丞相，张将军是个尽忠职守之人，做事向来兢兢业业，且墨家的案子一直是他在办，相应的情况他最了解，所以下官相信，他绝不会平白无故抓捕仇芷若。既然抓了，就说明这个仇芷若肯定有问题。即便没有问题，张将军审完之后自会还她一个清白，汲黯何必急不可耐地想把人捞出来？这不摆明了是心虚吗？故下官认为：张将军所秉，诚为公心；而汲黯所徇，确属私情！”

“嗯，这么说也有点儿道理。”公孙弘观察着他的神色，仍旧捉摸不透，决定继续试探，“你刚才说汲黯想请你帮忙，具体是帮什么忙？”

“他想让下官开具公函，并由御史府出面，调取此案的相关证据。”

“这个要求也不过分啊。朝廷办案，不是向来有此规矩吗？”

“是有这个规矩，但此案既然关系到墨家，便非一般案子可比。平时御史府之所以要监督有司办案，是出于审慎和公正的考虑，尽量避免冤假错案的发生，但是对于墨家的案子……”李蔡停顿了一下，“请恕下官直言，对付穷凶极恶的墨家，朝廷秉承的原则不应该是审慎和公正……”

“哦？那照你看来，应该是什么？”

“应该是从严、从重、从快！”李蔡斩钉截铁、一字一顿道，“必要的时候，宁可错杀，不可放过！”

公孙弘不禁蹙紧了眉头，定定地看着李蔡——眼前的这个御史大夫忽然令他有一种陌生之感。

屏风后的张汤和张次公更是被李蔡这一席话彻底搞蒙了——难道这才是他的真实立场？！

“丞相，居于上述理由，下官不能接受汲黯的私下请托。”李蔡既正色又恳切道，“下官甚至怀疑，汲黯跟墨家有瓜葛！所以下官建议，立即对汲黯立案调查。”

“李大夫，按说汲黯跟你平时的私交也算不错。”公孙弘似笑非笑道，“可你现在不但举报了他，还想调查他。这么做，是不是有点儿……不太厚道啊？”

李蔡苦笑：“下官忝列三公、位居御史大夫，岂能拘泥小节而戕害大义？若为官之忠诚与做人之厚道不可得兼，下官宁取忠诚，不要厚道。”

最后这句话彻底打消了公孙弘的疑虑。

“哈哈哈，说得好！”公孙弘大笑道，“孟子曰：‘大人者，言不必信，行不必果，惟义所在。’看来，李大夫是通权达变、明乎大义的真儒，不是那种食古不化、胶柱鼓瑟的腐儒啊！”

李蔡连忙拱手："丞相见笑了。在您这位当世大儒跟前，下官岂敢称得上'儒'字？"

"李大夫不必过谦。"公孙弘最喜欢别人用"大儒"二字奉承他，顿时有些心花怒放，"你刚才说要调查汲黯，依我看大可不必。"

李蔡不解："这是为何？"

"假如汲黯真有问题，你正式立案调查他，他却给你来个三缄其口，你反而什么都查不出来。反之，若你顺着他的意思办，他让你干什么你就干什么，不是更有助于弄清他的真面目吗？"

李蔡恍然："下官懂了，就是让他去折腾，咱们再后发制人？"

公孙弘拈须而笑："是这个意思。所以，他让你帮忙救人，你就帮他，而且要不遗余力地帮！"

"是，丞相英明。"

"不过，现在有个突发情况。方才张次公在押解仇芷若的途中，人犯被人给劫走了。"

"有这等事？"李蔡猝然一惊，"是何人如此胆大包天？"

公孙弘讪讪一笑："是新任的卫尉丞、前本相座下门尉秦穆。人家有陛下亲赐的特权，可以调查任何涉及墨家的案子，所以他这么干，倒也是在职权之内，不能说胆大包天。"

"原来如此。"李蔡若有所思，"那，下官接下来该怎么做？"

"把这消息告诉汲黯，看看他什么反应。他若想去跟秦穆要人，你不妨就陪他去。"

"下官遵命。"

李蔡随即告辞离去。张汤和张次公从屏风后走了出来，脸上还有些讶异之色。

"这个李蔡，怎么突然转性了？"张汤道。

公孙弘冷冷一笑："他是料定咱们会借此机会收拾汲黯，怕引火烧身，就赶紧来跟老夫表忠心，先把自己择干净！这家伙，精着呢！"

李蔡从丞相府出来，匆匆登上马车，命御者驱车在附近兜了几圈，确定无人跟踪后，才把车驶入不远处一条僻静的小街中。

马车在一家不起眼的茶肆门口停下。

片刻后，汲黯快步走出茶肆，一头钻进了车厢。

“情况如何？”汲黯一脸焦急。

李蔡把头靠在板壁上闭目养神，闻言却不说话，只是嘴角微含一丝奇怪的笑意。

“喂，说话呀！”汲黯推了他一把，“你想急死我是吧？”

“这事可真是越来越有趣了。”李蔡终于睁开眼睛，脸上笑意未减，“说了你都未必肯信——张次公押着人去丞相府的路上，居然被人给劫了！”

“什么？”汲黯惊愕莫名，“谁干的？”

李蔡把情况简要说了一下。

“秦穆？这家伙什么时候当上卫尉丞了？”

“估计也就这一两天的事，否则我不会不知道。”

“可就算是卫尉丞，他也没权力这么干啊！”

“据说陛下给了他调查墨家案件的特权，兴许……是想跟张次公抢功吧。”

“咋就搞得这么复杂！”汲黯颇为困惑，“我就纳闷了，此人到底什么路数？他到底是不是公孙弘的人？”

“这谁知道。”李蔡淡淡一笑，似乎不愿深谈这个话题，“说吧，我把情报都给你摸清了，你打算怎么办？”

“还能怎么办？”汲黯眼睛一瞪，“当然是去会会这个秦穆了。”

“为了这个区区民女仇芷若，你当真想一条道走到黑？”李蔡眯眼看着他。

“这可是一条人命！”汲黯梗着脖子道，“难道只有达官贵人的命才是命，黎民黔首的命就不是命？万一仇芷若被屈打成招，那仇景父女他们一大帮人不都得被诬为墨家刺客吗？这又是多少条人命？我要是撒手不管，那还算是人吗？！”

“好好好，我不跟你吵架。”李蔡摆摆手，无奈笑道，“要去你自个儿去，恕我不奉陪了。”

“想躲？没门！”汲黯一副不容分说之状，“不就是一个小小的卫尉丞吗，你怕了？”

“怕倒不至于。”李蔡苦笑，“只是说心里话，今儿这一大摊烂事，到底跟我有何关系？我凭什么要蹚这趟浑水？”

“就凭咱俩的交情！”汲黯哼了一声，“少废话，走吧！”

李蔡又是连连苦笑，只好伸手敲了敲车厢前部的板壁：“走，去卫尉寺。”

马车应声而动。

汲黯满意一笑，学着李蔡方才的样子，把头往板壁上一靠，开始闭目养神。

李蔡若有所思地瞟了他一眼，眼中有一丝异样的光芒一闪而逝。

风停雪住，路上的行人车马多了起来，长安城恢复了几分繁华喧闹的气息。

马车缓缓经过一个十字路口，左拐朝北阙行去。李蔡下意识挑开车帘，望着外面的街景。忽然，他看见了什么，连忙喊了一声：“停车。”

汲黯睁开眼睛：“怎么了？”

李蔡不语，只定定地看着右前方的两个行人。

汲黯顺着他的目光望去，那是一男一女的背影，各乘一骑，在街边慢慢走着。

“仇芷若！”汲黯脱口而出，又惊又喜。

毫无疑问，她身旁那个铠甲锃亮、身形修长的年轻男子，定是秦穆无疑了。可让汲黯深感困惑的是，两人看上去一点儿都不像是官员与“人犯”的关系，倒像是一对在街边漫步的情侣。

“这也太奇怪了吧？”汲黯忍不住道，“秦穆不惜跟张次公大打出手，到头来却在这儿陪仇芷若逛街？”

“嗯，瞧这情形，更像是英雄救美。”李蔡笑道。

“依你看，他们这是上哪儿？”

二人所走的方向分明与未央宫南辕北辙，令汲黯越发摸不着头脑。

李蔡想了想，淡淡一笑：“那得看仇芷若住哪儿。”

“尚冠前街啊。”汲黯脱口道。

“那不就对了？”

汲黯恍然大悟：“秦穆这是想送她回去？”

“还能有别的解释吗？”李蔡瞥了他一眼，“要我说，你真得感谢这个秦穆，人家帮你把烫手山芋接过去了，免得你豁出这条老命，硬要往火坑里跳。”

“不行，跟着他们，我得亲眼看见仇芷若进了家门才放心。”汲黯道。

“唉，我真是服你了！”李蔡一声长叹。

青芒送郦诺回到了尚冠前街。

二人牵着马儿站在宅子前，心中都有些依依不舍。

“最近这段时间，张次公肯定不敢再上门骚扰，你只要不出门便没事。”青芒叮嘱道，“至于朝廷和公孙弘那边，我会设法稳住，你不必担心。”

“我知道你为我好，可你让我躲着不出门，我办不到。”郦诺道，“我要是如此贪生怕死，当初也不会来长安了。”

“我懂，你们墨家个个是赴火蹈刃、死不旋踵的侠士，问题是现在张次公已经盯上你了，而你又是巨子，身系整个墨家的安危，又岂可轻言一死？”

“严格来讲，巨子令不在我手上，我就还不算巨子。退一步说，即便我是，我就该躲起来吗？相反，我更应该以身作则，率先垂范。就算我死了，还会有更多的弟兄前仆后继……”

“听我说！”青芒忍不住打断她，“你这是逞匹夫之勇！身为墨家巨子，你必须以大局为重，该隐忍就隐忍，该蛰伏就蛰伏。这并不是懦弱退缩，而是韬晦，是谋略。”

“你说得没错，我只会逞匹夫之勇，所以没资格当这个巨子。”郦诺虽明知青芒是为她好，可听他这么说，自尊心还是有点儿受挫，便赌气道，“可惜你不是墨者，否则像你这么绝顶聪明、智勇双全的，最适合当巨子了。”

见她不悦，青芒只好赔了个笑脸：“对不起，我刚才可能把话说重了。”

郦诺察觉自己也有点儿反应过激，便缓了缓脸色，道：“没什么。其实人各有志，本无所谓对错……”

一句话还没说完，宅子大门突然打开，仇芷薇牵着一匹马，一边气冲冲地走出来，一边回头喊道：“你不敢救我去救，反正我不当缩头乌龟！”

“给我站住！”后面，仇景又气又急地追了出来，“你这是去送死，还会把所有人都连累了你知道吗？！”

忽然，二人同时看见了郦诺和青芒，不由得愣住了。

仇芷薇眼睛一红，扑上来一把抱住了郦诺。仇景则一脸警惕地看着青芒。

“姐，我都担心死了，是不是汲内史救了你？”仇芷薇急着问。

“呃，是的。”郦诺暂时还不想透露跟青芒交心的事，便随口应道。

“又是你？”仇芷薇斜眼看着青芒，“你在这做什么？”

“芷薇，不得无礼。”郦诺忙道，“是汲内史让他送我回来的。”

仇芷薇打量着青芒身上的甲胄，满腹狐疑。

这时仇景也走了上来。郦诺介绍青芒与他认识。当然，她介绍仇景时只说是“叔父”，介绍青芒时则强调他是汲黯的同僚兼好友。

“草民见过秦尉丞。”仇景作出恭敬之状，“多谢秦尉丞护送小侄安全归来。”

青芒笑笑，客气了一下，又跟他们寒暄了几句，然后便跃上马背，告辞离去。

李蔡的马车静静停在宅子斜对面，汲黯正挑着车帘一角在观察，见青芒策马过来，赶紧放下。

马车随即启动，但没走两步便被青芒挡住了去路。

其实青芒早就发现了他们，却装作毫无察觉。

“何方朋友，偷偷跟了一路，还在这儿看了半天，有意思吗？”青芒淡淡道，“何不下来聊聊？”

车厢中沉默了片刻，然后汲黯步下马车，与青芒四目相对。

青芒一看，赶紧下马，抱拳道：“原来是汲内史，下官失敬了。”

之前在茶肆，青芒已经从郦诺处得知汲黯一直在照应他们，所以知道他没有恶意。

汲黯走到他面前，仔细打量了一番，微微一笑：“秦尉丞身负陛下重托，却私纵墨家嫌犯，就不怕陛下问罪吗？”

青芒也笑了笑：“汲内史这一上午，为了这个墨家嫌犯，想必也没少奔走吧？您怎么也不怕陛下问罪呢？”

“本官是出于同乡之谊，为她奔走乃是人之常情、理所应当，却不知秦尉丞先是从张次公手里劫人，继而又把人犯亲自护送回家，又是为哪般呢？”

“不瞒内史，下官与仇姑娘有过数面之缘，也算是朋友。下官知道她是被冤枉的，也知道张次公是别有居心。既如此，下官又岂能袖手旁观、见死不救？”

彼此略作试探后，二人便都清楚对方的立场了。汲黯下意识地瞟了马车一眼，旋即把青芒拉到一旁，低声道：“年轻人，既然咱俩是一头的，废话就不多说了。老夫佩服你的勇气，可此事干系重大，公孙弘和张次公这帮家伙绝不会善罢甘休，说不定连陛下也会亲自过问。到时候他们一块儿找你麻烦，你又该如何应对？”

“多谢内史提醒。”青芒露出一个自信的笑容，“下官自然已经想好了对策，否则怎么敢这么做？”

汲黯不禁又深长地看了他一眼，眼中不无敬佩之色。“也好，你既有应对之法，老夫就放心了。”

“陛下和丞相那儿，下官自会应对。”青芒想着什么，“倒是仇姑娘这头，下官有些放心不下。”

“哦？怎么讲？”

“您方才也说了，既然丞相他们已经盯上了她，便绝不会善罢甘休，所以下官担心，仇姑娘住在这儿不太安全。”

郦诺的性子那么刚强，心气那么高，青芒当面说服不了她，只能背后想办法护她周全。

“有道理。”汲黯眉头一紧，“那就让他们搬走，老夫替他们再寻个房子。”

青芒苦笑：“天子脚下，搬到哪里能躲开朝廷的耳目？”

“这倒也是。”汲黯垂首沉吟了片刻，“要不然，就让他们回老家算了，内史府的活儿，老夫另找工匠来做。”

“普天之下，莫非王土。”青芒叹了口气，“他们一旦离了长安，没有了您和下官的庇护，岂不是更加危险？”

汲黯一听，顿时没了主意，急道：“左也不行右也不行，那依你之见，该当如何？”

“下官倒是有个想法，只是有些唐突，不知当不当说。”

“有话就说，不必吞吞吐吐。”

“对仇姑娘他们而言，如今的长安，恐怕只有一个地方是安全的。”

“哪个地方？”

“您的内史府。”

“什么？”汲黯大吃一惊，“你的意思，是让他们住进内史府？”

青芒目光沉静，看着汲黯：“丞相和张次公他们再跋扈，也不敢随便闯进您的内史府抓人，不是吗？除非他们有陛下的旨意。可据下官所知，您是陛下的东宫旧臣，满朝文武中，陛下唯独对您敬畏三分。所以，他们若想请旨到您的内史府抓人，只怕是千难万难。”

汲黯眉头紧锁，下意识地来回踱步。

片刻后，青芒接着道：“下官此法虽不免唐突，却也不是全无道理。您可以对外宣称，说内史府的工程工期紧、任务重，必须让工匠们昼夜轮班，才能确保工程按时完工。而为了不让工匠们在住处和工地之间两头跑，浪费时间精力，最好的办法便是让他们和眷属都住进内史府。这样的理由，不敢说堂而皇之，至少是事出有因，即便丞相他们明知是借口，恐怕也只能干瞪眼，不敢拿您怎么样。”

汲黯停下脚步，再一次深长地打量着他，半晌才冷冷道：“秦穆啊秦穆，你这可是把老夫逼到墙角上了，万一仇芷若他们真是墨者，你让老夫如何转圜？又如何自证清白？”

青芒故作犹豫地想了想，遂歉然一笑：“抱歉内史，是下官思虑欠周了，这么做确实会置您于险境之中。想来也是，仇姑娘跟您无非是同乡而已，实在犯不着为他们冒这么大的风险。算了，只能听天由命，让他们自求多福了。下官收回刚才的话，您……权当我没说。”

此言听上去温和，实则隐含激将之意。果然，汲黯一听便不乐意了：“什么叫‘无非同乡而已’？照你这么说，老夫这一早上何必为他们四处奔走？要说冒风险，这不早就冒得一塌糊涂了吗？你信不信，公孙弘现在已经对老夫磨刀霍霍了？”

“信。所以下官才收回刚才的话，不该害您越陷越深。”青芒一脸恭谨道。

“话也不能这么说。”一想到公孙弘，汲黯的牛脾气一下就上来了，“既然出了这个头，现在收手便是半途而废，公孙弘那帮人岂不是以为老夫心虚？或是怕了他们？”

“呃，丞相应该不会这么想吧……”青芒故意含糊其词。

“罢了，开弓没有回头箭，老夫豁出去了！”汲黯忽然仰面朝天，一声长叹，“就照你说的办，老夫明日就安排他们全都搬过来！”

“内史侠肝义胆，救人急难，实为我辈楷模，请受下官一拜！”青芒俯首长揖。

“行了行了，高帽子就别给我戴了。”汲黯摆摆手。

“下官还有一言，望内史别嫌下官啰唆。”青芒又道。

“你确实挺啰唆的。”汲黯笑了笑，“说吧。”

“仇姑娘他们搬过去之后，还望内史吩咐手下，把仇姑娘看紧一些，最好别让她出门走动，否则，万一再被人抓走，咱们如此大费周章就没有意义了。”

“秦尉丞对仇姑娘如此关心备至，想必……你们二位不会只是普通朋友吧？”汲黯笑着问道。

“呃，目前确实是普通朋友，至于将来如何，下官也不好说，兴许……兴许得看天意了。”

青芒急中生智，给了一个既真实又巧妙的回答。

“狡猾！”汲黯哈哈大笑，拍了拍他的肩膀，“年轻人，咱俩也算有缘，找个时间一定要好好聊聊，今日就暂且别过吧。”

二人随即拱手道别。汲黯快步走回车上，马车旋即离去。

青芒目送着马车走远，神色渐渐凝重。

让郦诺他们住进内史府这“馊主意”是你出的，你就得负起责任。青芒在心里对自己说，无论如何也不能让郦诺他们的真实身份暴露，否则必将给汲黯惹来滔天大祸。

接下来，你不再是为自己一个人活了，你的一言一行、一举一动都将关乎许许多多人的身家性命！稍有不慎，你就会给他们造成灭顶之灾！

摇摇晃晃的马车上，李蔡和汲黯各自靠在车厢一角闭目养神。

李蔡不时微微睁眼，偷瞄汲黯，却见他久久不动，仿佛睡着了一般。半晌，李蔡终于没忍住，便咳了咳，道："我说，你方才跟秦穆嘀咕了半天，说什么呢？"

"你想听吗？"汲黯半睁了一只眼，样子有些滑稽，"你不是不想蹚这浑水吗，何必多打听？"

"嘿，我说你这人……"李蔡老大不乐意，"这一上午我陪你东跑西颠的，所为何来？这会儿你倒得了便宜卖乖了！"

"不是我卖乖，我是不想再给你惹麻烦。"汲黯把那半睁的眼又闭上了，"这事本来就跟你无关，是我硬把你扯进来的，现在想想，还真有点儿过意不去。"

"哈！"李蔡忍不住大声冷笑，"你汲长孺使唤我都使唤惯了，你也会过意不去？还真是太阳打西边出来！"

汲黯咧嘴一笑："我是真心话，你爱信不信。"

李蔡重重地哼了一声，别过头去，不再理他。

汲黯仍旧闭着眼睛，伸手拍拍他的肩膀，以示安抚。

李蔡回头瞪了他一眼，一脸不悦。

不过，李蔡的不悦之情似乎颇为浅表，或者说只是刻意装出来的。此刻他的眼神其实十分冷静，而且眼底还有一层浓浓的若有所思之色。

第五章 圣意

天子有善，天能赏之；天子有过，天能罚之。

——《墨子·天志》

是日午后，“秦穆私纵人犯”的消息便传进了丞相府。

消息是李蔡派人送来的。

公孙弘和张汤闻讯，既惊且怒，万万没料到秦穆竟敢干出如此藐视律法、大逆不道之事。

二人商量了一阵，然后公孙弘又在堂上足足沉思了一刻钟，最后终于下定决心——就从秦穆身上开刀，回头再收拾汲黯！

主意已定，二人立刻驱车入宫，径直向天子作了禀报。刘彻听完，心中也颇为错愕，没想到早上刚刚授予秦穆特权，一转眼他便将权力如此滥用。

刘彻压抑着内心的疑惑和愤怒，当即命人传召秦穆上殿……

温室殿内温暖如春，但此刻的气氛却透着几分森寒。

刘彻端坐御榻，公孙弘和张汤分坐左右，三道目光齐刷刷地盯着跪在下面的青芒。

“秦穆，”刘彻威严的声音在空旷的大殿上响起，“知道朕为何召你上殿吗？”

“回陛下，臣略知一二。”青芒表情沉静。

“哦？说说。”

“臣斗胆揣想，一定与墨家嫌犯仇芷若有关。”

公孙弘和张汤闻言，不由得对视了一眼。二人的目光仿佛都在说——这小子到底是吃了豹子胆还是哪根筋搭错了，怎么会如此有恃无恐？！

“明白就好。”刘彻冷冷道，“那你告诉朕，为何从张次公手中劫走人犯仇芷若，又为何私自把她放跑了？你可知，此举是在公然藐视我大汉律法？”

“回陛下，臣如此行事，确实难以用常情揣度，但充其量只是不合常理，并非藐视律法。”

“当着陛下的面你还敢振振有词？”张汤忍不住插言，“我看你眼中不仅没有律法，甚至没有陛下！”

刘彻目光冷冽，立刻扫了过来，张汤慌忙噤声。

“秦穆，为何明知悖逆常情，你还要这么做？”

“回陛下，臣以为，墨者本非寻常之人，所犯更非寻常之事，既如此，朝廷又岂能以寻常之法对治？”

听他话里有话，刘彻不觉眉头微蹙：“说下去。”

“臣还记得，数月前朝廷抓捕了墨家细作孔禹，有司对其施以重刑，并以其家人性命相逼，怎奈最终还是一无所获，无法从其口中掏出只言片语。由此可见，对付墨家这些冥顽不化、悍不畏死之徒，不宜一味采取强硬手段，而应考虑别的办法。”

“什么办法？”

“将欲夺之，必固与之。”

此言出自老子的《道德经》，在场诸人当然都明白其含义。

“你的意思，是欲擒故纵？”

刘彻眸光一闪，似乎来了兴致。公孙弘看在眼里，暗觉不妙。

“陛下圣明。臣之所以从张将军手中劫走仇芷若并将其释放，目的正是获取她的好感和信任——先收其心，再慢慢接近她，暗中对其展开调查。如果仇芷若真是墨家刺客，臣一定会查清她的所有犯罪事实。继而，臣还可以顺藤摸瓜，打入墨家内部，掌握更多线索，锁定更多嫌犯，最终将整个墨家组织连根拔起，一网打尽！当然，万一情报不确，事实证明仇芷若并非墨者，臣也会据实奏报，以免错杀无辜。”

刘彻闻言，眼中不禁露出赞赏之色，略加沉吟后，忽然对公孙弘道：“丞相，秦穆此计，你觉得如何？”

公孙弘意识到天子内心的天平已经倾向秦穆了，便笑道：“原来秦尉丞早有妙计，那是老臣错怪他了。若能以此良策，一举铲除墨家，老臣举双手赞成。”

刘彻微微颔首，把脸转向另一边：“张卿，依你之见呢？”

皇帝和丞相的态度都已如此明朗，张汤当然不敢有二话，只好附和道："此计甚善，臣……附议。"

"好，那此案便交给秦穆了。"

刘彻一锤定音。

公孙弘和张汤交换了一下眼色，虽然眼底满是不甘，却也无可奈何。

"秦穆，"刘彻又恢复了冷峻的神色，沉声道，"此案若办下来，朕自然不会亏待你；可要是办砸了，后果……你自己清楚。"

"请陛下放心。"青芒双手抱拳，朗声道，"纵使肝脑涂地、粉身碎骨，臣亦不敢辜负陛下重托！"

青芒和张汤已然离去，大殿内只剩下刘彻和公孙弘。

君臣二人聊了一会儿朝政，刘彻忽然瞟了公孙弘一眼，道："丞相这一天，心里好像都憋着话，现在这也没旁人了，你不妨一吐为快。"

公孙弘一怔，有些尴尬道："陛下真是……明察秋毫。"

刘彻淡淡一笑："你是想说秦穆的事吧？"

"呃，陛下圣明。"公孙弘略为思忖了下，"秦穆出自老臣门下，这个年轻人颇具才干，也很有胆识，为人处世亦无可指摘，是不可多得的青年才俊。陛下慧眼识英，不拘一格拔擢之，并委以重任，老臣为朝廷得此英才而甚感欣慰。但是嘛……"

"这些铺垫大可不必。"刘彻似笑非笑地打断他，"朕想听的，就是你这'但是'后面的话。这才是正题，对吧？"

公孙弘赧然一笑："是是是，老臣这就说正题。秦穆此人，样样无可挑剔，几乎很难从他身上看出什么毛病，可问题恰恰在此：不瞒陛下，从认识秦穆的第一天起，老臣就觉得他身上有一种深不可测、飘忽不定的东西，像是戴着一张面具……"

"有那么玄乎吗？"刘彻笑，"他过去在匈奴待过，自然怕让人知道，戴个面具不也正常？"

"是，陛下此言也有道理。可按说如今他的身份揭开了，那种神秘感就该随之消失才对，但老臣却没有这种感觉，反而觉得……此人愈加难以捉摸了。"

"照你这么说，即使揭开了一层面具，也还不是他的本来面目喽？"

"这个嘛，老臣没有证据，不敢妄论，但……的确有此感觉。"

听到这儿，刘彻忽然不再言语，只是直直地看着公孙弘，把他看得浑身不自在。过了半晌，公孙弘实在受不了这种逼视，正想开口说点儿什么，缓解一下尴尬的气氛，却蓦然听见天子发出了一串含义不明的笑声。

公孙弘大为纳闷："敢问陛下……何故发笑？"

"朕笑的是，你的感觉和朕一模一样！"

公孙弘惊讶地张大了嘴："陛下……此言当真？"

"朕何时说过戏言？"刘彻的笑容忽然敛去，目光瞬间变得森冷，"你以为，朕对这个秦穆就没有丝毫怀疑吗？你以为他和霍去病说什么，朕就会信什么吗？若果真如此，你也太小看朕了。"

"不不不，陛下明鉴，老臣绝无此意！"公孙弘吓得慌忙离席，俯首长揖，"老臣只是年老昏聩，一时未能领会陛下深意……"

"那你说说，朕究竟有何深意？"刘彻再次打断他。

公孙弘一愣，片刻后终于灵光一现，脱口道："老臣明白了，原来陛下对秦穆早有怀疑，却故意不次拔擢、委以重任，就是要麻痹他，放手让他去表演，而陛下则冷眼旁观，看他是不是真的掩藏了什么秘密。不知老臣……猜对了吗？"

刘彻呵呵一笑："要是连这一点都猜不透，那朕可真的怀疑你年老昏聩了。"

"老臣惭愧，老臣惭愧。"公孙弘暗暗捏了一把汗。

"不瞒你说，方才秦穆上殿之前，朕已经给御史府下了一道密旨了。"刘彻摆摆手，示意他坐下。

"敢问陛下，是何密旨？"公孙弘重新入座，弱弱问道。

"朕命李蔡负责追查秦穆的真实身份，头一件事便是去右北平郡接一个人。"

"去右北平郡接人？"公孙弘大感意外。

"你不妨再猜一猜，朕让李蔡去接何人？"刘彻兴味盎然地看着他。

公孙弘蹙眉想了好一会儿，无奈一笑："老臣实在想不出来。"

"霍去病在漠南之战中不是抓了一个人吗？"刘彻提示他。

公孙弘又想了想，终于恍然："莫非是……单于叔父罗姑比？"

刘彻得意一笑："只要此人一到长安，秦穆的底细就不难弄清了——不管他戴了几张面具，朕都可以一股脑儿把他揭下来！"

漠南之战，霍去病斩杀了匈奴的相国屠苏尔、当户罗呼衍、老王爷籍若侯，生擒了单于叔父罗姑比。之后，刘彻给罗姑比封了个列侯，却没留他在长安，而是把他派到了右北平郡，利用他过去的声望和影响力，专门对付匈奴的左贤王部，对其辖下的匈奴贵族及高级将领实施离间、策反、劝降等谋略，以收不战而屈人之兵之效。

秦穆自称曾是於单的侍从，那么罗姑比作为匈奴的原上层人物，肯定对他知根知底。所以，确如天子所言，只要此人一到长安，秦穆便无所遁形了——如果他身上真有什么秘密的话。

“陛下果然高明，老臣佩服之至！”公孙弘忍不住由衷赞叹。

都说圣意难测、帝王心术不可捉摸，公孙弘今天算是又一次领教了。

长安九市，较大的东、西、南、北四市皆在城中，另有柳市、直市、交门市、孝里市、交道亭市共五市，皆散布于城外。

其中，位于长安城西的柳市聚集了不少来自西域各国的胡商，而近年来投奔汉地的许多匈奴人，也都在此处安家立业，以贩卖牲畜、毛皮、香料等为生。各色人等汇聚于此，免不了鱼龙混杂，故而治安状况比长安城内差了不少。

清晨，大雪初霁，因连绵雨雪而蛰伏多日的人们急不可耐地涌上街市，把市场的每一条街道都挤得水泄不通。

车水马龙、熙熙攘攘中，有两个胡人女子步履匆忙，不时回头张望。

她们身上穿着臃肿邋遢的胡服，头脸被黑色头巾裹得严严实实，只剩下眼睛露在外面。看装束，她们跟这个市场上的胡人商贩无异，丝毫不会惹人注目，然而，在她们身后三丈开外的地方，却有两名汉人男子一路尾随，显然是在跟踪。

两个女子又往前走了一段，发现身后的尾巴始终摆脱不掉，便下意识地交换了一个眼色，旋即转身挤出人群，快步走进了一条小巷。

小巷中行人稀少，两侧高高堆积着许多货物，都用麻袋装着。当那两个盯梢的男子急匆匆跑进来时，长长的小巷中早已没有了目标的踪影。

二人诧异地对视一眼，同时拔出腰间的短刀，迈开大步追了过去。

他们脚上的皂靴踩在厚厚的积雪上，发出了一串“嘎吱嘎吱”的声响。

约莫跑出了二三十步，嘎吱声便猝然顿住。紧接着，深巷中传出两声闷哼，继而便是两具躯体重重扑倒在雪地上的声音。

沉寂了一瞬之后，两个胡人女子分别从两侧的麻袋堆后走了出来。

她们手上各拿着一把匕首——鲜血从锋利的刀刃滴滴落下，染红了地上的积雪。

与此同时，还有汩汩的鲜血正从那两具尸体被割断的喉咙处往外冒。

身材较为修长的那个女子似乎轻叹了一声，然后给了同伴一个眼色。两人迅速蹲下，将匕首在尸身上擦了擦，分别藏回袖中，接着把尸体拖到麻袋堆下，同时拽下几包麻袋盖住，最后用脚踢了踢积雪，便把地上那些刺目的血迹掩盖掉了。

二人的动作行云流水，一气呵成。

转眼间，令人触目惊心的凶杀现场便彻底消失了。

巷子另一头，四五个客商打扮的汉人有说有笑地走过来，跟她们擦肩而过，却没有发现任何异常。

两个女子相视而笑。

然而，就在下一刹那，未及淡去的笑容便凝固在了她们脸上。

因为，有四五把短刀同时逼住了她们。

螳螂捕蝉，黄雀在后——她们万万没料到，这几个客商装扮的“路人”跟那两个盯梢者居然是一伙的！

“不愧是马背上长大的女子，身手果然不俗，真是让本官大开眼界啊！”

随着话音，一个身着官服的年轻男子带着一队手下从巷子口大步走了过来。

来人正是廷尉史杜周。

“如果本官所料不错，你们其中一位，想必是大名鼎鼎，享誉草原的荼靡居次吧？”杜周微笑着走到不远处站定，“听说居次美艳无双，天生一副惊鸿落雁之姿，何不卸去伪装，让我等一饱眼福？”

手下们闻言，忍不住哧哧窃笑。

“你们这些家伙笑什么？”杜周故意板着脸道，“本官可不是轻薄孟浪之人，这么说也并非不尊重人家匈奴公主。正所谓‘君子好色而不淫’，本官无非是想一睹美人芳容而已，你们至于笑得那么猥琐吗？”

“廷尉史，咱这就把美人请回去，您想怎么看都成。”一名刀手大着胆子，一脸淫笑道，“不管是白天看还是夜里看，是竖着看还是横着看，是从头到脚看还是由表及里看，不都由着您吗？”

此言一出，众人又是一阵哄笑。

荼靡居次和侍女朵颜恨得牙痒，目光如刀盯在了杜周脸上，然而目光终究不是刀，也杀不了人。

杜周走到那个因哗众取宠而自鸣得意的手下跟前，猛然给了他一记清脆的耳光，然后狠狠一脚把他踹飞了出去。

手下躺在地上哼哼唧唧，半天爬不起来。

“居次，这家伙太无礼了，真真讨厌得紧！”杜周拍了拍手，一本正经道，“我帮你教训他了，不知你可还满意？要是不解气，我就再赏他几个大耳刮子。”

“当然不解气。”荼蘼居次突然开口道。

“呦，居次这汉话说得真是地道！”杜周笑，“那你说，如何才能解气？是再赏他几个大耳刮子吗？”

“不，赏你自己。”荼蘼居次冷冷道。

杜周一怔，旋即哈哈一笑：“果然是草原上的霸气公主，有性格！只可惜，这里是大汉长安，不是你们的龙城王庭，该赏谁耳刮子，可不由你说了算。来吧，把头巾揭了，让本官看看你的真面目。”

“想看吗？那就自己来揭。”荼蘼居次扬起下巴，挑衅地看着他。

杜周闻言，非但没有上前，反而倒退了两步，摇头道：“我可不上你的当。”说着给了那几名刀手一个眼色。

一名刀手立刻上前，伸手要揭她的头巾，荼蘼居次一闪身，“啪”的一下扇了他一记耳光。刀手又惊又怒，举刀欲砍，荼蘼居次竟然把脖子一挺：“来，杀了我！”

“退下！”杜周大声怒斥，同时鼓起勇气一个箭步跨过来，伸手就要去揭她的头巾。就在这一瞬间，半空中突然传来一声暴喝：“你找死！”

杜周大惊失色，然后便见一道刀光对着他的面门当空劈落……

朱能、侯金穿着一身卫尉寺的甲胄，有些拘谨地站在卫尉丞的值房中。

青芒饶有兴味地绕着他们转圈，从头到脚地打量他们，含笑不语。

“老大，我说你都看了半天了，总该看够了吧？”朱能苦着脸道，“我都快被你转晕了。”

“我在看你们这甲胄是不是偷来的。”青芒拍了拍朱能的肚子，又拽了拽侯金的肩头，“你们自个儿瞧瞧，一个撑得都快爆了，一个松松垮垮不像样，居然敢说你们是正式入职卫尉寺的，谁信哪？”

“您就别为难我们了，老大！”侯金哀求道，“丞相亲笔签发的调令不就在您案头放着吗？方才您也亲眼看过了，岂能有假？”

“嗯，调令倒是不假。”青芒煞有介事道，“可我就是纳闷啊，我前脚刚进卫尉寺，丞相后脚就把你们调过来，他想干吗？是派你们当奸细盯着我的吧？”

“不不不，老大你这就误会了。”朱能忙堆起笑脸，“丞相他老人家是怕您初来乍到，在这宫里头不好办事，就叫我俩来给你帮衬帮衬。咱们毕竟是一口锅里吃过饭的兄弟，我俩肯定会死心塌地替你卖命，你说是这个道理不？”

“这么说，丞相替我想得还真周到，看来我得好好谢谢他老人家。”

“那是，丞相对您可是视如己出啊！”侯金抢着道。

“既然是正式调职，怎么就没给你们发一套合身的甲胄？瞧你们这熊样，我都替你们难堪！”

“这不是没办法吗？”朱能苦笑，“我俩来得仓促，武库里一时找不到合身的，苏卫尉让我们将就先穿着，回头再找人量身定做，过两天就有了。”

“那你们就不能多等两天，等甲胄做好了再来报到？”青芒斜着眼问。

“我们哥俩这不是想念您嘛，就想着早一天过来伺候您也是好的。”朱能一脸谄媚。

“行了行了，说得我浑身起鸡皮疙瘩。”青芒夸张地打了个激灵，“也罢，既然来了，那就跟我出去一趟。”

“这么快就有任务啦？”侯金有些兴奋。

“是有任务，天大的任务。”

“啥任务？”朱能问。

青芒表情严肃地看着他们，半晌才吐出两个字：“喝酒。”

朱能和侯金顿时莫名其妙、面面相觑。

“你们哥俩既然死心塌地要来投奔我，我这个做大哥的，不得有所表示吗？”青芒淡淡一笑。

二人恍然，忍不住嘿嘿笑了起来。

“走吧，我知道章台街有家蒸羊羔做得不错，鹿脯也挺地道，是下酒的极品！”青芒一边说，一边朝外走去。朱能和侯金连忙跟随。刚走到值房门口，旁边突然蹿出一个身影，差点儿跟青芒撞了个满怀。

定睛一看，眼前是一张无比熟悉的浓妆艳抹的脸庞。

青芒顿时哭笑不得。

“去什么章台街呀？”潘娥把腰一叉，大大咧咧道，“我潘大厨最拿手的不就是蒸羊羔和鹿脯肉吗？满长安城你去打听打听，有哪家酒楼敢说他手艺比我好？”

一见潘娥，青芒便立马没了脾气，感觉好像是上辈子欠了她多少债没还似的。

“呃……潘姑娘怎么也来了？”青芒勉强一笑。

“我怎么不能来？”潘娥柳眉一竖，把他往旁边一推，一步跨进来，环视着这间装潢精致、宽敞气派的值房，“这未央宫你能来，朱能和侯金能来，凭什么我潘娥就不能来？你别忘了，殷中尉可是我亲舅舅！丞相他老人家还差点儿认我做干女儿呢！”

“不不，我不是这意思。”青芒连忙赔笑，“我是说，这么久没见了，乍一看见你，有点儿……有点儿惊喜。”

其实青芒心里想说的是惊吓。

“想我了是吧？”潘娥闻言大喜，不禁秋波频送，“惊喜就对了，人家就是想给你个惊喜。我可不像他俩，是被丞相派过来的，我是毛遂自荐跟他老人家请求的。”

“哦哦，我明白了。可这儿是卫尉寺，你来这……能做啥？”

“卫尉寺怎么了？你们卫尉寺的人就不吃饭吗？”潘娥冷哼一声，“总得有人伺候你一日三餐吧？我潘大厨自告奋勇来伺候你，你还不乐意了？”

“不不，不是不乐意，只是这么做好像不太合规矩……”

“规矩不都是人定的吗？丞相都跟你们苏卫尉打过招呼了，你怕什么？”潘娥又飞了个媚眼，“废话少说，庖厨在哪儿？我今儿好好给你们露一手，看看我潘大厨的蒸羊羔和鹿脯肉是何等人间美味！”

“来来来，庖厨在后头，我带你去。”朱能自告奋勇道。

“你又馋了是吧？瞧你没出息那样儿！”潘娥白了他一眼。

朱能嘿嘿笑着，带她绕过屏风，朝后堂走去。

“侯金也过来，给我打个下手，别想白吃！”潘娥的声音又飘了过来。

侯金无奈，只好跟了过去。

青芒一个人愣在当场，不禁啼笑皆非。

他现在终于明白，自己为什么会“怕”潘娥了——当一个女子不由分说硬要伺候你，让你推也不是受也不是，只能满心无奈地被她伺候，你怕是不怕？

柳市小巷中，见一刀当空劈落，杜周慌忙把头一偏，堪堪避过刀锋，侥幸保住一命。可头上的冠帽还是被锋利的刀刃削掉了一角，滴溜溜滚落在地，杜周的头发也披散了下来，神情极为狼狈。

十几个头脸裹着黑巾的胡人从巷子两侧的高墙内飞掠而出。方才刀砍杜周的那个首领不等他反应过来，又接连出刀，逼得杜周不断后退。所幸几个手下及时上前格挡，才勉强把他护住了。

可这群胡人异常凶悍。双方交手没多久，廷尉寺的人便有四五个被砍倒在地。杜周知道打不过对方，只好喊了声“撤”，旋即在手下的簇拥下退出了小巷。

这群袭击者意在救人，所以并不追击。

方才攻击杜周的那个首领径直走到了荼蘼居次面前。

“你还没走？”荼蘼居次冷冷地看着他，“我以为你早就回大漠了。”

胥破奴苦笑道：“我奉单于之命保护居次，岂敢独自回去？”

“这只是借口吧？”荼蘼居次依旧冷着脸，“你一没拿到天机图，二没杀了阿檀那，只不过除掉了一个百无一用的於单，是怕没脸回去见我父王吧？”

自从那一夜在北邙山与胥破奴撕破脸后，荼蘼居次便甩开了他，且中断了与他的一切联系。胥破奴大为担忧，这十几天来一直在拼命寻找，终于在今天发现了她们的行踪，于是立刻赶了过来，恰好将她们救下。

“居次，有什么话，咱们回头再说。”胥破奴神色凝重，“廷尉寺那帮人肯定会去搬救兵，咱们不可在此耽搁。”

“大当户，要让我跟你走也可以，但你得答应我一件事。”

“你说。”

“从今往后，不许再伤阿檀那一根毫毛！”荼蘼居次咬着牙说了这句话。

其他的事情百件千件，胥破奴都可以答应她，唯独这件事万万不可能。因为早在他离开龙城王庭时，伊稚斜便已给他下了死令——不取阿檀那首级，永远别回大漠！

但眼下情况危急，胥破奴也只能先答应再说，遂点了点头。

“我要你发誓！”荼蘼居次加重了语气。

胥破奴苦笑了一下，竖起右手的食指和中指，举在耳旁，郑重其事道：“我胥破奴对天发誓，从今往后，若伤阿檀那一根毫毛，必遭天谴——我胥破奴情愿粉身碎骨，死无葬身之地！”

荼蘼居次看着他，心中泛起了一阵苦笑。

她当然知道，再狠的毒誓都约束不了胥破奴，因为相较于“死无葬身之地”的结局，他更害怕的是因放过阿檀那而被父王伊稚斜灭族。

所以，让胥破奴发誓，也只是一种聊胜于无的心理安慰罢了。

青芒的寝室位于值房后面，是一座独立的院落。

院子东南角有一间归他个人专用的厨房。

方才，潘娥便是在这间厨房大展身手，做出了满满一食案的人间美味，然后四个人便在青芒的寝室外间大快朵颐，开怀畅饮。约莫吃喝了半个多时辰后，朱能、侯金、潘娥三人便都烂醉如泥了，一个个躺在地上呼呼大睡。

青芒也喝得醉眼惺忪，却仍一杯接一杯地自斟自饮。

他一边喝，目光一边在横陈于地的三个人身上扫来扫去。片刻后，他眼中的“醉意”竟然渐渐消散，取而代之的是他惯有的那种深邃而沉静的目光。

他仰头喝掉最后一口酒，又把酒杯倒满，然后端着酒站起身来，先是踢了踢侯金，接着又推了推潘娥——两人都鼾声如雷，喉咙里哼哼几声，便各自翻了个身继续“挺尸”了。

青芒无声一笑，走到朱能身边，蹲下来，把手里的酒全都泼在了他的脸上。

“起来吧，别装了。”青芒淡淡道。

朱能倏然睁开眼睛，冲青芒笑了笑，然后抹了把脸上的酒水，翻身坐起，探头看了看侯金和潘娥，又是嘿嘿一笑。

“进里屋说。”青芒站起身来，径直走进了寝室的里间。

“你小子酒量不错嘛，喝那么多也没倒。”青芒道。

“跟您有约在先，我哪敢倒？”朱能嘻嘻一笑，“不瞒老大，来之前，我早服过解酒药了：葛根四钱，陈皮三钱，枳椇子两钱半，山楂两钱半；捣汁煮茶，配以蜂蜜，只饮一勺，千杯不醉！”

青芒若有所思地看着他，冷不防道：“背着丞相跟我联手，这可是一条不归路，你可想清楚了？”

朱能正说得眉飞色舞，闻言顿时神色一黯，叹了口气：“丞相其实是好人，老大你更是好人，我是真不想看到你们两位之间有什么龃龉……”

“这由不得你，也由不得我。”青芒冷冷道，“丞相既然把你们派过来盯着我，不就是打算对付我吗？既如此，我也只能接招。所以，你只能选一边，要么选他，要么选我——当然，除非你想骑墙。”

“我怎么可能骑墙呢？”朱能急道，“我昨儿偷偷跑来跟你说这事，不就已经选好边了吗？哪儿还有墙让我骑？”

昨日午后，青芒经过北阙甲第区时，朱能忽然鬼鬼祟祟地跟在他身后，然后把他拉进了一家茶肆，万般无奈地告诉他，丞相打算把他们安插在他身边。青芒一听，不免有些惊讶，但此事也不算意外，便说那你现在这么做，不就等于背叛了丞相吗？

朱能一脸苦笑，说：“我也不想啊，可我要是不跟你说，不就等于背叛你吗？你说我该咋办？”

青芒没说什么，只是伸手拍了拍他肉墩墩的肩膀，心里突然有些感动。

此刻，看着朱能既纠结又无奈的表情，青芒心里一声长叹，道：“既然你都想清楚了，那么从今天起，咱俩就是同生死、共进退的兄弟，彼此都要义字为先，绝不做任何背叛对方的事。你，能做到吗？”

“当然能！”朱能被他这番话激起了豪迈之情，不觉挺了挺胸，“从今往后，我朱能就跟定老大你了，不管是鞍前马后还是上刀山下火海，都在所不辞！”

“鞍前马后肯定免不了，刀山火海应该不至于。”青芒一笑，“我现在就有一件事让你去办。”

“老大请讲。”

“我之前听说，你有个堂叔住在茂陵邑，是一位远近闻名的铸剑师？”

朱能点点头：“怎么，老大要铸剑？”

“跟他约个时间，我想去拜访他。”青芒不置可否道。

“哦，那没问题，我回头就找他去。”朱能有些纳闷，却也不便再问。

此时，躺在外屋地上呼呼大睡的侯金倏然睁开眼睛，嘴角泛起一丝冷笑。

其实他从头到尾都很清醒，压根儿就没睡过……

内史府后院，夜色漆黑。

院子西北隅的一间小屋中，一灯如豆。

郦诺独自坐在灯前沉思。

自从数日前汲黯异常热情地把他们所有人接进内史府后，郦诺便觉得自己失去了自由。无论白天黑夜，总有一些内史府守卫在后院里四处转悠，美其名曰保护他们，可郦诺很清楚，这分明是汲黯怕她出门，把她给“软禁”起来了。

出于女人特有的直觉，郦诺十分怀疑这“馊主意”是青芒给汲黯出的。

郦诺天生不是小鸟依人的弱女子。如果她爱上一个男人，她绝不愿像茑萝缠树那样依附在男人身上，而更愿意像是耸立山巅的两棵凌霄大树一样，与她相爱的男人比肩而立，望天上星移斗转风云变幻，看人间四季递嬗岁月沧桑。

郦诺也不想做一个藏于深闺的小家碧玉。如果她爱上一个男人，她也不愿意跟他一起过那种男耕女织、夫唱妇随的小日子，而更喜欢跟他一起并驾齐驱仗剑天涯、驰骋江湖四海为家，过一个逍遥磊落、快意恩仇的人生……

她不知道青芒是不是她梦想中的这个男人，也不知道自己对他的感觉是不是“爱”。她只知道，这个男人身上好像有一种魔力，会让人情不自禁地被他吸引，无论是他的笑容、眼神还是说话的声音，都让人觉得愉悦、舒服。

当然，唯一让郦诺感觉不舒服的，就是这家伙有点儿自负、臭美，还喜欢自作主张、安排别人。

改日碰见他，一定要跟他打开天窗说亮话——不许你安排我的人生！

郦诺愤愤地想。

这几天，郦诺几乎无事可做。想着父亲大仇未报，皇帝刘彻和公孙弘这帮人都还活得好好的，对墨家的剿杀也一日没有停止，而自己为了保命只能龟缩在这内史府中让人庇护，她心里就会涌起一阵阵不甘和愧疚。

不过她也知道，就眼下这形势，的确如青芒所言，只能“隐忍蛰伏”，不宜轻举妄动。

反正没啥正事可干，所以这几日，郦诺一直在做着一件只用脑子便可以做的事情。

那就是仔细回想巨子令被劫那一夜发生的一切——反复回忆所有细节，分析推敲每个疑点，寻找那个幕后元凶可能留下的破绽和线索。

此刻，郦诺手里拿着那只原本装有巨子令的空匣子，慢慢闭上眼睛，让自己又重新走进了那个惊心动魄、离奇诡异的夜晚：

倪长卿说出了天机图的秘密，却语焉不详地留下了一个更大的悬念——魔山；寝室被人纵火，郦诺从熊熊烈火中拼死抢出巨子令，却遭遇袭击；神秘黑衣人夺走巨子令，雷刚和许虎奋起直追；田君孺身上疑点重重，被郦诺下令拘押，与此同时，倪长卿被毒杀；从田君孺住处搜出空匣子，巨子令却不知所踪；许虎等人或死或伤，田君孺带人逃之夭夭；发现刘五尸体，郦诺锁定凶手是石荣，不料旋即发现石荣已被灭口……

此时，在郦诺寝室隔壁的小院中，雷刚、许虎一群人正在喝酒猜拳，阵阵喧哗不时钻进郦诺的耳膜。

“我说你小子什么眼神？我刚才出的明明是三，你哪只眼睛看见我出二了？”这是雷刚的声音，嗓门儿奇大。

“雷哥，输了就输了，何必强辩呢？”好像是许虎的声音道，“不就一杯酒吗？

多大点儿事啊，何至于大呼小叫的？”

“啥叫强辩？你他娘的明明眼神不好还倒打一耙？”

“我说雷哥，论身手我或许不如你，可要论眼神，你总该有点儿自知之明吧？”许虎显然不服，也提高了声音。

郦诺听得有些烦躁，忍不住一声轻叹。她知道，这两个家伙又喝高了。

“啥叫自知……之明？”雷刚已经有点儿大舌头了，“你把话给老子说清楚！”

“还用我说吗？”许虎冷笑道，“就上回失火那次，咱俩一块儿追田君孺，明明人在前面跑，你却从头到尾都说连个鬼影也没见着，你自己说你什么眼神？”

郦诺闻言，心中蓦然一动。

“老子没看见就是没看见！”雷刚好像站了起来，带出了一串丁零当啷杯盘碎裂的声响，不知是不小心碰倒了东西，还是发飙踹翻了食案，“你说老子眼神不好，老子还想说你捕风捉影呢！那天晚上兴许前边就没人，都是你小子自说自话！”

郦诺霍然起身，眉头紧蹙，急剧地思考着。

她隐隐感觉某个至关重要的秘密就要在这场突如其来的争吵中被揭开了，但它却像大雾天中的一缕游丝一样，明明在眼前飘荡，她却看不真切，更抓不住它……

郦诺下意识地走到窗前，急切想听他们接下来还会说什么。

然而，隔壁的动静却在这一刻戛然而止了。

紧接着是有人甩门而去的声音。然后便是雷刚嘟嘟囔囔的詈骂声和其他人七嘴八舌的低声劝说。

许虎走了。

是他不屑于跟雷刚为这点儿小事吵架，还是雷刚的话触碰了他的忌讳，让他心虚而词穷了？

郦诺望着窗外迷离的夜色，看见细碎的雪花又开始飘落下来。

第六章 古剑

政者，口言之，身必行之。

——《墨子·公孟》

细雪飘飞，落在了青芒长长的睫毛上。

他茕然一人站在庭院中，手里提着一把长剑。

他在逼迫自己回忆身世和过往，而周遭刺骨的寒意有助于他保持清醒。

自从北邙山坠崖失忆以来，有两样重要的东西一直被他带在身边：一样是狼头骨，还有一样就是此刻他手中的这把剑。

狼头骨上的名字是他的仇人，这一点已无疑问，可这把剑背后到底隐藏着什么，他到现在为止都还一无所知。

“呛啷”一声，青芒拔剑出鞘。这一拔余音悠长，好似龙吟。

他知道，只有名贵的宝剑，才会发出这种龙吟之声。

这些日子，青芒不止一次研究过这把剑——此剑为生铁铸造，剑身约三尺长，坚韧锋利，青光耀眼；剑镗、剑柄和剑鞘皆为青铜打造，上面刻有夔龙和蟠虺纹饰，繁缛细密，精致古朴；剑柄末端的剑镡上，镶嵌着一颗通体碧绿的玉石，温润亮泽，纯净无瑕。

青芒觉得，如果将这把剑视为一条龙，那么这颗莹润的碧玉无疑就是龙的眼睛。

他这么想，不仅是这颗玉石嵌在这把剑上具有一种点睛之效，更是因为玉石上刻着两个字——青芒凭直觉便认定，这两个字很可能是这把剑的名字，或至少是弄清其来历的一条线索，从而极有可能是解开他身世之谜的一把钥匙！

遗憾的是，这是两个古字，他根本不认识。

不过，正因为不认识，所以青芒便有理由断定这把剑是春秋战国的东西。

就青芒所知，在秦国统一天下，推行“车同轨、书同文”之前，各诸侯国互不统属，语言文字五花八门，正所谓“言语异声，文字异形”。由于各国文字在形体结构和书写风格上差异甚大，且经常随意变化，所以即便是当时之人，也不可能把天下的文字都认全，更别说数百年后的青芒了。

对他而言，眼前这两个字说好听点儿是两幅画，说不好听的，简直就是张牙舞爪的鬼画符。所以，他让朱能去约那个铸剑师，正是为了弄清这“鬼画符”的含义……

伫立良久，青芒忽然身形一动，开始在雪中舞起了剑。

寒光乍起，一下刺破了浓墨般的夜色。

古剑在他手中上下翻飞、俯仰开合，时而剑意森然，恍如惊鸿掠空；时而气贯长虹，宛若神龙出岫。周遭的飞雪被剑气裹挟而起，仿佛一群白色的蝴蝶，在空中追逐着朵朵绽放的剑花翩然飞舞。

青芒人在动，脑子也一刻不停地跟着转动。

他在尽力逼迫自己回忆跟这把古剑有关的事情，哪怕是只鳞片爪也好。

额角隐隐作痛，青芒却近乎自虐地坚持着……

不知过了多久，功夫不负苦心人，一个模糊的画面终于闪过他的脑际。

那是一只手，手里握着这把古剑，然后郑重而迟缓地递到他面前。同时，一个中年男子浑厚的声音响了起来：

“芒儿，这把剑是你高祖父传下来的，象征忠信高洁之家风。它跟随为父大半辈子了，现在，为父把它传给你，望你能继承先人之志……”

“我不要！”

一个少年的声音猝然响起，令青芒不由得一震。

他生生止住剑式，身体瞬间凝固。

他不敢动，生怕一动就会把这好不容易浮现的雪泥鸿爪般的记忆再次弄丢。

“你以为我不知道，这东西向来只传长子嫡孙吗？”少年冷哼一声，声音中有一种与其年龄绝不相称的清冷和孤傲，“而我只是一个没人待见的庶子、一个见不得光的私生子！你把它传给我，就不怕那些宝贝嫡子跟你闹翻？”

中年男人叹了口气：“芒儿，无论嫡庶，你终归是为父的儿子。在我眼中，也只有你配得上它。至于你那几个哥哥，都是庸常之辈，毕竟难成大器……”

“够了，不必说得这么好听。”少年冷笑，“你这些年冷落了我，现在便想以此补偿，对吗？可惜，我不稀罕。”

中年男人握剑的手颤抖了一下，显然是被少年的话打击到了。

沉默良久后，他往前迈了一步，一张影影绰绰、迷迷糊糊的方形面庞进入了青芒的“视线”。这种感觉，就像置身于混浊的河水中或是浓密的大雾里——任凭青芒在脑海中拼命睁大“眼睛”，也无法看清对方的……不，是父亲的脸。

忽然，父亲一把抓住他的手，然后不由分说地把剑塞进了他手里，对他说道：“我知道，你也许一辈子都不会原谅为父。过了今日，咱们父子便天各一方了。留着它，总归是个念想。就算恨我，也有个东西让你去恨不是吗？”

说到最后，父亲的语气已近乎恳求。

少年缄默无声。

青芒等了很久，也没有等到记忆中的那个少年再次开口。

而原本便模糊不清的父亲的脸庞和身影，旋即在青芒的脑海中渐渐洇开，就像一滴墨落入水面，又像一缕轻烟消散于风中……

这段令人伤感的回忆就此戛然而止，来得毫无预兆，去得不留痕迹。

此刻，青芒的双眸已然泪光闪动。

他不知道，当初那个倔强孤冷的少年听完这番话，有没有像他现在这样泪湿眼眶。他只知道，当年的自己终究还是留下了这把剑，留下了这个唯一的“念想”。

父亲，请原谅孩儿年少无知，出语轻狂。

如果这一生，我还能找到您，我一定要当面对您说一声：对不起，孩儿不孝……

冬日的阳光散淡地照在未央宫的靶场上。

两面靶子并排而立，上面已经密密麻麻地扎着许多箭支。

左边的靶子，只有三四支箭射中靶心，其他都射在了靶垛的外围；而右边的靶子上，七八支羽箭则全部命中靶心，与前者形成了鲜明对照。

百步开外，刘彻手握长弓，眯眼望了望自己糟糕的“战绩”，长叹一声道：“去病，看来上天还真是公平，给了朕天下，就不肯再给朕射箭的准头了。”

旁边的霍去病连忙俯首道：“射艺只是小技，不足称道，而陛下天纵神武，精通的是治理天下、抚驭万民的大道，二者岂能相提并论？”

“你是越来越会说话了。”刘彻呵呵一笑，把弓扔给侍立一旁的宦官，挥手屏退了他们。“人人都说朕英明神武，可谁知道朕心里的苦呢？”

霍去病一怔，没料到皇帝会突然转这个口风，一时不敢接茬。

“现在只有咱们君臣二人，朕索性跟你倒倒苦水，你可愿听？”刘彻似笑非笑道。

霍去病错愕道：“呃……还请陛下明示。”

“人间百业，士农工商，虽说各安其位、各谋其职，但也不是一辈子非得干哪一行不可。在朝廷做官，不想干了，便可告老还乡，解甲归田，或耕读传家，或经商致富，百业任择；至于农人、工匠、商贾，乃至医卜巫筮、屠夫优伶等，皆可转行徙业，自由谋生。然而这世上却有一种人，命定只能一辈子待在一个地方、做同一件事，不管你喜欢还是厌恶、擅长还是不擅长，不管你觉得这活儿有趣还是乏味、轻松还是辛苦，都得老老实实干到底、干到死！不能转行徙业，不能消极怠工，不能撂挑子，更不能犯错误！否则便会天下大乱、生灵涂炭……这种有苦无处诉、有怨不得申的人，就叫皇帝。哦，对了，他还有个名字，叫孤家寡人。”

刘彻毫无来由地发了这一大通感叹，让霍去病猝不及防。愣了愣后，只好硬着头皮道：“陛下为了社稷苍生，夙夜忧劳，殚精竭虑，个中烦苦，实非臣所能尽知。”

“你当然不知。”刘彻苦笑了一下，“不在其位，不谋其政。朕的苦，只有坐上御榻才能体会。”

霍去病颇为纳闷，不知天子到底想说什么，便鼓起勇气道：“臣无以为陛下分忧，深感惭愧，只能斗胆问一句，不知陛下……是否遇到了什么难事？”

刘彻定定地看着他，幽幽道：“朕最宠信的爱将，竟无视朝廷纲纪，公然去救一个墨家嫌犯。朕想责罚他，却于心不忍；不责罚，又对满朝文武没个交代。你说，朕难不难？”

霍去病脑子里“轰”的一声。

他万万没想到，皇帝绕了这么一大圈，竟然冷不防在这儿给了他当头一棒。

“陛下，张次公抓人并无确凿证据，纯属栽赃陷害。臣看不惯他仗势欺人，故而才会出手。说到底，此事与墨家并无干系，陛下更不必因此为难。”

“与墨家并无干系？”刘彻冷哼一声，“眼下，追捕墨者是朝廷的当务之急，任何人只要有疑点，都可以抓、可以审。张次公只是在做他分内的事，可你身为朕的近臣，却公然插手、横加阻挠，你让有司今后如何办案？你又把朝廷纲纪置于何地？”

“禀陛下，臣一时义愤，未及请旨便擅自行动，的确不妥，臣请罪。不过……”

“不过什么？”

霍去病迟疑了一下：“臣有几句肺腑之言，不吐不快，但又恐冒犯陛下……”

“你还怕冒犯朕吗？”刘彻眉毛一挑，“自从卫青举荐你到朕身边，你这个愣头青什么话不敢说？朕跟你计较过吗？你也就最近这几回学得圆滑了些，说实话，朕还真有点儿不太习惯。”

霍去病赧然一笑：“陛下宽宏，恕臣年少轻狂，臣感激涕零。”

“行了行了，说你的肺腑之言吧。”

“是。墨家刺客罪大恶极，朝廷予以严惩，臣并无异议。然古人有言，‘上有所好，下必甚焉’，若陛下急于求成，有司必变本加厉。臣不止一次听某些朝臣讲过，对付墨家要‘宁可错杀，不可放过’，这不是明目张胆地株连无辜、草菅人命吗？若有司打着抓捕墨家的幌子泄私愤、牟私利，又有谁能阻止？受害之人又该到何处申诉？如此，我大汉律法有何公正可言？我朝廷纲纪又有何威信可言？”

刘彻闻言，不禁摇头苦笑：“去病啊，你今年多大了？”

霍去病一怔：“臣……今年满十八了。”

“年轻，终究还是太年轻啊！”刘彻仰面望天，眼中忽然浮起一丝疲惫和沧桑，“朕欣赏你的血性，也理解你的正义感，但朕只能告诉你——治天下，没有你想的那么简单。你刚才说的这些，你以为朕就没想过吗？你以为朕之心中，就没有善恶是非了吗？你错了。从朕登基的那一天起，每一刻，朕的胸中都有无数的善恶是非在交战、在厮杀；每一刻，它们都在撕扯着朕的灵魂！你懂吗？”

霍去病从未见过天子露出这种表情，心中一颤，忙道：“臣……似懂非懂。”

刘彻苦涩一笑：“你登过华山吗？”

霍去病又是一愣：“臣……去过一次。”

“登顶了吗？”

“登了。”

“立于山巅之上，俯视苍茫大地，你的视野、观感与心境，跟在山下时比较，是否全然不同？”

“那是自然。”

“于山下所见之参天大树，在上面看来像什么？”

“像是……一棵草。”

“于山下所见之大江大河，在上面看来又像什么？”

“宛如细带。”

“很好。”刘彻淡淡一笑，“朕自十六岁登基，便犹如天天站在那华山之巅，你说，朕的心境，能与山脚之下的常人相同吗？”

“必然不同。”

“那朕所权衡之善恶、所考量之是非、所面对之得失利害，又岂能与常人相同？如此种种，朕又岂敢奢望常人理解？”

霍去病眉头一蹙，似乎明白了什么，顿时无言以对。

“所谓‘高处不胜寒’，说的便是一种孤寒。但这种孤寒却非独自一人之寒，而是被芸芸众生、亿兆臣民所包围之寒。这话，你听得懂吗？”

霍去病刚想点头，却又不太自信地摇了摇头：“臣愚钝。以臣粗浅的理解，或许是，天下百姓之福祉，皆系于官员，端赖各级官员是否公正廉洁；而各级官员之福祉，则系于朝廷，端赖朝廷是否吏治清明；最终，天下臣民、江山社稷之安危祸福，又尽皆系于陛下一身，端赖陛下是否勤勉为政。此任至艰至巨，却又责无旁贷，故陛下难免有‘孤寒’之感。不知臣……此说确否？”

“嗯，孺子可教。”刘彻微微颔首，“不过，你只说对了一半。如此只可谓之为‘孤’，尚不足以称为‘寒’。”

“那……敢问陛下，什么是‘寒’？”

“天下只有一个皇帝，但想对付皇帝的人却不可胜数；朕只有一颗脑袋、两个拳头，可对付朕的手段却有百千万种：或以阿谀谄媚之道邀宠固权，面从腹诽，阳奉阴违；或以奸佞诡诈之术窃夺朝柄，欺上瞒下，一手遮天。居庙堂之上，或争权夺利、尔虞我诈，或结党营私、政以贿成；处江湖之远，或作奸犯科、聚众为乱，或占山落草、僭越称尊。喜文者摇唇鼓舌，以文乱法；尚武者好勇斗狠，以武犯禁。在明处者，如各地诸侯，妄图割据一方，与朝廷分庭抗礼；在暗处者，如墨家游侠，肆意践踏律法，视官府如同寇仇。你说，当所有这些居心叵测、穷凶极恶之人辐辏而攻，朕是不是会感到势单力孤、心胆俱寒？”

霍去病听得目瞪口呆，一滴冷汗从额角悄然滑落。

“朕跟你说这么多，只是希望你能理解朕的苦衷。”刘彻面色沉郁，缓缓道，“很多事情，朕都是不得已而为之。这两年，外有匈奴屡屡侵扰，内有诸侯蠢蠢欲动，中间有游侠豪强逞凶作乱。长此以往，黎民百姓如何安居乐业？大汉天下如何长治久安？是故，朕既要抗击匈奴、抵御外侮，又要着手削藩、维护一统，更不得不对有组织、成建制的墨家游侠采取雷霆手段！这些都是一个皇帝无可推卸的分内之事。倘若做不好，朕岂不是愧对列祖列宗，愧对万千臣民，也愧对煌煌青史？”

此时此刻，霍去病早已说不出话来了。

他感觉心里像灌了铅一样沉重，仿佛天子肩上的压力也随着这番倾诉传到了他的身上。

朱能的堂叔朱坤住在茂陵邑西北隅的铜锣巷。

一大早，青芒和朱能便找了个由头甩掉侯金，然后拎了一堆贵重礼物来到了朱坤家里。朱坤五十岁上下，干瘪瘦小，脸色蜡黄，跟又白又胖的朱能反差极大，怎么看都不像是一对叔侄。

宾主见面，朱坤态度有些冷淡，既不客套也不寒暄，只瞥了青芒一眼，略略点了下头，便不再说话。朱能很是尴尬，只好东拉西扯活跃气氛，还一口气说了好几个坊间笑话，说完自己笑了半天，却只招来朱坤的一双白眼。

“你小子有事说事，别瞎耽误我工夫。”朱坤冷冷道。

朱能大窘，只好闭嘴。

青芒见状，便直接道明了来意：“朱先生，在下今日冒昧叨扰，是有一事相询，还望先生拨冗赐教。”

“说。”朱坤惜字如金。

“听说先生是遐迩闻名的铸剑大师，阅尽天下兵器，对‘百兵之君’更是如数家珍，在下……”

“这些废话不讲也罢。”朱坤面无表情地打断他，“说你的事。”

所谓“百兵之君”便是剑的雅称。青芒出于礼貌和尊重，就想用词雅驯一点儿，不料却碰了一鼻子灰，顿时有些难堪。

不过青芒却不以为忤，淡淡一笑道：“那好，先生如此爽快，在下恭敬不如从命。”说着取下腰间佩剑，离席走到朱坤面前，双手奉上，“这是在下与朋友博弈所赢之物，却因见识浅陋，不知其价值几何，望先生有以教我。”

朱坤却不伸手去接，只是眼皮微抬，扫了一眼，便冷哼一声：“赌桌上赢的东西，多半是不入流的货色，你拿来给我看，就不怕脏了我的眼？”

“叔，您就受累瞧一眼吧。”朱能赶紧满脸堆笑，“秦尉丞久仰您的大名，故而今日专程前来。甭管入不入流，您好歹瞧上一眼，也好让他安心不是？”

朱坤闻言，这才伸手接过。

他的手骨节嶙峋，状如鹰爪。青芒一瞥之下，心中忽然闪过一丝莫名的不安——仿佛这双令人不适的手一旦接过此物，便会将其据为己有似的。

朱坤的“鹰爪”在青铜剑鞘上摩挲了一下，便“啪”的一声把剑扔在案上，瓮声瓮气道：“不必看了，是仿古的赝品。”

青芒和朱能同时一怔。

“敢问先生，”青芒忙道，“您都还没看里面的剑，何以如此确定？”

“人靠衣装马靠鞍，虎卧虎穴，龙居龙潭！”朱坤一脸不屑道，“试问秦尉丞，可曾见过哪位达官贵人葛麻蔽体、茅屋栖身？”

青芒当即会意：“先生的意思是，此剑鞘便形同葛麻茅屋，所以鞘中之剑绝不可能是什么名贵之物？”

“没错。这剑鞘上虽然铸有春秋时期最流行的夔龙和蟠虺纹饰，乍一看似乎古朴雅致，但只能糊弄你们这些外行人，瞒不过老夫。”说起自己的行当，朱坤的眼中终于有了一丝神采，“凡春秋青铜器物，必具刚健、粗犷之神韵。可你瞧瞧这东西的线条、构图和工艺——欲效刚健而神采未具，徒增生硬；状似粗犷而气韵全无，仅余粗陋。说白了，这就叫邯郸学步，东施效颦，画虎不成反类犬！”

青芒一听，不由得暗自苦笑。

“叔，您能不能说简单点儿？”朱能抢着道，“太高深了我们听不懂啊！”

“不学无术，亏你还是咱们老朱家的人。”朱坤白了他一眼，“要辨别一件青铜器是古物还是赝品，也不复杂，只需眼看、手摸、耳闻、鼻嗅、舌舔，便可真伪立判！”

“这……这还不复杂？”朱能头都大了，不禁咂舌。

“还请先生明示，在下愿闻其详。”青芒倒是挺乐于学习不懂的东西。

朱坤闻言，脸色才稍稍好看了点儿，缓缓道：“青铜文化，源于夏朝，盛于殷商、西周，至春秋战国而臻成熟。迄今之历史，短则数百年，长则上千年。故凡青铜器物，必然锈迹斑斑。一件铜器到手，先要用眼看，若锈色与器体合一，深浅一致，匀净自然，则为真锈；若锈色浮在器物之上，绿而不莹，刺人眼目，便是伪锈。进而用手搓摩，使其发热，再以鼻嗅手，无铜腥味者为真，有则为假。其次用手敲击，听其声响，其声清脆微细是真，浑浊暗闷是假。再次，可用火烤，伪锈易脱，真锈耐烤。最后，还可用舌舔，伪锈必有盐卤之味，真锈则无。”

青芒和朱能听罢，不禁面露惊叹之色，没想到这玩意儿竟然有这么多门道。

“多谢先生，在下受教了。”青芒拱手，“那您方才只拿眼一瞧，便知其伪，可见此剑不仅是赝品，而且还是很粗陋的赝品喽？”

“可以这么说。”朱坤又恢复了淡漠的神色，“当然，若秦尉丞信不过朱某，也可另寻高人品鉴。”

“我信。”青芒淡然一笑，“只是，在下尚有一点疑问未解。”

“还有何疑问？”

青芒含笑不答，转头对朱能道：“带钱了吗？”

朱能一怔，忙点点头。

“取些铜钱，叠在这儿。”青芒拿起那把剑，在案上敲了敲。朱能赶紧照做，掏出十几枚铜钱在案角上叠成了一摞。

“呛啷”一声，青芒拔剑出鞘。

古剑精光闪闪，寒意逼人。朱能不禁睁大了眼，朱坤则若有所思地把眼睛眯成了一条缝。青芒手腕一翻，轻呼一声“得罪了”，利剑倏然划出一道弧光当空劈下。

只听“铿”的一声，十几枚铜钱被从中间齐齐斩断，噼里啪啦落了一地，连同檀木案几的一角也被削掉了。

朱能看得目瞪口呆。朱坤似乎面无表情，实则暗暗吸了一口冷气。

青芒看在眼里，却不挑明，又对朱能道：“扯几根头发。”

朱能忍痛扯下几根长长的头发，拿在手里。

“往上扔。”青芒又道。

朱能依言把那几根细得几乎看不见的头发往半空一扔。青芒出剑，唰唰几下，在空中舞出数朵剑花，旋即收剑，示意朱能看看地上。朱能连忙趴下去看，只见那几根长长的头发竟然断成了几十截寸发。

“这、这不就是传说中的削铁如泥、吹毛断发吗？！”朱能惊得合不拢嘴。

青芒一笑，再次用双手把剑呈给朱坤，道：“先生，您现在还认为，此剑是粗陋不堪的仿古赝品吗？”

朱坤微微咳了咳，不太情愿地接了过去：“这个嘛，或许得两说了。从剑鞘看，确是赝品无疑，不过这剑嘛，倒是还不错。我估摸着，是有人故意仿造了一把粗陋的剑鞘，用来装真货……”

“这是为何？”朱能不解，“明明是一把削铁如泥的好剑，却要藏在假货里头？这好像没道理吧？您方才不也说了吗，达官贵人岂能葛麻蔽体、茅屋栖身？”

朱坤略有些窘，瞪了他一眼："刚才说的只是一般情况，岂可放之四海而皆准？正所谓'匹夫无罪，怀璧其罪'，若物主怕此宝剑被人盗窃劫夺，不得做点儿手脚掩人耳目，以防不测吗？"

朱能语塞，心里却不免嘀咕：哼，横说竖说都是你的理。

青芒见朱坤的表情不太自然，心下有些狐疑，却不戳破，只道："先生言之有理。那我想再请教先生，您看得出此剑是何时所造吗？"

朱坤仔细看了看，道："当是春秋时期。"

"那您可知，此剑是何人所造，或是……有什么来历？"

朱坤摇摇头："这个一时无从判断。"

"先生，剑镡上有颗玉石，上面刻着两个字，您可认得？"

朱坤眯眼，凝视片刻，道："好像是……战国文字。"

这一结论与青芒之前的判断大致相符。战国年间，除秦国外，六国各有各的文字。至秦国统一天下后，才由秦相李斯在籀文大篆的基础上删繁就简，废除异体，创制"秦篆"，又称小篆，从而统一了天下的文字并传诸后世。

"春秋时代的剑，上面却刻着战国文字，这是怎么说？"朱能插言道。

"这有何奇怪？"朱坤反问，"既然连剑鞘都是后来造的，那在剑镡上镶嵌个东西，刻上物主的名号，不是很正常吗？"

青芒暗暗一喜。如果这两个字真是物主的名号，自己不就快接近真相了吗？

"那先生可认得这是哪国文字？这两个字又是何意？"

朱坤眉头紧蹙，又翻来覆去地看了半晌，才道："似是齐国文字，其中一个应该是'法'；还有一个好像是……'章'，对，是文章之'章'。"

法章？！

这什么意思？是一个人的名字，还是别有所指？

青芒忍不住和朱能对视了一眼。

朱坤看出了他们的困惑，无声一笑，起身走到身后的书架上，抽下一册竹简，扔在案上："自己看吧。"

青芒拿起来一看，卷首写着《齐策》二字，应该是战国时齐国史官所著之国史。

"直接翻到倒数第三篇。"朱坤道。

青芒依言，翻到卷尾，一段文字赫然映入眼帘：

闵王之遇杀，其子法章变姓名，为莒太史家庸夫。太史敫女奇法章之状貌，以为非常人，怜而常窃衣食之，与私焉。莒中及齐亡臣相聚，求闵王子，欲立之。法章乃自言于莒。共立法章为襄王。

这段文字的大意是：齐闵王被杀，其子法章改名换姓，在莒地一个叫太史敫的人家当仆佣。太史敫之女觉得法章相貌奇伟，绝非常人，心生爱意，遂常周济衣食，并与其私订终身。不久，一批齐国流亡大臣聚于莒地，四处寻找齐闵王之子。法章便承认了自己的身份。众人遂拥立他继位，是为齐襄王。

青芒恍然大悟：原来“法章”便是齐襄王，这把古剑原本便属于他。

这么说，难道自己是齐襄王的后人？！

这时，朱能也凑过来看清了文字，遽然怪叫了一声：“乖乖，这居然是一把诸侯之剑！老大，你是从谁那儿赢来的？”

“照我看，这宝剑并非他赌博所得。”朱坤忽然冷冷道，“我说得对吧，秦尉丞？”

“什么都瞒不过先生。”既已被他识破，青芒索性大方承认，“没错，此剑乃在下的家传之物。”

“啥？”朱能夸张地睁大了眼睛，“老大，你……你居然是诸侯的后人？！”

青芒没理他，对朱坤道：“除此之外，先生真的不知道这把剑的来历吗？”

目前仅有“齐襄王”这条线索，尚不足断言自己的家世出身。要想弄清身世之谜，必须查到更多的线索。

“秦尉丞这话就问得奇了。”朱坤盯着他，“此剑既然是你的家传之物，它的来历你应该清楚，怎么反倒来问我？”

青芒一笑：“不瞒先生，此物虽是祖传，但祖上并未对此留下只言片语，而在下又不懂此道，所以不甚了了，还望先生解惑。”

“可惜啊，朱某跟你一样，也是不甚了了。”朱坤拉长了声调道。

青芒有些失望：“先生真的不知？”

朱坤摇摇头：“请恕朱某眼拙，实在看不出来。不过……有个高人，兴许能看出它的来历。”

青芒一喜：“何方高人？能否请先生引荐？”

“是朱某的恩师。只可惜，他老人家早已金盆洗手，目前在终南山隐居，常年闭门谢客，从不见外人。”

青芒闻言，不由得神色一黯。朱能见状，忙道："叔，您就不能想想办法？"

"办法倒是有，只不过……"朱坤面露难色。

"先生有何难处？"青芒问。

"为难的不是我。"朱坤淡淡一笑，"我是怕你为难。"

"先生何意？"

"倘若你信任朱某，那就把东西交给我，我帮你去问问师父他老人家。"

朱能一听，忙抢着道："叔，这剑可是秦尉丞的家传之宝，这么做恐怕……"

"既如此，那就请便吧。"朱坤站起身来，"我还有事要忙，恕不远送。"

"叔……"朱能还想再求，青芒蓦然抬手止住他，看着朱坤，郑重抱拳道："那就有劳先生了，在下感激不尽！"

"你真的信得过我？"朱坤有些阴阳怪气道，"你就不怕，我回头就把你这宝贝拿到当铺给当了，换些酒喝？"

"先生是那种人吗？"青芒呵呵一笑，"退一万步说，即便先生真是那种人，在下也不担心。"

"哦？"朱坤眉毛一挑，"为何不担心？"

青芒忽然伸手拍了拍朱能肉墩墩的肩膀："有您侄儿在我手里押着，我怕什么？大不了，把他这身肥膘论斤卖了，也够我把剑赎回来吧？"

朱坤一怔，旋即哈哈大笑。

朱能的脸颊抽搐了一下，也跟着嘿嘿干笑了几声，眼中倏然闪过一丝异样之色。

青芒面对朱坤微笑着，眼角的余光却已捕捉到了朱能那稍纵即逝的细微表情。

内史府的正堂工地上，几十名工匠正干得热火朝天。

雷刚拿着一把大斧头在劈砍木料，身上只穿着一件薄薄的汗衫，可一身汗水还是在他黝黑结实的腱子肉上闪闪发亮。

众工匠一边干活，一边插科打诨，说些粗鄙的笑话和荤段子，不时爆出阵阵哄笑。

不远处，许虎独自一人站在一架靠墙的竹梯上，正用墨斗在弹线，显得有些形单影只。

许是对昨夜的争吵仍旧心存芥蒂，所以他故意躲开了雷刚。

雷刚一边跟大伙儿说笑着，一边不时拿眼瞅他，最后终究有些于心不忍，正想开口喊他，身后忽然传来郦诺的声音："弟兄们都歇歇吧，吃点儿东西。"

回头一看，郦诺带着几名女眷，手里提着水壶、篮子等，正招呼他们。众人大喜，一窝蜂围了上去。许虎见状，却不上前，反而抬起梯子绕到另一边去了。

“雷子，”郦诺喊雷刚，“快过来歇歇。”

雷刚答应了一声，又去看许虎，视线却被一面高墙挡住了，连个人影都没见，只好作罢。

“虎子这是怎么了？”郦诺把一块麦饼递给他，朝许虎的方向瞟了一眼。

“谁知道那小子哪根筋搭错了。”雷刚接过饼，狼吞虎咽起来，“甭理他，他就那德性！过会儿闻到饼香，他一准屁颠屁颠自个儿过来了。”

“你们昨晚又喝酒了？”郦诺看着他。

“呃……是小酌了几杯。”

“小酌？”郦诺笑，“你们闹成那样，就差上房揭瓦了，还小酌？”

雷刚赧然一笑：“就是声音大了点儿，其实没喝多。”

郦诺没再说什么，话锋一转道：“雷子，有件事我想问你，你想清楚了再回答我。”

雷刚一怔，见她表情严肃，忙问：“啥事？”

“巨子令被抢那晚，你和虎子去追那贼，你到底看没看见人？”

雷刚蹙眉，回忆了片刻，道：“起初是有个黑影在前边跑，不过当时天太黑，一闪身就不见了，后来……”

“后来都是虎子领着你在追，是吗？”

“对，他一直说前头有个黑影，就一路追。可说实话，属下连个鬼影都没见着，也不知他哪只眼睛看见人影了。”

郦诺若有所思：“这么说，他打头追，然后就追到了田君孺的小院外？”

雷刚点头：“对，他说影子就是在那儿消失的。”

听到这里，郦诺心中隐隐有了答案。

“后来，虎子是从哪儿搜出那套夜行衣的？”

“从墙根的草丛里。当时我还纳闷呢，就问他，你在那扒拉什么呢？可话音未落，他就把那夜行衣搜出来了。”

“再然后，田君孺从院子里出来，虎子就一口咬定夜行衣是他的？”

“对。属下虽然觉得有些蹊跷，可瞧虎子那么笃定，也就没说什么。”

郦诺感觉某种真相已经呼之欲出，却丝毫没有查出真相的喜悦。因为，许虎曾跟随父亲多年，后来又成为她赤旗的骨干，是她为数不多的最亲信的部下之一，她根本不愿相信许虎会背叛她。

然而，眼下的事实却分明给了她一个结论：许虎在掩护那个抢夺巨子令的人，并蓄意栽赃田君孺！

此时，他们二人都没有发现，在离他们五六丈外的一堆木料后面，一双眼睛正冷冷地盯着他们。

见郦诺沉吟不语，神色凝重，雷刚似乎猜出了什么，道："旗主，你不会是……怀疑虎子吧？"

"你说我该不该怀疑？"郦诺苦笑了一下。

"可、可兴许……兴许真的是属下眼神不好呢？"雷刚有些慌神。许虎跟他是过命的交情，他打死也不相信许虎会有问题。

郦诺冷然一笑，没接这个话茬，而是正色道："咱们今天说的话，你不可对任何人提起。"

"那……旗主打算拿虎子咋办？"

郦诺想了想，轻声一叹："我自有主张。你只管跟平时一样，别让他看出什么异常。"

雷刚还想再说什么，不远处的那面高墙后突然传来"啪"的一声闷响，好像是什么东西重重摔到了地上。郦诺和雷刚同时一惊，慌忙跑了过去……

青芒和朱能有说有笑，策马从朱坤家的巷子口出来，拐上了一条大街。

巷口斜对面有家汤饼铺，两名男子正坐在窗前埋头吃汤饼。

青芒和朱能策马从铺子门前经过时，朱能并没有注意到，青芒跟那两人暗暗交换了一下眼色。

等青芒他们驰过，这两人立刻搁下手里的碗，起身走出了铺子。

此二人就是青芒从秦姝月那儿收的两个徒弟：孙泉和刘忠。

两人在门口站了片刻，见青芒他们已渐渐远去，遂快步走向朱坤家的那条巷子，转眼便消失不见。

未央宫，北阙。

霍去病策马刚要驰出宫门，身后突然传来一声叫喊："站住。"

一听声音他就知道身后是谁，遂头也不回地继续前行，只是稍微放慢了马速。

“霍去病，你聋了吗？”

“本公主叫你站住你没听见？”随着一声娇叱，夷安公主策马从后面追了上来，挡住了他的去路。

“原来是夷安。”霍去病一笑，“叫我何事？”

“大胆！”夷安公主柳眉一竖，“本公主的名讳也是你随便叫的吗？你懂不懂宫里的规矩？”

“规矩我当然懂，只是得看跟什么人讲。”霍去病依旧面含笑意，“有道是礼尚往来。既然你可以对我直呼其名，不以职务相称，我为什么不能叫你的名讳？”

“不就是个小小的校尉吗？”夷安公主冷笑，“听你这口气，好像自己是大将军似的。”

“我虽不是大将军，好歹也是冠军侯，你若不肯称我‘霍骠姚’，至少可称一声‘侯爷’。这才是起码的礼数，对吧？”

夷安公主冷哼一声。

不知为何，跟霍去病斗嘴，她心里非但不怒，反倒觉得挺好玩，虽然自己压根儿没占到上风。

“殿下到底找我何事？”霍去病终究还是改了口，“在下军务缠身，若无要事……”

“本公主找你就是要事。”夷安公主以不容置疑的口吻道，“这儿不是说话的地方，随我来。”说完掉转马头，径直朝宫里驰去。

霍去病无奈一笑，只好拍马跟上。

第七章 龙渊

为其所难者，必得其所欲焉；未闻为其所欲，而免其所恶者也。

——《墨子·亲士》

许虎仰面朝天躺在雪地上，双目圆睁，已经没有了呼吸。

那架竹梯还静静地靠在旁边的墙上，墨斗掉在尸体旁边。

郦诺、雷刚和众工匠围着尸体，所有人脸上都是万般惊骇之色。

“这、这才多高？”雷刚双目通红地盯着那架梯子，哽咽道，“就算失足掉下来，也不至于人就没了吧？！”

郦诺当然知道，许虎的死因绝非失足。

这架梯子最高的踏步离地还不到一丈高，下面还有厚厚的积雪足以缓冲，姑且不说许虎身怀武功，身手比常人矫健得多，就算是普通人从上面失足坠落，顶多也就闪个腰或崴个脚，何至于立刻毙命？

所以，结论很明显——许虎是被人灭口了！

郦诺不禁大为懊悔，恨自己太过大意，没有尽早把许虎控制起来。

“刚才有没有人在这儿？”郦诺目光冷冽，扫视众人，“有没有人看见发生了什么？”

所有人都下意识地退了一步，个个把头摇得像拨浪鼓。

郦诺暗自一叹，当即挥手屏退了众人，只留下雷刚。

许虎身上看不出任何伤口，而且在他们赶到之时，竹梯和尸体周围的雪地上都没有脚印，凶手到底是如何杀死了他？

郦诺蹲下，把尸体的正面仔细检视了一遍，没发现任何异常，便叫雷刚把尸体翻个身。

刚一翻动，郦诺便猛然发现雪地上竟然歪歪扭扭地写着一个字——乙。

这显然是许虎临死前写下的。它代表凶手姓名中的一个字，还是另有含义？

此时雷刚也凑了过来，一脸惊讶："这字啥意思？"

"咱们的人里面，有叫这个字的吗？"郦诺问。

雷刚想了半天，摇摇头："据属下所知，好像没有。"

此时郦诺也已把众弟兄的名字想了一遍，的确没有含"乙"字的。这个线索只能暂时存疑，郦诺接着开始检视尸体的背面。

这时，仇景和仇芷薇闻讯匆匆赶来，见状也都是一脸惊愕。

"这到底是咋回事？"仇景眉头紧锁，"许虎是怎么死的？"

郦诺摇摇头，左手貌似不经意地在雪地上抹了一下，恰好把那个"乙"字抹掉了。

仇景父女都没注意，只有雷刚看到了这个小动作，不禁面露惊诧。郦诺暗暗给了他一个眼色。雷刚会意，虽仍满腹狐疑，却也只能缄默。

郦诺继续在尸身上仔细搜寻着。

"这可真邪门了！"仇芷薇皱眉道，"咱们墨家到底藏着多少内奸？你们说，会不会是田君孺的人干的？"

郦诺想这个推测似乎也有道理。田君孺毕竟是黑旗旗主，若说这儿还潜伏着他的人也不奇怪。而且巨子令被劫当晚，他与许虎的冲突最大，确实有杀人动机。

只不过，许虎是死在郦诺追查真相的这个节骨眼儿上，这又不像是田君孺所为，倒更有可能是蓄谋陷害田君孺的那个幕后元凶干的——因为许虎已经暴露，此人才急于杀人灭口。

"又是杀人不见血。"仇景也蹲在尸体旁看了起来，"跟上回石荣被杀一样。"

郦诺一听，心里蓦然一动，连忙拨开尸体脑后的头发，凝神细看。

突然，她的目光在某处顿住了。

"仇叔，你说的没错，正是完全相同的杀人手法。"郦诺苦笑。

仇景等三人的目光同时射过去，顿见尸体后脑勺的枕骨下方，赫然插着一根钢针——与石荣的死法如出一辙！

青芒和朱能策马走在街上，两旁人群熙攘，车马川流。

两人有一搭没一搭地聊着闲天。

“朱能，”青芒忽然道，“听说你是零陵人？家人可都还安好？”

朱能微微一怔，忙道：“是，属下是零陵郡泉陵县人。家父好几年前就过世了，家母尚在老家，由我兄长侍奉。”

“哦。不知令堂高寿？”

“今年六十有七了。”

“你就没想把令堂接来，让她老人家领略一下咱这大汉帝京的繁华，跟着你享几年福？”青芒扭头看着他。

朱能叹了口气：“家母身子不大好，经不起舟车劳顿、长途跋涉。再说了，就我这几百石的小官，哪有什么福可享？跟着我只有吃苦的份儿。”

青芒淡淡一笑，没再说什么。

两人又往前走了一段，街上越发拥挤。一群衣衫褴褛的乞儿正追着行人乞讨，为首一个虽然蓬头垢面，眼神却十分机灵。

他就是早被青芒“收编”的那个小乞丐头——六喜。

见青芒与朱能策马而来，六喜迅速把目光抛向青芒，似乎在等他示意。青芒暗暗给了他一个眼色。六喜当即打了一声呼哨，十几个小乞丐立刻聚拢到他身边。

“瞧见那大胖子了吗？”六喜朝朱能努努嘴。

众乞儿纷纷点头。

“这家伙油头肥脑，肯定有钱，今儿就吃定他了，没给钱死也不走，都听明白了吗？”

六喜一声令下，众乞儿立刻冲了过去，灵巧地钻过拥挤的人群，一下就把朱能的坐骑团团围住，然后高高举起手里的破碗，一片乞讨声瞬间灌满了他的耳朵。

朱能骤然被围，脱身不得，不禁大为恼怒，举起马鞭作势要抽。乞儿们却丝毫不惧，个个睁大眼睛，既无赖又可怜巴巴地望着他。朱能哭笑不得，鞭子举了半天却不忍下手，只好从袖中摸了几枚铜钱，随手扔进几个破碗里。

不料这一来，没讨到钱的乞儿们闹得更凶，纷纷扯住了他的衣袖和裤腿，一副不依不饶的样子。

朱能唉声叹气，无计可施，只好又把手伸进了袖中……

他并不知道，就在他跟这群乞儿纠缠不清的时候，青芒早已悄然后退，掉转马头，无声无息地没入了人群之中。

见青芒已然脱身，站在远处观望的六喜得意一笑，又打了一声呼哨。

众乞儿瞬间作鸟兽散。

朱能又急又恼，同时又莫名其妙，手里还捏着几枚未及散发的铜钱，嘟嘟囔囔地骂了几句，扭头一看，身旁早已没有了青芒的身影。

“哎，人呢？”朱能大为困惑，牵着马缰在原地团团转，“老大，老大你去哪儿了？老大……”

霍去病被夷安公主带到了漪兰殿前的一片空地上。

漪兰殿便是夷安公主的寝殿。身为外朝之臣，霍去病本不该到此，但夷安公主一向任性刁蛮，从不把宫廷礼制放在眼里，所以霍去病也只能硬着头皮跟她过来了。

殿前空地的积雪已经被宦官宫女清扫一空，脚下石板隐隐泛出青色的光泽；场地边上陈列着一排明晃晃的刀枪剑戟，兵器架上还挂着三四把长弓和几副箭囊，一旁的木桩上系着几匹骏马，其中赫然便有不久前被霍去病驯服的那匹汗血宝马。

“你弄成这样是要做什么？”霍去病不解。

“这你都看不出来？本公主的练武场啊！”夷安公主得意扬扬道，“怎么样，是不是很威武，很有气势？”

“呃……”霍去病环视一圈，煞有介事道，“公主的练武场，倒是让我想起了一个地方。”

“什么地方？”夷安公主一喜，“是不是你们军营？”

“不是，是小时候村里的麦场。”霍去病暗暗一笑，“每逢农闲，长辈们就在那儿耍枪弄棒，我跟小伙伴们就在那儿玩打仗啊，捉迷藏啊什么的。”

“你……”夷安公主又羞又恼，“你敢取笑我？竟敢把本公主的练武场比作你们村里的麦场？！”

霍去病憋着笑，故意绷着脸道：“那麦场的确跟你这练武场挺像嘛。对了，我还记得有个小伙伴把一条大黄狗当马骑，还在我面前耀武扬威，结果你猜怎么着？没跑两步便摔了个狗啃泥，门牙都摔掉了三颗！你想想那得多疼！”

说着，他还夸张地吸了一口冷气，仿佛摔掉门牙的是他。

夷安公主咬着嘴唇一言不发，铁青着脸盯着他。

“怎么啦？”霍去病一脸无辜地跟她对视着，“干吗这么盯着我？”

片刻后，霍去病终于忍不住，“扑哧”一声笑了出来。

见他竟然还敢笑出声，夷安公主愈怒，手中马鞭一扬，忽地一下抽了过来。霍去病闪身躲过：“哎，有话好好说，怎么动起手来了？”

“你就是皮痒，欠抽！”

夷安公主气急败坏，把牛皮鞭子舞得呼呼生风。霍去病面带笑容，左闪右躲：“哎，我说，差不多就行了啊，别逼我还手。”

两人都还骑在马上，手里拽着缰绳，身体大幅摇摆，把两匹马儿搞得无所适从，不时焦躁地喷着响鼻。

“你还手啊！我倒要看看你有多大能耐！”

“有能耐也不能跟你使。您公主殿下是天潢贵胄、金枝玉叶，万一有个闪失，我可担待不起。”

“你也知道本公主是天潢贵胄，那你还敢出言取笑？”

“好好好，我道歉行了吧？”霍去病一手提着马缰拼命闪躲，一手举起作投降状，“都是我不对，我不该出言不逊，惹怒公主。”

夷安公主一听，心里稍稍舒服了些，手上却还是不依不饶：“既然不对就更该打，否则你不长记性。”

见她一副得理不饶人之状，霍去病知道这么躲下去也不是办法，索性瞅了个空当一把抓住鞭梢，轻轻一笑：“公主，我看你也打累了，歇会儿吧。”

夷安公主冷哼一声，用力往回拽，可惜鞭子就像长在了霍去病手上，几乎纹丝不动。

“放手！”她满脸涨红，厉声喝道。

霍去病又是一笑，松开了手。

不料此时夷安公主正在使劲，被他这一放便失了重心，顿时“哎呀”一声，整个人仰面朝天从马背上跌了下去。

霍去病大惊，瞬间腾身而起，赶在落地之前一把抱住了她。

一阵脂粉香味伴着年轻女子特有的体香猛地钻入鼻孔。霍去病不由得心旌一荡。恍惚间，他看见怀里躺着的人竟然是当初在华阳街抱住的那个仇芷若。

此时，夷安公主的脸也早已“唰”的一下红到了耳根。

见霍去病痴痴地看着她，丝毫没有放开的意思，夷安公主嘴上说着“快扶我起来”，可身体却一直很“诚实”地靠在他的怀里。

她感觉到了霍去病胸腔里强劲有力的心跳。这种感觉让她无力抗拒，也无意抗拒……

之前被她远远支开的一群宦官宫女纷纷跑了过来，一个个失声惊叫。霍去病终于清醒过来，赶紧把她扶起，然后急退了两步，两只手还下意识地在身上擦了擦，难堪和窘迫一览无余地写在了脸上。

夷安公主本来也窘得要死，可一看他的样子，便挥手止住了那些飞奔而来的宦官宫女，然后朝霍去病逼近了两步，狞笑了一下："霍去病，光天化日，当着那么多下人的面，你竟敢抱着本公主不撒手。说，你到底是何居心？！"

"我……"霍去病慌忙俯首抱拳，"一时情急，失了礼数，还望公主恕罪。"

夷安公主看着他，在心里欢快地大笑了几声，脸上却一片冰冷："要让本公主宽恕你也可以，只是你得答应我一个条件。"

"请公主明示。"霍去病现在自觉"理亏"，也想赶紧脱身，遂不敢反驳。

"你得教我武功，从今天开始！"夷安公主背起双手，扬了扬下巴，一副把霍去病捏在掌心的样子。

霍去病一听，不禁哑然失笑。

原来这个刁蛮公主所谓的"要事"，竟然是这个。

"公主此言当真？"

"当然是真！老早我就让父皇给我找一位师傅了，只是父皇一直不答应……"

"想跟我拜师学艺也可以，只是……"这下轮到霍去病抖擞起来了，窘迫之色从他脸上倏然消失，而且还有意模仿夷安公主方才的口吻。

"咱们得约法三章。"霍去病背起双手，扬了扬下巴。

"你说！只要你肯真心教我，别说三章，三十章我都答应。"夷安公主如愿以偿，心里乐开了花，也就顾不上理会他的拿腔拿调。

"一，既要拜我为师，便要尊师重道。从今往后，不可再对为师没大没小、任性使气，也不可再摆你公主的谱，办得到吗？"

哼，还没教就端起架子来了！夷安公主心里嘀咕，嘴上却道："没问题。"

"二，你若诚心学艺，便要老实听话。从今往后，我说一你不能说二，我说东你不能往西。"

"啥？"夷安公主眼睛一瞪，"那你要是居心不良，想害我怎么办？"

"你瞧，才说两条你就受不了了，还说什么'三十章都答应'。"霍去病叹了口气，“算了，看来你我没有师徒缘分，公主还是另请高明吧。”说完，转身就要上马。

“站住！”

霍去病回身，淡淡道：“你说什么？”

夷安公主一怔，旋即反应过来，只好不情不愿道：“那个……请留步。”

“请谁留步？”

“请……请师傅留步。”

霍去病面无表情，心里却哈哈一笑。“这么说，第二条你算是答应了？”

夷安公主无奈地点点头。

“那好。第三，拜师之事，你我皆须保密，对外不可透露半分；在人前，你还是公主，我还是校尉，不可坏了规矩；在人后嘛……还是那句话，我是师，你是徒，我说什么你都得听着，不可乱了尊卑。”

夷安公主听完，不由得嘴唇紧抿，脸上一阵红一阵白，显然在进行激烈的思想斗争。

霍去病也不急，抬起头来悠然望天。

半晌，夷安公主才跺了跺脚，没好气道：“行了行了，都听你的。”

“好。那为师现在就教你第一样功夫。”

夷安公主喜出望外：“真的？”

霍去病径直走到她面前，抬脚碰了下她的鞋尖：“把腿分开，与肩同宽。”

夷安公主一怔，赶紧照做。

“下蹲。”

“抬头，挺胸，收腹。”

“背要直，别跟只虾似的。”

“目视前方，不要东张西望。”

霍去病连声下令。夷安公主虽然很是别扭，但为了学艺，只能全部照做。

“双手握拳，手心朝上，平举放在腰间，好，不要动，就这么站着。”

霍去病说完，忽然举步离开，翻身上马。

“喂，你去哪儿？”夷安公主诧异道。

“你叫我什么？”霍去病脸色一沉。

“请问师傅……要去哪儿？”夷安公主只好改口。

“我回军营啊。”

“什么？”夷安公主“呼”的一下站了起来，“你让我在这蹲着，你回军营？”

霍去病定定地看着她，不答话。

夷安公主明白他的意思，只好又照刚才的架势蹲了回去，嘴里仍不服气道：“你不是要教我功夫吗？岂能说走就走？”

“我现在就在教你功夫。这叫扎马步，是每个练武之人必学的基本功，懂吗？”霍去病淡淡道。

“那……那得扎多久？”

“两刻，之后起来活动一会儿，然后再做。”

“两刻？！”夷安公主忍不住又瞪圆了眼，“你想累死我啊？”

“你以为练武那么容易吗？”霍去病一笑，“你不想学就算了，本来身为天潢贵胄、金枝玉叶，就没必要吃这苦头，对吧？”

“你别把人看扁了！”夷安公主梗着脖子道，“我从来就不是那种娇里娇气的公主。”

“好，有志气，为师就喜欢你这样的徒儿！”霍去病朗声说着，同时掉转马头，一夹马腹，坐骑疾驰而去，“好好练吧，为师走了。”

夷安公主心里“咯噔”了一下，因为她听见了“喜欢你”这三个字。至于这句话里的其他字，则被她自动忽略掉了。

直到霍去病的身影即将消失，夷安公主才猛然回过神来，冲着他的背影喊：“喂，你还没说让我做几次呢。”

茂陵邑，东门。

青芒坐在城门附近一家茶肆的角落里，正独自一人垂首沉思。

忽然，外面街道传来一阵急促的马蹄声，然后停在了茶肆门口。

片刻后，一个年轻男子匆匆走了进来，径直来到他面前坐下，轻声道：“师父……”

来人正是孙泉。

“有动静了？”青芒倒了一碗茶，放到他面前。

孙泉端起碗，咕噜咕噜一口喝光，抹了抹嘴：“您刚走一会儿，那朱坤便牵着一头毛驴，偷偷从后门溜了出去。我和刘忠跟了他大半座城，最后看见他进了青鸾街的一处宅院，现在刘忠还在那儿盯着。”

“青鸾街？”青芒眉头微蹙，“是官宅吗？”

“不像，看上去是一座偏僻冷清的宅子。”

“朱坤带了剑没有？”

“八成是带了，我看他身上斜挎着一个包裹，长长的。”

青芒眸光一闪，旋即站起身来：“走。”

内史府后院的一间屋里，郦诺、仇景、仇芷薇、雷刚围着一盆炭火坐着，个个神色凝重，一言不发。

半晌，郦诺率先打破了沉默：“现在事情已经很明显了，巨子令被劫当晚，许虎假意和雷子一起追那贼人，其实是故意把雷子引到田君孺院外，以便让他做个见证。许虎先是从田君孺院外搜出事先藏好的夜行衣，把咱们所有人的目光都吸引到田君孺身上，然后又借搜寻巨子令之机，把那个空匣子放到田君孺屋中，从而坐实田君孺劫夺巨子令的罪名。如今看来，那天晚上发生的所有事情，包括今天许虎被杀，应该都是同一个人所为，或者说是同一个人在幕后操纵了这一切。”

说完，郦诺停顿了一下，又补充了一句：“而且可怕的是……这个人，就在我们身边。”

仇景、仇芷薇和雷刚闻言，不由得面面相觑。

“难道不会是田君孺报复杀人吗？”仇芷薇道，“他恨虎子那天抓住了他，所以就命潜伏在咱们身边的奸细杀了虎子，这不也说得通吗？”

“这当然也说得通。”郦诺淡淡一笑，“可田君孺为何早不报复晚不报复，偏偏在我追查许虎的时候出手？要知道，我一旦把许虎的事查清了，就等于还了他清白，那他为何要在这个时候杀许虎？这不是太愚蠢了吗？”

仇芷薇语塞。

“还有，”郦诺接着道，“现在我们已经知道，许虎和石荣是被同一个人所杀，而这个凶手显然与田君孺没有关系。因为那晚石荣被杀时，田君孺已经被我们控制了，且已被我们认定为抢夺巨子令之人，他既没有机会也没有理由杀石荣。换句话说，只有担心暴露的人，才有理由杀人灭口，不是吗？”

仇芷薇顿时哑口无言。仇景和雷刚也频频点头。

“这么说，咱们全都落入那个幕后元凶的圈套，错怪田旗主了？”仇景道。

“恐怕是的。”郦诺苦笑。

“如果说那个元凶就藏在咱们身边，那巨子令不也还在吗？”仇芷薇问。

“没错。”郦诺道，“巨子令肯定在此人手上。”

“那就搜！”仇芷薇霍然起身，一脸义愤，“把所有人的房间里里外外全都搜一遍，我就不信找不出来！”

“就一块巴掌大的东西，随便哪儿不能藏？你怎么搜？”郦诺无奈一笑，“再说了，这个元凶策划了一场如此庞大而周密的阴谋，其心机和谋略远非常人可及，他怎么可能把巨子令放在身边被你搜到？”

“旗主说得对，这家伙没那么傻。”雷刚附和道。

“你骂谁呢？”仇芷薇眼睛一瞪，“他不傻，那就是我傻，对吧？”

雷刚这才意识到自己嘴快了，慌忙赔笑道：“芷薇姑娘息怒，我不是那意思，我……我就是嘴欠，胡说八道，你别往心里去。”说完轻轻打了自己一个嘴巴。

仇芷薇重重哼了一声，这才气鼓鼓地坐了回去。

“郦旗主，”仇景想着什么，忽然道，“你方才检查许虎的尸体，有没有发现什么线索或是可疑之处？”

“没有。除了经您提醒，从他脑后发现的那枚凶器外，别的都没发现。”

雷刚瞥了她一眼，不太自然地摸了摸鼻子。

仇景蹙眉思索：“杀石荣，是把钢针射入天灵盖；杀许虎，则是把钢针射入脑后。如此阴狠诡谲的杀人手法，既要有准头，又要有力道，若非多年习练，绝对无法办到。眼下既然没有别的线索，咱们不妨以此入手查一查。”

“仇叔所言甚是。”郦诺赞同道，“事不宜迟，咱们马上分头去查，看到底是何人有如此深藏不露的‘本事’。”

“可就算有这本事，他平时也不会显露，该怎么查？”仇芷薇忽然问道。

“不难。”郦诺淡淡一笑，“就找那些平时喜欢玩吹管乐器的人。”

“吹管乐器？”仇芷薇大为不解。

雷刚一时也摸不着头脑。

仇景略为思忖，目光一亮：“郦旗主果然机敏过人！石荣和许虎都是死于吹管类的暗器，所以凶手平时很可能会以吹奏吹管乐器为掩护，目的其实是练习暗器发射。当然也不排除凶手是真喜欢吹管乐器，从而悟出了这种诡谲的杀人手法。”

仇芷薇和雷刚恍然大悟。

“仇叔所言，正是我想说的。”郦诺正色道，“这样吧，为了防止凶手察觉脱逃，咱们索性也别暗中查了，干脆公开搜！我建议，凡是藏有吹管乐器的，一旦搜出，立刻把人控制起来，不论他在咱们墨家是什么身份！”

青芒和孙泉策马赶到了青鸾街，与刘忠会合后，问清了朱坤所进的宅子，便让二人先行离开，旋即独自从后院翻墙而入。

这是一座白墙灰瓦的两进宅院，看上去荒凉冷清，似乎久已无人居住，眼下更是空无一人。青芒从后院摸到前院，看见一头毛驴拴在正堂前的门廊下。从大门到正堂之间的雪地上只有一串驴蹄印，说明目前屋里只有朱坤一人。

可他到底来此做什么？难道是要跟他所说的那个“恩师”见面？

青芒满腹狐疑，悄悄绕到正堂后面，透过一扇挑开的窗户往里窥视。

如孙泉所言，朱坤肩上斜挎着一个长长的包裹，此刻正在屋里来回踱步，神情有些焦躁，似乎还有一丝紧张。

就在这时，正堂前忽然传来一阵杂沓的脚步声，青芒下意识地伏低了身子。

少顷，正堂大门被推开，几名侍卫大步跨入，精悍的目光把屋里扫视了一圈，旋即分立大门两侧。然后，一个身披黑袍、头戴斗篷的男子才迈着沉稳的步履缓缓走进来。朱坤赶紧毕恭毕敬地迎上去，俯首长揖：“小民拜见丞相。”

丞相？！

公孙弘掀开斗篷，温和一笑：“老夫有事耽搁，让朱先生久等了。”

“不不，小民也是刚到。”朱坤诚惶诚恐道。

二人落座，公孙弘瞥了眼朱坤身上的包裹：“东西带来了？”

“带来了。”朱坤取下包裹，小心翼翼地掀开，双手捧起那把古剑，呈到公孙弘面前。

公孙弘目光一亮，伸手接过，“唰”的一下拔剑出鞘。

宝剑发出一阵龙吟之声，闪闪寒光映入了他的眼眸。

公孙弘眯了眯眼：“好剑！朱先生可知此剑来历？”

“回丞相，小民略有所知。”

窗外的青芒闻言，不由得冷然一笑——不出所料，这个朱坤果然隐瞒了真相。

“说来听听，也让本相长长见识。”公孙弘微笑道。

“不敢不敢，小民见识浅陋，判断不一定准确，只能姑妄言之，恐贻笑方家，丞相姑妄听之即可。”

“不必谦虚了，说吧。”公孙弘收剑入鞘。

“是。”朱坤躬了躬身，清了清嗓子，“据小民所知，此剑应铸于春秋年间，据说早在战国末年便已失传，不料今日竟重现于世，实在令小民震惊不已、激动万分！不瞒丞相，适才在敝宅，秦尉丞刚一拿出此物，小民便一眼认出来了，当时差点儿就泄露了内心的激动之情……”

好你个朱坤，戏演得可真好！

青芒不禁在心中冷笑。明明是“震惊不已”“激动万分”，一开始却一口一个“赝品”“不入流”，还装出一副不屑一顾、拒人于千里之外的样子，现在看来无非都是欲擒故纵的把戏。

朱坤咽了口唾沫，平复了一下激动的情绪，接着道：“凡天下铸剑之人，皆视此剑如同圣物一般，然空有瞻仰膜拜之情，却断无亲眼目睹之幸。小民万万没想到，竟然会在有生之年得以亲睹！想当年，小民师从北冥先生学习铸剑之术……”

“行了，别扯远了。”公孙弘不耐烦地打断他，“既然说得这么玄乎，那你就直接告诉本相吧，此剑到底何名？”

这也是青芒最想知道的，闻言不由得屏住了呼吸。

“回丞相，此剑名为‘七星龙渊’！”

七星龙渊？！

青芒浑身一震，脑子里“轰”的一声，险些叫出声来。

虽至今仍然失忆，但他知道，“七星龙渊”是享誉天下的十大名剑之一，并且是有史以来的第一把铁剑，其坚韧和锋利程度远远超越此前的所有青铜剑！

在青芒的记忆中，十大名剑分别是：轩辕、湛卢、赤霄、太阿、七星龙渊、干将、莫邪、鱼肠、纯钧、承影。当然，这些古剑不全是真实存在之物，其中只有一部分可见于古籍记载，其他则源自口耳相传的上古传说。

不过，“七星龙渊”却的的确确是真的存在，在春秋古籍《越绝书》《吴越春秋》中，均有关于它的记载。只是青芒断然不会想到，这把千古名剑居然一直在自己手中，而且还是父亲留给自己的家传之宝……

屋内，公孙弘一听，顿时也惊诧不已，脱口道：“七星龙渊？就是古代铸剑鼻祖欧冶子所铸的那一把？”

“正是！”朱坤道，“据《越绝书》所载，欧冶子凿茨山，泄其溪，取山中铁英，作剑三枚，曰龙渊、太阿、工布。其中，龙渊剑便是自古以来的第一把铁剑，可谓冠绝当世、遗泽百代，其锋利程度远胜于此前风靡天下的青铜剑。”

公孙弘有些动容，忍不住又把剑拔了出来，凝视着光芒四射、寒意逼人的剑刃，伸出手指在上面摩挲了一下，道："此剑为何取名七星龙渊？"

"回丞相，相传，欧治子凿开茨山，引山中溪水至铸剑炉旁，修筑了七个铸剑池，且呈北斗七星之状环列，故名'七星'；宝剑铸成后，俯视剑身，如登高山而临深渊，恍惚间似有巨龙盘卧其间，故名'龙渊'。二者合称，便是'七星龙渊'。"

"原来如此。"公孙弘恍然，旋即注意到剑镡上的那颗玉石以及刻于其上之字，不由得眉头微蹙："这'法章'二字又是何意？"

"丞相不愧是当世大儒，一眼便认出了这两个战国文字，学识令人钦佩！"朱坤一脸谄媚道。

"这有什么？"公孙弘矜持一笑，"年轻时寒窗苦读，什么文字没见过？不过现在年老昏聩，也记不得这是哪国文字了，更不记得其含义为何。"

"小民只需稍稍提醒，丞相便知这'法章'二字的含义了。"

"哦？你说。"

"这是当年的齐国文字。"

"齐国？"公孙弘稍加沉吟，忽然眼睛一亮，"这'法章'莫非便是齐襄王？"

"正是。丞相果然博闻强识！"

"这么说，这龙渊剑最后是落入齐襄王之手了？"

"据小民听恩师北冥先生讲，当年此剑被齐襄王所得。齐襄王后来传位于齐王建，而此剑亦由齐王建赐给了他的舅父兼宠臣——当时的齐国丞相后胜。"

窗外，青芒不由得一怔。

看来自己的直觉没错，这把龙渊剑尚有其他渊源，并不单纯与齐襄王有关。换言之，自己很可能不是齐王后人。可现在听朱坤这么说，难道自己是齐相后胜的后人？

若事实果真如此，那就太让人失望，也太让人难堪了。

青芒无声苦笑。

后胜此人庸懦贪财，当年私下收受秦国厚贿，屡劝齐王西面事秦，既不修攻战之备，亦不助五国御秦，以致秦军兵临城下，最后又劝齐王投降，终被灭国，为天下笑。时人为此编了一首歌谣："悲耶，哀耶，亡建者胜也！"

倘若这样的人竟然是自己的祖先，岂不是令人蒙羞汗颜、无地自容？！

"后胜？"公孙弘冷然一笑，面露鄙夷之色，"齐王建竟然把龙渊剑赐给了这家伙，简直是在辱没这把名剑啊！"

“是的，小民对此也深感惋惜。”

公孙弘若有所思：“秦穆有没有跟你说过，他这把剑是从哪儿来的？”

朱坤笑了笑：“起初他骗小民，说这是他赌博赢来的，小民当然不信，便逼了他一下。他只好承认说，这龙渊剑是他的家传之宝。”

“哦？”公孙弘意味深长地一笑，“这就有趣了。难不成，那个臭名昭著的后胜竟然是秦穆的先人？”

“起初小民也这么想，只是……这两人的姓氏对不上。”

“自齐国灭亡，迄今已有百年。”公孙弘捋着下颌的白须，“这百年间，天下板荡，兵戈不休，颠沛流离之下，改名换姓者屡见不鲜。更何况，后胜身后留下了千古骂名，其后人若不想被世人戳脊梁骨，把姓改了，隐藏身份，不也很正常吗？”

青芒在外面听了，不由得黯然神伤。

如此说来，自己还真有可能是后胜的后人……

不对，青芒蓦然想起，父亲把剑交给自己时，不是说过这把剑是高祖父传下来的，象征忠信高洁之家风吗？若如此，因贪贿而卖国的后胜怎么可能称得上“忠信高洁”？又怎么可能是自己的先人？

看来，自己的身世还是没有这么简单，其中必定还有隐情。换言之，这把龙渊剑很可能在齐国灭亡后便易主了，落到了别人……不，是落到了自己真正祖先的手中。

果不其然，青芒刚想到这里，里面的朱坤便道：“丞相言之有理，只不过……”

“不过什么？”

“小民曾读过一些齐国野史，据称，齐王建亡国之后，便被秦王流放到了边远之地，形同囚犯，而后胜则因灭齐之功被秦王赐予高官厚禄。齐王建悔不当初，痛定思痛，便暗中联络了一些心怀忠义的旧臣，命他们不惜一切代价杀掉后胜及其家人，以解心头之恨。不久，后胜果然遭遇灭门惨祸，阖家上下数十口人全部被杀，无一幸免。若此野史记载为真，秦尉丞便不可能是后胜的后人。”

青芒闻言，有一种如释重负之感——不出所料，自己的先人并非后胜，而很可能是朱坤口中那些心怀忠义的齐国旧臣之一。先人奉齐王之命杀了后胜，夺取了龙渊剑，然后将其传给后人，一直传到了父亲和自己手中。

屋内，公孙弘听完朱坤之言，面色微愠。作为世人口中的“当世大儒”，他一向自诩学富五车、满腹经纶，可偏偏从未读过有关后胜下落的史料，如今听朱坤说得头头是道，脸上自然有些挂不住，便道：“你自己也说了，这只是野史，充其量只能做茶余饭后之消遣，岂可当成确凿无疑之事？”

朱坤察言观色，知道自己逞能了，忙道：“是是是，丞相所言甚是！小民粗鄙，不学无术，贻笑大方了。”

公孙弘没再说什么，换了个话题：“对了，这龙渊剑既是无价之宝，又是秦穆家传之物，他怎么会愿意交给你呢？”

“回丞相，”朱坤狡黠一笑，“秦尉丞向小民请教这把剑的来历，小民便略施小计，告诉他小民也不知道，只能去问小民的恩师。他没办法，便把剑交给小民了。”

“这就奇了。”公孙弘眉头微蹙，“这剑明明是他祖传的，他为何不知其来历？”

“小民也这么问过他，可他说确实不知道。”朱坤道，“他甚至连此物是名剑‘七星龙渊’都毫不知情。”

公孙弘闻言，不由得沉吟起来。

他一直觉得秦穆来路不明，并怀疑“秦穆”这个身份有假，所以此次就以朱坤、朱能为饵暗中调查，目的便是弄清秦穆真正的家世出身。通过方才与朱坤的讨论，公孙弘初步认定秦穆是后胜的后人，可现在他不免又怀疑起来：如果这个判断是对的，那么秦穆似乎没理由不知道他的祖传之剑是七星龙渊。因为后胜的后人即使怕背负骂名，顶多就是把姓改了，没必要把此剑的来历也隐瞒吧？

由此看来，秦穆的先人还真不一定是后胜。

难道，朱坤所说的那个野史记载是真的？秦穆的先人是奉齐王命将后胜灭门的齐国旧臣之一？此人将后胜满门屠戮后夺取了龙渊剑？

是不是因为这个手段不那么光彩，所以这家伙才不把龙渊剑的来历告知后人，故而秦穆对此一无所知？

沉吟片刻后，公孙弘心里隐隐作出了一个决定，便对朱坤道：“你方才说的那个北冥先生，现住何处？”

“回丞相，恩师目前在终南山玉柱峰的老君庙旁隐居。”

“此事，你有没有告诉秦穆？”

“小民只说恩师隐居终南山，具体处所未曾跟他透露。”

窗外，青芒听到这里，忍不住心中一凛：公孙弘问这话是什么意思？

屋内，公孙弘看着朱坤，脸上重新泛出和煦的笑容：“朱先生，有关秦穆的事，本相大致都清楚了，你把这龙渊剑还给他吧，今日辛苦你了。”

“还给他？”朱坤一怔，“丞相之前不是说……”

“不必了。”公孙弘抬手止住他，同时站起身来，“此事就到此为止。你从没见过本相，本相也从没见过你。明白吗？”

朱坤会意，连连点头：“明白明白。”

“很好。”公孙弘又露出一个温和的笑容，旋即给了一名侍卫一个眼色，然后大步走了出去。其他几名侍卫紧随其后。

那名侍卫走了过来，从袖中掏出一只黑袋子，微笑着塞进他怀里：“朱先生，这是丞相犒劳你的。”

“这……这怎么好意思。”朱坤笑逐颜开，打开袋子瞥了一眼，眼前顿时一片金光灿烂——里面至少装了六七块金饼。

“对了，丞相还有一句临别赠言给你。”侍卫道。

“小民洗耳恭听。”

侍卫笑了笑，左手搭上他的肩膀，把嘴凑到他耳旁：“丞相说，世上只有一种人能够保守秘密……”

话音未落，朱坤便听到了一声利器刺入皮肉的钝响。

朱坤双目圆睁，下意识低头看去，一把雪亮的环首刀已深深刺入了他的身体。

“……这种人就是死人。”

侍卫微笑着说完这句“临别赠言”，猛然把刀抽了回去，旋即夺回金子，抓起案上的龙渊剑，头也不回地扬长而去……

第八章 凶手

夫辩者，将以明是非之分，审治乱之纪，明同异之处，察名实之理，处利害，决嫌疑。

——《墨子·小取》

朱坤仰面朝天，一连喷出了几大口鲜血，然后直挺挺地向后倒去。

青芒及时翻窗而入，从背后扶住了他。公孙弘之所以杀人灭口，一是防止朱坤向他人泄露此事，二是防止朱坤向青芒透露北冥的具体住所，以阻止青芒去找北冥查清真相，真可谓心狠手辣！

青芒在心中苦笑。可恨的是如此一来不仅线索断了，而且龙渊剑也被抢了。

一看眼前之人居然是“秦尉丞”，朱坤先是一怔，旋即惨然一笑，一口鲜血又喷涌而出。

“朱先生，坚持住，我去找医师。”

青芒把他抬到了一旁的榻上，转身要走，却被朱坤一把扯住了袖子。

“没用了，我……救不活了。”朱坤喘着粗气，脸色煞白，“听我说，我还有些事，没……没告诉公孙弘。”

青芒用手捂住他腹部的伤口，神情凝重：“您说。”

“据我所知，还有一个人，有可能从……从后胜那里得到龙渊剑。”

青芒眸光一闪：“谁？”

“蒙……蒙恬。”

“秦朝大将蒙恬？！”青芒大为意外。

蒙恬，祖籍齐国，出身于名将世家，祖父蒙骜、父亲蒙武皆为秦国大将，功勋卓著。秦始皇二十六年，蒙恬奉命率军直逼齐国，在西线牵制齐军主力，与北面的王贲军团联手，最终攻灭齐国，完成了秦国统一天下的大业。其后，蒙恬又率三十万大军北击匈奴，收复河南地，并修筑万里长城和九州驰道，为秦朝立下了汗马功劳，以“忠信”之名享誉朝野。秦始皇三十七年，嬴政驾崩，宦官赵高勾结幼子胡亥发动政变，矫诏赐死了蒙恬，可怜一代名将为了坚守臣节，遂吞药自尽、含恨而终。

这段金戈铁马、慷慨悲歌的历史，青芒自然烂熟于胸，只是他万万没想到，自己竟然会与这位名垂青史的一代雄杰扯上关系。

“你怎么知道蒙恬得到了龙渊剑？”青芒又问。

“齐国亡后，秦将王贲……曾在蒙恬家中见过一回。他怀疑，此物便是龙……龙渊剑。”

“他怀疑？”青芒苦笑，“你这又是从野史里看来的吧？”

朱坤也苦笑了一下，嘴角又有鲜血流淌下来：“野史中也有事实，恰如正史……亦有谎言一样。”说着剧烈地咳嗽了起来，鲜血如泉汩汩而出。

“别说了，我带你去找医师。”青芒伸手要扶他起来。

“不，我还有一言……你听我说完。”朱坤有气无力道。

青芒无奈，只好听他说。

“秦尉丞，朱某对……对不住你，我和朱能都是被逼的，你……你别为难他。”朱坤说到这里，已经气若游丝。

青芒闻言，心里一阵难过。

“放心吧先生，我明白朱能的苦衷。况且，我一直把他当兄弟。”

朱坤欣慰一笑，声如蚊蚋：“但愿来世，朱某也能跟你，做一回……兄弟。”

说完，他的头往下一勾，停止了呼吸，眼睛却不肯闭上。

青芒双目泛红，轻轻帮他合上了眼皮。

蒙恬？！

朱坤所看到的野史记载是不是真的？龙渊剑最后是否真的到了蒙恬的手里？倘若如此，那么这位千古名将会不会正是我的先祖？

青芒知道，要解开这些谜题，唯有赶在公孙弘之前找到一个人——

北冥先生。

七件吹管乐器被堆在了案几上，分别是笙、箫、笛、埙、龠、胡笳、觱篥。

郦诺、仇景、仇芷薇、雷刚围坐在案几旁。

郦诺手中拿着一枚竹片，上面写着七个人的名字，都是这些乐器的主人。她一边看着人名，一边对照着那些乐器。

“诺姐，”仇芷薇道，“有嫌疑的人这么多，咱们怎么知道谁是凶手？”

郦诺不语，耐心地一一对照完，才问仇景道：“仇叔，名单上的这些人是否都已控制了？”

“当然，照你说的，七个人全都关在一个屋里头了，我外面安排了十几个弟兄看守，绝对不会出问题。”

郦诺点点头，又把目光转到那些乐器上面，然后逐一拿在手中端详。

仇芷薇见她不回答自己，气得噘起了嘴。

“别急，”郦诺头也不抬道，“马上就会有结果了。”

“我说姐，你这么瞧到底能瞧出啥呢？”仇芷薇越发纳闷，“那些东西上面又不会刻着‘凶手’二字。”

“谁说不会？”郦诺淡淡一笑，“有时候，器物是会‘说话’的。”

仇芷薇“哼”了一声：“我可不信。”

郦诺又摆弄了一会儿，略加沉吟，然后从中取出箫、胡笳、觱篥，放在案几左边，又把其他乐器统统扫到右边，道：“右边这些，可以排除了。”

“为何？”仇芷薇和雷刚同声问道。

“很简单。笙是排管，笛是横吹，龠是斜吹，埙呈椭圆状，与凶手所用的吹管暗器，在形制和用法上大不相符，故可排除。”郦诺用自信的口吻道。

雷刚恍然：“旗主的意思是，凶手所用的暗器，应该要符合单管、竖吹、管子细长这几个特征？”

“没错。”郦诺注视着左边的三把乐器，蹙眉想了想，又把觱篥归到了右边，“而且管子越长越好，不够长的也不适合，比如这觱篥。”

“为何管子越长越好？”仇芷薇又问。

“钢针是从管子里射出去的，”仇景接言道，“如果管子太短，钢针的准头会打折扣。”

“原来如此。”仇芷薇啧啧两声，“没想到这玩意儿有这么多学问。”

“世间万事万物，何者不是学问？”仇景道，“只要用心钻研体悟，处处皆是学问，样样都有门道。亏你跟了郦旗主这么长时间，也没跟人家学一学。”

仇芷薇一听就不乐意了：“怎么说着说着又说到我头上了？我这不是在学吗？不想学我问这么多干吗？”

“好了好了。”郦诺赶紧打圆场，“芷薇这阵子其实长进不少了，仇叔你也别老是说她。”

“就是！”仇芷薇白了父亲一眼，“老是把我当小孩。”

此刻，案几上只剩下一管箫和一管胡笳，范围已经缩到最小了。

郦诺刚才已经对照过名单，很清楚这两样东西是属于谁的，不由得暗自瞥了仇景一眼，一时竟有些难以开口。

仇景见状，豁达一笑：“郦旗主，你不是说过吗？凡是藏有吹管乐器的，都有嫌疑。既然如此，干脆我来说吧……”说着拿起案上那把九节紫竹制作的洞箫，“这把箫是胡九的，我亲手从他房间里搜了出来。”

仇芷薇和雷刚闻言，顿时惊诧不已。

胡九是仇景的贴身侍从，跟随他多年，也是墨家的老人，眼下竟然成了谋杀石荣和许虎的两个嫌疑人之一！这个局面显然颇为敏感和微妙——假如胡九正是凶手，那身为主公的仇景是不是也有嫌疑？

“那这个又是谁的？”仇芷薇猛然抓起那把胡笳。

“这是陶书的。”雷刚忙道，“是我搜出来的。”

“如果咱们一直以来的判断没错，那么凶手很可能就在胡九和陶书之中。”仇景坦然说道，然后看向郦诺。

郦诺眉头紧锁，抿唇不语。

此刻，她的眼前出现了许虎临死前留在雪地上的那个“乙”字。这个字，或者说这个笔画，究竟与胡九和陶书有没有关系？如果能想透其中的关联，那么立刻便能锁定凶手。

打心眼儿里，郦诺希望凶手是陶书，而不是胡九，否则问题就复杂了……

见她沉吟不语，仇景若有所思地笑了笑，道：“郦旗主，有件事我问过你，可你否认了。现在我想再问一遍——许虎被杀的现场，到底有没有留下线索？假如有的话，希望你能开诚布公，把情况说出来，咱们一起分析。”

话音刚落，郦诺脑中便灵光一现，忽然有了答案——

许虎写下的“乙”很可能不是一个完整的字，而是一个字的起始笔画！也就是说，他真正想写的字其实是“九”，但那一撇来不及写出便咽气了。

所以，答案很明显，杀人凶手正是胡九！

事已至此，郦诺已经没有理由隐瞒了，遂把这个线索以及刚刚做出的判断和盘托出。

“诺姐，没想到你这么会藏事儿啊！”仇芷薇大为意外，忍不住一脸讥诮，“你是怀疑我爹指使胡九杀人吗？所以连线索都瞒着不跟我和我爹说？”

“芷薇！”仇景呵斥，“不要说这种伤和气的话，郦旗主根本不是这个意思。她发现这个线索的时候，也还不知道它跟胡九有关，又怎么可能怀疑到我？”

“可她这么做不是太伤人了吗？”仇芷薇呼地站了起来，“亏我还一直把她当亲姐姐，可她把我们当什么？当嫌疑犯吗？”

“芷薇、仇叔，对不起……”郦诺满怀歉意，也跟着站了起来，拉住仇芷薇的手，“近来咱们墨家出了这么多事，我不得不小心谨慎。原则上讲，在查出真正的凶手之前，咱们所有人都不能排除嫌疑……”

“我理解。”仇景无奈地笑了笑，“你这么做并没错，换作是我，我也会这么干。”

“我不理解！”仇芷薇一把甩掉郦诺的手，愤愤道，“那你现在打算怎么办？你都已经认定胡九是凶手了，我爹岂能脱得了干系？”

“我没有认定，我只是说出自己的初步判断。”郦诺平静道。

“那好，既然你这么说，那我也说说自己的判断。”

“如此最好。”郦诺温言道，“本来便是要畅所欲言。”

“你说那个‘乙’是‘九’字少写了一个笔画，我还说它是‘陶’字耳朵旁的起笔呢！”

“芷薇姑娘，”雷刚忍不住插言道，“你这么说就牵强附会了，‘乙’字和‘陶’字根本八竿子打不着嘛。”

“谁说八竿子打不着？”仇芷薇大声道，“‘陶’字耳朵旁的起笔也是横折，只不过写的时候把下面的弯写得比较平，且来不及往下钩罢了，不跟‘乙’字差不多吗？”

郦诺一怔，觉得这个说法似乎也有道理。

“不，我不这么看。”仇景道，“耳朵旁的横折弯钩通常是一气呵成的，而郦旗主在现场看到的是‘乙’字，最后那笔肯定是往上钩的，这说明许虎想写的不是‘陶’，而是‘九’。”

“爹，你怎么尽帮着她说话？”仇芷薇急得跺脚，“她现在怀疑的人可是你！”

“我没有怀疑仇叔，我只是怀疑胡九。”郦诺赶紧解释。

“这不是一码事吗？打狗还得看主人呢！”仇芷薇冷笑。

“芷薇，一码是一码。”郦诺苦笑了一下，“咱们是自家人，有什么话我都会直说，不会玩弄心机拐弯抹角……”

“说得好听！”仇芷薇又冷哼一声，“你把现场那么重要的线索都瞒得密不透风，还说你不会玩弄心机？！”

“芷薇！”仇景终于忍无可忍，“有事说事，你别胡搅蛮缠行不行？”

“我胡搅蛮缠？”仇芷薇又急又怒，一脸委屈地盯着父亲，眼圈忽然就红了，“好，你们都有道理，就我一个人胡搅蛮缠，那我走还不行吗？就算你被郦大旗主抓起来也跟我无关，我不管了！”

说完，仇芷薇便怒气冲天地夺门而出，还把门板狠狠地摔了一下。

“砰”的一声，门框上的灰尘被震得簌簌飘落。

“芷薇……”郦诺想追出去，仇景苦笑着拦住了她：“算了，由她去吧。她在这儿咱什么事都说不成，只能吵架。”

郦诺无奈，一声轻叹：“对不起，仇叔，我没想到会弄成这个样子，更没有针对您的意思……”

仇景摆摆手止住了她：“不必道歉。我刚才就说了，你没有错。巨子令被抢，倪右使被毒杀，刘五、石荣、许虎，还有那么多弟兄都死于非命，咱们墨家已到生死存亡之关头，岂能不慎之又慎、小心应对？何况你身为墨家准巨子，更是责无旁贷。芷薇她还小，不懂事，你别跟她一般见识。”

郦诺闻言，不禁大为感动。

在胡九这件事上，仇景始终顾全大局、深明大义，丝毫没有考虑个人的得失祸福，真不愧是墨家的老旗主，更不愧是与父亲并肩多年的生死兄弟。

“二位旗主，”雷刚好不容易找到个说话的机会，“凶手既然查出来了，要不……咱们现在就审问胡九吧？”

“我同意。”仇景道，“免得夜长梦多，又出什么幺蛾子。”

郦诺略为沉吟，道：“依我看，除了胡九，陶书也得审。”

“为何？”仇景不解。

“芷薇刚才说的也不是全无道理。事实上，我仔细回想了一下，许虎留在雪地上的那个‘乙’字，最后的笔画比较平，并没有明显的向下弯或向上钩。所以，出于公平和审慎起见，现在还不能说胡九就是凶手，陶书的嫌疑也不可排除。”

“既然如此，那就两个都审吧。”仇景道，“不管谁是凶手，背后肯定都有主使之人，否则搞不出这么大的阴谋。”

三人计议已定，正要出门，整个屋子的门窗猛然被一阵突如其来的大风刮得噼啪乱响。三人顿时愣住了。紧接着便见外面的庭院狂风大作，刹那间飞沙走石、天昏地暗。

还没等他们反应过来，大风便从敞开的门窗迅速灌了进来，顷刻扫倒了屋内的瓶瓶罐罐，一时间丁零当啷噼里啪啦，到处是器物破碎之声。

“见鬼了这是？哪来这么大的妖风！”雷刚吼了一声，想往外冲，不料居然被狂风硬生生逼了回来。

紧跟在后面的郦诺和仇景也都被风吹得睁不开眼。

“算了，现在出去太危险，先关门窗！”郦诺大喊了一声。三人随即用尽全力，艰难地把门窗一一关上。

狂风暴雪终于被挡在了外面。

但还是有风从门窗的缝隙拼命往里钻，呜呜之声仿佛鬼哭狼嚎。

“这么大的风雪，恐怕很多房子会遭不住……”郦诺一脸忧虑。

仇景和雷刚惊魂未定，不禁面面相觑。

他们都知道，还有半句话郦诺没说出口——肯定还会死不少人。

刚这么一想，外面不远处便传来哗啦啦一阵巨响，显然有房子塌了。

三人又是一片惊愕，却又束手无策。

是日午后，长安刮起了入冬以来最大的一场风雪。

狂风暴雪以摧枯拉朽之势席卷了整个关中大地，不但把树木连根拔起，而且掀翻了无数民宅的屋顶……

青芒在暴风雪来临之前及时赶回了未央宫。

驰入宫门的那一刻，他心有余悸地回望，亲眼看见无数瓦片在天空中盘旋飞舞……

天地不仁，以万物为刍狗。

青芒在心里发出了一声悲叹。

暴风雪整整持续了两个多时辰，至日暮时分才小了一些。

郦诺、仇景、雷刚顶着依旧肆虐的风雪，深一脚浅一脚地来到关押嫌疑人的地方，眼前的景象顿时令他们目瞪口呆——

偌大一间厢房，房顶被全部掀开，所有的瓦片早已不知去向；下面梁柱断折，墙壁倾圮，好几个人被压在残垣断壁之间，痛苦的呻吟声此起彼伏；一道道鲜血从他们身下流淌而出，染红了地上的积雪。

外面那些看守此时正在手忙脚乱地抢救，见他们到来，其中一个黑脸大汉赶紧迎上来："郦旗主、仇旗主……"

"大雄，情况如何？"郦诺满心担忧。

此人叫丁雄，是仇景的一个得力手下。丁雄重重叹了口气："您也看见了，房子突然倒下来，里头的人都被埋住了……"

"七个人全被埋了吗？"

"弟兄们刚刚挖出两个，其他人还在里面。"

"胡九和陶书呢？挖出来没有？"仇景焦急问道。

丁雄摇摇头。

此时，雷刚早已跑上去帮着挖人，挖着挖着突然惊呼一声，倒退了两步。郦诺和仇景快步走过来一看，也不由得倒吸了一口冷气。

一具尸体被掉下来的横梁砸得血肉模糊，但脸上的五官依稀还可辨认出是陶书。

两个嫌疑人，现在又死了一个，只剩下胡九了。

"大伙儿加把劲，把人都救出来！"郦诺一声令下，亲手操起一把铁锹加入了救人的行列。

约莫半个时辰后，众人终于把被埋住的人一个个抬了出来。可让郦诺他们意外的是：七个人被埋，总共只找到了六个，其中四个已经罹难，两个重伤，而胡九偏偏不在其中！

"胡九呢？"郦诺问丁雄。

丁雄也是一脸懵懂，挠了挠头："兴许……还被压在下面吧。"

郦诺一声长叹，操起铁锹正想接着挖，刚要被抬走的一名伤者忽然轻轻叫了一声："郦旗主……"

抬他的人一听，赶紧呼唤郦诺。

郦诺扔下铁锹，跑了过去。仇景和雷刚紧随其后。

“我……我看见胡九了。”伤者气息奄奄，声如蚊蚋。

“他在哪儿？！”郦诺大声问道。

“房子塌下来后，我看见，他被压……压住了腿，接着就挣脱了。我当时……还喊了他一声，叫他救我，可……可这小子压根儿没理我。”

郦诺、仇景、雷刚闻言，顿时面面相觑。

有道是做贼心虚，胡九这一逃，无异于承认了自己的凶手身份。

此时，风雪又渐渐大了，能见度极低，几乎咫尺莫辨，要找胡九谈何容易？郦诺下意识地环视周遭一眼，嘴角掠过一丝苦笑。

最终锁定的唯一凶犯，就这样消失无踪了……

夜色像一块纯黑的帷幕笼罩着未央宫。

此刻的风雪虽比白天略小一些，但依旧挟着一股摧枯拉朽之势在天地间纵情驰骋。

青芒坐在门窗紧闭的寝室中，凝神沉思。

如此恶劣的天气，自己去不了终南山，公孙弘同样也去不了。大家都只能等待，在迫切和焦急中等待……

一阵拍门声在呼啸的大风中微弱地响起。若是平时，这样的拍门声已经大得像是要抓人了，但此刻却几乎湮灭不闻。

青芒起身，走过去打开了房门。

朱能挟着猛烈的风雪一头闯了进来，屋里的所有灯烛顷刻间全部熄灭。

“这鬼天气你还敢出来，不怕被吹上天？”

黑暗中，青芒关上了房门，淡淡道。

朱能拍打着满头满身的雪，嘿嘿一笑：“我胖，吹不上天，顶多吹上房顶。”

青芒重新点亮了案上的一盏烛火。烛光颤颤巍巍，把两个人的影子照得忽明忽暗，气氛一时竟有些阴森。

“老大，你今天上哪儿去了，怎么一转身就不见人影了？”

二人落座，朱能迫不及待道。

“去见了两个朋友。”青芒的口气依旧平淡。

“谁啊？”朱能观察着他的神色，“怎么没把我一块儿叫上？”

“不大方便。”青芒面无表情。

“哦……”朱能挠了挠头，一时竟找不到话说了。

“其中一位朋友托我给你带样东西。”青芒说着，把手伸进了袖中。

“是吗？”朱能有些讶异，“莫非这人……我也认识？”

“当然认识。”青芒从袖中掏出一样东西，“啪”的一声拍在案上。

这是一枚普通的玉佩，玉质驳杂不纯，但青白相间的纹理却颇为别致。

朱能定睛一看，竟然浑身一震：“这……这不是我叔的吗？！”

“我说了，你认识他。”青芒盯着他的眼睛。

朱能又惊又疑：“那，他……他人呢？”

“死了。”青芒说得轻描淡写，仿佛在说一盏灯灭了。

朱能的脸色“唰”地白了。

“你应该知道，是谁杀了他。”青芒的声音依旧不含一丝感情色彩。

朱能的脸色一阵红一阵白，眼睛滴溜溜乱转，胸膛剧烈起伏，看得出极度震惊和紧张，好像随时都会崩溃。

青芒则一直静静地看着他。

突然，朱能嘶吼着跳了起来，同时“唰”的一声拔刀出鞘。

刀光森寒，直逼青芒面门而来……

风雪漫天，一时无从追捕胡九，郦诺便与仇景、雷刚一同来到胡九的房间，看能否查到什么线索。

房间不大，除了床榻、案几和几口箱柜之外，别无余物。仇景和雷刚撬开那些箱柜，开始搜查其私人物品。郦诺走到床榻旁，发现枕边放着一册竹简，便信手拿起，翻了一下，看见卷首上写着“尉缭子”三字。

尉缭是战国著名兵家，名缭，姓不详，魏国人，后入秦游说，得嬴政赏识，官拜国尉，故史称“尉缭”。掌秦国军政后，他全力辅佐嬴政，为秦统一六国立下了汗马功劳。相传他是鬼谷子的弟子，《尉缭子》便是其所著兵书。

胡九喜欢看兵书？

这一点郦诺之前并不知晓。不过现在想来也不奇怪，正所谓“兵者，诡道也”，倘若胡九真是杀人凶手，且杀人手法如此诡谲，那么说他私下喜好兵法权谋之术，似乎也是顺理成章之事。

郦诺想着，正要把书放下，眼角的余光忽然瞥见竹简的尾部盖着一个印章。

她定睛一看，那印章上分明是一个小篆体的“樊”字。

樊仲子？！

郦诺立刻反应过来，便叫仇景和雷刚过来看，并说出了自己的判断。仇景略为沉吟，道：“应该没错，这书很可能是樊左使的。我记得他跟胡九私交不错，当初二人还时常在一块儿讨论兵法来着。依我看，这书肯定是樊左使借给或是送给胡九的。”

郦诺之前曾怀疑这一系列阴谋的幕后主使是樊仲子，只是后来觉得他失踪多年，生死不明，怀疑他没有什么意义，才打消了念头。

可现在看来，他的嫌疑非但不能排除，反而更大了！

如果他在几年前精心设计了这一系列阴谋，那他完全可以收买胡九、许虎、石荣等人，然后隐匿起来，找准时机暗中向朝廷告密，害死父亲，继而耐心等待倪长卿、田君孺、仇景和她聚会一处时，才命胡九等人突然发难，一边对倪长卿、仇景和她实施暗杀，劫走巨子令，一边又栽赃陷害田君孺，让他背上所有黑锅。

假如这些阴谋全部得逞，那就意味着在一夜之间，樊仲子便消灭了所有巨子位的潜在争夺者，然后便可光明正大地复出，一举掌控墨家大权了！

想到这里，郦诺不由得惊出了一身冷汗。

这一切是如此顺理成章、天衣无缝，若说它不是真相，那还有什么是真相？！

就在郦诺蹙眉思索、兀自想得心惊肉跳之际，仇景注意到了房间角落里的一个铜盆。

这是平时烧炭取暖用的，此时盆底除了黑乎乎的炭灰，好像还有什么东西没烧干净。

仇景走过去端起火盆，把炭灰扒拉开，捡起了一块边缘烧焦的帛书残片。

他端详了片刻，忽然失声叫道：“郦旗主。”

郦诺回过神，赶紧走过来。

仇景把残片递给她：“你瞧瞧。”

郦诺接过，凝神一看，上面依稀写着“终南玉柱，草木葳蕤”的字样，顿时又是一惊，脱口道：“这是一封信的残片？！”

“没错。”仇景意味深长地看着郦诺，“那郦旗主可看得出，这是谁的笔迹？”

郦诺一脸惘然，摇了摇头。

不过，看着仇景大有深意的表情，郦诺稍一思忖，心里便有了答案。

她正要开口说出心中所想，一旁的雷刚忽然抢着道："我认得，这是樊左使的笔迹！"

郦诺和仇景同时诧异地看着他。

雷刚胸无点墨，斗大的字识不了一筐，怎么会看出樊仲子的笔迹？

"你怎么会认得？"仇景问。

"樊左使曾经教我认字写字，可我是个粗人，生性惫懒，没学几天便放弃了。"雷刚有些难为情道，"不过后来樊左使写字的时候，还是会叫我帮他研墨。我那时天天在他边上看着，头尾少说也有大半年，如何认不得他的字？"

仇景和郦诺对视一眼。

既然这是樊仲子写给胡九的信，那就说明他并非真的失踪，而是刻意躲藏了起来，并以密信方式一直与胡九保持着联络。

不，更准确地说，是通过胡九在暗处操控一切！

如此说来，樊仲子十有八九便是这场杀人夺权阴谋的幕后主使！

郦诺不禁阵阵心寒。

樊仲子毕竟是跟随父亲多年的兄弟，没想到竟然包藏着这么大的野心，而且居然是这样一个阴险冷酷、心狠手辣之人！

"仇叔，那你可知这'终南玉柱，草木葳蕤'八个字会是何意？"郦诺问道。

眼下胡九逃逸无踪，这很可能是他们继续追查的唯一线索。

"终南玉柱，所指定是终南山的玉柱峰。"仇景想了想，道，"我怀疑，樊仲子有可能就藏在此地。"

"您为何如此确定？"

"我以前听他讲过，说他有一位故交，号北冥先生，是位铸剑师，长年隐居终南山玉柱峰。数年前，樊仲子曾上山请他铸剑，住了一些时日才离开，回来后对玉柱峰的景色赞不绝口，极为钟情，说日后若有机会，一定到这个地方隐居。"

郦诺闻言，眸光一闪："倘若樊左使真的躲藏于此的话，那么胡九现在走投无路，会不会去投奔他？"

"我看很有可能。"

郦诺大为振奋，下意识地望向窗外，自语般道："若明日风雪能停，咱们立刻上山！”

长夜未央，此刻的关中大地依旧是一派雪虐风饕……

朱能的刀尖在离青芒鼻子仅有一寸之远的地方停住了。

青芒一动不动，连眼皮都没眨一下。

朱能颤声道：“老大，是不是你……杀了我叔？”

“你这么说，真让我寒心。”青芒面无表情道。

“真不是你杀的？”

青芒只看着他，不说话。

“老大，我……我知道我对不住你，可我也是被逼的呀！”

“我知道你是被逼的。”青芒淡淡道，“否则，我早把你那一身肥膘论斤卖了。”

“你知道？”朱能大为诧异。

“当然。你以为白天我问你的那些话，是在跟你扯闲篇吗？”

朱能猛然想了起来，白天在茂陵邑的街上，老大曾问过他家里人的情况。他以为不过是随口一问，也没在意，现在才知道其实老大是在有意试探。

“老大，你……你是怎么知道的？”

“你打算一直用刀指着我，逼我说吗？”青芒盯着锋利的刀尖道。

朱能终于面露愧色，犹豫了片刻，“当啷”一声把刀扔到了地上。

青芒冷然一笑，把脸转向里间：“出来吧，别闷着了。”

里屋的门“吱呀”一声打开，侯金出人意料地走了出来。

朱能万般惊愕：“猴子，你……你出卖我？！”

“我要是不出卖你，就得出卖老大，你说，我该选谁？”侯金冷冷道。

“我不明白……”朱能使劲摇头，感觉自己的脑子变成了一团糨糊，“这……这到底是怎么回事？”

“想知道吗？”青芒斜了他一眼。

“当……当然。”

“也罢，那我就跟你从头说起吧。”青芒站了起来，背起双手，开始在屋中来回踱步，“早在我进入丞相邸担任门尉的那天起，公孙弘就对我心存怀疑了。他一边利用我保护他的安全，一边却一直在暗中调查我。那回他和殷容在北邙山演的那出戏，不就想证明我是行刺大行令韦吉的凶手吗？可惜事实并非如此，所以他落空了。”

青芒看了看朱能，接着道："然而，他还是没有打消对我的疑心。此次我因献上天机图有功，官拜卫尉丞，公孙弘表面跟我客客气气，实则又想拿我的身世做文章。他知道我少时在匈奴待过几年，便怀疑我此次入宫是别有居心、图谋不轨，于是便把你们安插到我身边，企图查我的底细。在他看来，你朱能一直跟我走得近，而猴子跟我比较疏远，所以他放心猴子，不放心你，这才派人到你老家，以你家人为质来要挟你。我说得对吧？"

朱能频频点头，一脸委屈的模样。

"公孙弘料到，他把你俩安插到我身边，我肯定会看穿他的真实动机，所以他便自作聪明，让你充当双面间谍，提前来向我泄密，把他的动机直接告诉了我。他以为这么做，我就肯定不会怀疑你了，我还有什么理由不信任你呢？"

"的确如此，丞相就是这么安排的。"朱能又点头道，"他亲口跟我说，如此便可把你玩弄于股掌了。"

"遗憾的是，这回他又失算了。"青芒一笑，"其实你和猴子跟我的关系，恰恰与他认为的相反。猴子只是表面跟我疏远，而你只是表面跟我亲近。所以他万万没想到，在他派你来跟我'泄密'的前一天，猴子便把你们的全盘计划都告诉我了。于是我便将计就计，跟猴子设计了一场戏，表面上是跟你联手把猴子灌醉，其实却是猴子装醉来蒙蔽你，让你以为我彻底中了你和公孙弘的圈套。不过，事实恰好相反——是你和公孙弘中了我和猴子的圈套。"

朱能闻言，忍不住瞪了侯金一眼："你小子装得还真像！"

"你也不差嘛。"侯金笑着反唇相讥，"那天老大叫你起身之前，你不也把呼噜打得山响吗？咱俩彼此彼此。"

朱能哼了一声，颇有些懊恼。

"我说朱能，"青芒斜了他一眼，"你现在到底是哪边的？"

朱能这才意识到，自己刚才的反应的确还像是丞相那边的，慌忙赔笑："当然是老大你这边了。你把所有戏码全都拆穿了，我怎么还会站丞相那头呢？那不是找死吗？"

"不光是找死，而且是没良心！"侯金补了一句。

"是是是，没良心，没良心。"朱能急于想知道堂叔之死的内情，没空跟他纠缠，赶紧对青芒道："老大，既然你早把一切都看在眼里了，为何……还要让我去找我叔？"

“你堂叔身为知名的铸剑师，在古剑方面的造诣和学识，放眼关中，无人可出其右，我当然要找他了，此其一。其二，若是别的事倒也罢了，可与剑有关的事，我若放着你堂叔这种内行人不找，而去找别人，公孙弘势必怀疑我已经不信任你了，从而一定会认为你失去了利用价值，然后他会怎么做，就无须我多说了吧？”

朱能一听，顿时吓出一身冷汗：“老大，这么说，你让我去找我叔，反而是……是在保护我？”

“你说呢？”

朱能不由得动容，忽然“扑通”一下跪倒在地，痛心疾首道：“老大，从今往后，我朱能要是再对你有二心，就让老天爷用雷劈了我，再刮大风把我吹上天！”

一旁的侯金忍不住“扑哧”一笑：“打个雷劈你不难，可要把你吹上天，那简直是在为难老天爷啊！要我说，你这誓发得可不太有诚意。”

“滚一边去！”朱能恼羞成怒地站了起来，“老子不想跟你说话。”

侯金呵呵一笑，不再逗他了。

“老大，那我叔他……他到底是怎么死的？”朱能急切问道。

青芒神色一黯，叹了口气，把事情原委一五一十告诉了他。朱能听完，不禁一脸悲愤：“公孙弘这个老浑蛋，竟然如此心狠手辣，亏我还死心塌地地跟了他这么些年！”

“你到现在才知道？”侯金冷哼一声，“我可是早就看透了。这帮官场上的老狐狸，哪个做事是凭良心的？”

朱能唉声叹气，懊悔不迭。

“事已至此，懊悔无益。”青芒道，“我已将你叔的遗体暂时掩埋了，就在青鸾街那座宅子里。你回头找个时间，再好生给他安葬吧。”

朱能赶紧连声答应。

第九章 终南

君子不镜于水，而镜于人。镜于水，见面之容；镜于人，则知吉与凶。

——《墨子·非攻》

终南山，别名太乙山、周南山，位于长安城南六十里处，横亘于关中平原南面，西起秦陇，东至蓝田，绵延二百余里。此地钟灵毓秀，瑰丽雄奇，向来以“洞天之冠”“九州之险”著称。历代多有隐士在此结庐而居，潜心修道，如商朝末年的姜子牙、秦朝末年的“商山四皓”、“汉初三杰”之一的名臣张良等。

玉柱峰位于终南山北侧，危峰兀立，耸壑凌霄。

经过一夜风雪铺天盖地的侵袭，此刻的山峰白雪皑皑，仿佛裹上了一件厚厚的白袍。冉冉升起的太阳驱散了空中残存的阴霾，白茫茫的积雪在阳光下发出刺目的反光。

一大清早，青芒、朱能、侯金三人身着便衣，策马出了长安，直奔玉柱峰而来。因山势陡峭，加之大雪封路，行至山麓时，坐骑已无法前行。他们只好把马匹寄在山下的一个村子里，然后徒步攀登。

山路崎岖，积雪没膝，三人深一脚浅一脚地爬了一个多时辰，才慢慢接近了半山腰。朱能累得气喘如牛，一路上停下来歇了七八次。侯金忍不住冷嘲热讽，说：“老朱你要不就把刀再拔出来，跟昨晚那样指着老大，让老天爷瞧瞧。”

朱能一脸懵懂，问他：“什么意思？”

侯金说：“你昨晚不是发了誓吗，说若有二心，就让老天爷刮个风把你吹上天去。眼看你也走不动了，不得求老天发发威？”

朱能这才听明白了，说：“滚你的蛋，老子今天爬也要爬上去。”

侯金说：“这我倒是信，问题是你得爬到猴年马月啊？万一等你吭哧吭哧爬到老君庙，人家北冥先生等不及归西了咋办？”

朱能恼羞成怒，扑上去要揍他。侯金轻巧一躲，朱能收势不及，一头扑在了雪地上，而且还把脚给崴了，疼得龇牙咧嘴。

侯金在一旁乐开了花。

青芒见状，无奈一笑，走过去一把拽起朱能，把他背到了自己背上，拔腿就走。

朱能大为窘迫，挣扎着要下来，说：“老大我太重了，哪能让你背呢？”

青芒只淡淡说了声“闭嘴”，脚下步履坚定，快步朝山上走去。

侯金一看，不由得面露愧色，挠了挠头。

约莫又走了小半个时辰，绕过一处山角，便见不远处出现了一大片松林，隐约有一角飞檐从树林中露了出来。

老君庙终于到了。

进了松林，地上积雪渐薄，路便好走了许多。这时朱能的脚也好了些，便下地自己行走。这一来行进速度快了不少，不消片刻便来到了老君庙前。

深山古庙，红墙灰瓦，虽寂冷萧瑟，却未显破败，应该是有人常住在此维护打理。

想必此人便是北冥先生了。

一想到今日很可能弄清七星龙渊剑的来历，进而弄清自己的身世真相，青芒心里不由得有些兴奋。

“老子祠？！”三人刚走到面阔三楹的山门下，侯金便指了指匾额上的三个大字，一脸诧异道，“不是说老君庙吗，怎么变成老子祠了？”

“老君庙只是俗称，原名就叫老子祠。”青芒道。

“老大，给这小子讲讲老子的典故呗，让他长长见识。”朱能冲着青芒挤眉弄眼，“要不，堂堂卫尉丞手下，竟有如此不学无术之人，说出去岂不是让人笑掉大牙？”

青芒淡淡一笑，道：“相传春秋年间，函谷关令尹喜曾在此终南山结草为楼，以观天象，一日忽见紫气东来、吉星西行，预感必有圣人经过，便于关中日夜守候。不久，见一老者骑青牛而至，原来正是老子西行入秦。尹喜便把老子请到楼观，执弟子礼，请其讲经著书。老子遂为尹喜讲授《道德经》五千言，随后飘然而去，莫知所终。后人修建此庙，便是为了纪念老子。”

侯金听得频频点头。

“是谁人在此喧哗卖弄，扰我家师父清修？”一个清亮却略显稚嫩的声音蓦然响起。

话音落处，一个约莫十四五岁的青衣少年从老君殿中走出，神色倨傲地盯着他们。

三人赶紧上前。青芒抱拳道：“冒昧打扰，还望小哥见谅。敢问小哥，北冥先生是否住在此处？”

“你是何人？”少年背起双手，乜斜着他，神情似有几分戒备。

“在下是朱坤先生的朋友，经朱先生引荐，特慕名前来，专程拜访北冥先生，想向他请教几个问题。”

少年闻言，半信半疑道：“既是朱坤引荐，他自己为何不来？”

“哦，朱先生另有要事，不便前来。”

“既然朱坤连面都不露，那我凭什么信你们？”少年冷哼一声，态度颇有些傲慢。

“嘿，我说，你这个后生怎么一点儿不懂待客之道呢？”侯金顿时不悦，“你家师父就是这么教你的吗？”

“你说对了。”少年呵呵一笑，“我家师父驾鹤西去之前，还真就是这么教我的。”

“驾鹤西去？！”

侯金和朱能同时惊呼出声，青芒也不禁睁大了眼睛。

青芒对少年道：“小哥，麻烦你说清楚，北冥先生到底怎么了？”

“你听不懂人话吗？”少年翻了个白眼，“驾鹤西去的意思都不懂？”

“小子！”朱能忍无可忍了，“你刚才不是说你师父在清修吗？怎么这会儿就西归了？”

“你这胖子也是啰唆！”少年不耐烦道，“我师父虽已西去，但元神不灭，常驻人间。此地是他老人家半生清修之所，这儿的一砖一瓦、一草一木，都凝聚着他的三魂七魄。你们这帮俗人在此喧哗，便是打扰他清修！有道是举头三尺有神明，你们今天站在这儿，就是举头三尺有我师父！若不速速离去，惹怒了他老人家，当心他请动雷神下凡，劈你们一个外焦里嫩！”

闻听如此荒诞不经却又自信满满之言，青芒等三人不由得啼笑皆非。

与此同时，青芒内心却颇有些失落。

若果如这个乖戾少年所言，北冥先生已经过世的话，那龙渊剑的来历和自己的身世就再也没有知情人，从此彻底成谜了。

不过转念一想，青芒又觉得此事十分蹊跷：若北冥已不在人世，昨天朱坤为何还口口声声提到他？难道朱坤连他师父过世都不知道？这显然不合常理。

或者说，朱坤是为了骗取自己的龙渊剑才撒谎的？可他在公孙弘面前明明也说北冥在此隐居，这又该如何解释？

看来，眼前这个乖戾少年的话不可尽信。北冥很可能是想躲避俗世之人的搅扰，才故意命此少年在此拦人的。

“我说你小子，是不是在深山老林待久了，脑子出问题了？”侯金捋了捋袖子，朝少年逼了过去，“还请雷神劈我们？你信不信老子现在就劈得你满地找牙？！”

朱能哈哈一笑。

少年微露惧色，退了两步。

“猴子，不得无礼。”青芒喝止，然后微笑着对少年道：“小哥，你看昨天下了那么大的雪，我们上来一趟也不容易。倘若尊师真的仙逝了，能否带我们到墓前祭拜，聊慰我等追慕之情？”

少年迟疑了一下，又看了看凶神恶煞的侯金，才不情不愿道：“随我来吧。”

半山腰的山道上，张次公和陈谅带着一队禁军，正踩着厚厚的积雪步履艰难地往上爬。

“将军，要不让弟兄们歇一会儿吧？”陈谅愁眉苦脸，气喘吁吁道，“我看大伙儿都快累瘫了。”

“丞相昨天的命令你没听见吗？”张次公大步前行，头也不回道，“风雪一停，便要在最短时间内找到北冥，弄清有关龙渊剑的一切，挖出秦穆的老底！”

关于龙渊剑，张次公一点儿兴趣都没有，倘若不是因为秦穆，他才不会这么积极接这份苦差事。

“可也不差那一时半会儿吧？”陈谅脚步踉跄，紧跟在旁，“又没人跟咱们抢。”

“不好说。秦穆那小子十分狡猾，万一被他抢了先呢？”

这时，前面负责探路的军士忽然折返，大声禀报：“将军，前面发现足迹。”

“几个人的？”张次公神色一凛。

“好像是三个。”

张次公眉头微蹙，冷然一笑，回头瞟了陈谅一眼：“你猜猜，会不会是秦穆？”

“不会吧？”陈谅张大了嘴，“他真有这么神？”

张次公抬头，眯眼望着高处白光闪烁的山峰，沉吟不语。

“可咱们一路走上来，咋都没看见？到这儿才发现脚印？”

“他们可能跟咱们走的不是一条道。不过既然在此交会，就说明老君庙快到了。”张次公说完，回头对众军士喊：“弟兄们，马上就到了，大伙儿加把劲儿！”

他有一种强烈的预感，山上的人一定是秦穆！

这种感觉令他的心跳陡然加快了起来……

正当张次公发现秦穆足迹的同时，在约莫一里开外的另一个方向的山路上，有三个人正埋头往山上走。

他们就是郦诺、仇景和雷刚。

今日他们出门，很是费了一番周折。

因为汲黯派人十二个时辰守着内史府的前后各门，还派人在围墙内外到处巡逻，目的就是不让他们离开。可这些“布防”自然挡不住郦诺。她略施小计，派了几名女眷声东击西，故意跟守卫们胡搅蛮缠，旋即金蝉脱壳，顺利“逃出”。

此刻，郦诺等人并不知道，已经有两拨人赶在他们之前捷足先登了。

所以他们当然也不知道，今天的终南山玉柱峰会上演一出怎样的大戏。

一座坟茔孤单地卧在松林里。

它被大雪覆盖得严严实实，看上去就像一个又大又白的馒头。要不是坟前立着一块石碑，几乎看不出是一座坟。

青衣少年把青芒等人领到这里，然后“扑通”跪下，对着坟墓三拜九叩，念念有词，半晌才煞有介事地说了声“徒儿知道了”，然后回头道：“过来吧，我师父同意了。不过他老人家说了，你们拜完赶紧走，否则的话……”

“瞧你小子神神叨叨的，吓唬谁呢？”侯金忍不住笑了，“否则怎么样？难不成你师父会从坟里头爬出来咬我们？”

朱能哈哈一乐：“就你那痨病样儿，人嫌鬼憎的，人家师父才不咬你。皮下面全是骨头，把牙磕坏了你赔啊？”又转头对少年道：“是吧小哥？这家伙一点儿自知之明都没有，你甭理他。”

“对，他不咬我，只咬你。”侯金一脸坏笑，“一口下去滋滋流油，满口皆香，吃不完还可以腌起来，半个月的下酒菜都有了。”

听这一胖一瘦两个家伙一唱一和，话里话外全是揶揄，少年心中恼怒，却又不敢发作，便冷冷道：“我师父说了，你们若不赶紧离开，必有血光之灾。反正我把话撂这儿，你们好自为之吧，勿谓言之不预！”说完起身就走。

“小哥且慢。”青芒赶紧拦住他，笑了笑，“我这两兄弟是属乌鸦的，嘴碎嘴欠，你别听他们聒噪。”说着从袖中掏出一块金饼，塞进少年手中，“在下有一事不明，想要请教。”

少年暗暗掂了下分量，把金饼揣进袖中，缓了缓脸色：“何事？”

“尊师是何时仙逝的？”

“上个月。”

“不知何故？”

“无故。用你们俗人的话说，叫无妄无灾，寿终正寝；用我们修道人的话讲，叫功德圆满，羽化成仙。”

“那，尊师的墓碑为何无字？”

朱能和侯金闻言一怔，赶紧跑到那块石碑前，把沾在上面的泥土和雪块扒拉掉，果然看见整块石碑光秃秃的，一个字都没刻。

“乖乖，老大这眼神，厉害了！”朱能感叹，“扫一眼就知道是无字碑？”

“你不是说只有一事请教吗？”少年看着青芒，有意甩了甩袖子，“这一问，就是俩事了。”

青芒自然懂他的意思，遂淡淡一笑，又塞给他一块金饼。

“若真修道人，必‘以生为附赘县疣，以死为决疣溃痈’。”少年一边收起金饼，一边摇头晃脑道，“既然连身体躯壳都是去之唯恐不及的赘疣，那一个俗世的姓氏名号又有什么意义？何必定要刻字于碑，留名于世呢？此乃俗人之举，真修道者不屑为之也！”

青芒知道，少年的前半句话出自《庄子·大宗师》，意思是世人通常贪生怕死，但修道人恰好相反，视生如困缚，视死如解脱，所以才有“庄子妻死，鼓盆而歌”之说。这的确是修道的极高境界，只是眼前这小子一边面不改色地收受“贿赂”，一边却大言不惭地讲论道学，实在有些滑稽。

“我说小兄弟。”朱能忍不住走上前来，“若真如你所说，你们修道人那么清高，连命都不顾惜，那你怎么还如此贪财呢？这不是自打嘴巴吗？”

“你、你这个胖子就是啰唆！”少年有些恼羞成怒，“修道人也要吃饭穿衣，哪能不食人间烟火？无财不养道你懂吧？”

说完，袖子一拂，再也不理他们，径自回老君庙去了。

青芒眯眼望着少年匆匆离去的背影，心中似乎已然明白了什么，无声一笑。

“老大，现在咋办？”朱能道，“北冥人都死了，咱留在这儿也没事干，要不回去吧？”

“你真以为北冥死了？”青芒反问。

朱能一怔：“难道有假？”

“定然有假！”侯金接过话茬，“依我看，那老家伙一定是躲起来了。”

“猴子说得没错。”青芒道，“这个北冥先生，不是个简单的人物。我估计，他跟江湖上的人也有些瓜葛。隐居于此，恐怕是为了躲避江湖恩怨，所以轻易不会让人找着他。另外，长安肯定有他的眼线。昨日朱坤遇害之事，他很可能已经知道了，也料定有人会上来找他，这才让那个青衣徒儿在此拦人。”

“何以见得他知道我叔被害的事？”朱能不解。

“你没听青衣小儿刚才说什么吗？”青芒冷然一笑，“‘血光之灾’这种话岂是随口乱说的？这明显是北冥先生警告咱们的口气。”说着，若有所思地环视了周遭的树林一眼，“若我所料不错，他现在很可能就躲在某个地方盯着我们。”

朱能悚然一惊，下意识地左看右看。

“别瞎看了，要能让你找着，他就不是北冥了。”侯金道。

朱能瞪了他一眼，回头对青芒道：“老大，要不把那青衣小儿抓起来，审一审不就知道了？”

“嘘……”青芒忽然神色一凛，示意他们噤声，目光朝树林的某个方向望去，“你们听见什么动静没有？”

二人凝神听了一下，都摇了摇头。

“有人上来了！”青芒眉头一蹙，“而且是大队人马，不下三十人。”

侯金闻言，立刻往青芒注目的方向奔了过去，纵身跳上一株高大的白皮松，手搭凉棚望了望，旋即跳下，跑了回来，有些紧张道：“是有人来了，看样子像是北军。”

“难道是张次公？”朱能脱口道。

“除了他还能有谁？”青芒冷笑，迅速扫视了一下周围环境，说了声“走”，随即朝老君庙后面的树林跑了过去。

朱能和侯金赶紧跟上。

张次公带人进入老君庙的庭院，见到青衣少年，第一句话就问："方才是否有人来过？"少年打量了他一眼，说："是有几个香客来敬香，不过拜完老君便走了。"

张次公冷冷盯着他："你撒谎。"

少年翻了个白眼："修道之人不打诳语。"

张次公懒得跟他纠缠，便问他北冥在何处。

少年照旧搬出方才应付青芒的那套说辞。没想到，张次公不是青芒，根本不跟他客气，一巴掌就把他扇倒在地。

几个手下立刻上前又踢又踹。少年疼得哭爹喊娘，在地上不停打滚。

片刻后，张次公才走上去蹲在他身旁，拍了拍他的脸："小子，别跟我玩什么假死的把戏。我知道北冥躲起来了，马上带我去见他，否则我让你生不如死！"

少年的脸像开了染坊，青红紫黑一应俱全，眼睛也肿得像核桃。他定定地看着张次公，忽然咧嘴一笑："生为附赘县疣，死为决疣溃痈。民不畏死，奈何以死惧之？"

张次公一怔，哑然失笑，少顷才道："年轻人，我刚才的话，你可能没听清。我不是拿死威胁你，而是让你求生不得、求死不能。你们修道的人再超脱，也会怕疼吧？"

"怕，当然怕。"少年依旧面带笑意，像是在跟朋友谈心，"你没见我刚才痛不欲生、大呼小叫吗？"

"既然如此，那就说实话，省得遭罪。"张次公的口气也温和起来。

"我是怕疼，不过……"

"不过什么？"

"不过我能忍。喊一喊，也就不那么疼了。"少年说着，还冲张次公眨了眨眼。

"啪"的一声，张次公一拳打在了他的鼻梁上，少年当即昏死过去。

此刻，青芒、朱能和侯金正躲在老君庙后面一株五六丈高的白皮松上，把庭院里发生的一切都看在了眼里。

"这小子，刚才看他挺可气，现在看他又挺可怜的。"朱能叹了口气。

青芒蹙眉不语。

他心中也颇为不忍，只是眼下绝不宜轻举妄动。

庭院里，张次公活动了一下手腕，对手下道："去弄点儿水，把他浇醒，老子就不信撬不开他的嘴。"

手下刚领命而去，负责在外望风的陈谅便匆忙跑了进来："老大，又有人上来了。"

“秦穆不是在我们前面吗？怎么现在才到？”张次公狐疑。

“不是秦穆，是一个女的，两个男的。”陈谅不无神秘地冲他一笑，“而且那个女的看上去很像一个人。”

“谁？”

“仇芷若。”

“你没看错？”张次公大为意外。

“应该没错。”

张次公哈哈一笑：“真是天助我也！老子正愁逮不着她，她倒自己送上门来了！命弟兄们即刻隐蔽，老子今天就给她来个瓮中捉鳖！”

一声令下，几名军士立刻抬起昏迷的青衣少年，随张次公躲进了老君庙的正殿。陈谅和其他军士用扫帚扫掉了院落里凌乱不堪的脚印，然后躲进了左右厢房中。

远处的松树上，朱能和侯金一看，不由得大惑不解。

“这下热闹了。”青芒见状，稍一思忖便已心知肚明，“一定是又有人上来了。”

朱能恍然，呵呵一笑：“这荒山古庙，怕是一百年都没这么热闹了吧？”

可他话音未落，便见青芒脸上的笑容忽然凝住了。

“怎么了，老大？”朱能忙问。

青芒神情凝重，一言不发。

在约莫二十丈外的另一条山道上，有一女二男正迅速接近老君庙。

为首那个女子的身影映入了青芒的瞳孔，越来越清晰。

她怎么也会来这里？而且偏偏是在今天？！

青芒百思不解，同时大为担忧。

他们是从另一个方向上来的，藏身此处的青芒根本无法示警，只能眼睁睁看着他们三人渐行渐近，一步步走进张次公张开的“口袋”中……

郦诺一迈进老君庙的庭院，便注意到了地上被刻意扫乱的积雪，情知有诈，立刻给了仇景和雷刚一个眼色。

三人同时把手按上了腰间的刀柄。

大殿中，张次公见她已然察觉，旋即发出一阵大笑，索性现身走出。与此同时，陈谅及众军士立刻从左右厢房涌出，将郦诺三人团团围住。

见此情状，郦诺嘴角不禁掠过一丝苦笑。

她万万没想到张次公居然也在这里，而且还给她设下了埋伏，当真是冤家路窄！

雷刚下意识要拔刀，被郦诺用眼神制止了。

“仇姑娘，别来无恙啊！”张次公大笑着步下正殿的台阶，得意之情溢于言表，“咱俩还真是有缘，好像不管走到哪儿总能碰见。”

郦诺抑制住心中的惊疑，淡然一笑：“张将军怎么也有如此雅兴，大雪天到此深山来拜老君？”

“仇姑娘真是警觉，反应这么快！”张次公呵呵一笑，“本将军都还没问你，你就赶紧暗示自己是来拜老君的。你这么做，是不是显得心虚呢？”

“张将军真会说笑，来老君庙不拜老君，还能做什么？”

“这可不好说。”张次公煞有介事地环视了周遭一眼，“如此人迹罕至的深山古庙，供奉老君说不定只是个幌子。背地里，它很可能还有更大的用处，比如说……做个秘密据点什么的。”

郦诺闻言，忽然“咯咯”地笑了起来。

“你笑什么？”

“没什么，小女子只是想起了一句趣话，将军不必在意。”

“哦？”张次公眉毛一挑，“什么趣话，不妨说来听听。”

“将军真的想听？”

“说！”

“民女小时候常听做木匠的老师傅说，在手里拿着锤子的人看来，所有东西都像是钉子。”

“什么意思？”张次公一时反应不过来。

“将军不觉得自己就是那个拿锤子的人吗？”郦诺粲然一笑，“要不然怎么连老子的祠庙都成了你眼中的钉子？”

一旁的雷刚闻言，忍不住掩嘴窃笑；就连张次公的好几个手下也都差点儿笑出来，只能强忍着。

张次公总算听明白了，却不愠不恼，反倒轻轻拍了拍掌，笑道：“仇姑娘真风趣，跟你说话就是有意思。这样吧，相请不如偶遇，待会儿便随我回北军，咱们坐下来慢慢聊。我希望，你能多跟我讲讲你们墨家的趣事。”

“那恐怕要让将军失望了。”郦诺仍然保持微笑，“一来，民女并非什么墨家，讲不了你想听的趣事；二来，民女拜完老君，还得回家洗衣做饭，实在无暇奉陪，还请将军谅解。”

“怕是由不得你了。”张次公脸上的笑容渐渐敛去，“前几回本将军请你，都有人阻挠，还好今日再无旁人，机会难得，你说，我怎么舍得放你走呢？”

“听将军这意思，是要来硬的喽？”

“如果有必要的话。”张次公目光冷冽。

言语交锋至此，几乎无转圜的余地，接下来只能是以刀剑相拼了。

郦诺心里一声轻叹。

她知道，张次公是在逼她动手。因为一旦动手，就算不能坐实她的墨家身份，也可以扣她一个“暴力抗法”的罪名，这样便有充足的理由抓她了。

虽明知如此，她也只能奋力一拼——毕竟拼起来还有机会杀掉张次公，否则就只能束手就擒，任其宰割！

决心一下，郦诺的手旋即按上了刀柄。

仇景和雷刚见状，也深吸了一口气，做好了拼死一搏的准备。

陈谅等人一看，不等张次公发令，纷纷拔刀出鞘，严阵以待。

眼看一场恶战不可避免，老君庙后方的树林中忽然传来刀剑铿锵之声。在场众人不由得神色一凛。紧接着，林中又传来一声呼喝：“北冥老贼休走！”

闻听此言，所有人不禁都睁大了眼睛。

张次公立刻拔刀，对陈谅道：“守着他们，若敢妄动，格杀勿论！”然后狠狠扫了郦诺一眼，点了十来个军士，飞快地冲出庙门，朝后山而去。

“咱们怎么办？”仇景轻声问郦诺。

郦诺蹙眉，略为思忖，道：“情况不明，暂时先别动，静观其变。”

树林中，朱能和侯金拿着刀铿铿相击，嘴里大呼小叫，脸上却都挂着恶作剧的笑容。

“哎，你说，庙里那个年轻女子，是老大什么人？”朱能嬉皮笑脸地问侯金。

“他刚才不说了吗？朋友呗。”

“你没见老大刚才紧张成那样？要我说，肯定是心上人。”朱能说着，又见缝插针地喊了声“北冥老贼哪里走”，然后朝侯金挤挤眼，“那女子的姿色，啧啧，简直是天女下凡！老大的眼光就是犀利，也不知上哪儿找了这么个大美人。”

“若真如你所说，”侯金一边挥刀与朱能相击，一边冷冷道，“那这个女子便是咱们未来的嫂夫人，我劝你还是放尊重点儿，收起你那一脸淫笑吧。”

“放你的狗屁！”朱能恼怒，手上不自觉便加了力道，差点儿把侯金的刀劈落。

“嘿，你这死猪头！”侯金也怒了，大力砍了回去，“你还来真的？！”

两人说着说着，俨然真打了起来，一时对砍之声更加激烈。

这时，张次公已带人快速逼近，脚步声一片杂沓。

“来了！”侯金脸色一紧，“你先跑，我殿后。”

朱能二话不说，赶紧收刀入鞘，拔腿就跑。由于紧张，踉跄了一下，险些跌倒。侯金摇头苦笑：“看着点儿路，别再把脚崴了，老子可背不动你。”

朱能回头瞪了他一眼，三步并作两步地跑进了树林深处。

一直等他跑远了，侯金才返身朝另外一个方向跑去，还一边跑一边扯着嗓子大喊，有意把张次公等人往自己这边引……

老君庙正殿的屋顶上，青芒脸上涂满了黑灰，正匍匐在隆起的屋脊后，用冷静的目光观察着下面的庭院。

他设计让朱能他们把张次公引开，就是为了伺机救郦诺。为了不让陈谅等人认出，方才上屋顶之前，他溜到祠庙后院的庖厨弄了些灶灰把脸涂黑了。

此刻，郦诺和陈谅双方依旧在无声地对峙着。

青芒很清楚，郦诺一旦跟禁军动手，便再也没有了退路，所以他必须帮她摆脱困境。

而摆脱困境的最好办法就是把她“劫”走。

这么想着，青芒便悄悄抽出佩刀，在阳光下慢慢调整着角度。

一道反光终于形成。

青芒手腕微动，反光倏然从郦诺的脸上晃过。

郦诺察觉，暗暗抬眼，正好与屋脊上涂了一张大黑脸的青芒四目相对。

饶是这张英俊的脸已然涂得面目全非，郦诺还是一眼便认出了他。

一阵惊喜从她的心头掠过——这个神出鬼没的家伙，又一次在自己身处困境的时候出现了！

青芒朝她眨了眨眼，伸出一根食指摇了摇，暗示她不要轻举妄动，接着指了指自己，又指了指她，然后又用食指和中指做两腿跑路状。

郦诺心领神会。

见他那副既认真又滑稽的模样，郦诺不禁心中暗笑。

看不出这家伙还有如此童心未泯的一面！

“仇叔，”郦诺低声对仇景道，“待会儿若有机会，你和雷子赶紧走。”

“为何？”仇景不解。

“有人会帮我脱身，你们尽管先回城。”

“嘀咕什么呢？”见他们交头接耳，陈谅立刻出声呵斥，“不许说话！”

雷刚一听，顿时瞪圆了眼死盯着他。

“你……你小子瞪什么？”

张次公一走，陈谅心里便没多少底气了，虽勉强装出一副凶狠的样子，实则不免有些色厉内荏。

“老子瞪眼也犯法了吗？！”雷刚怒道。

“你他娘的乱瞪眼，就是……就是藐视官府！”

“老子就藐视你了，你他娘的怎么着吧！”

“你……”陈谅脸上一阵红一阵白，却愣是没敢动手。

这显然是个麻秆打狼两头怕的局面——陈谅一方是怕实力不济没有胜算，郦诺一方是不到万不得已不想出手，于是场面再次僵住。

但是这样的僵持局面不可能维持太久，因为双方的情绪都已濒临爆发的边缘。

不能再等下去了！

匍匐在屋顶上的青芒决定出手。

就在他即将一跃而起的当口，令所有人都意想不到的是——十几个蒙着头脸的黑衣人突然从两侧围墙外翻越而入，对庭院中的双方同时展开了攻击。

这一突如其来的变化令在场众人全都猝不及防，只好仓促应战。无形中，郦诺和陈谅两方居然成了联手作战的“盟友”。

为首的黑衣人一杀进来便直取郦诺，两人立刻交上了手。乍一看，双方似乎打得挺凶，可青芒一望便知，这个黑衣人每次出刀都慢了半拍，似乎故意要留给郦诺反应的时间，而且看上去动作幅度很大，其实却暗暗拿捏着力道。

换言之，他只是在做样子给陈谅看，并非真心攻击郦诺。

这伙人到底什么来头，为何要这么做？

青芒满腹狐疑，但来不及多想，便从屋顶上飞跃而下，加入了本已混乱不堪的战局。

由于青芒把脸都涂黑了，看上去跟这些黑衣人就像是一伙的，陈谅不由得暗暗叫苦，心想张次公要再不赶回来，自己今日恐怕就葬身此地了。

可是，紧接着发生的事情却令他大为惊愕，脑子一下就蒙了——最后加入战团的这个“黑脸人”居然一会儿攻击黑衣人，一会儿攻击他们，一会儿又攻击仇芷若。

这一来竟然变成了四方混战，压根儿看不懂谁在打谁了。

疯了，这帮人都他娘的疯了！

陈谅当然不知道，青芒就是故意要把局面搅成一锅粥，以便趁乱帮郦诺脱困。

郦诺对此心知肚明。

让她困惑的是眼前这个为首的黑衣人。此人虽然头脸都包着，只露出一双眼睛，但眼神和身材看上去却很眼熟，分明很像她熟悉的一个人。而且，他虽然一上来便与她捉对厮杀，但只是招式唬人，其实并不真打，足以证明他不是敌人。

很快，郦诺心里便有了一个判断。

但她一时还是难以相信，此人会在这个时候出现在这里。

“喂，那家伙是什么来头？”青芒假意攻击她，把她迫到角落，低声问。

郦诺一边作势格挡，一边小声应道：“不敢肯定，但一定不是敌人。”

青芒眉头微蹙，若有所思。

此时那个黑衣人似乎也看出他们是在“假打”，遂掉头去攻击陈谅。陈谅根本不是他的对手，一时左支右绌，险象环生，还好身边有三四名军士护着，才勉强挡住了攻势。

另一旁，仇景和雷刚见郦诺被“黑脸人”攻击，本欲过来相助，却见郦诺频频给他们使眼色，旋即心领神会，继续与那帮黑衣人过招——其实他们早已隐约猜出为首那个黑衣人是谁了，当然也已察觉这伙黑衣人并非真的在攻击他们，所以也乐得配合对方“演戏”。

“你怎么也在这里？”郦诺问青芒，眼中充满了好奇和困惑。

“我是你的守护神。”青芒转了个身背对众人，朝她露齿一笑，“你在何处遇险，我便现身何处。都这么多次了，你还看不出来吗？”

“我真怀疑你是不是十二个时辰盯着我，否则怎么知道我的行踪？”

“既是守护神，当然要十二个时辰盯着你，否则岂不是失职？”

两人暗暗说着，又装腔作势地“杀”了几个回合。

“你少来！”郦诺瞪了他一眼，“我最讨厌别人自作多情，处处干涉我的自由。”

“守护和干涉是两码事，你别混为一谈好不好？”

“分明就是一码事！你让汲黯把我关在内史府，还不是干涉我的自由？”

“这你就冤枉我了。”青芒装出委屈的样子，“人家汲内史是堂堂列卿，我只是区区一千石的卫尉丞，我哪能使唤他？”

郦诺冷哼一声：“你这人狡猾透顶，一定是花言巧语诓骗了他。”

青芒苦笑：“我在你心目中就如此不堪吗？”

郦诺一怔，不免心软，口气缓和了一些：“话倒也不是这么说。只是……你这人太喜欢自作聪明，替别人拿主意，这就让人不舒服了。”

“唉，好人难做。”青芒叹了口气，“这儿不是说话的地方。待会儿你全力攻我，我败逃，你追我，咱们换个地方说话。”

“我才不追你。”郦诺白了他一眼，“我还有事要做。”

青芒闻言，忽然想着什么，手上猛地发力，一刀重重砍了过去。郦诺慌忙举刀架住，惊道：“你疯了？”

青芒不语，利用两把刀格在一起的机会用力一推，一下就把她顶到了墙上，然后凑近她，坏坏一笑：“若我所料不错，你今天到此，是来找北冥先生的吧？”

郦诺又是一惊：“你怎么知道？”

“我说了，我是你的守护神。”青芒笑意盎然，又凑近了一些，鼻尖几乎顶到了她的鼻尖，“你之所想，便是我之所念；你之所望，便是我之所愿。我这一生一世都会跟着你，时刻听从你的召唤，同时满足你一切愿望。这才是称职的守护神，对吧？”

郦诺从未与年轻男子靠得如此之近，更从未听过如此温柔暖心的“情话”，心中又是羞恼又是迷乱，脸“唰”的一下就红了。

她很想把青芒推开，可身体却酥酥麻麻不听使唤，两只手更是软得不行，差点儿连刀都垂了下去。

郦诺你真没出息！还自许什么女中豪杰、巾帼英雄！一个男人几句肉麻的情话就把你“俘获”了，跟你贴近一些就令你方寸大乱、“武功尽失”，你还怎么当墨家巨子？又如何重振墨家，为父亲和死去的弟兄们报仇？！

她在心里狠狠地骂着自己，终于一咬牙、一抬脚，把青芒整个人踹了出去。

其实这一踹力道并不是很重，青芒却作势“哎哟”一声，夸张地连退数步，一屁股跌坐在了雪地上。

郦诺冲上去，一边气冲冲地挥刀乱砍，一边低声骂道：“你这个浑蛋、登徒子、拿肉麻当有趣的恶心家伙，胆敢出言轻薄，今天我非把你大卸八块不可！”

青芒暗笑，举刀格挡了几下，然后一骨碌爬起来，冲她眨了眨眼：“想找北冥就随我来，不想找就算了，我也不逼你。”说完便头也不回地冲出庙门，一溜烟跑远了。

郦诺迟疑了一瞬，回头给了仇景和雷刚一个眼色，然后快步追了出去。

仇景见状，心知那个黑脸的神秘家伙定是郦诺所说的能“帮她脱困”的人，虽然很想一起追过去，可又想起郦诺方才的叮嘱，只好作罢，朝雷刚做了个撤退的手势。

二人又装模作样地跟黑衣人比画了几下，随即双双跃出院墙，朝山下跑去。

这一来，院落里就只剩下黑衣人和禁军两拨人了。

其实自始至终只有这两拨人是在真打。此时禁军一方已有五六人伤亡，黑衣人那边也有数人挂彩。

陈谅一直被为首的黑衣人追着打，肩上被砍了一刀，虽然伤口不深，却也是鲜血淋漓。眼看马上就要招架不住了，陈谅又惊又怒，朝对方吼道：“你到底是何人？竟敢袭击朝廷禁军，就不怕灭族吗？”

黑衣人哈哈大笑：“老子就是你们千方百计要抓的墨者，杀的就是你们这帮朝廷鹰犬！想灭老子的族？老子今天先把你们灭了！”

“墨者？！”陈谅吓得连退了好几步，表情无比惊骇，仿佛见了鬼一般。

“怕了吧？”

黑衣人声如洪钟，震得陈谅双耳嗡嗡作响。

怎么真的在这儿碰上墨者了？陈谅心中暗暗叫苦。张次公到现在还没回来，再打下去恐怕就全军覆没了，此时不跑更待何时？！

“弟兄们，撤！”陈谅扯着嗓子大喊一声，掉头就跑。

军士们搀起几名还能走的伤者，跌跌撞撞地撤出了老君庙。

“旗主，追不追？”一手下问为首的黑衣人。

“算了，咱们是要帮郦旗主解围，犯不着跟他们纠缠。”黑衣人说着，一把扯下脸上的黑布。

田君孺的脸露了出来。

第十章 遇险

圣人恶疾病，不恶危难。

——《墨子·大取》

郦诺追着青芒一路跑进了树林中。

青芒蹲下，捧起一捧雪，用力在脸上搓了几下，那张剑眉星目的英俊面孔便又回来了。

“北冥先生在哪儿？”郦诺走了过来。

“不急，我也在找他。”青芒站起来，露齿一笑，“你先告诉我，为何要找他？”

郦诺盯着他看了片刻，嫣然一笑：“你不是无所不知、无所不能的守护神吗？我之所想，便是你心中所念。牛皮都吹上天了，干吗还来问我？”

青芒挠挠头，笑了笑：“就算要对神许愿，也得说出来对吧？光想在心里，嘴上不说，不显得没诚意吗？”

“巧言令色！”郦诺白了他一眼，这才把事情原委一五一十告诉了他。

青芒听完，神色已变得十分凝重：“你们认为胡九背后的主谋是樊仲子？”

“以目前的线索来看，他的疑点最大。你不这么认为吗？”

“这个我也说不好。”青芒沉吟着，“我只是觉得，假如有人想栽赃陷害的话，栽给一个失踪已久、无法替自己辩白的人，是最简便也最聪明的办法。”

郦诺一惊：“你怀疑主谋另有其人？”

青芒摇摇头：“现在下什么结论都为时过早。”

郦诺叹了口气："眼下的当务之急是找到北冥先生，至少先弄清楚樊左使是不是藏在这儿。对了，你今天上山，不会也是来找北冥的吧？"

青芒一笑："让你说对了。"

"那你又是因何找他？"

青芒神色一黯："事关……我的身世。"

郦诺注意到他眼中浮出了一层薄雾般的伤感之色，不禁有些心疼，便柔声道："发生了什么事，可以告诉我吗？"

青芒苦涩一笑，便把这几日围绕龙渊古剑所发生的事情以及这把剑的历史简要地告诉了她。

郦诺大为惊讶："真没想到，一把剑背后还有这么多故事。"

"是啊！"青芒长叹一声，"它背后还藏着我的家世出身呢。假如查到最后，我的先人果真是后胜的话，我真不知该如何自处了。"

"不会的，我相信一定是蒙恬。"郦诺忙道，"既然你爹告诉你这把剑象征'忠信高洁'之家风，那你的先人怎么可能是后胜呢？只有一代名将蒙恬才配得上此誉。"

"但愿如你所言。"青芒苦笑了一下，"对了，方才老君庙里那个黑衣人到底是谁，你有头绪了吗？"

郦诺略为思忖："我觉得，应该是田君孺。"

青芒一怔："就是之前被你们怀疑的黑旗旗主？"

"就是他。不过，他的嫌疑现在可以排除了。"

青芒点点头："他刚才假意攻击你，目的想必跟我一样，就是混淆视听，以便掩护你的真实身份。"

"是的。若我所料不错，他最后一定会向禁军亮明身份。这样的话，在场那些军士便都得承认一件事，就是我曾经跟他们联手对抗过墨者。即便张次公仍旧会怀疑我，但他却很难向别人解释这件事——如果我是墨者，又为何会跟自家人打成一团？而汲内史和你也可以据此反驳他。"

青芒呵呵一笑："田君孺干得漂亮！"

张次公带人循着脚印追出了一里多路，最后脚印却在树林深处彻底消失了。

他命手下四散寻找。约莫一炷香后，手下一个个垂头丧气地走了回来，纷纷冲他摇头。张次公勃然大怒，一脚踹在旁边一株高大的柏树上，骂道："他娘的，难不成这家伙还能变成鸟飞了？！”

树上的积雪被震得簌簌掉落下来，撒了张次公满头满脸。

张次公仰头咒骂了几句，走到旁边去了。

此刻，没有人注意到，侯金正像一只鸟儿一样藏身在浓密的树叶里。方才那一踹把他吓得够呛，张次公抬头咒骂的时候更是惊险，所幸他身形瘦小，才没被发现。

就在他抚着胸口暗自庆幸之际，张次公忽然蹙眉，若有所思，然后慢慢踱回到树下，抬起了头。

侯金的心顿时提到了嗓子眼儿。

张次公的目光在繁密的枝叶中一处一处细细搜寻，显得很有耐心。

正当其目光即将扫到侯金的藏身之处时，不远处的树林中突然惊起了一群寒鸦——在扑棱扑棱拍打翅膀的声音中，还夹杂着一串粗重的脚步声。

张次公目光如电，迅速回头，旋即大手一挥，带着手下们追了过去。

侯金闭着眼睛，手抚心口，长长地吁了一口气。

忽然，侯金想到了什么，猛地睁开眼睛，喊了声“该死”，飞快从树上跳下，朝着张次公等人追逐的方向跑了过去。

死猪头，明明跑不快还想救我，你这不是找死吗？！

侯金一边跑，一边忍不住在心中暗骂。

青芒领着郦诺来到了北冥的坟前。

“咱们不是要找北冥吗？”郦诺不解，“你带我来这儿干吗？”

青芒笑了笑：“据北冥的徒弟说，他老人家仙逝了，就埋在这儿。”

郦诺大吃一惊：“什么？”

“别急。”青芒又是一笑，“这是唬人的。依我看，北冥肯定是为了躲避江湖纷争藏起来了。”

“藏起来了？”郦诺眉头紧锁，“那咱们上哪儿找去？”

“不必找了，就在这儿。”

“这儿？”郦诺环视周遭，大惑不解。

“远在天边，近在眼前。”青芒朝坟墓努努嘴。

“你开什么玩笑？！”郦诺越发迷惑。

青芒笑而不答，然后若有所思地朝老君庙的方向望了一眼：“都这会儿了，那小子也该醒了。”

“谁？”

“北冥的徒儿。就在你上来之前，他也骗张次公说北冥死了，结果被张次公打晕了，扔在老君庙的后殿里。现在庙里躺了那么多具尸体，他醒来一看不得吓死？所以一定会马上禀报北冥……”青芒顿了一顿，目光转回到坟墓上，“也就是说，只要他一醒，立刻会到这儿来。”

郦诺这才有些释然，却又疑惑道：“可你怎么知道北冥一定藏在这下面？”

青芒刚要答言，一阵急促的脚步声忽然从老君庙方向传了过来。

青芒一笑：“咱们拭目以待吧。”说完很自然地牵起郦诺的手，拉着她跑到了一棵树后。

他的手掌宽厚而温暖。郦诺感觉一股暖意从手心迅速蔓延上来，然后一点点地渗进心间，在心房中弥散了开来。

可惜，一躲到树后，这只手便又很自然地松开了。

郦诺不觉有些失落。

“他来了。”青芒一直注视着老君庙的方向，丝毫没有察觉她的异样。

顺着他的目光望去，郦诺看见一个满脸伤痕的青衣少年踉踉跄跄地跑了过来。他不时回头张望，神色颇为惊惧。很快，他便来到了坟前，先是警觉地观察了一下四周，然后在石碑旁边蹲了下来，把手伸到了石碑后面。

也不知他鼓捣了什么东西，只听“啪嗒”一声，像是打开了某个机关。紧接着，他转到石碑正面，双手抓住石碑的两个角，左手往外推，右手向内扳——随着一阵好似石磨转动的声音传来，从青芒和郦诺所在的角度看，那块厚重的石碑竟然被扳了整整九十度，与坟茔形成了一个怪异的直角。

郦诺顿时目瞪口呆。

青芒却好像早已料到这一幕，淡淡笑道：“看见了吧？如此高明的机关术，应该不比你们墨家逊色吧？”

“可……可你又是如何知道这坟墓暗藏机关的？”

青芒笑而不语。

就在他们说话的当口，那个青衣少年忽然消失了。少顷，又是一阵磨盘转动的声音传来，然后那块墓碑居然自动复位了，看上去一切皆如原状，好像什么都没发生过。

“走。”青芒又牵起郦诺的手，拉着她快步跑到了坟前。

这回，一到坟前，不等青芒把手放开，郦诺便主动把自己的手抽回去了。

刚才那种失落感，她不想再品尝第二回。

青芒下意识地看了她一眼，这才发现她神色怪怪的，忙问："怎么了？不舒服吗？"

"对，有点儿。"郦诺冷冷道。

青芒一听便紧张了起来："哪儿不舒服，是不是冻着了？"话音未落，便已解下自己的长袍，不由分说披在了她的身上。

又是一阵暖意袭来。

更要命的是，这回的暖意不是丝丝缕缕的，也不是一点点渗透的，而是一下就覆盖了她的全身。

青芒啊青芒，你这样一次一次撩拨我的心思，却又压根儿不懂我的心思，我到底是该说你温柔细腻体贴入微，还是该说你粗枝大叶不解风情呢？

郦诺回答不了自己的问题，只好双肩一抖，卸下长袍给他扔了回去，淡淡道："已经冻着了，现在披有什么用？"

青芒接住，怔了怔，小心翼翼道："那个……披着总是暖和点儿吧？"

"不暖和。"

青芒困惑地挠了挠头，实在想不通她为何说变脸就变脸了，心里轻叹一声，道："要不，咱先回老君庙歇会儿？我到庖厨给你熬碗姜汤？"

郦诺一听，蓦然又感到了一丝暖意，便缓了口气道："不必了，我现在……已经好多了。"

青芒无奈，只好把长袍穿回身上，笑笑道："是不是我的袍子一披，你一下就暖和过来了？"

又来撩拨！你这可恨的家伙！

郦诺心里暗骂，脸上却嫣然一笑："是啊，岂止暖和！我怕多披一会儿，痱子都捂出来了。"说完便不再理他，径直走到墓碑后面，仔细观察了起来。

青芒哈哈一笑，跟着走到她身边。

郦诺有意挪开了一些，道："你还没回答我的问题。"

"我这就要回答你了。你看看这石碑，有没有什么异常？"

郦诺看了半晌，不过就是一块普普通通的大青石，上面光秃秃的连一个字都没有，根本看不出任何异常。

"不就是块无字碑吗？"郦诺撇撇嘴，"难道凭这一点，你就知道它暗藏机关，还知道北冥躲在下面？”

“光凭这个当然不够。”青芒一笑，“这只是令人不解而已，还不足以称为疑点。真正让我产生怀疑并做出判断的是另外三处。”

“哪三处？”

“首先，你看看这块碑的两个角，是不是比碑身的其他地方都要光滑许多？”

郦诺一看，果然如此，遂恍然大悟：方才那个青衣少年正是用手抓住这两个地方，然后才扳动石碑；由于经常被人手接触，这两个位置自然比其他地方光滑。

“其次，此处树荫浓密，阴暗潮湿，石碑上必生青苔，可你看看这块碑……”

“有啊！”郦诺忽然打断他，指着墓碑背面，“这上面不是有青苔吗？”

青芒又是一笑：“这只是背面，你看看正面的上部有没有？”

郦诺走到正面一看，果然与背面不同，丝毫没有青苔痕迹，遂不解地看着他：“这又是为何？”

“因为转动这块石碑需要不小的力气，一般人要扳动它，势必会下意识地把身体靠上去，以便使力。尤其像那个青衣少年，年纪轻、力气小，扳动时更是会身体紧靠，而被靠到的部位便是石碑的上部，经常这么靠，此处自然不生青苔。”

郦诺再度恍然，不禁暗暗惊叹于他的观察力。

“那，还有一处呢？”

“你刚才也看见了，少年扳动这块石碑，是左手往外推，右手向内扳，最后墓碑便跟坟头垂直了，对不对？”

“对。”

青芒蹲下来，捡起一根树枝，放在雪地上，与墓碑平行，然后按照刚才说的方向转动了九十度，让树枝与坟头形成了直角。

“发现什么了吗？”青芒仰头问她。

郦诺一脸茫然地摇了摇头。

“由于墓碑前后的地上都堆满了积雪……”青芒站起身来，拍了拍手，“所以如此一转动，墓碑正面的积雪必然会被推到左边，而背面的积雪则被推到右边，就像我刚才转动这根树枝，便扫出了一左一右两堆雪一样。你看看这墓碑前后的雪，是不是如此？”

郦诺一看，的确如此！

“综合这几处疑点，我便怀疑这块石碑暗藏机关，因而推断北冥先生一定就藏在这座假墓下面！”青芒总结道。

“真是神了！”郦诺忍不住由衷赞叹，“怎么你能发现的东西，我都一无所见呢？”

“人所看见的东西，往往是自己想要看见的，而不是能够看见的。”青芒淡然一笑，“其实所有东西都摆在大家眼前，照理大家看到的应该都是一样的，可事实却是——不同的人总是会看出不同的东西。归根结底，这并非是肉眼的不同，而是‘心眼儿’的差异，也就是心里想的东西不一样。”

“有道理。”郦诺连连点头，顺口道，“要不我们平时怎么总说谁谁缺心眼儿呢。”

话一出口，她才发觉这话似乎把自己给骂进去了，不由得有些羞恼，偷眼去看青芒。

这家伙竟然在哧哧窃笑！

郦诺气不打一处来，抓起一团雪就扔了过去。青芒猝不及防，“噗”的一下正中面门，眉眼顿时一片花白。

“喂，我说，你这人好不讲理！明明是你自己说的，又不是我骂的你，你扔我干吗？”青芒一边拍打，一边道。

“谁让你笑了？”郦诺气冲冲道，“你笑了就等于是你骂的。”

“强词夺理，跟你说不通。”

“你知不知道，男人最让女人讨厌的是什么？”郦诺忽然盯着他，幽幽道。

“什么？”青芒有些莫名其妙。

“就是跟女人讲道理。”

青芒一怔，旋即哑然失笑。

青芒走到墓碑背面，把手伸到底部的雪堆里鼓捣了一下，但听“啪嗒”一声，机关便打开了。然后他抓住墓碑轻轻一扳，便见下面露出了一个石砌的方形洞口，刚好可容一人进入，坑洞里黑乎乎的，什么都看不见。

“郦大旗主，是你先进还是我先进？”青芒微笑地看着她。

郦诺二话不说，一步迈过来就跳了进去。

“哎，当心点儿！”青芒怕她有危险，赶紧跟着纵身跳入。

朱能在树林里气喘吁吁地奔跑着，满面通红，汗如雨下。

在他身后约莫十丈开外的地方，张次公带着手下紧追不舍。

这片山头树木茂密，光线昏暗，加之有些地方积雪较薄，足迹不太明显，所以张次公等人只能循着断断续续的脚印一边寻找一边追赶，速度根本提不起来。若非如此，以朱能这种其慢如牛的奔跑速度，早就被张次公手到擒来了。

死猴子，老子这回被你害死了！早知如此，刚才就不该心软救你！

朱能心里叫苦不迭，又踉踉跄跄地往前跑了三四丈，眼前忽然一亮，居然不小心跑出了树林。

完了，没有树木遮挡，这回必死无疑了！

现在回头肯定来不及，只能是往张次公刀口上撞。朱能焦急四顾，发现这里是一片开阔的岩石区，无遮无拦，只有右前方不远处有块大石头可以藏身。他未及多想，便三步并作两步地跑了过去，准备躲到石头后面。

可一跑到这儿他便猛然刹住了，瞬间面如死灰。

因为这块石头竟然长在了悬崖上，它的后半部完全是悬空的，下面是万丈深渊，根本无处可站！

他娘的，难道老子今天真的要命丧于此了吗？！

身后的树林中，追兵的脚步声越来越近。

朱能面朝苍天，满心绝望。

坑洞里潮湿黑暗，逼仄狭窄，以一定的坡度朝地底下延伸着。

青芒刚一下来时，头顶还能漏下几缕光线，可等到启动机关，洞口关闭，便立刻伸手不见五指了。

他连忙摸黑快走了十几步，才追上了前面的郦诺。可除了听得见脚步声，闻得见她身上的脂粉香味外，压根儿就看不见人。

“喂，让我走前面吧。”

让一个女子冲在前头，青芒既觉得别扭，又放心不下。

郦诺似乎迟疑了一下，又往前走了一小段才停下脚步。青芒紧走几步，到了她身边，想塞过去，却发现坑道实在太窄，要过去势必整个人得贴在她身上，顿时没了主意。

“你还过不过了？”郦诺侧着身子，后背贴着坑壁，冷冷道。

“我……”青芒进退两难。

郦诺“哼”了一声，抬腿就走。

“哎，我过我过。”青芒忙道，“你……你稍微让让。”

“这洞就这么大，你让我往哪儿让？”郦诺没好气道。

青芒不敢再说什么，只好硬着头皮往前面挤。两人的身体不出意外地贴在了一起。“唰”的一下，青芒的脸立刻红到了耳根，所幸这里黑乎乎的啥都瞧不见，否则就尴尬死了。

同样地，郦诺的情况也并不比他好多少。

尽管隔着厚厚的衣服，她还是能清晰地感觉到他那雄壮有力的心跳。而她自己的内心也早已不是人们常说的什么小鹿乱撞了，而是仿佛有一群惊马在踢踏狂奔！

两人的呼吸同时急促了起来，彼此都能感到对方的气息喷到了自己脸上。

青芒本可以把自己的脸转开，可不知为什么，他发现自己的脖子不听使唤了。同时他还发现，郦诺其实也可以把脸转开，可她却一样僵着不动。

这一刻，只要青芒的脸稍稍往前移动一寸，让自己的唇贴上她的唇，两个人之间的“窗户纸”就可以在刹那间捅破了。

可是，稍微犹豫了一瞬后，青芒终于还是把头扭开，然后挤了过去。

他并不知道，郦诺方才已经闭上眼睛，做好了准备。

他当然更不知道，当郦诺重新睁开眼睛的时候，双眸中已经储满了失落与幽怨。

悬崖边，朱能心中已经生出了纵身一跳的念头。

因为他知道，自己绝不能被张次公逮住，否则必将连累青芒。

想到自己年未而立便要告别人世，朱能心底便涌起一阵阵不甘，尤其是想到自己尚未娶妻生子，甚至还没对心仪已久的潘娥表白过，他就觉得特别冤。

倘若老天开眼，让我逃过这一劫，我一定要跟潘娥表白，向她求婚！

此刻，身后追兵的脚步声听上去顶多也就六七丈远了，马上就会冲出树林。

朱能闭上了眼睛。

突然，一条黑影从他左侧的一片乱石堆上冲了过来，动作快如闪电。还没等他扭头去看，黑影就一下扑在了他的身上，抱着他一起冲下了悬崖……

在狭窄黑暗的坑道中又走了约莫一盏茶工夫，青芒便见前方出现了微弱的光亮。

拐过一个弯后，眼前顿时豁然开朗——

这里竟然是个三丈来高、宽敞开阔的天然溶洞，两侧的洞壁上燃着十来支松明火把，显然有人在此居住；洞里怪石嶙峋，有自上而下倒垂的钟乳石，也有从地上冒出来的石笋，还有把二者连接在一起形成的石柱，令人不由得惊叹大自然的鬼斧神工。

“此处还真是别有洞天！”郦诺走到他身边，感叹道。

青芒示意她不要说话，低声道：“这儿想必便是北冥的隐居之所了，咱们得小心。”

两人往溶洞的深处走去，不料竟越走越宽。片刻后，耳边还传来了一阵阵流水声。

“哪儿来的水声？”郦诺忍不住问。

“应该是暗河，也就是地下河。”青芒道，“这是大型溶洞常有的。北冥要在此山中长年隐居，自然得找一处有水源的山洞。”

说话间，二人走到了一处断崖边。一条地下河在崖下哗哗奔流，深不见底。一架简易的铁索桥横跨断崖两端，约有五六丈长。

说是桥，其实只是由四条粗大的铁链组成的：左右两条充当“护栏”，下面两条便是“桥面”了。

“怎么连木板都不铺一下？”郦诺下意识地往崖下探了探头，“这么走岂不危险？”

“怕不怕？”青芒一笑，“要不我背你过去？”

郦诺冷哼一声：“本姑娘从不知道‘怕’字怎么写！”说完，便径直走上了铁索桥。

人一站上去，四条铁链便全都晃荡起来，每走一步都让人心惊胆战。郦诺猛吸了几口气，强迫自己稳住心神，一手抓着一条铁链，小心翼翼地往前挪。

“别往下看，也别左右张望，要目视前方。”青芒紧跟着走了上来。

奇怪的是，他一上来，原本左右晃荡的铁链似乎一下子便“安分”了。郦诺顿时踏实了许多。

“双足微微外八字，这样最容易保持稳定。然后假想你是走在平地上，把步子迈起来，可以缓慢，但要坚定。你步子越小，越不敢往前走，铁链就会晃得越厉害。”青芒在后面耐心叮嘱。

郦诺依他所言走了几步，果然感觉脚下平稳了许多，心里很有些佩服他，嘴上却道：“你哪只眼睛看见我不坚定了？”

青芒笑了笑，没说什么。

两人一前一后，眼看马上就要走过铁索桥，一个黑影突然从洞穴顶部俯冲而下，直扑郦诺面门。青芒率先反应过来，大喊了一声：“小心！”郦诺浑身一震，抬头看去，那黑影已近在目前，遂下意识往后一退，同时右手拔刀出鞘，朝黑影砍去。

刀光闪过，几片黑色的羽毛飞了起来。

青芒终于看清，这是一只硕大的猛禽，像是秃鹫，又像是黑雕。在被郦诺砍中翅膀的同时，它从郦诺的头顶飞速掠过，居然一口叼走了她的发簪。

郦诺的一头长发披散了下来。

这一切都发生在电光石火的一瞬间。还没等两人回过神来，不知何处又传来了一阵机械传动的声响。

不好，又是机关!

青芒刚一警觉，脚下的两条铁链猛地一阵颤动，紧接着便“哐啷”一声断开了。郦诺猝不及防，身子一沉，整个人掉了下去。

青芒大惊失色，飞身前扑，在郦诺即将坠入深渊的刹那间，一把抓住了她的手……

瘦小的侯金和肥胖的朱能紧紧抱在一起，颤颤巍巍地站在大石头下方一处稍稍往外凸出的岩石上。

那岩石小得可怜，基本上只能容下两只脚站立，所以侯金和朱能只好一人站一只脚，另一只脚都不得不朝后翘起，看上去十分滑稽。

原本这样的站立方式是很难稳住重心的，所幸侯金的一只手还抓着一根粗大的藤蔓。

方才，他之所以敢把朱能扑下悬崖，就是看准了这儿有地方可以站，还有藤蔓可以抓。

尽管这种方式十分冒险，稍有不慎两人都会掉下去摔成肉饼，可刚才的情况实在太过危急，除此之外，侯金也没更好的办法。而且，这片悬崖四面开阔，唯有这个地方可以躲开张次公的视线。

此刻，张次公正负手站在悬崖边缘，实际上也就站在二人头上三尺开外的地方。

“难道，咱们追的真是一只鸟吗？”张次公压抑着心头翻腾的怒火，自语般道，“跑到这儿便飞走了？”

“将军，”一旁的手下道，“依属下看，那家伙肯定是坠崖了。”

“何以见得？”

“咱们一路追过来的脚印，又大又深！那家伙肯定是个大胖子，就算给他一对翅膀他也飞不动，只能摔到崖下变成一摊肉饼。”

他们说话的声音，崖下听得一清二楚。侯金一直憋着笑，还朝朱能挤眉弄眼，把朱能气得七窍生烟。

“他有帮手，我怀疑帮手救了他。”张次公眯眼环视左右，“我能感觉到，他们就躲在附近。”

侯金和朱能一听，表情马上又都紧张起来。

“可、可这地方无遮无拦的，他们能往哪儿躲？”

张次公沉吟不语，半晌才道：“你们几个，留下来搜，我得立刻赶回老君庙。说不定，咱们是中了秦穆的调虎离山之计。”

“秦穆？”手下有些狐疑，“您确定他在这山上？”

“我闻得出他的味道！”

张次公咬牙切齿地说完这句，马上带着大部分手下离开了。

余下三四名军士当即分散开来，四处搜索。

听着头上杂沓的脚步声渐渐远去，侯金和朱能同时松了一口长气。

朱能道：“换只脚，老子累死了。”

“还想换脚？”侯金“哼”了一声，“你怎么不说想躺下来歇歇？”

朱能一想也对，这屁大的地方根本没有换脚的余地，遂一声长叹：“老子连潘娥都没抱过，不承想倒先抱上你了。”

“你叽叽歪歪的有完没完？”侯金又瞪他，“你以为老子稀罕抱你吗？！”

朱能哭丧着脸，眼中全是生无可恋之色。

青芒左手抓着一条铁链，右手死死地抓着悬空的郦诺。

由于无从借力，所以青芒根本没办法把她拉上来。

有风从崖底的暗河处吹来，拂动着她的长发和衣袂，让她看上去就像是在空中翩然飞翔的鸟儿。

“早就警告过你赶紧走了，你就是不听劝。”一个熟悉的声音从对面传来，“现在还敢擅闯禁地，扰我家师父清修，简直是自寻死路！”

青芒抬头一看，正是那个青衣少年。

那只袭击郦诺的秃鹫此刻正停在他的肩膀上，显然是他精心豢养并训练的。

“自报家门吧。”少年又道，“你们到底是何人？来此做甚？”

“我们是墨者！”青芒大声道，“快请你们家先生出来，我们有重要的事情要请教。”

“墨者？”少年似乎一怔，“撒谎！你一看就是公门中人，还敢欺骗小爷？”

青芒苦笑。

他之所以不说实话，就是料定北冥师徒肯定不喜官府之人，没想到这小子目光如此犀利，居然把他看穿了。

“我们没骗你。”郦诺也在下面大声喊道，“快拉我们上去，否则耽误了大事，你们家先生也饶不了你！”

“呵呵，吓唬我？”少年冷笑，“小爷平生最讨厌被人吓唬，你要是再敢对本小爷不敬，我就让我家鹫儿啄你！方才只是警告，才啄你的发簪；待会儿再啄，可就是你的眼珠子了！”

秃鹫似乎是为了配合他，飞起来示威般地转了一圈，又稳稳落回他的肩头。

少年一脸得意。

碰上这么个人小鬼大的乖戾少年，真不知跟他说什么好。此时情况危急，容不得半刻拖延，青芒只好跟他摊牌：“小兄弟，你听好了，这位姑娘是墨家赤旗旗主，姓郦名诺，来此是为寻找墨家左使樊仲子的下落。樊左使跟你们家先生也是好友，这你总该知道吧？”

少年一听，这才收起倨傲之色，半信半疑道：“你刚才说，她叫郦什么？”

“郦诺，原墨家巨子郦宽之女！”

少年登时一震，想了想：“你们在这等着，我去禀报师父。”

“你浑蛋！赶紧先让我们上去！”郦诺大喊，“我们都在这儿吊着呢，哪能等得了你？等你一来一去我们都死了！”

“死了活该！”少年的戾气又被惹起来了，“天大的事也得先禀报再说，这是规矩，你懂吗？”

少年说完，一扭头便走了，偌大的洞穴里除了水流单调的哗哗声，再无别的动静。

青芒的左手虽仍死死抓着铁链，但毕竟承受了两个人的重量，此时已经一片酸麻，显然不可能支撑太久。

豆大的汗珠从他的额头不停地冒出来，其中一滴落到了郦诺脸上。

“青芒，放手吧。”郦诺仰头看着他，“这是我的劫数，你不必陪我一块儿死的。”

“别说话，保存体力。”青芒咬着牙道。

郦诺凄然一笑：“有些话现在不说，兴许就永远没机会了……”

青芒心中蓦然一动，又一颗滚圆的汗珠从鼻尖掉了下去。

“这一生能遇见你，是我的幸运。我喜欢听你说话，也喜欢跟你……吵嘴。”

青芒鼻子一酸，心里顿时像爬满了蚂蚁一样难受。

“你知道吗，我还幻想过跟你一块儿仗剑江湖、驰骋天下呢，前几天做梦还梦见了，可惜……那只是梦。”

青芒终于忍不住了，眼里忽然泪光闪动。

“我走以后，你不准想我，要好好过日子。跟你说句心里话，也不怕你骄傲，像你这样的男人，会有很多姑娘喜欢的……”

“别说了……”青芒哽咽，左手已经僵硬得快没有知觉了。

这只手到现在都还能牢牢抓着铁链，连青芒自己都觉得意外。

“对了，还有句话，你也得记着：以后遇上别的姑娘，千万不要自作聪明，什么都替人家安排，也不要跟人家讲道理。记住了吗？”

郦诺说着，手开始渐渐放松。

青芒神色一凛：“你干什么？不准松手！”

“来不及了，咱们撑不到的……”郦诺眼里噙满了泪水，“我要走了，别凶我，让我再看一眼你的笑容。我想记住它，好吗？”

青芒感觉她的手又松了一点儿，顿时脸色大变，厉声道：“郦诺，我警告你，你要是再敢松手，我也会跟你一块儿放手的，你信不信？！”

“我信……”郦诺的眼泪夺眶而出，“可你这么做，不值得。”

“值不值得是我说了算！”青芒额上青筋暴起，几乎是用吼的，“你马上给我闭嘴，把手抓牢了，这是命令！”

“你凭什么命令我？我又不归你管。”

“你就归我管！我要管你一辈子！我要安排你的生活，还要天天跟你讲道理，不管你愿不愿意！”

“你好……霸道。”

此时此刻，两人的泪水都已经不可遏制地爬了一脸。

除了深不见底的崖下依旧传来的哗哗的流水声，洞穴里还是没有别的动静。

青芒抓着铁链的左手青筋暴起，感觉力气马上就要耗尽了，但他的右手却仍死死地抓着郦诺。

“放手吧……”郦诺的声音已近乎恳求。

“不。”青芒决然道。

我不会让你一个人走的。

青芒在心里说，即使我们无法在人世间一起仗剑江湖，我也要在黄泉路上陪你并肩行走……

第十一章 北冥

慧者心辩而不繁说，多力而不伐功，此以名誉扬天下。

——《墨子·修身》

“喂，你们两个，我家师父都来了，你们还在这卿卿我我，真是羞死人了！”

青衣少年的声音蓦然响起，虽然言语刻薄，但在此刻濒临绝望的青芒和郦诺听来，却不啻这世上最美妙动听的声音。

青芒几欲从铁链上脱落的左手瞬间又恢复了一点儿力量。

他抬头看去，只见一位白发披肩、身材修长的老者负手站在崖边，正用深邃而清澈的目光冷冷地看着他们。少年站在他身旁，肩上仍停着那只秃鹫。

“北冥先生，您总算来了，请恕晚辈无法见礼，还望您老人家慈悲为怀，施以援手！”青芒虽万分焦急，但言语间还是不敢失了礼数。

“姑娘，”不料北冥竟丝毫不搭理他，而是把目光落在郦诺身上，“听说你叫郦诺，令尊是墨家巨子郦宽？”

“正是！”

“那你告诉老夫，令尊的小名叫什么？”

郦诺一怔：“你们师徒都喜欢见死不救吗？就不能先救我们上去再问话？”

“嘿，你个臭婆娘！敢这么跟我师父说话？”少年眼睛一瞪，“我看你就是该死！”

北冥微微抬手止住少年，淡淡道：“郦姑娘，有说这话的工夫，你已经可以回答老夫八遍了。”

郦诺无奈，没好气道："水牛。"

青芒大为意外，没想到郦宽还有这样的小名，由此可见北冥跟他的关系定然非同一般，而听到这个答案后，他对郦诺肯定也再无疑心了。

果然，北冥无声一笑，给了少年一个眼色。

少年转身走开。很快，头顶上便响起一阵机械传动声，然后一只竹编吊篮居然从洞穴顶部缓缓降落了下来。吊篮很大，足以容下数人。

坚持到最后，他们终于与死神擦肩而过！

青芒和郦诺眼神交会，彼此还能看见对方眼中残存的泪光。

在命悬一线的鬼门关上一起走这么一遭，此刻的两人俨然已经心灵相通。

张次公带人匆匆往回赶，在半道撞上了落荒而逃的陈谅等人。

听陈谅结结巴巴讲述完事情经过，张次公的脸色顿时沉重如铁。沉默了好一会儿，他才猛然抬手，给了陈谅三个异常响亮的耳光，然后一脚把他踹飞了出去。

紧接着，他又拔刀冲了上去，一脚踩在陈谅胸口上，刀尖抵在了他的眉心，暴怒道："堂堂北军，竟然被山贼打得如此狼狈，你还有脸来见老子？！"

陈谅脸色煞白，疼得五官都扭曲了，万般委屈道："老大，我刚才说了，那伙人不是山贼，他们是……是墨者！"

"墨者有三头六臂吗？就算是他娘的妖魔鬼怪，你也要给老子坚守战场！"张次公咆哮，"就算是全军覆没，壮烈殉国，你他娘的也不能给老子当逃兵！"

陈谅吓得簌簌发抖，不敢再吱声了。

旁边几个手下赶紧上前求情劝说，张次公才恨恨作罢，吩咐他们把几名伤者送下山，然后扭头朝老君庙方向大步走去。陈谅赶紧爬起来，和其他人一起跟在后面。

青芒和郦诺随北冥走进了一处大小适中的洞穴。

洞中各种家具一应俱全，还有琴瑟、香炉等物；一大排书架靠壁而立，上面堆满了竹简和帛书；书架上方的洞壁上有几处天然的小洞口可以透进光线，仿佛窗户一般——风从外面吹进来，令此处的空气比之前那个大洞穴清新了许多。

北冥请二人就座，又命青衣少年奉上清茶，才歉然对郦诺道："方才不知郦姑娘乃故人之女，来迟一步，令二位受惊了，老朽深感抱歉。"

郦诺苦笑了一下："是晚辈冒昧搅扰，不怪先生。"

“听小徒说，你是来找樊左使的？”

“是的，不知他是否在此？”

北冥摇摇头：“自从数年前一别，老朽便再也没见过他了。听说，他失踪了？”

郦诺大为失望，点了点头。

若樊仲子不在此处，那胡九就更是无从追查了。没想到费了这么大一番周折，连命都险些扔在这儿，结果还是一无所获。

北冥一声喟叹：“人心浇薄，江湖险恶，当初我便劝他归隐林泉，莫问世事，可惜啊，他还是没听老夫的。”

郦诺忽然想到什么：“对了，先生也认识家父吗？”

北冥捋了捋胸前白须，目光微微闪烁了一下：“呃，曾有过数面之缘，也是通过樊左使认识的。虽然交往不多，但老朽深知令尊为人，尚义任侠，抑强扶弱，是不可多得的豪杰之士。”

一说到父亲，郦诺便不由得眼眶泛红，也就没去深究北冥说了什么。

但青芒坐在一边冷眼旁观，却敏锐地察觉到北冥撒谎了。

准确地说，是前半句话说了谎。他敬佩郦宽的为人，这一点应该是发自肺腑的，但前面说他跟郦宽仅有“数面之缘”，则毫无疑问是假话——若无深交，他怎么可能连郦宽的小名都知道？

让青芒不解的是：北冥为何要撒这个谎？他有什么必要掩饰自己跟郦宽的真实关系呢？他到底在隐藏什么？

正沉吟间，北冥忽然看着他道：“尚未请教阁下尊姓大名？”

青芒回过神来，抱了抱拳：“在下秦穆，秦国之秦，肃穆之穆。”

“听小徒说，你也是墨家之人？”

“是的。不过，晚辈还有一个公开身份。”青芒知道在这位高人面前，最好不要隐瞒，于是干脆自报家门。

“哦？敢问是何身份？”

“朝廷卫尉丞。”

北冥眯了眯眼，不无揶揄地笑了笑：“怪不得阁下气质不凡，原来果然是公门中人，老朽失敬了。”

青芒没有理会他的讥诮之意，微微一笑道：“只是个面具而已，戴着它方便做事，希望先生不要介意。”

北冥呵呵一笑："老朽一介匹夫，本就是云水散人，多年来早已心游物外，又岂会介意阁下的身份？别说是阁下，今天就算是皇帝来了，老朽都不会介意。"

这话听着客气，实则讥讽之意显露无遗。

侍立一旁的青衣少年顿时忍俊不禁，掩嘴窃笑。

"鲲儿，为师平时是如何教你的？"北冥头也不回道，"怎的如此不懂礼数？"

叫"鲲儿"的少年赶紧收起笑容。

"这娃儿，就是个野孩子。"北冥笑着对二人解释道，"十四年前，也是这么个大雪天，天地间生机全无，连只鸟儿都看不见，结果这娃儿竟躺在雪地里哇哇大哭，身上连襁褓都没有，只裹了一件破烂衣服，小脸都冻紫了。老朽便把他捡了回来，给他取名鲲鹏。唉，没爹没娘的孩子，野惯了，若有得罪之处，还望二位海涵。"

青芒和郦诺闻言，怜悯之情油然而生。

本来郦诺挺讨厌这小子，现在一听他的身世如此可怜，顿时原谅了他，还不自觉地多看了他几眼。

鲲儿有些难为情，小声埋怨道："师父，当着外人的面，您老人家就不能矜持一点儿？"

此言一出，三个大人都忍不住笑了。

"矜持"一词用在这儿，原本很不恰当，但从他嘴里说出来，偏偏就让人觉得很传神。

笑声一起，气氛便轻松了许多。

"先生，"青芒趁势道，"晚辈此来，是有一事想要请教……"

"我知道你来做什么。"北冥忽然冷冷打断他，"朱坤便是因为你的事遭了毒手吧？"

青芒无奈，只好点了点头："晚辈也没想到事情会这样，深感歉疚。"之前他便猜测北冥在京城有眼线，很可能已经知道朱坤的事，果不其然。

"是谁杀了他？"

"丞相，公孙弘。"

北冥冷然一笑："今日大闹老君庙的那帮禁军，就是他派来的吧？"

"是的。"青芒不觉有些愧疚，毕竟所有事情都是由他而起。

北冥一声长叹："这终南山，老朽怕是住不长久了。"

青芒闻言，越发过意不去，一时竟不知该如何接话，更不好再开口询问。

"说吧，到底是因为什么，竟惹出了这么大的祸端？"北冥主动问道。

青芒暗暗松了口气，忙道：“是因为晚辈祖上传下来的一把剑。”

“什么剑？”

“七星龙渊。”

北冥一听，顿时神色大变：“什么？龙渊剑是你的祖传之物？”

尽管青芒已从朱坤处得知此物来历不凡，却也没料到北冥的反应会这么大，一时有些诧异，不禁和郦诺对视了一眼。

“你带来了吗？”北冥追问。

青芒无奈一笑：“被公孙弘夺走了。”

北冥一怔：“那你来找老夫，想问什么？”

“晚辈听朱坤说，这把古剑原属齐襄王，后来赐给了宠臣后胜。齐国被秦国所灭后，此剑便下落成谜。一说是齐国旧臣杀了后胜，夺得此物；又一说是秦将王贲曾于蒙恬家中见过此剑……”

“此剑既是你祖传之物，”北冥又打断他，“这些事你应该比任何人都清楚，又何必来问老夫？”

青芒苦笑了一下：“不瞒先生，晚辈不久前受了伤，大部分记忆皆已丢失，包括家世出身。所以，晚辈打听此事，便是为了弄清自己的身份。”

北冥大为意外，定睛看着他：“真有此事？”

“晚辈不敢欺骗先生。”

“哈哈，居然有人跟我一样，也不知道自己是打哪儿蹦出来的！”鲲儿忽然嬉笑插言。

这话他是笑着说的，自己毫无凄苦之感，可听在诸人耳中，心里不由得都是一阵心酸。尤其是青芒，闻言更是神色黯然。

“鲲儿！”北冥终于沉声道，“这没你的事了，你先下去。”

鲲儿不敢违抗，只好恨恨地瞪了青芒一眼，甩手甩脚地走了出去。

“秦尉丞，”北冥看着青芒，“你说你叫秦穆，这恐怕不是实话吧？”

青芒一怔，旋即赧然一笑：“什么都瞒不过先生。没错，正因为失忆，所以晚辈连自己姓甚名谁都不知道，只好假冒了这个身份。”

“既然你连自己是谁都不知道，那你说自己是墨家之人，不也是在说谎吗？”

青芒顿时哑口无言。

在这个目光如炬的老人面前，青芒觉得自己几乎就是透明的。

“先生，”郦诺见状，赶紧救场，“他虽然不是墨家之人，但救过我多次，也帮过墨家很多次，您完全可以信任他。”

“不是我不信任他。”北冥淡淡一笑，“他今天来的目的就是弄清自己的身世。老夫既然要帮他，不得先把情况搞清楚吗？”

青芒闻言大喜，连忙抱拳道：“多谢先生！那请问先生，可知龙渊剑最后下落何处？”

“据我所知，齐国亡后，龙渊剑确为蒙恬所得。”

“那就是说，他是蒙恬的后人了？”郦诺激动地站了起来，抢着说道。

青芒更是大感欣慰，看来蒙恬果然是自己的先人。

“这个老夫就不敢断言了。”北冥缓缓道，“自秦国统一天下，迄今已有百年，其间四海不宁、天下板荡，上自王侯将相，下至黎民黔首，离乱播迁，生死无常，此剑有否再流落到他人之手，实不可知啊！”

青芒苦笑，觉得此言确有道理，于是刚刚涌起的欣慰之情瞬间消失无踪。

“青芒，你不是记得你爹跟你说过，这把龙渊剑象征着你们家‘忠信高洁’之家风吗？而蒙恬便是以‘忠信’之名享誉当时，这不就是证据吗？”

“郦姑娘此言差矣。”还没等青芒答话，北冥便笑着道，“自古以来，享有‘忠信’之名者比比皆是，史不绝书，又不独蒙恬一人，此事岂能作为证据？”

“对了，你刚才叫他什么？”北冥忽然问郦诺，目光炯炯，好像发现了什么重要的事情。

青芒和郦诺面面相觑。

“叫他青芒啊。”郦诺诧异，“青色之青，麦芒之芒。先生何出此问？”

北冥又转头问青芒：“这是你自己取的表字，还是家人给你起的小名？”

“我也不知道。不过我感觉，应该是小名。”

北冥眉头微蹙，沉吟半晌，才自语般道：“这不会是巧合，绝不会只是巧合！”

青芒和郦诺越发懵懂，不知他到底在说些什么。

“敢问先生，是否发现了什么？”青芒忙问。

北冥捋着胸前长须，意味深长地一笑：“二位可知，蒙恬祖籍何地？”

青芒想了想：“应该是……齐国。”

“对，齐国什么地方？”

“好像是……蒙山之北的蒙阴县。”

“没错，蒙阴县辖下何乡？”

青芒无奈一笑：“这我就一无所知了。”

“那老夫现在就告诉你。”北冥定定地看着他，“蒙恬祖籍正是齐国蒙阴县的青芒乡——青色之青，麦芒之芒！”

张次公站在老君庙的庭院里，看着横陈于地的四五具尸体，脸色铁青。

“死的都是咱们的人？！”半晌，他才从牙缝里蹦出这句话。

“他们也伤了好些个……”陈谅在一旁弱弱道，“我估摸着，抬回去肯定也活不了。”

张次公想着什么，脸色终于缓了缓，叹了口气：“这几位弟兄虽然殉职，但也不算白死，至少咱们坐实了仇芷若的墨者身份。”

陈谅闻言，跟其他几名军士面面相觑，想说什么，却又嗫嚅着不敢张嘴。

张次公察觉，脸色又是一沉：“我说得不对吗？”

陈谅苦着脸，鼓起勇气道：“老大，事情……不是您想的那样。”

“那到底是哪样？！”张次公的声音又大了起来。

陈谅吓得一哆嗦：“仇芷若他们，也……也遭到墨者攻击了。”

张次公一愣，难以置信地睁大了眼睛，用质询的目光扫向其他军士。

众人纷纷点头。

张次公强抑着内心的愤怒和困惑，又道：“你说还有个涂黑了脸的神秘人，是不是他救走了仇芷若？”

“不是。他……他也跟仇芷若打了起来，后来打不过就跑了，然后……然后仇芷若就追了出去。”

这他娘的到底是怎么回事？！

张次公感觉自己的脑子全乱了。

侯金趴在大石头上，探出半个身子，费尽了九牛二虎之力，才把朱能那具肥胖的身躯从崖下硬拽了上来。

一上来，两人同时瘫倒，四仰八叉地躺在石头上，气喘如牛，脸上都是一副快死的表情。

方才那几名禁军在这儿搜了半天，啥也没搜到，便灰溜溜地走了。听到上头没了动静，两人这才借着那根粗大的藤蔓往上爬。

“死猪头，你要不把这一身肥膘去掉，早晚会死无葬身之地。”侯金有气无力道。

“那也比你这瘦不拉几的死猴子强！”朱能冷哼一声，“瞧你那痨病鬼的样儿！我老朱白白胖胖，至少比你好养活。”

侯金闻言，忽然有些伤感，苦涩一笑：“是啊，我娘说，打小我就多病多灾，不好养活。有一回我病得快死了，她实在没辙，就到村头土地庙去烧香，求土地公让我活着，说只要保佑我长大成人，她愿意折二十年阳寿给我。结果……结果还他娘的应验了，我娘不到四十便没了。那年我刚好十八岁，给我娘下葬那天，我气不过，就一把火把土地庙给烧了。”

“啥？”朱能惊得一骨碌坐了起来，“你疯了？人家土地爷庇佑你长大，你还把人家庙给烧了？！”

“他折了我娘二十年阳寿，我不烧他烧谁？”侯金眼眶泛红。

“可那不也是你娘求的吗？”

“可土地爷他就不该答应我娘！”侯金猛地跳了起来，大声道，“他就该让我死掉，让我娘活着！”

“好好好，你有种，你能耐，你烧得对，好吧？”朱能撇了撇嘴，“我要是土地爷，干脆一头撞死算了！你说你们家这糊涂公案该咋断？哦，你娘仁义，宁可用阳寿换你的命；你又孝顺，宁可自己死掉也不让你娘死。你说，碰上你们娘俩，人家土地爷为不为难、倒不倒霉？要换成是你，你该咋断？”

“老子要是土地爷，就庇佑一方土地无病无灾，人人都好好活着！”侯金愤愤道。

朱能“扑哧”一笑，伸手拍拍他的肩：“愿望是好的，可惜是痴人说梦。”

“这么说，青芒他铁定是蒙恬后人了？”

山洞中，郦诺雀跃而起，高兴得两眼放光。

“如此看来，应该是错不了了。”北冥抚着长须，微笑道，“想必是其父为了纪念先人，便以故乡之名做他的小名，以此提醒他不可忘本，当继承祖上忠烈之风。”

“这下好了。”郦诺一脸喜悦地看着青芒，“既然蒙恬便是你的先人，那要找到你父亲也并非难事了。”

青芒内心也颇为激动，当即报以她一个灿烂的笑容，同时起身抱拳，对北冥道：“多谢先生指点迷津，晚辈感激不尽！”

北冥笑着摆摆手：“世间之缘分，有时堪称奇妙啊！不瞒贤侄，老朽祖上，与你的先人蒙恬大将军，还有一段不寻常的渊源呢！”

青芒听他忽然改了称呼，态度也变得十分亲切，俨然已有将他引为世交之意，不觉又惊又喜，忙道：“是何渊源？还望先生明示。”

郦诺也颇为好奇。两人正等着北冥往下说，一个比鲲儿年纪稍长的徒弟匆匆走入，附在北冥耳旁说了什么。北冥一笑，对郦诺道：“郦旗主，有人找你来了。”

“找我？”郦诺大为诧异，“何人会来此处找我？”

“你出去一看便知。”

郦诺莫名其妙，只好对青芒道：“我出去看看。”然后便随那个徒弟走出了洞穴。

“贤侄，”北冥接着对青芒道，“博浪沙力士刺秦之典故，你应该知道吧？”

“当然知道。”青芒虽然不记得自己的身世，对许多史事却记得很牢，“博浪沙是古地名，位于黄河南岸的原武县，秦时称阳武县。秦始皇二十九年，嬴政东巡，途经此地，遭埋伏在此的大力士以一百二十斤的大铁椎重击车驾，不料击中的却是副车，嬴政逃过一劫，而‘苦秦久矣’的天下人，则只能继续忍受苛政……”

北冥点点头：“那你应该也知道，这一刺杀行动的策划者是谁吧？”

“策划者乃本朝开国功臣、人称‘汉初三杰’之一的留侯张良，与萧何、韩信并誉当世。留侯亡父、祖曾为五代韩王之相，本欲继承家业，治国安邦，可惜韩国终被强秦所灭。留侯国破家亡，壮志难酬，遂矢志反秦。史称其‘弟死不葬，散尽家资’，终募得一力士——这便有了名闻天下、流传后世的博浪沙刺秦之事。”

“很好，看来贤侄是熟读青史啊。”北冥似乎挺满意，“那你看过的史书有没有提及，行刺失败后，张良跟那位力士的命运如何？”

青芒蹙眉回想了一下：“据说，张良当初之所以选择在博浪沙动手，便是看中此处地形复杂，芦苇丛生，便于事前藏身，更便于事后逃逸。所以失手之后，张良便从芦苇荡成功逃逸了，至于那位力士有否脱身，史料并无记载。”

北冥淡淡一笑：“没错，这是世人普遍了解的版本，但它并非事实。”

青芒有些意外：“那事实是什么？”

“事实是，当时张良和力士皆藏身芦苇荡中，但未及脱身，便被秦军包围。力士恐惧，竟主动投降，并引秦军抓住了张良。”

“什么？”青芒惊诧，“那……那他后来又是如何脱身的？”

北冥没有马上回答他，而是缓缓道：“史上共有三次刺秦事件，一是荆轲，二是高渐离，三是张良；前二者皆抱定‘壮士一去兮不复还’的必死之心，后者何独不然？当时张良眼见难以脱身，本欲自尽，可当他看到要抓他的那名秦将时，便改了主意。因为他相信，那位秦将不会要他性命，甚至有可能会放了他。”

青芒大为困惑：“这……这怎么可能？那位秦将是何人？”

北冥看着他，一字一顿道：“正是你的先人——蒙恬。”

青芒先是一怔，旋即恍然：“先生刚才说，您的祖上与晚辈的先人之间有一段不寻常的渊源，所指莫非便是此事？而留侯张良莫非便是先生的祖上？”

北冥微笑颔首：“正是。”

原来如此！

北冥是张良后人这事，想来也不奇怪。据青芒所知，张良本来便精通黄老之道，崇尚无为之学，对权力富贵并不热衷。他辅佐刘邦定鼎天下，只是为了推翻暴秦，实现治国安邦的理想，并非贪图功名利禄。所以，自汉朝开国、天下初定后，他便主动从“帝者师”退居“帝者宾”之位，功成弗居，淡泊自守，故而能在汉初残酷的权力斗争中安然无恙。相传，他晚年更是摒弃世事，全心归隐，入终南山辟谷修道。说不定，眼下北冥隐居的这个地方，便是当初张良修建的。

可北冥刚才的话，还是让青芒百思不解：听他的意思，张良在博浪沙被捕之后，一定是被蒙恬暗中释放了，可蒙恬是秦朝大将军，对始皇嬴政忠心耿耿，而张良则是刺秦主犯，蒙恬怎么可能置朝廷纲纪和个人臣节于不顾，私自放跑张良呢？

北冥看穿了他的心思，道：“你一定是在想，蒙恬为何会私下放走张良，对吧？”

“是的，晚辈十分不解。”

“原因很简单……”北冥故意顿了一顿，卖了个关子，然后才意味深长地一笑，“因为他们二人皆是墨者！”

青芒闻言，顿时一脸惊愕。

郦诺随着北冥的徒弟来到另一间洞穴，迎面便见一名壮汉正背对着他，面朝洞壁而立。

虽然只是一个背影，但郦诺还是一眼认出了他，不由得惊喜道：“田旗主！”

田君孺转过身来，露出一个感慨万千的笑容：“郦旗主，别来无恙啊！”

“咱不是刚刚在老君庙见过了吗，谈何别来无恙？”郦诺笑着迎上前去。

“郦旗主刚才就认出我了？”

“怎么可能认不出？”郦诺想着什么，面露赧然之色，“我和仇旗主他们，正愁不知该去何处找你，向你当面致歉呢……”

“哦？你们不是个个都想抓我吗？致什么歉？”田君孺故意斜着眼问。

“巨子令被劫那晚，我们……我们都误会你了。直到前几天，我无意中才发现了真相，都怪我糊涂，竟然一直被他们蒙在鼓里……”

田君孺苦笑，抬手止住了她：“不必说了，事情我都知道了。”

郦诺也早已猜出他都知道了，否则他不会故意在老君庙跟她演那出“捉对厮杀”的戏，极力帮她掩饰身份。

“田旗主想必还留着一两个弟兄在我身边吧？”

二人落座，郦诺笑着问道。

田君孺也笑了：“实不相瞒，昨天许虎被胡九灭口的事，我今天一早就得到消息了。我只是没想到，你和仇旗主会找到这儿来。”

“纯属巧合。我们是来追查胡九的，却没想到你也躲在终南山。”

“此地山高林密，人迹罕至，而且离长安又近，便于打探消息，我不躲这儿还能躲哪儿？”田君孺自嘲一笑，“更何况我那晚虽‘狼狈逃窜’，但心里还是记挂着你和弟兄们，所以也不敢离你们太远，就想万一有事也有个照应；此外我也相信，迟早有一天，你们会查清真相，还我清白，是故我也想第一时间得到沉冤昭雪的消息。”

郦诺闻言，不禁既感动又汗颜。

“对了，你们追查胡九，为何会找到这里来？”田君孺问道。

“我们在他房间搜出了一封信的残片，是樊左使写给他的，上面提到了终南山玉柱峰。仇旗主说樊左使与北冥先生是故交，有可能躲在这儿，而胡九也有可能来投奔他……”

“等等。”田君孺打断她，眉头一蹙，“听你这意思，你们都怀疑樊左使是幕后元凶？”

“对，种种疑点都指向他。其一，是方才提到的帛书残片；其二，我们在胡九房间还发现了一册兵书，上面有樊左使的印章；其三，幕后元凶设计这么大一场阴谋，目的无非就是想篡夺巨子位，那他既然毒杀了倪右使，又陷害了你，还同时对我和仇旗主都下了黑手，假如阴谋得逞，那么最有资格继承巨子位的人还能有谁？不就只剩下他樊左使一个人了吗？”

郦诺一口气说到这儿，停了下来，观察着田君孺的反应。

田君孺依旧眉头深锁：“还有吗？”

“有。”

“接着说。”

“其四，樊左使数年前无故失踪，此后咱们墨家便祸事连连，先是郭旗主被朝廷抓捕，不久遇害；继而我爹又遭不测，至今我们也查不出告密之人；再来便是最近发生的这么多凶险诡异之事。这一切难道都只是巧合吗？基于此，我们是不是有理由怀疑：樊左使便是躲在幕后操纵这一切的人？”

田君孺听完，叹了口气：“你说的这些，固然都有道理，但我觉得，其中还是有不少漏洞。”

“什么漏洞？”

“恕我直言，你的推论有疑邻偷斧之嫌。”田君孺说话一向直来直去，此刻也毫不隐讳，“你心里怀疑樊左使，然后这些推论看上去便顺理成章了。咱们跳开来想想，不管之前发生了什么，你、我，还有仇旗主，都还活着，而且都是有资格继承巨子位的人，那有没有可能是我们三人的其中一个设计了这一切，然后把所有疑点都引向樊左使呢？就像巨子令被劫那晚，他们把所有嫌疑都集中到我身上一样？”

郦诺猛地一震，觉得他这话几乎就是在指控仇景了。

话虽这么说，可按照他的分析，的确只有仇景是最大的嫌疑人。郦诺暂且压抑住内心的惊疑，问道：“你说的也有道理，那除此之外，还有别的漏洞吗？”

“当然有。”

“是什么？”

“你说你们在胡九房间发现了樊左使的书，这是否也有可能是别人故意放在那儿的？”

郦诺又是一怔，略为沉吟了下：“照你这么说，帛书残片不也有可能是别人伪造、故意让我们发现的？”

“难道没这个可能？”田君孺不答反问。

郦诺不由得苦笑。

原以为事情已经很明显了，胡九背后的主谋十有八九便是樊仲子，不料经田君孺这么一反驳，事情陡然又变得扑朔迷离了……

老君庙燃起了熊熊大火，张次公负手站在十丈开外冷冷地看着。

此行不但一无所获，还折了好几个手下，张次公吞不下这口恶气，索性将这座古庙付之一炬。

“你说的那个神秘人，会不会是秦穆？”张次公忽然问站在一旁的陈谅。

陈谅想了想：“看身材是挺像的，不过脸都涂黑了……”

“那就是了！”张次公没好气地打断他，“若是不相干之人，何必把脸涂黑？他这就叫欲盖弥彰！”

“是，是，那肯定是。”陈谅慌忙附和。

明明知道秦穆就在附近，而且很可能已经抢先一步找到了北冥，自己却只能束手无策地站在这儿，张次公感觉特别挫败。

然而，大雪茫茫，深山寂寂，到底要上哪儿去找北冥？

此刻，约莫三十丈外的树林里，朱能和侯金正躲在树后往这边张望，脸上都是惊诧莫名的表情。

“他娘的，这天杀的张次公，居然敢烧庙？！”朱能义愤道。

“他被咱耍得团团转，不烧难以泄他心头之愤呗。”

“嘿嘿，你倒是挺理解他的，毕竟是有经验啊。”朱能促狭一笑，“要不回头找他聚聚，一块儿聊聊烧庙的心得？”

“滚你的蛋！”侯金瞪他一眼。

第十二章 断桥

江河之水，非一源之水也；千镒之裘，非一狐之白也。

——《墨子·亲士》

“他们两个都是墨者？”

山洞中，青芒十分错愕地看着北冥。

“这有什么好大惊小怪的？”北冥淡淡一笑，“战国之世，墨家与儒家并称显学，墨家弟子遍布天下，自然不乏英雄豪杰之士。不过，他们却分属不同派别。”

“不同派别？”青芒稍一思忖，立刻想起了史书中的相关记载，便道，“相传墨子去世不久，墨家弟子因观点和主张不同一分为三，分别形成了秦墨、齐墨和楚墨。您所说的不同派别，便是指此吧？”

“是的。你的先人蒙恬，便是秦墨；而老朽的祖上留侯张良，则为楚墨。还有，你肯定不会想到，你一度误认为是先人的齐国宠臣后胜，则是齐墨。”

青芒再度错愕，不由得失笑道：“确实没想到，墨者中竟有如此祸国殃民之人。”

北冥摇头笑笑：“贤侄此言差矣。”

青芒不解：“先生何意？”

“后胜表面上是个恃宠而骄的误国之臣，在青史上留下了千古骂名，实则内情并没有这么简单。换言之，他只是故意表现出骄奢淫逸、昏庸无能的样子，以此作为伪装，其实是为了暗中执行一个特殊任务。”

青芒蹙眉一想，当即会意：“难道，后胜是秦国安插在齐国的间谍？”

“没错。不过严格来讲，不是安插，乃是被策反的。而你肯定也想不到，负责策反他的，不是别人，正是你的先人蒙恬。对此，你一定很惊讶吧？”

今天北冥这一席话，让青芒没想到的事情太多了。他不无感慨地笑道：“先生今日所言，几乎桩桩件件都出乎晚辈意料之外，所以接下来无论您说出什么天大的秘密，也许晚辈都不会太过惊讶了。”

“话别说得太早。”北冥呵呵一笑，“如果老夫把蒙恬如何得到龙渊剑的来龙去脉全都告诉你，你肯定还是会惊讶。”

“晚辈洗耳恭听。”此事自然是青芒很想知道的。

“此事说来话长，咱们还是先从墨家的宗旨和三个流派各自的主张说起吧。”北冥捋着长须，缓缓道，“众所周知，墨家的宗旨便是兼爱，非攻，反对战争，追求天下太平。在这点上，不论是秦墨、齐墨还是楚墨，都没有根本的分歧。但是，如何实现这个目标，三派的主张便各自不同了。秦墨认为，要实现太平，就必须结束乱世。而结束乱世的最好办法，便是辅佐强秦扫平六国、统一天下。你的先人蒙恬正是这一主张的积极实践者。我先问你，你是否认同蒙恬的主张？”

青芒认真思考了一下，摇摇头：“晚辈认为，以战止战，以暴制暴，只能催生更多的杀戮和仇恨，即使一时用武力统一了天下，只怕也不长久。秦朝二世而亡便是明证。所以，要想实现真正的太平，关键还是要得人心；若想得人心，除了墨子主张的‘兼相爱，交相利’之外，恐怕别无他途。”

“很好。”北冥微笑道，“你的看法，与老朽不谋而合，也与楚墨的主张如出一辙。而当年楚墨的首领，便是老朽先人张良的师父，他姓郦。这个姓，你应该不陌生吧？”

看着北冥意味深长的笑容，青芒不由得一怔：“难道，这个郦首领是……是郦诺的先人？”

北冥朗声大笑：“正是，他叫郦元。正因为郦元是真正奉行墨家宗旨的人，所以当强秦以犁庭扫穴之势吞并天下时，他像当年的墨子一样，帮助弱国防守，抵御强国入侵。尽管郦元终究没能挡住秦军的铁骑，韩、赵、魏等五国还是灭亡了，可当蒙恬率大军逼近齐国时，郦元依旧率部赶到了齐国，试图做最后的努力……”

“那当时的齐墨又是怎样的主张？”青芒问。

“以后胜为代表的齐墨，格局比秦墨和楚墨差了许多，他们既没有秦墨扫平六国、一统天下的抱负，也没有楚墨抑强扶弱、救世济民的悲心，只剩下消极避战、偏安一隅的保守心态。由于没有强大的信念和坚定的主张，所以当蒙恬对后胜动之以情，晓之以理，再诱之以利时，没花多大力气便策反了他。”

“这么说，当秦、齐两国军队在战场上厮杀之际，蒙恬的秦墨、后胜的齐墨与郦元的楚墨之间，势必要同时展开一场暗战了？”

“没错，而古剑七星龙渊便是这场暗战的见证者。”

“晚辈愿闻其详。”

“郦元到达齐国后，通过众多眼线搜集大量情报，发现后胜已被蒙恬策反，便直接找到后胜，跟他摊牌，并让他利用与蒙恬的关系，对秦国实施反间，从而挫败秦国。当然，郦元同时也威胁了他，说若不照做，便将所有情报呈给齐王建，立刻揭露他。后胜大为惊恐，当即发誓跟郦元一起死守齐国，并拿出龙渊剑交给郦元，说若违此誓，就让郦元用这把剑斩了他……”

“那郦元便把龙渊剑收下了？”青芒忍不住问。

“当然收下了。后胜既发了毒誓，这把剑便是证物。”

“那后来此剑又是怎么到了我的先人蒙恬手上？”

“别急，老夫马上就要说到这儿了。”北冥喝了口茶，润了润嗓子，“后胜虽然当着郦元的面赌咒发誓，实则是缓兵之计。他随后立刻找到蒙恬，谎称郦元早就在蒙恬身边安插了人，准备暗杀他，让蒙恬先发制人，赶紧对郦元下手。蒙恬一口答应，随后果然根据后胜提供的情报抓获了郦元。然而，后胜万万没想到，蒙恬和郦元虽然各自的主张完全不同，而且又成了对手，但二人早已相交多年，彼此有着深厚的私谊，两人便彻底敞开了说话，后胜的阴谋自然就暴露无遗了……”

“等等，先生，我插一句话。”青芒刚才有个问题一直来不及问，现在终于发现了答案，“正因为蒙恬与郦元是多年好友，而郦元又是张良的师父，所以当时在博浪沙，蒙恬虽然抓住了张良，最后却还是把他放了，就是看在郦元的面子上？”

“没错。而且幸运的是，当时蒙恬身边只带了几名亲兵，全都是秦墨弟子，并无外人，绝对会守口如瓶，所以他才敢私自把人放跑。可那个投降的力士便很‘不幸’了，因为他看见了事情的全过程，蒙恬只能将其灭口。事后，蒙恬自然不会提及力士半个字，这也就是史书上没有记载此人下落的原因。”

青芒恍然，忙道：“抱歉打断了先生，您继续。”

北冥接着道：“蒙恬和郦元虽然打开了天窗说亮话，但谁也说服不了谁。最后，两人索性做了个君子协定，也就是像当年楚国攻宋时墨子与鲁班所做的一样，进行一番攻防推演：若蒙恬赢了，郦元就放弃援助，打道回府；若郦元赢了，蒙恬就止兵息战，不攻齐国。推演的结果，贤侄想必猜得出来吧？”

青芒迅速回忆了一下读过的历史，道：“不必猜，蒙恬输了。”

“哦？理由呢？”北冥饶有兴致地看着他。

“秦始皇二十六年，蒙恬率军从灵丘攻齐，在高唐与齐军隔河对峙，居然三个多月寸步不前，这显然不合常理。当时的秦军，无论从兵力、装备、士气还是从战斗力来看，都远胜齐军，而蒙恬的军事才干更不必说，怎么可能在三个多月的时间里未建尺寸之功？后来嬴政命王贲从北线协攻，本意是想给蒙恬制造机会，不料王贲竟以不足五万的人马直逼临淄城下，迫使齐王建投降，一举灭掉了齐国。之前晚辈读史至此，就曾深感疑惑：为何王贲轻而易举便能打赢的仗，在蒙恬那儿却那么难呢？现在看来，原因不就是蒙恬在与郦元的攻防推演中输了，故而信守约定，按兵不动，才把灭齐之功白白送给了王贲吗？”

北冥呵呵一笑：“听你这口气，好像在为先人打抱不平啊！”

“打抱不平倒谈不上。”青芒也笑了，“但多少有些抱憾是真的。”

“不瞒贤侄，其实那次推演，蒙恬是故意输的，而郦元也看出来了，彼此心照不宣而已。”

青芒大为意外：“这是为何？”

“尽管蒙恬身为秦国大将，职责所在，不可能不打齐国，但他毕竟是墨者，面对自家兄弟，终究还是义字当先，不愿在战场上恃强凌弱，屠杀自己的兄弟，所以只能采取这种忠义兼顾的折中办法，既不违圣命，又对得起兄弟。”

青芒闻言，不由得大为感动，也为自己拥有这样义薄云天的先人而深感自豪。

北冥接着道：“正因为蒙恬将军信守墨家之道义，所以不但故意输给了郦元，而且暗中把郦元给放了。不过，为了稳住后胜，不让他起疑，他们两人商议了一个计策，就是郦元把龙渊剑给了蒙恬，而蒙恬随后又出示给后胜看，让他相信郦元已死。后胜果然中计，心下大悦，便让蒙恬留下了龙渊剑，以示谢意。但他并不知道，郦元其实是转入了地下，继续在幕后指挥众弟子，帮助齐国防御。”

青芒恍然大悟——原来龙渊剑是经历了这样一番曲折才到了先人蒙恬手上！

既已确知先人是蒙恬，那要查找之后的世系，进而找到自己的父亲，想来便不是什么难事了。

可是，一个念头便忽然冒了出来，令他刚刚好转的心情瞬间又是一沉——蒙恬后来是被胡亥和赵高矫诏赐死的，那他的后人，也就是自己的曾祖辈为了避难，必定会改名换姓，那自己又该从何查起？！

另一处山洞中，郦诺正蹙眉思索，田君孺忽然问道："你方才说，在胡九房间找到的帛书残片是樊左使写给胡九的信，那你们是如何确认樊左使笔迹的？"

"仇旗主认得，对了，雷刚也认得，他说樊左使曾教他认字，所以他识得。"

田君孺不屑一笑："那小子，斗大的字识不了一筐，就他那眼力，岂能做得准？假如有人刻意模仿樊左使的笔迹，他看得出来吗？"

郦诺一想，这话也有道理，但是仇景呢？难道他也看错了？

"咱们从头捋捋吧，你们当中是谁在胡九房间发现了樊左使的书？"田君孺问。

"我。"

"那发现之后，仇旗主有说什么吗？"

郦诺看了他一眼，感觉他似乎总是有意无意针对仇景。郦诺说："他说他记得樊左使跟胡九私交不错，当初二人还时常在一块儿讨论兵法。所以他断定，那本兵书肯定是樊左使借给或是送给胡九的。"

田君孺冷然一笑："我怎么就没印象他俩私交不错？"

"这种事，不见得谁都清楚吧？"

田君孺撇了撇嘴，又问："那帛书残片呢？谁发现的？"

"仇旗主。"

田君孺呵呵一笑。

郦诺觉得这声"呵呵"几乎可以表明田君孺的立场了——他就是在针对仇景。郦诺知道，田君孺跟仇景的关系一直不是很融洽，但在这种关乎墨家命运的大事上，田君孺应该不至于掺杂个人恩怨吧？可看他现在这样子，又很难说没有掺杂。

"田旗主为何发笑？"郦诺忍不住问。

"仇旗主当时发现帛书残片后，又说了什么？"田君孺不答反问。

郦诺便把仇景说的话如实告诉了他。

田君孺听完，又是一笑："在胡九房间里发现的两样东西，仇景都作出了解释，结果疑点便都指向了樊左使，你不觉得过于巧合了吗？"

"田旗主，你到底想说什么？"郦诺觉得他这话未免有些阴阳怪气。

"我只是在分析事实，合理怀疑，郦旗主不要误会。"

是啊，虽然他的口气让人不太好接受，但郦诺却不能不承认，其实他的怀疑不无道理。

“而且有一点，我不得不提醒你。”田君孺接着道，“胡九是仇旗主的贴身侍从，难道你就丝毫不怀疑吗？”

“我是怀疑过，但我们之所以能锁定胡九，恰恰要归功于仇旗主。假如仇旗主有什么不可告人之事，他怎么会主动把胡九抛出来？”

田君孺摇头笑笑：“郦旗主，请恕我说句失礼的话，你终究还是太年轻了！‘蝮蛇螫手，壮士断腕’这种事，我可是见多了。假如我是那个幕后主使，危急时刻，我也会把行将暴露的手下抛出去，然后设法让他消失。”

这话已经是在赤裸裸地指控仇景了，郦诺真的难以接受。

“可胡九是因为昨天的大风雪刮倒了房子才逃脱的，你总不能说，那场风雪也是仇旗主安排的吧？”

田君孺哈哈一笑：“他当然没那本事，但昨天的风雪，我相信只是无意中的巧合。换句话说，若没有那场风雪，要让胡九消失的办法多的是，只不过老天突然帮忙，让那个幕后之人省了不少事罢了。”

郦诺蹙眉想了想：“可是，巨子令被劫那晚，仇旗主跟我一样也遭遇了袭击，这又该如何解释？”

田君孺哼了一声：“难道不可以是苦肉计？”

郦诺一听，顿时不知道该说什么。

“还有郦旗主，你别忘了，当初是谁以推选新巨子为由，把大家召集到一块儿的。”田君孺又冷冷道，“而恰恰是这次召集，让巨子令从盘古手里回到了你的手上，然后就被抢了；同样也是这次召集，最后夺走了倪右使的性命，也逼我不得不背着冤情逃进这终南山！请郦旗主好好想想，所有这一切，难道都只是巧合吗？”

郦诺不由得浑身一震。

田君孺的话虽然听着刺耳，但却句句叫人难以反驳。

难道，父亲在世时最倚重的兄弟之一、自己现在最信任的长辈仇景，真的会是那个操纵一切的幕后元凶？！

熊熊烈火吞没了老君庙，烧红的梁木不时发出嘎吱嘎吱的断裂声，听上去就像是行将坍塌的古庙在发出痛苦的呻吟。

张次公仍旧静静地站在雪地里，明亮的火光在他的瞳孔里跳跃闪烁。

忽然，他迅速转身，头也不回地朝下山的路走去。

一旁的陈谅等人都暗暗松了口气，赶紧快步跟上。

不料，才走了不到三丈远，张次公便猛然止步，目光“唰”的一下朝树林的某处望去。

陈谅等人大为诧异，顺着他的目光一看，约莫十丈开外有一座被大雪覆盖的孤坟，除此之外再无余物。陈谅忍不住回头跟其他人对视了一眼，都闹不明白这深山老林中的一座荒冢有啥好看的。

还没等陈谅开口询问，张次公便大踏步朝坟墓走了过去。

陈谅无奈，只好翻了个白眼，跟大伙儿一块儿紧随其后。

这座孤零零的坟冢并没什么不同寻常之处，硬要说有，可能就是这块光秃秃的墓碑了。张次公蹙眉，围着墓碑开始绕圈，一圈比一圈慢，眉头也越皱越深，原本黯淡的双眸更是渐渐聚起了一道凌厉的光芒。

突然，他在墓碑背面蹲了下来，伸手在底部掏摸了一会儿，然后便传出了诡异的“啪嗒”一声。

张次公欣喜若狂，仰天大笑。

陈谅等人则是莫名其妙，面面相觑。

紧接着，张次公又绕到墓碑正面，双手抓住了石碑的两个角……

不远处，朱能和侯金正躲在树后探头探脑。

“张次公这浑蛋又干吗呢？”朱能诧异，“难不成烧完人家的庙，又要刨人家的坟？这也太丧心病狂了吧？”

侯金注视着张次公的一举一动，眉头紧锁：“恐怕没那么简单。”

“啥意思？”朱能越发纳闷，“他还想把死人挖出来挫骨扬灰不成？”

话音刚落，坟墓那边便又传来张次公的一阵狂笑。朱能赶紧望去，却见张次公忽然就从墓碑后面消失了，然后是陈谅，再然后是一个接一个禁军士兵……

“我说什么来着？”侯金冷笑。

朱能早已目瞪口呆，一个字都说不出来。

北冥见青芒忽然脸色沉郁，便问：“贤侄有何心事？”

青芒苦笑了一下：“蒙恬当时被矫诏赐死，其后人为了避祸，肯定要远走他乡，改名换姓。既如此，就算知道蒙恬是我的先人，可我还是无从寻找家父。”

北冥一听，不禁叹了口气：“是啊，你不说起，老夫倒忘了这一茬。据老夫所知，当时蒙恬的后人的确离开了咸阳，听说躲到了中原一带，但具体何处，老夫也不知情。看来这个忙，老夫是帮不上你了。”

青芒赶紧抱拳道：“先生今日帮晚辈解答了这么多疑问，晚辈已经感激不尽了。”说着站起身来，深深鞠了一躬。

北冥赶紧起身扶起他：“贤侄不必拘礼。当初蒙恬将军救过老夫先人张良一命，要感恩，也该是老夫感恩才对。”

二人重新落座，青芒想着什么：“对了，先生，晚辈有些好奇，您为何对这么多陈年往事都了如指掌？”

“不瞒贤侄，这都是先人张良从其恩师郦元处得知的。晚年隐居此地时，他便将这些事写了下来。”北冥说着，朝书架努努嘴，“那儿有近百卷，都是其亲笔所书。”

青芒点点头。其实他早已猜出了答案，现在只是确认一下而已。

“还有一事，晚辈不知当不当问……”

“但说无妨。”

“您……是不是墨家之人？”

北冥一笑：“老夫崇敬墨子的救世精神，服膺墨家的宗旨主张，也与许多墨者有所交往，但老朽个人还是更喜欢清静无为的黄老之学。至于世间的那些纷纷扰扰，老夫管不了，也不想管。”

青芒明白了，但还是有个疑问如鲠在喉，不吐不快：“敢问先生，您与墨家巨子郦宽，真的相交不深，只有数面之缘吗？”

北冥眸光一闪，忽然沉默了，半晌才苦笑了一下：“贤侄果然目光如炬，终究还是瞒不过你。”

“不敢当，晚辈只是好奇心比较重而已。”青芒也笑了笑，“另外，若晚辈所料不错，您真正想瞒的……应该是郦姑娘吧？”

北冥忍不住哈哈一笑：“也罢，既然都被你看穿了，老夫就跟你交底吧。郦宽与老夫的确是相知多年的莫逆之交。老夫之所以隐瞒这层关系，是因为有些事，不便让郦姑娘知道。”

“晚辈能请教是什么事吗？”

“只要你不告诉郦姑娘，老夫便可告诉你。”北冥促狭一笑，“只是这对你来讲，恐怕有点儿难。”

青芒登时有些尴尬：“先生何出此言？晚辈和郦姑娘只不过是、不过是……”

“别支支吾吾了。”北冥笑，“老夫也是过来人，这点儿事还看不出来吗？你未娶她未嫁，两情相悦很正常，有什么好难为情的？”

青芒笑了笑，索性大方承认：“晚辈和郦姑娘的确是两情相悦，不过一码归一码，不该让她知道的事，晚辈定然会守口如瓶。”

北冥沉吟了一下，正色道：“老夫可以告诉你，不过不是因为你这句承诺，而是因为你的主张与老夫和郦宽相同，也与真正的墨家宗旨相应。”

“先生指的是？”

“你方才不是说过吗？以战止战、以暴制暴只能催生杀戮和仇恨，要想实现真正的太平，就必须按照墨子所言——兼相爱，交相利。老夫和郦宽的想法，与你完全一致，然而郦姑娘却不是这么想的。从几年前开始，朝廷出手打压游侠豪强，墨家自然是首当其冲，当时郦姑娘和墨家中的一大批少壮派都主张以牙还牙，以眼还眼，不惜一切代价与朝廷对抗。郦宽说服不了她，只能暗中命樊仲子把墨家的一件圣物秘密转移，以防落入这些好勇斗狠的年轻人之手……”

“等等，先生！”青芒猛然反应过来，“您说的墨家圣物，莫非便是天机图？”

北冥一愣，十分诧异地看着他：“你怎么知道？”

青芒不由得苦笑。

真没想到绕了一大圈，居然又绕回天机图上面来了！

他随即把自己与此物的渊源还有围绕此物所发生的许多事情告诉了北冥。当然，他隐去了一些关键部分，包括现在天机图已经落到朝廷手中的事。

北冥听完，大为惊愕，脱口道：“如此看来，你很可能也是墨家之人，甚至极有可能是樊仲子的手下！”

“先生为何这么说？”青芒也很惊诧。

“事情不明摆着吗？樊仲子是奉郦宽之命全力守护天机图的人，你刚才提到的共工和铁锤李便都是他的得力手下。而你千里迢迢从大漠把天机图找了回来，打算交给铁锤李，这不明显就是樊仲子的人吗？”

“可若是如此，铁锤李怎么会不认识我？更何况，我去大漠的时候才十五岁，怎么可能是墨家之人？又怎么可能接受这样的机密任务？”

北冥想了想：“这倒也是。”

“先生，您适才跟郦姑娘说，樊仲子从没来找过您，这恐怕……也不是实话吧？”

北冥一笑：“他当然来过，否则我如何知道这些事？”

“那关于天机图的事，您还知道多少？”青芒忍不住急切道，“比如天机图的开启密码，您知道吗？”

北冥又是一笑：“贤侄，你别忘了，我只是墨家的朋友，并非墨者，怎么可能知道如此机密之事？”

青芒大失所望。

“大概三年多前吧，樊仲子带着天机图，在我这儿住了一些时日，断断续续跟我讲了这些事。但我毕竟是外人，所以关于天机图的秘密，他一概没有透露，只说这是墨家圣物，不能落入好战之人手中。除此之外，老夫知道的恐怕也不比你多。”

“那后来樊仲子去了哪儿，也没跟您透露吗？”

北冥摇头。

原来樊仲子的所谓失踪，其实是奉郦宽之命，带着天机图藏了起来。青芒想，可天机图为何又被共工带到大漠去了呢？当时到底发生了什么？樊仲子现在又在何处？如果找不到他，天机图之谜是否就永远无法破解了？

此外，今日之行虽然弄清了龙渊剑的来龙去脉，也获知蒙恬是自己的先人，但若不查清蒙氏后人具体流亡何处、改为何姓，自己也还是无从知道父亲是谁。

“根据我的调查，嫌疑人不止胡九一个，还有陶书。”

另外那间洞穴中，郦诺对田君孺道。

尽管她自己也觉得凶手应该是胡九无疑，可田君孺总是以胡九为由把矛头指向仇景，让郦诺在感情上很难接受。

“你不是说，昨天房子塌了之后，胡九就趁乱逃走了吗？”田君孺不以为然道，“这分明就是做贼心虚！他要是没问题，何必要逃？”

“也许是怕被人冤枉讲不清呢？”郦诺脱口道，“正如巨子令被劫那晚，你不也逃了吗？”

话一出口，郦诺便后悔了。

毕竟人家的嫌疑早已洗清，现在又提这茬，显然有点儿伤人。

田君孺却不以为意，呵呵一笑：“好，既然你提到了那晚的事，那我就跟你聊聊。你还记不记得，那天晚上是谁告诉仇景说，我在你屋子外面晃悠？”

“没错，这话是胡九说的，可你自己不也承认了吗？”

“对，我那天确实吃撑了，所以才四处散步消食。关键是你怎么就不想想，胡九既然在你屋子附近看见了我，那他自己在哪儿呢？他不也在那儿吗？我甚至怀疑，他当时已经藏在你屋子里了，是从窗户看见了我！”

郦诺一怔，心想这的确有可能。

“咱们来做个假设吧。那天晚上，胡九很可能潜入了你的房间，想偷走巨子令，结果四处翻找没找到，于是恶向胆边生，索性放了一把火，然后躲在暗处观察。因为他知道，你一旦发现失火，第一时间便会抢救出巨子令。果然，后来事实正如他所料。于是他便袭击了你，夺走了巨子令。然后，事先跟他串通好的许虎便假装追踪他，实则是在掩护他逃逸。继而许虎便引雷刚一块儿到了我那儿，对我栽赃陷害。最后胡九又指证我在你房间外转悠，这样就把所有屎盆子全都扣到我头上了！”

郦诺苦笑，叹了口气：“我承认，从目前种种迹象和掌握的证据来看，胡九的确嫌疑最大。但我们并不能因此就说仇旗主也有问题，更不能说他是幕后主使，除非咱们能找到直接证据。”

“我同意。”田君孺悻悻一笑，撇了撇嘴。

郦诺知道他心里一点儿都不同意。

两人一时都沉默了，气氛有些尴尬。

“田旗主，有件事，我想问问你。”郦诺转移了话题。

“何事？”

“你以前便认识北冥先生吗？”

“没错，通过樊左使认识的。对了，巨子跟北冥也是好友。”

“好友？”郦诺蹙眉，“他们不是只有数面之缘吗？”

“你听谁说的？”田君孺一笑，“他们年轻时就认识了，就算不是刎颈之交，至少也是多年莫逆。”

郦诺闻言，顿时想起来了，北冥既然知道父亲的小名，说明他们的交情肯定非同一般。可问题是，他跟父亲明明关系匪浅，为何要说谎呢？

现在看来，樊仲子到底有没有来过这儿，北冥的话也不见得可信了。

“那你自从那天逃离长安后，就来投奔北冥先生了？”郦诺接着问。

“他这地方我哪住得惯？又黑又潮，不见天日，闷都闷死了！”田君孺一脸嫌弃，“我跟弟兄们在松林那边搭了几间木屋，只是隔三岔五来找他聊聊天罢了。”

“那你就没打听一下樊左使的下落？他真的没来过这儿吗？”

“我问过，可北冥矢口否认。”

“你信吗？”

“不信又能怎样？”田君孺若有所思，“假如樊左使不是失踪，而是……而是有意躲藏起来的话，咱们怎么可能找得到他？”

“有意躲藏？”郦诺眉头一蹙，“什么意思？”

“没什么。”田君孺笑了笑，“我也就随口一说。”

郦诺觉得他应该知道点儿什么，正待再问，田君孺忽然反问道：“哦对了，方才在老君庙，假装跟你厮杀的那个神秘人，想必就是……卫尉丞秦穆吧？”

郦诺一怔：“你怎么知道？”

田君孺呵呵一笑：“我窝在这深山老林里，要没放几个眼线在长安，岂不成了瞎子聋子？前一阵，北军张次公找你麻烦的事，我都知道了，后来不就是内史汲黯和这个秦穆救了你吗？对了，还有那个冠军侯霍去病！我真佩服郦旗主，居然在朝廷里有那么多朋友，简直是一人有难八方支援哪！”

这话虽有些揶揄的味道，但郦诺知道他这人就喜欢调侃，其实并无恶意，便笑了笑，支开话题道：“走吧，咱过去跟北冥先生聊聊。”

心里憋着好几个问题，她现在迫切想找北冥问个清楚。

就在这时，附近山洞忽然传来一阵清脆的铃铛声。这声音本没什么，但在这幽暗阴森的山洞里听来却别有一丝诡异。

郦诺和田君孺都是一惊，连忙跑出洞穴。

北冥和青芒也在这时跑了出来。一看到田君孺，青芒立刻认出他就是方才老君庙中的那个蒙面人。

郦诺赶紧给二人作了介绍，然后问北冥道：“先生，刚才那是什么声音？”

北冥神色凝重：“有人闯进来了，触发了铁索桥的警报。”

“他娘的，不会是张次公吧？！”田君孺又惊又怒。

“除了他，也没别人了。”青芒淡淡道，“我能识破的机关，他也能。”

“可是，刚才那桥不是断了吗？”郦诺问北冥。

“一定是鲲儿给它复位了，否则我们自己都无法行走。”北冥道。

“既然刚才能弄断，那再弄一次不就得了？”田君孺道。

北冥苦笑了一下："我就怕复位之后，鲲儿走到桥那头去了……"

话音未落，铁索桥方向便传来一声尖叫，分明就是鲲儿的声音！

四人大惊失色，不约而同朝桥那边跑了过去。

铁索桥横跨崖岸两头，四五名禁军正颤颤巍巍地走在上面。

靠洞内的这头，北冥的三四个弟子怒目圆睁，紧盯着对岸，脸上却都是一筹莫展的表情。

靠洞口的那头，张次公负手而立，一脸狞笑；陈谅站在他身后，手上的钢刀架在一个人的脖子上。

这个人就是鲲儿。

"你们几个傻愣着干吗？"鲲儿厉声大喊，"快去把桥弄断，别管我！"

对岸的几个弟子面面相觑，却谁都没动。

"给老子闭嘴！"陈谅一脚踹在鲲儿腿上。

鲲儿双膝一软，跪倒在地，回头怒视着陈谅。

转眼间，那几个军士便已走过铁索桥的一半。只要他们一登岸，北冥的弟子们立马会被控制，张次公等人就可以放心大胆地走过去了。

此刻，北冥等四人已经赶到，正躲在高处一块岩石后面，紧张地观察着下面的情况。

本来以青芒等人的身手，完全可以对付张次公，问题是鲲儿在他手上，投鼠忌器，故而都有些束手无策。

"二位贤侄、田老弟，你们走吧。"北冥低声道，"我房中有个暗道，就在书架后面，机关藏在书架右下角。快走吧，别磨蹭了。"

"祸端因我而起，我不能走。"青芒决然道，"还是二位旗主保护先生先走吧，我跟他们周旋，想办法救鲲儿。"

"我也不走，我跟你一块儿。"郦诺不假思索道。

"二位侠肝义胆，田某又岂是贪生怕死之辈？"田君孺呵呵一笑，"索性都别走了，跟他们拼个鱼死网破！"

北冥苦笑："他们是冲老夫来的，老夫自有办法应付，你们留下来就是添乱，反而害了老夫。都走吧，这事没得商量！"

青芒正想再说什么，北冥忽然站起身来，大步走了出去，朗声道："敢问这位将军尊姓大名，来此有何贵干？”

三人都没料到他会这么做，想拉也来不及了，只能眼睁睁看他顺着石阶走了下去。

张次公眯眼望去，冷然一笑：“在下北军将军张次公，奉丞相命，来找北冥先生，想必阁下便是吧？”

“那敢问将军到此何为？”

“请你下山，面见丞相。”

北冥哈哈一笑：“老朽乃一介匹夫、山水散人，早已不问世事，不知何故惊动了堂堂丞相，真是令老朽受宠若惊啊！”

说着话，北冥已步下台阶，来到桥头站着，与张次公遥遥相望。

此时，桥上那几名军士已经走过三分之二了。

“师父，您快把桥断了，这帮浑蛋没安好心！”鲲儿又是一阵大喊。

“你闭嘴！”还没等陈谅开骂，北冥便高声训斥道，“不懂礼数的东西！一定是你瞎了狗眼，把贵人得罪了，否则人家堂堂将军，何必跟你一个娃儿过不去？”

张次公哈哈大笑：“北冥，你就别在这儿指桑骂槐了。你若不玩这假死的把戏，本将军又怎么会为难他？要怪就怪你自己吧。”

此刻，那几名军士距离岸边只有一丈多远了。青芒看在眼中，大为焦急，忽然想到什么，对郦诺道：“你们墨家不是有烟球吗？带了没？”

所谓烟球，就是可以释放烟雾、阻挡视线的东西，是秦汉之际的墨者凭借巧思，又结合方士炼丹的一些技术所作的发明，乃危急情况下的逃生利器。

郦诺一怔：“我从不带那逃跑用的东西。”

青芒苦笑，把手按上腰间的刀柄：“那就只能硬拼了。”不料，一旁的田君孺却嘿嘿一笑：“我带了。”说着便从怀中掏出了一颗黑色圆球。

“怎么不早说？”青芒急得瞪了他一眼，“我数三下，你用力朝对岸扔过去，我去救鲲儿。”接着转头对郦诺道：“我一得手，你就叫北冥先生立刻断桥！”

“那你怎么回来？”郦诺惊诧。

青芒一笑：“我从咱们来的地方出去。”

青芒顾不上跟她多说，对田君孺道：“我数了，三、二……”

可谁也没料到，就在青芒的“一”刚要喊出口的瞬间，对岸的鲲儿突然挣脱陈谅，撕心裂肺地喊了一句：“师父，鲲儿来世再做您的徒儿！”同时猛地纵身一跃，竟然从崖岸上跳了下去。

这一幕来得太过突然，所有人顿时全都愣住了。

北冥最先反应过来，悲愤大喊：“断桥！”

一个徒弟立刻跑到一块岩石后面，也不知按动了什么机关，只听“哐啷”一声，两条踏脚的铁索便从桥头的连接处齐齐断开，那四五个仅余几步便可上岸的军士惨叫着跌了下去。

张次公勃然大怒，死死地盯着对岸的北冥，眼中像是要喷出火来。

一旁的陈谅目瞪口呆地站着，手里拿着刀，压根儿反应不过来。

突然，他的刀被张次公一把夺过，紧接着便听“嗖”的一声，那把环首刀竟然直直飞过断崖，像一支离弦之箭飞向了北冥。

北冥还没看清怎么回事，那把刀便“噗”的一声贯穿了他的胸膛！

他被这股强大的力道推得后退了两步，同时双目圆睁，一口鲜血从嘴里喷了出来。

一切都发生在转瞬之间，令人猝不及防。

青芒狠狠一拳砸在面前的岩石上，目眦欲裂。

郦诺万般惊骇地捂住了嘴，眼中泪光闪烁。

青芒抢过田君孺手上的烟球，用力往下面一掷，同时飞身而起，在迅速弥漫开来的烟雾中冲到北冥身边，一下把他背起，在那几名徒弟的簇拥下转身跑上了石阶……

等到浓密的烟雾渐渐散去，张次公发现对岸早已空无一人。

张次公仰面朝天，发出了一声怒吼。

吼声在巨大的溶洞中久久回荡……

第十三章 赈灾

必使饥者得食，寒者得衣，劳者得息，乱者得治。

——《墨子·非命》

温室殿书房，御案上堆满了竹简，都是京畿各级官署呈上来的关于雪灾的奏疏。

刘彻眼睛里布满了血丝，一卷接一卷地翻看着，神情凝重。

下面站着公孙弘、汲黯、殷容。三人都躬身束手，微垂着头。内侍吕安领着一个小黄门轻手轻脚地走了进来。小黄门双手端着一个木盆，盆沿搭着一条汗巾，盆里的水正冒着丝丝热气。

吕安走到皇帝身旁，稍微迟疑了一下，轻声道："陛下，您都一天一夜没合眼了，还是洗把脸，歇息一会儿吧？"

刘彻仍旧翻看着奏疏，恍若未闻。

吕安无奈，只好踱到公孙弘身边，低声道："丞相，您看……"

公孙弘会意，便咳了咳，趋前一步道："陛下，您夙夜未眠，身劳心焦，这么下去，只怕铁打的身子也吃不消。您还是歇一歇，保重龙体要紧。"

"朕又不是没熬过夜。"刘彻眼也不抬道，"八年前汉中地震，山崩水溢，倒塌民房三千一百五十六间，伤亡百姓七千八百四十一人，当时朕三天三夜没合眼，不也没倒下吗？"

八年前的灾情数字，天子时至今日竟还记得这么牢，在场众人不禁都有些惊讶。公孙弘忙道："陛下心系百姓，爱民如子，纵尧舜禹汤在世，亦莫过于此，臣等万分感佩！然事有缓急、物有轻重，正是为了天下万民的福祉，陛下才更须护养龙体、爱惜圣躬……”

话音未落，便听“啪”的一声，刘彻把面前那册竹简扔到了地上，然后直视着汲黯和殷容：“昨天是谁下的命令，不许城外灾民入京？”

汲黯面无表情，默不作声。殷容慌忙道：“回陛下，是……是臣。”

“什么理由？”

“城外的灾民太……太多了，臣担心他们一旦涌入，京畿秩序不稳，公卿列侯们必然会有诸多不便，恐滋生怨言。而且，昨日北郊、西郊等地连续发生了十几起灾民盗抢事件，足见臣的担心并非多余……”

“这么说，你是怕得罪那些公卿列侯，所以宁可把百姓拒之门外，任由他们露宿荒野、冻死饿毙喽？”刘彻冷冷地盯着他。

公孙弘见气氛不对，赶紧给吕安使了个眼色。

吕安无声地叹了口气，领着那个小黄门原路退了出去。

“臣不敢。”殷容揩了一下额角的冷汗，“臣虽下令关闭了城门，不过事先已给四郊县令、县尉发了公函，叮嘱他们全力赈灾，好生抚恤灾民，并加派人手维护各地治安，绝不允许灾民趁乱滋事。”

“朕算是听明白了。”刘彻一脸冷笑，“大灾之下，你殷中尉心里想的不是老百姓的安危死活，而是一心想着怎么明哲保身，推卸责任——只要权贵们不发牢骚，灾民们不闹事，你便万事大吉了对吗？”

殷容惶恐，赶紧跪地，颤声道：“臣忝任中尉，身负京畿安全之责，为顾全大局，不得已才出此下策，并非不顾百姓死活，还望陛下明鉴！”

“顾全大局？什么是大局？”刘彻逼视着他，“朕告诉你，在朕的天下，黎民百姓的安危祸福便是唯一的大局！可在你殷中尉眼中，百姓的死活显然无足轻重！你知不知道，昨天你一声令下，城门一关，外面的百姓冻死了多少？”

殷容一怔：“据臣所知，大约……大约二三十人吧。”

“二三十人？”刘彻大声冷笑，猛然从案上成堆的竹简中揪出一册，狠狠掷在殷容面前，“昨夜男女老少一共冻死了三百零九人，其中光孩子就有一百九十七个！你还敢当着朕的面说二三十人？！”

“这……这怎么可能？”殷容大惊失色，脱口道，“这是哪个官员报的？完全是夸大其词、耸人听闻！臣请陛下即刻召他入宫，臣愿与其当庭对质！”

“不必召了，是汲某报的。”汲黯淡淡地瞥了殷容一眼，“今早天还没亮，我就在城外各处跑了一圈，死亡人数是我一个个点着人头算的，若多算一个，汲某就把自己的人头给你。”

殷容顿时目瞪口呆，慌忙向公孙弘抛去求救的目光。

“别看丞相了，出了这么大的事，人家丞相也不敢保你。”汲黯一脸揶揄道，“就算你这回把家里的金银珠宝全都拉到丞相邸去，丞相也绝不会多瞧一眼。”

“汲内史，你这话什么意思？”公孙弘立马板起了脸，“你是在指控我收受殷中尉的贿赂吗？”

“收没收贿赂，下官不知。”汲黯笑了笑，“不过以下官对殷中尉的了解，昨夜关闭城门之前，他一定专程到您府上请示过您。这一点，您不会否认吧？”

公孙弘一怔，强压着心头的怒火，尽量平静道：“对，他是征求过本相的意见，不过本相也郑重嘱咐过他了，必须妥善安置城外灾民，务必保证每一个灾民都有地方可以栖身，都有一口热乎饭吃……”

“我信，我相信丞相一定这么嘱咐过了。”汲黯毫不客气地打断他，“可结果呢？您也看见了，殷中尉又把您的嘱咐传达给了下辖各县，而下面的县令和县尉一定也会向下传达，那您知道底下那些胥吏又是怎么执行的吗？您相信他们会在大雪天中连夜奔波，为那些灾民找一个栖身之所、熬一口热粥吗？您相信当您躺在温暖的锦衾中时，城外那些流离失所的老弱妇孺真的全都得到救助了吗？您知不知道当您一觉醒来，有多少男人成了鳏夫，多少女人成了寡妇，多少孩子成了孤儿？又有多少百姓一大家子无一幸存，全都葬身大雪之中？！”

“这……这是下面的人渎职！”公孙弘涨红了脸，“本相就是担心这个结果，才对殷中尉千叮咛万嘱咐的。难道，你要让本相拖着年近八旬的老病之躯，亲自去给那些灾民找房子、熬热粥，才算尽忠职守吗？”

“不，下官没有这个意思。”汲黯微然一笑，“您无须这么做，只需在殷中尉提议要关闭城门的时候，问他一句话就行了。”

“问什么话？”公孙弘不解。

“您就问他——假如他的父母妻儿昨夜就在城外，他还会关闭城门吗？”

公孙弘顿时语塞。

终南山的洞穴中，北冥身上盖着被子，睁着眼睛静静地躺在床榻上，已然没有了呼吸。

青芒红着眼眶，轻轻帮他合上了双目。

郦诺背过身去，悄悄抹着眼泪。

几个徒弟围绕在床榻旁，都已泣不成声。

田君孺脸色铁青，悲愤哽咽道："北冥老哥，你安心去吧。老子总有一天要亲手杀了张次公，为你报仇！"

北冥先生，是我害了你，这仇该由我来报。

青芒在心里说着，同时拉起被子，盖住了北冥的脸。

温室殿，刘彻故意不说话，一直冷眼旁观，直到公孙弘哑口无言，才淡淡一笑，道："丞相年事已高，总有些许思虑不周之处，实属情有可原，朕可以理解。"

汲黯在心里冷笑了一声。

他知道，虽然天子对一切皆已洞若观火，但还是不想放弃公孙弘，因为他还想利用公孙弘的"大儒"身份来"罢黜百家，独尊儒术"，尤其是打压墨家。

公孙弘闻言，如逢大赦，当即双目一红，躬身长揖："臣年老昏聩，尸位素餐，愧对陛下，也愧对满朝臣工及天下万民，今日但乞骸骨，万望陛下恩准！"

"丞相言重了，此事责任并不在你身上，这种话就不必说了。依朕看来，该乞骸骨的人不是你。"刘彻说着，把目光转向殷容："殷容，你还有何话说？"

殷容面如死灰。

他很清楚，死了几百号人，天子肯定要拿个人来开刀，而这个人当然不可能是丞相，只能是他！

事已至此，仕途算是到头了，还好自己为官多年，总算攒下了一份不薄的家底，晚年当个富家翁也不成问题。恨只恨无缘无故被这个该死的汲黯捅这么一刀，终究还是不甘心。

你想弄死老子，老子就跟你鱼死网破！

"陛下，臣自知罪责难逃，无可怨尤，甘受责罚，但臣还有话要说。"殷容道。

"说。"

"谢陛下。"殷容仰头看着汲黯，眼中闪射着怒火："汲内史，殷某想请教，你口口声声指责丞相和我救济灾民不力，那你昨夜又干什么去了？既然你有如此悲天悯人之心，那你就该出城去救助灾民，去给那些流离失所的老弱妇孺找房子、熬热粥！可你呢？你不也是在温暖的锦衾中呼呼大睡了一夜，才幸灾乐祸地跑出城去数那些死人吗？殷某想问，你这么做是何居心？你难道不是想利用天灾人祸来排除异己、打击同僚吗？你这算不算是用心险恶？若说殷某是大意失职，那你身为治理京畿的主官，算不算是严重渎职？！”

殷容这个反击甚是有力，可谓以子之矛攻子之盾！公孙弘不由得窃喜，下意识地斜睨着汲黯，看他如何接招。

刘彻也不由得眉头微蹙，看向汲黯。

他不得不承认，殷容这话确实有道理。倘若如他所言，汲黯的确难以自圆其说。

在三人目光的环伺下，汲黯沉默了片刻，忽然呵呵一笑，道：“汲某虽不敢说悲天悯人，但做人的良心还是有的。所以，正如殷中尉所言，作为京畿百姓的父母官，汲某昨夜的确在城外通宵达旦地救助灾民，片刻不敢懈怠，而且还给一群孩子亲手熬了一大锅热粥。不是汲某自说自话，昨天若不是汲某带着内史府的一大帮手下彻夜奔波，今天一早，被冻死的灾民就将是数以千计了，又何止区区几百？！”

刘彻闻言，大为欣慰，遂淡淡一笑。

公孙弘颇觉意外，脸上却不动声色。

殷容没料到事实竟是如此，愣了一下，又气急败坏道：“既然如此，那你方才为何说是天快亮才出的城？”

“我什么时候说过？”汲黯冷笑。

殷容一怔，这才回想起来，刚才汲黯说的是“今早天还没亮，我就在城外各处跑了一圈”，而自己想当然地把它听成了是天快亮才出的城。

“丞相，”刘彻看向公孙弘，“事情都弄清楚了，你认为殷容该当何罪？”

公孙弘无奈，只好道：“臣以为，当以渎职论处。”

“那依我大汉律法，渎职罪又该如何惩处？”

“呃……”公孙弘迟疑了一下，“臣建议，革去殷容中尉之职，贬为边郡太守。”

刘彻冷然一笑：“像这种不顾百姓死活的人，还外放太守？那又得害死多少人？别说一郡之守了，纵是一县之令，朕都不会给他。”

“那……那就贬为六百石京官，以儆效尤。”

刘彻又哼了一声：“害死那么多人还能接着当官，继续享受朝廷俸禄？就算朕答应，只怕昨夜那三百零九条冤魂也不答应吧？”

“是是，陛下所言甚是。”公孙弘暗暗叹了口气，“既如此，那就只能废为庶民，永不叙用了。”

“好，朕准了！”

公孙弘心中连连苦笑——天子明明就是要这个结果，却偏偏自己不说，非得让他说。

殷容闻言，更是一脸懊丧，不过这个结果也早在他意料之中了。

“从各个衙署粗略上报的情况看，此次灾情甚为严重，受灾人数估计不下万人。”刘彻正色道，“朕决定三日之内，筹集赈灾款一千万钱，先行安置灾民，确保一个月的基本用度；后续重建事宜，由丞相领头，召集各府寺制订一个妥善方案，看具体需要多少钱，再行筹集划拨。”

“臣遵旨。”公孙弘忙道。

三日之内筹款一千万，这可不是个容易完成的任务。公孙弘反正是做好准备要“出血”了，只是不知道该出多少才能让皇帝满意。

“汲卿，”刘彻忽然问汲黯，“这回你们内史府能出多少？”

汲黯不假思索道：“臣的经费一向紧张，目前账上只有一笔款子可用，原本是作为正堂后续工程的预算，现在看来，只能先把正堂的工程停了，大约能凑个五六十万吧。”

“工程倒没必要停。朕之前不跟你说了吗？朕还打算等你正堂竣工之日，在那儿给你贺寿呢。”刘彻思忖了一下，“这样吧，你们内史府出三十万，余下的钱接着盖房子，只是得省着点儿花，怎么样？”

“臣遵旨。”

“丞相，你那边能出多少？”

“老臣的丞相府可以出八十万。”公孙弘说着，稍微迟疑了一下，旋即下定决心，“另外，老臣再以个人名义捐赠二十万，以表寸心。”

“好！”刘彻面露赞赏之色，“丞相能慷慨解囊，朕心甚慰。如此率先垂范，定能给公卿列侯带个好头，让他们都来捐。对了，大农令那儿能出多少？”

大农令，九卿之一，主管天下钱粮、国库出纳。刘彻登基之初，承“文景之治”的遗泽，原本国力雄厚，府库充盈，但因近年屡屡对匈奴用兵，耗资甚巨，故而朝廷经费也不宽裕，甚至有些捉襟见肘。

“老臣刚才问过了，他们眼下尚有余裕，至少能出个二百万左右。”

“很好，这就有三百三十万了！”刘彻显得颇为振奋，“宫里还有些内帑，待会儿让少府把朕的家底搜刮一下，凑个二百万应该也没问题。如此便过半了，剩下的四百七十万缺口，就让皇亲国戚、公卿列侯们来填！”

所谓“内帑”，即皇帝私财，而少府便是管理宫廷私产的机构。

听见天子最后这句话，殷容忍不住在心里窃笑。

正所谓“塞翁失马，焉知非福”，自己今天虽然丢了官，变成了一介庶民，但正因为如此，才躲过了这场针对公卿列侯的“搜刮”，这也算不幸中之万幸了。若非如此，天知道这回得出多少血！

正暗自庆幸之际，刘彻忽然把目光扫了过来：“殷容，你打算捐多少？”

殷容一愣，抬起头来，眼神既诧异又茫然。

“怎么？你以为没了官职，这事便与你无关了吗？”刘彻冷冷道，仿佛把他的心思全看穿了。

殷容苦着脸：“陛下明鉴，臣……哦不，小民绝不敢这么想。扶危济困，人皆有责，只看能力大小，岂论身份贵贱？这个道理小民也是懂的。只不过……”

“不过什么？”

“小民家中……也不富裕啊。”

“是吗？那朕怎么听说，你上个月刚刚在茂陵南郊买了四百多亩良田呢？关中土地丰腴，那些田，一亩至少得一万钱吧？还有前几天，你带着新纳的小妾去逛东市，不是一口气买了十多匹锦吗？据朕所知，东市的上等锦，一匹要卖到一万八千钱。那天光这一项，你就花了不下三十万吧？这像是不富裕的样子吗？”

殷容顿时目瞪口呆，额头上冷汗涔涔。

一旁的公孙弘和汲黯也颇为惊诧，没想到天子早就盯上殷容了，只是隐而不发罢了。看来，就算没有这次冻死灾民的事，天子迟早也会把他拿下。

想到这些，公孙弘不由得暗暗捏了把冷汗。这几年他可没少收受殷容的钱财，也不知是否都被天子掌握了……

“小民……小民愿捐一百万。”殷容咬着牙道，感觉一阵阵肉疼。

“看你咬牙切齿的模样，好像很不情愿嘛！”

“不不，小民心甘情愿、心甘情愿。”

“丞相，”刘彻又问公孙弘，“你觉得一百万多不多？”

“呃，不多不多。”

“汲卿，你认为呢？”

汲黯暗自一笑："假如臣有殷中尉这份财力，动辄就买四百多亩良田，怎么着也得捐个四五百万吧。不过，考虑到殷中尉攒这么多钱也不容易，这些年想必也是费尽心思、担惊受怕的。臣以为，让他捐个二三百万也差不多了。"

"嗯，言之有理。"刘彻又把目光转回殷容身上，"就是不知殷大财主舍不舍得？"

"舍得舍得，当然舍得！"殷容万般无奈，只能在心里把汲黯的十八代祖宗挨个问候一遍，"小民愿捐二百万、二百万！"

"好！"刘彻一拍御案，朗声道，"朕今日便将你的名字列于捐赠名单之榜首，让满朝文武都来瞧瞧！看他们还有什么理由不慷慨解囊？！"

午后，青芒送郦诺回到了长安。

二人并辔行走在长街上。

一路上，青芒把北冥说的那些往事都告诉了郦诺，唯独隐去了关于樊仲子和天机图的事。郦诺听到自己的先人郦元曾在战国末年悲壮抗秦，不禁有些心潮澎湃，又听说郦元与蒙恬曾是生死之交，更是颇感惊喜。

"这么说，咱俩也算是世交了？"郦诺微微一笑。

"是啊，看来冥冥中一切早已注定。"青芒也笑了笑，"你我终究会有这么一场相遇相知的缘分。"

郦诺心中一动，想起二人在狭窄的坑道中紧贴在一起的情景，耳根不觉有些发热，便岔开话题道："若照你所说，蒙恬的家人为了避祸，可能会改名换姓，远走他乡的话，那你想找到父亲，怕也不易吧？"

"总会有办法的。"青芒勉强一笑，自己也觉得这话基本上是在自我安慰。

"对，事在人为，我相信你一定能找到。"见他神色黯然，郦诺连忙出言宽解，"不过，退一万步说，就算找不到也没什么，至少你现在知道自己是将门之后了，这还是挺让人自豪和欣慰的。"

"你说得对。"青芒意识到自己有些消沉，便振奋了一下精神，"但愿今后，我能多做一些利国利民之事，别辱没了先人。"

二人又策马走了一段，青芒忽然想着什么，问道："对了，田旗主和北冥先生是不是早就认识了？"

郦诺点头："还有我爹，他跟北冥先生也是故交，可不知北冥先生为何不跟我说真话。"

青芒不自觉地摸了摸鼻子，忙转开话题："你跟田旗主聊了那么久，应该有谈到胡九的事吧？"

"谈了。"

"他怎么看？"

郦诺苦笑了一下："他怀疑，胡九背后的主谋……是仇旗主。"

青芒微微一惊："理由呢？"

郦诺便把田君孺提到的诸多理由一一说了，然后问："你觉得他的怀疑有没有道理？"

青芒不语，蹙眉沉吟了起来。

内史府位于尚冠前街中段，从长安东边的清明门进入后，过了尚冠前街与杜门大道交叉的十字路口，再往西走一段便到了。此时，二人经过路口，周遭的人流熙来攘往，颇为嘈杂。郦诺忽然感觉好像有人在盯着他们，便用眼角的余光悄悄搜寻。

果然，一个头脸紧裹黑布、仆佣装扮的妇人，正骑着一头驴子，在身后不远处跟着他们，目光一直盯在青芒身上。

尽管看不见对方的长相，可凭着女人特有的直觉，郦诺还是一眼便认出来了——此人便是那个匈奴公主荼蘼！

郦诺不由得在心里苦笑：看来这个女人对青芒还真是痴情，瞧这架势，她是打算缠住青芒不放了。

如果她真是青芒从前的妻子，那人家来找他就是天经地义的，你凭什么责怪人家？相反，你自己跟青芒倒是没名没分，说不定人家还要怪你缠着青芒呢！

这么想着，郦诺的心情一下子就乱了。

二人过了路口，内史府的大门已隐约可见，荼蘼还在后面不紧不慢地跟着。

"郦诺，"青芒终于结束了思考，开口道，"我觉得田君孺的分析不无道理，你今后一定要多加小心——仇景这个人，不可不防。"

郦诺一听，心情越发沉重。

不过现在她可没心思想仇景的事，光是身后那个女人就够让她糟心的了。

"就到这吧，你别送了。"郦诺忽然勒住缰绳，"眼看就到了。"

"既然快到了，也不差这几步路。"青芒道，"我得看着你进去，不然我不放心。"

郦诺心里蓦然涌起一股暖意。

但是此时此刻，这股暖意非但不能让她开心，反而只能令她的心绪更加凌乱。

“不必了。”郦诺冷冷道，“我自己回去就行。人多眼杂，让人看见不好。”说完，也不等青芒回话，一夹马腹，坐骑便疾驰而去。

青芒顿时一阵纳闷，搞不懂她为何说变脸就变脸了。

直到郦诺的身影消失在人群之中，青芒才无奈一笑，掉转了马头。

然后，那个骑驴女子的身影便映入了他的眼帘。

她径直迎着他走了过来。

青芒分明看见她的眼中闪着泪光……

温室殿中，公孙弘和殷容已经退下，汲黯正坐在御案一侧，与天子说话。

“听说，你把仇芷若那帮人接到你的内史府去了？”刘彻斜着眼问。

“是的。”汲黯坦然道，“陛下之前跟臣提过，说要在新落成的正堂为臣祝寿，臣眼看生辰将近，工程进度又太慢，怕耽误此事，扫了陛下之兴，便让工匠们住了过来，昼夜轮班，确保正堂尽快完工……”

“这个朕可以理解。”刘彻打断他，“可仇芷若并非工匠，为何也要住过去？”

“工匠们日夜赶工，总得让家眷们替他们做饭洗衣吧？既如此，就索性让她们全住过来，省得两头跑，工匠们干活也安心一些。”

刘彻看着他，淡淡一笑：“朕知道，你一向体恤下人，可仇芷若毕竟身负墨者嫌疑，你这么做，不是授人以柄吗？”

“臣身正不怕影子歪，若他们真有证据证明仇芷若是墨者，那就让他们来抓人，把臣也一块儿抓了。”

对于这位爱憎分明，耿直倔强的前东宫师傅，刘彻向来是既敬且畏，拿他没辙，所以便摇头笑了笑，换了个话题：“你的生辰是十二月初七吧？”

“是，只剩半个来月了。”

“正堂能按时完工吗？”

“本来可以提前的，没想到这两天风雪这么大，恐怕会耽搁几日，不过赶一赶，应该没问题。”

刘彻点点头：“待会儿去一趟少府吧，朕都交代好了。”

汲黯不解：“去少府做什么？”

“取钱。”

“取钱？”汲黯越发纳闷。

刘彻一笑："朕本来给你准备了六十万钱，打算给你做贺礼，现在闹了这么大的灾，朕只能扣下一半，给你三十万，恰好顶你那赈灾的钱。一出一入，你一文钱都不少，但也没赚。"

汲黯闻言，心里感动，却还是蹙眉道："可臣一边出钱赈灾，一边又从陛下这儿拿钱，岂不成了弄虚作假？"

"什么弄虚作假？这叫一码归一码。"刘彻眼睛一瞪，"那三十万你照出，一个子儿不能少，今天就给朕乖乖交公；可朕给你这三十万，你也得拿着，不得推辞。"

汲黯知道天子是在体恤他，心头顿时一热。

"朕知道你一向廉洁，手头永远缺钱，按说修建正堂这么大的事，再加上你五十五岁生辰，朕不可没有表示，可谁能想到碰上这么大的灾？所以到头来，朕等于空口白话，一个子儿都没给你，这三十万你要再不拿，朕心里如何过意得去？"

汲黯眼圈微微泛红，当即起身，深长一揖："谢陛下！"

刘彻笑着摆了摆手："这儿又没旁人，就不必来这套虚礼了。"

就在这时，一名宦官匆匆入内，禀道："启奏陛下，御史大夫求见。"

刘彻眸光一亮："传。"

汲黯当即施礼退下，可还没走到门口，刘彻又在后面喊了一句："下月初七的寿宴办得热闹些，切不可寒碜了，要是钱实在不够，朕再帮你想办法。"

汲黯脚步一顿，赶紧抹了抹眼角，回身又是一揖："臣遵旨。"

"你跟踪我？！"

在尚冠前街附近一处僻静的巷弄中，青芒冷冷地质问荼蘼。

"我倒是想，可我该上哪儿跟你去？"荼蘼居次的眼中仍噙着泪花，似有满腹委屈，"自北邙山一别，你便失踪了，我到处打听你的下落，后来才知你入了未央宫，当了卫尉丞。可未央宫那种地方，我岂能轻易靠近？这些日子，我天天在长安城漫无目的地转悠，就是希望能遇见你……还好老天有眼，今日总算让我碰上了。"

青芒闻言，心中有些不忍，却仍面无表情道："你最好赶紧离开，长安不是你待的地方。"

"你好绝情。"荼蘼居次凄然一笑，"这么久没见了，一见面又赶我走。"

青芒在心里长叹一声，道："你是匈奴公主，我是大汉卫尉丞，我不抓你、不举报你，便已是留有情面了，你还想让我怎样？"

“我是你的妻子，你是我的夫君，你在哪儿我就在哪儿！”荼蘼居次用一种坚决的口吻道，“你若是不想回大漠，咱们可以一起远走高飞，抛开那些国仇家恨，忘掉所有过去，咱们重新开始，去寻找属于我们自己的幸福和快乐。”

青芒摇头苦笑：“我就是一个忘掉了过去的人，可重新开始又谈何容易？我连自己是谁都不知道，还有什么幸福快乐可言？”

“你是阿檀那，是我的夫君，这些你不都已经知道了吗？”

“不，阿檀那只是我的面具，是我在匈奴生活不得不戴上的面具，他不是我。”

荼蘼居次闻言，满眼幽怨地盯着他：“这么说，你对我的感情也都是假的吗？难道你一直都在欺骗我，娶我就是为了在匈奴立足？”

青芒一怔，只好别过脸去：“我不知道……”

泪水又一次盈满了荼蘼居次的眼眶。

青芒内心大为不忍，但的确回答不了她的问题。无奈之下，他忽然想起了一件事，这事已经在他心里盘桓很久了，一直试图回忆，却始终没能回想起来。

“荼蘼，有个事我想问你，希望……你能跟我说实话。”

荼蘼居次赌气地转过身子，抹着眼泪，不理他。

青芒看着她的背影，叹了口气，还是问道：“咱俩究竟只是订婚，还是……已经成婚？”

荼蘼居次肩膀一抖，却沉默着不说话。

沉默其实就是一种回答，青芒不禁暗暗松了口气：看来，答案是前者。

“这重要吗？”荼蘼居次回过身来，一脸愤然，“如果你对我的感情是真的，就算不订婚又有什么关系？可你要是一直在欺骗我，就算成婚又有什么意义？”

青芒苦笑无语。

在荼蘼面前，他始终有一种莫名其妙的负罪感——就像是要为别人犯下的错误承担责任，感觉特别冤屈；可这个“别人”偏偏又是过去的自己，让你不得不面对。

纠结和无奈于此而生。

“对不起，我……我还有事，先走一步了。”

青芒扔下这句话，转身就走。

他觉得自己匆匆离开的步伐就像是在逃跑。可这种时候，除了逃跑，自己还能做什么呢？

“站住！”荼蘼居次在后面带着哭腔喊道，“你就这么不负责任地一走了之吗？

就像当初在龙城王庭不告而别一样吗？”

“你以为这么走了，就可以安心当你的卫尉丞吗？”荼蘼居次大声冷笑，“你把天机图献给了汉帝，胥破奴岂能轻易放过你？只要他写一封密信递进宫中，揭露你阿檀那的身份，你便死无葬身之地了！”

青芒浑身一震，蓦然睁开了眼睛。

就在此刻，还有一个人比青芒更为震惊。

那就是一直躲在暗处看着他们的郦诺。

她万万没有料到，青芒竟然会把墨家圣物天机图献给朝廷……

“是不是罗姑比快到了？”

温室殿，李蔡刚一进来，未及施礼，刘彻便急切问道。

“回禀陛下，”李蔡躬身一揖，“罗姑比数日前已从右北平启程，乘快马，走驿路，昼夜兼程，马不停蹄，预计三日内即可抵京。”

“很好。”刘彻示意他入座，“此人一到，秦穆的真实身份便不难弄清了。”

“是的。”李蔡坐了下来，“罗姑比必然对秦穆知根知底。”

“那依你看，罗姑比会给咱们带来什么消息？”刘彻饶有兴味地问，“换言之，你认为秦穆的真面目会是什么？”

“这个……”李蔡神色恭谨，“关于此人，臣目前掌握的情况较少，不敢妄议。”

“你嘴巴就是严！”刘彻笑了笑，换了个舒服而慵懒的坐姿，“这又不是朝会，朕只是跟你随便聊聊，何必那么拘谨？你就说说，你对秦穆的个人观感吧。”

“是。”李蔡略为沉吟了一下，“以臣的粗浅观察，这个年轻人聪明、机敏、干练，称得上是可造之材，只不过……”

“只不过什么？”

“此人行事异于常人，心机难测，城府甚深，恐怕……不太好驾驭。”

“嗯，这话说到点子上了。”刘彻道，“朕也觉得，这家伙很像张骞从西域带回来的那匹汗血马，虽是良驹，但骨子里桀骜不驯，脾性难以捉摸，就算表面上被你驾驭了，也很难说真的被驯服。”

“陛下所言甚是。这种人，若驾驭得法，便是大忠大勇，必可为国建功；但若驾驭不当，即成大奸巨慝，恐将贻害无穷！”

“不管是忠是奸，三日后便见分晓了。”刘彻面含笑意，眼中却闪过一道寒光，

“到时候，能用则用之，不能用则除之。”

“陛下圣明。”

“对了，淮南王那边，最近有何动向？”刘彻换了个话题。

淮南王刘安，高祖刘邦之孙，论辈分是刘彻的伯父，在现存诸侯王中声望最盛，有“流誉天下”之称；其人博学多才，善文辞，曾召集门客编撰了一部六十二卷、煌煌二十余万言的著作《淮南鸿烈》（又名《淮南子》），并于刘彻登基之初的建元二年入朝进献。

表面上，刘安与天子和朝廷的关系颇为融洽：他每有佳构，必进献于朝；刘彻则大为嘉赏，必予以秘藏；每回聚宴，双方也总是相谈甚欢，意犹未尽；平日亦常有鸿雁传书，互诉别离之思。然而，明眼人都知道，这只是假象，是双方都在刻意粉饰、极力营造的一种假象，只不过彼此心照不宣罢了。

而背地里，天子刘彻磨刀霍霍，一天也没有放松“削藩”这根弦；而以淮南王刘安为首的诸侯们也是人人自危，无不时刻准备着与朝廷分庭抗礼，乃至兵戎相见。

是故，身为御史大夫的李蔡，便奉天子之命，始终对刘安保持着高级别、全方位、长时间的监控。

“回陛下，”李蔡答道，“据最新传回的情报，淮南王与其门客已闭门多日，听说是在潜心修订《淮南鸿烈》，几乎停止了各种交游，与其他诸侯王的联系也比以前少了。”

刘彻闻言，深长一笑，只淡淡说了四个字：“欲盖弥彰。”

“陛下圣明。臣也觉得，淮南王怕是已准备得差不多了，故有此欲盖弥彰之举。”

“朕已等他多时，就怕他迟迟没准备好，不敢动手。”刘彻冷冷道。

朝廷对付刘安等诸侯早有既定之策，那便是引蛇出洞，后发制人。

“禀陛下，淮南王虽然还不敢动手，不过他最为倚重的一条暗线却已经动了。”

刘彻眉头微蹙：“你是说刘陵？”

刘陵是刘安之女，姿色出众，聪慧过人，加之口齿伶俐，长袖善舞，故而与长安的一些达官贵人和文臣武将颇有私交。

“正是。”

“她来长安了？”刘彻问。

李蔡点头：“据报，刘陵十余日前便轻车简从，悄悄离开淮南，一路向西疾行。若无意外，三五日内，必至长安。”

“来得好，朕早就想看看她这条绳上到底拴着多少只蚂蚱！”刘彻踌躇满志，“你们御史府可要打起精神，别怠慢了咱们这位刘翁主。”

“陛下放心。刘翁主远道而来，臣自当尽地主之谊，岂能怠慢了她？”

君臣默契于心，相视一笑。

第十四章 死局

夫安危治乱，存乎上之为政也，则夫岂可谓有命哉！

——《墨子·非命》

“你这是在威胁我吗？”

尚冠前街的巷弄中，青芒慢慢转过身来，盯着荼蘼。

“不是我威胁你，是胥破奴不肯放过你！若不是我拦着，他早把你的真实身份捅给汉帝了。”荼蘼居次冷冷道，“你现在的处境有多危险你不知道吗？再不跟我离开长安，你就走不了了！”

青芒眉头深锁。

他不得不承认，胥破奴的确是一个不可忽视的重大威胁，若不想办法除掉此人，自己在长安哪怕多待一天都可能有性命之忧！

“你们现在住哪儿？”青芒忽然问。

“西郊，柳市。”

“有劳你转告胥破奴，我要跟他见个面。”

荼蘼居次冷然一笑：“你觉得，他会跟你见面吗？汉廷的探子现在到处搜捕我们，这种时候他若跟你见面，不是自投罗网吗？”

“现在不光是你们怕被抓，我也怕被抓，咱们何苦相逼彼此呢？”青芒淡淡一笑，“你转告他，我可以和他做笔交易，让他回去能够交差。”

“什么交易？”

“给我一点儿时间，我设法把天机图偷出来，交给他，然后他该回哪儿就回哪儿去。我相信，这笔交易，他会动心的。”

眼下这种情况，青芒也只能用缓兵之计了，先稳住对方，拖几天再说，到时候再以交接天机图为名跟胥破奴见面，就有机会干掉他。

闻听此言，躲在不远处的郦诺不由得怒火中烧：你这恬不知耻的家伙！不仅把天机图交给了朝廷，现在又拿它跟匈奴人做交易——天机图又不是你们家的，你凭什么这么干？！

“你以为我看不穿你的把戏吗？”荼蘼居次冷冷道，“你这就是缓兵之计，胥破奴岂能看不出来？”

青芒一怔，索性点点头：“对，我不瞒你，这的确是缓兵之计，不过你能看穿，胥破奴却未必。”

“凭什么？你把堂堂匈奴的大当户当傻瓜吗？”

“你能看穿，是因为你对天机图这东西根本不在乎，所以你旁观者清；可胥破奴不一样，天机图对他来讲太重要了，远远比我的命重要，他为什么不试试呢？反正我的把柄在他手上，他随时可以揭穿我，但如果有一线希望能拿回天机图，他就没必要急于让我死。所以，这跟他是不是傻瓜无关。退一步说，即使他不相信我，但他还是有理由赌一把，不是吗？”

荼蘼居次闻言，也觉得有道理，便道：“好吧，我可以转告他。”

“多谢。”

荼蘼居次看着他，眼中充满了幽怨之色，说道：“为什么我总是这么容易被你说服？以前是，现在还是。”

青芒一怔，旋即苦笑了一下：“如果你觉得我是在利用你，那你可以不答应……”

“不管你是不是在利用我，反正我……心甘情愿。”荼蘼居次的幽怨之色更浓了，“只要能看见你，跟你说话，哪怕是被你欺骗、被你利用，我都无所谓。”

“其实你没必要如此自苦。”青芒心中的负罪感又升腾起来了，只好柔声道，“你是堂堂的匈奴居次，是你父王的掌上明珠，是所有匈奴人心目中的女神，何苦为了我牺牲这么多？你应该回大漠、回草原去，那里有很多比我好的、对你一往情深的男人……”

“世上的男人再多再好，对我都没用，因为阿檀那只有一个！”荼蘼居次打断了他，但话没说完就哽咽了，泪水同时夺眶而出。

此刻，不远处的郦诺居然也不由自主地红了眼眶。

世上竟然会有如此痴情的女子！跟她的这份痴情一比，自己对青芒的感情似乎也相形见绌了。

假如我是荼蘼，我能做到如此不求回报地付出吗？我能为了自己喜欢的人无怨无悔地抛弃一切吗？

郦诺回答不了自己的问题。

她之前对这个匈奴公主非常反感，可现在非但所有的反感全都荡然无存，而且对荼蘼忽然有了一种惺惺相惜的理解和认同……

天上的雨雪不知何时又飘飘洒洒地落了下来。

郦诺悄然转身，慢慢走开了。

身后传来荼蘼低低的啜泣，还有青芒无奈和略显慌张的安慰声。

这个傻瓜，又在跟女人讲道理了！

郦诺眼含泪光，又好气又好笑地在心里想，什么时候他才能懂女人的心呢？什么时候他才能学会不跟女人讲道理，而是不由分说地一把将女人拥入怀中呢？

不过，假如青芒这么懂女人，那他就不是青芒了……

郦诺就这么胡思乱想着，慢慢地走远了。

茫茫雨雪中，她踽踽独行的身影显得落寞而凄惶。

丞相府书房。

公孙弘端坐在书案后，面色沉郁。

张次公躬身束手站在下面，刚刚把今天上午在终南山的事情禀报完毕。

“……事情经过就是这样。”张次公偷偷瞥了公孙弘一眼，“卑职办事不力，有负丞相重托，请丞相责罚。”

又沉默了片刻，公孙弘才淡淡道：“罢了，事已至此，本相责罚你也没用。”

“谢丞相！”张次公松了一口气。

“照你方才所言，秦穆和仇芷若今天都上山了？”

“是的。虽然卑职始终未跟秦穆照面，但卑职怀疑他当时一定在场。”

“看来这个北冥很不简单哪，居然跟他们都扯上关系了。依你看，袭击陈谅的那伙墨者跟这个北冥是否也有瓜葛？”

“卑职认为，墨者出现在终南山绝非偶然，二者定然也有瓜葛。”

“可惜啊！”公孙弘叹了口气，“北冥被你杀了，那他跟秦穆、仇芷若，还有墨家之间到底有什么瓜葛、有多少秘密，咱们都无从知晓了。”

“是，都怪卑职一怒之下，太过冲动……事后，卑职也很后悔。”

“后悔无益啊！本相不止一次叮嘱过你，做事要沉稳，不可过于操切，可你还是把本相的话当成了耳旁风。”

“卑职不敢。”张次公慌忙抱拳，“卑职一直谨记着丞相教诲，只是……只是这急躁的性子是娘胎里带来的，委实难改。”

公孙弘呵呵一笑：“这倒是大实话。不过，人与人的分野，恰恰就在此处。人活一世，能有多深的修为、能做多大的事功，端赖于他对自己心性的认识之浅深以及掌控力度之强弱。简言之，便是心性中之善者，能否持守之？不善者，能否革除之？古人所谓格物致知，非但要格外在之物，更要格心中物，即障蔽心性之物。世人常说江山易改，本性难移，其实是惫懒之人为自己的庸碌所找的托词，若真修身者，必不以此文过饰非也。”

张次公一介武夫，心里对这番文绉绉的迂腐之谈很不耐烦，可还是不得不做出一副顿悟之状：“丞相不愧是一代大儒！此番金玉良言，真是令卑职醍醐灌顶、茅塞顿开！”

公孙弘笑了笑，淡淡道：“很多人喜欢对本相说这种奉承话，可大多言不由衷，无非都是在敷衍本相罢了。”

张次公一惊：“丞相明鉴！卑职所言均发自肺腑，绝非阿谀之词……”

公孙弘抬手止住了他，忽然换了个话题：“今日朝中发生了一件令人遗憾的事，不知你听说了没有？”

张次公一下山就直奔丞相府了，哪里去听说什么事，赶紧道：“卑职不知，还请丞相明示。”

“殷中尉被陛下革职了。”

公孙弘轻描淡写的一句话，在张次公听来却不啻平地一声惊雷。

当然，这不是惊吓的雷声，而是让他无比惊喜、充满希望，象征着仕途春天到来的一记“春雷”——之前公孙弘就答应过了，如果殷容调动或被免，中尉一职出缺，第一个考虑的人便是他。

所以这些日子，他都在不遗余力地帮公孙弘做事。想来，现在便是公孙弘兑现承诺的时候了吧？

张次公这么想着，一时控制不住激动的心情，颤抖着道："丞相，此、此事……当、当真？"

"这种事岂能有假？"

"那、那您有否向陛下推荐……继任人选？"

公孙弘忽然不说话了，只是定定地看着他，半晌才无声一笑："张将军啊，本相刚刚还在劝你做事不可操之过急，你这一眨眼又忘了？中尉是九卿之一，掌管京畿治安，位高权重，陛下岂会轻授予人？请恕本相直言，想当这个中尉，你可能……还差些火候。"

此言就像一瓢冷水当头浇下，把张次公心中刚刚升起的希望的火焰一下就浇灭了。

老狐狸，这话你怎么不早说？之前的承诺现在都不算数了，这不是跟放屁一样吗？！老子这阵子都在替你卖命，没有功劳也有苦劳吧？你他娘的说变脸就变脸，不是把老子当猴耍吗？！

见他闷声不响，脸色极为难看，公孙弘又笑了笑："你也不必如此失落，希望总还是有的嘛。就比如墨家的案子，你若能尽快建功，本相也好替你在陛下面前说话，你说是不是？归根结底，还是要看你自己的表现，正所谓'自助者，天助之'嘛！"

张次公满心愤恨失望，在心里一遍遍问候着公孙弘的祖宗。

不过很快，一个念头闪过，他心中蓦然又生出了一丝希望。

"丞相，卑职有个想法，不但可以扳倒秦穆，还能坐实仇芷若的墨者罪名，进而将其背后的墨家一网打尽！"张次公胸有成竹道。

"哦？"公孙弘眸光一闪，"说来听听。"

张次公遂一五一十说了起来。

公孙弘听着听着，嘴角渐渐泛起一丝狞笑……

杜周化装成一个邋遢老汉，骑着一头瘦毛驴在北阙甲第区晃悠。

此时天色渐暗，路上行人稀少。

杜周貌似闲逛，目光却很警觉。他不时回头张望，直到确定无人跟踪，才掉头往回走。

街边静静地停着一驾不起眼的马车。方才杜周已经从它旁边经过，却故意没有停下。

他漫不经心地晃到车旁，又四处观望了一下，才低声道："蜉蝣之羽，衣裳楚楚。"

车内很快传出回应：“心之忧矣，于我归处。”

杜周从毛驴上跳下，掀开车帘，钻了进去。

李蔡正端坐车内闭目养神。

“先生。”杜周往他身旁一坐，“这么急找我来，所为何事？”

李蔡睁开眼睛，淡淡一笑：“听你这声‘先生’，总感觉你是在叫张汤。”

杜周苦笑了一下：“这都怪您！赶紧让我回御史府，您就没这感觉了。”

“急什么？你在他那不是干得挺好吗？反正都是替朝廷做事，在哪儿不都一样？”

“能一样吗？”杜周似有满腹委屈，“我想跟的是您，又不是张汤。就他那人品，配不上‘先生’二字。”

“张汤那么器重你，你这么背后说他，是不是不太厚道？”

“您把我一个好端端的御史安插在他身边，这才叫不厚道！”杜周毫不客气地顶撞道。

李蔡却不以为忤，笑了笑：“这也不是我能决定的，当初把你派过去，也是陛下的意思。张汤那个人，能干是能干，就是有些跋扈专断，陛下哪能不防着他？能钦点你去执行这个任务，足见陛下对你的赏识和信任，你应该感到光荣。”

“是啊。”杜周叹了口气，“要不是冲着这份光荣，我也忍不到今天。”

“好了，闲言少叙。”李蔡收起笑容，“今天找你来，是有一个任务给你。”

“什么任务。”

“去盯一个人。”

“谁？”

“新任卫尉丞，秦穆。”

“为何要盯他？”杜周眉头微蹙。

“此人来历不明，心机叵测，且行事异乎常人，陛下……对他不太放心。”

杜周恍然。

“此事你要亲自去办，别交给底下的人。另外，最好不要易装。”

“为何？”杜周不解。

李蔡冷然一笑：“此人极为聪明，万一被他识破，反而不好转圜；若不易装，就算被他发现，你也可以说是偶遇。”

“明白了。”杜周点点头。

暮色降临的时候，青芒回到了卫尉寺，看见朱能和侯金都已经在值房中等他了，案上也摆满了热气腾腾的饭菜。

从一大清早去终南山到现在，青芒滴米未进，早就饿得前胸贴后背了，见他们安然无恙，心里颇感欣慰，也不跟他们多说，一屁股坐下来，拿起饭碗扒了一大口，然后含混不清道："都愣着干吗？吃啊！"

早就饿得眼冒绿光的朱能和侯金这才端过饭碗，狼吞虎咽了起来。

片刻之后，三人便风卷残云般把案上的饭菜一扫而光了。

潘娥端着一盘菜进来，见状不由得瞪大了眼睛，难以置信地看着他们："你们仨是饿死鬼投胎吗？老娘就炒盘菜的工夫，你们就全吃光了？"

三人摸着肚子，都看着她不说话，一脸无辜的表情。

"瞧这意思，是都还没吃饱？"潘娥把手上的菜放下，叉着腰问。

三人一个劲点头。

"得，也不知老娘上辈子造了什么孽，才得伺候你们这三个饿死鬼！"潘娥翻了个白眼，腰肢一扭走了出去，"再去给你们做，老娘就不信撑不死你们！"

三人对视一眼，嘿嘿一笑，然后三双筷子便一起对准了案上唯一的那盘菜……

半个时辰后，案上杯盘狼藉，三人终于酒足饭饱。

青芒打了个饱嗝，看着二人："我让你们去盯着张次公，你们倒好，都上哪儿偷懒去了？"

"冤枉啊老大！"朱能一脸委屈，"我们哥俩今儿差点儿就为你捐躯了！"然后便把山上的惊险遭遇一幕一幕地说了出来。

当听到二人在悬崖上紧紧抱在一起的时候，青芒忍不住"扑哧"一笑："这么说，你们哥俩这辈子的'处子一抱'都献给对方了？"

"可不是嘛，原本是打算留给潘娥的。"朱能又羞又恼，"不承想被这死猴子给夺走了！"

侯金怒，刚想回嘴，便见潘娥扭着腰肢进来了，赶紧把话吞了回去。

"又说老娘的什么坏话呢？"潘娥一边收拾碗盘，一边目露凶光盯着朱能。

"哪……哪能呢？"朱能嗫嚅道，"我们……我们都在夸你呢！"

"夸我啥？"

"猪头在夸你国色天香、美貌无双呢！"侯金抢着道，"所以他说这辈子最大的心愿便是……抱抱你。"

话音未落，“啪”的一声，一个脏盘子便扣在了侯金脸上；紧接着又是一声，另一个盘子毫无意外地扣在了朱能脸上。当潘娥操起第三个盘子的时候，青芒慌忙往旁边一跳，大声道：“你别错杀无辜啊，我可什么都没说！”

潘娥的手僵在了半空。

这时朱能刚把脸上的盘子拿开，潘娥顺手便把手里的盘子又掼在他脸上，这才怒气冲冲地走了。

青芒在一旁拼命憋着笑：“还不赶紧去洗洗，都傻愣着干吗？”

“死猴子你不说话会死啊？”朱能哭丧着脸，一边抹着脸上的菜叶一边道。

侯金抹了一把汤汁横流的脸，瓮声瓮气道：“我这是在帮你。你说你那么怂，有话老是憋在心里不敢说，啥时候才能让潘娥知道你的心意？”

朱能顿时语塞。

“这么说也有点儿道理。”青芒连忙打圆场，“猴子刚才那话虽然唐突，但也算是帮你表白了，潘姑娘兴许会恼一阵子，可气消了便好了，指不定会接受你呢。”

“真的吗？”朱能一听，眼睛立马亮了起来。

“有可能啊。”青芒有意撮合他俩，“说不定人家潘姑娘心里对你也有意思呢？猴子这么一捅，不正好把你俩的心事都捅破了吗？这样坏事也就变好事了。”

朱能听得眉开眼笑，都顾不得去抹脸上的菜叶肉渣了。

“你们仨吃饱喝足了就拿老娘寻开心是吧？”潘娥不知为何又折了回来，叉着腰斜倚在门框上，手上拎着一只小香囊，“明儿饿你们一天，看你们仨消不消停！”

三人都像做错了事的小孩一样不敢吭声。

潘娥重重“哼”了一声，把手里的香囊扔给了青芒：“拿着。”

青芒一怔，连忙接住：“啥东西？”

“不知何人扔在你寝室门口的，被我捡着了。”

青芒定睛一看，香囊上系着一张小布条，上面写着“秦穆亲启”的字样，不由得大为诧异。

“快打开瞧瞧，看是不是哪位小娘子给你的定情信物？”潘娥一脸醋意道。

青芒无奈一笑，打开了香囊。

里面又是一张白色布条，青芒展开一看，脸色顿时一变，眉头立刻蹙紧了。布条上写着简短的一句话：

罗姑比不日抵京 早做防范

朱能、侯金、潘娥见他脸色有异，都觉好奇，便不约而同凑了过来。

青芒马上把布条连同香囊揣进了怀里。

“都洗洗睡吧，今儿这一天够折腾的了。”青芒扔下这句话，头也不回地走出了值房。

朱能、侯金、潘娥面面相觑。

“被我说着了吧？”潘娥冲着他大步离去的背影悻悻道，“肯定是哪个小妖精给你的情书！”

青芒坐在寝室中，神色凝重地看着手中的布条。

罗姑比不日抵京，早做防范！

这短短一句话就像一记惊雷在他耳旁炸响，而且包含着非常多的潜台词。

青芒很清楚，这个罗姑比就是霍去病在漠南之战中俘获的匈奴亲王、伊稚斜单于的叔父。也就是说，此人认得自己，知道自己就是匈奴左都尉阿檀那！据说他战后被天子封为列侯，派到了右北平郡，现在为何会突然来京？

答案不难想见——一定是天子刘彻怀疑自己的身份，所以召他前来指认！

只要罗姑比一到，自己的身份便将彻底暴露，不但自己性命不保，连帮着自己隐瞒身份的霍去病都得被连累。

必须立刻想一个应对之法，刻不容缓！

青芒站起身来，在屋中来回踱步。

还有，为什么会有人给自己传递这个消息？这人是谁？该消息肯定是绝密的，一般人绝不可能知情，此人又是如何得知的？他既然冒险警告自己，那就表明他是友非敌，可自己在未央宫中哪有朋友呢？

青芒百思不得其解。

眼下的形势显然要比在丞相邸的时候严峻得多——不仅公孙弘和张次公一直紧盯着自己不放，胥破奴也潜伏在暗处随时准备出手，而且天子还在千方百计地追查自己，再加上这个“不日抵京”的罗姑比——简直就是一个群敌环伺、全面被围的死局！

情况如此复杂，局面如此险恶，自己能不能过得了这一关？

青芒不由得蹙紧了眉头。

郦诺从终南山回来，便因感染风寒而病倒了。

仇景、仇芷薇父女当天便前来探望。稍加寒暄后，仇景忙问她可有找到北冥。由于心中已对仇景产生怀疑，郦诺便随口敷衍，说并未找到。仇景有些遗憾，又问她，那个在老君庙假意与她打斗的“黑脸人”是谁。郦诺没有隐瞒，答说就是之前曾帮过她的那个秦穆。

仇景狐疑，问道：“怎么那么巧，每次你一碰上事情他便出现？他是不是在跟踪你？”

郦诺淡淡说：“你想多了仇叔，之前他是受汲黯之托送我回来，这回他恰好在终南山执行任务，见我又被张次公纠缠，才出手相助而已。”

仇景不大相信，却也没再说什么，又问起在老君庙假意围攻他们的人是不是田君孺。

郦诺说是。

仇景叹了口气：“真是对不住田旗主了，咱们之前都冤枉了他，害他东躲西藏的。”

郦诺暗暗观察他的神色，丝毫没有发觉任何异常，可一想起田君孺对他的指控，又桩桩件件都有道理，心头不由得一阵烦乱。

仇芷薇还在为之前的事跟她怄气，故坐在一旁闷声不响。郦诺忙主动跟她说话，仇芷薇其实也憋得难受，便顺势给郦诺道了歉。没一会儿，两人便又有说有笑了。仇景沉默片刻，又问起田君孺的事。

仇芷薇嫌他啰唆，便把他往外推，说道：“诺姐现在生病了，需要静养，有什么话改天再说，您赶紧走吧。”

仇景不悦，没好气地说：“我自己会走，不用你推我。”

仇芷薇不依不饶，硬是把他推了出去。

郦诺看着他们，心想倘若自己证实了仇景是幕后黑手，那仇芷薇该怎么办呢？到时候，她绝对不肯相信这个事实，势必会跟自己闹翻，甚至反目成仇。

想起两人之间这么多年的姐妹之情，有可能就要被现实无情摧毁，郦诺心中不由得涌起一阵强烈的伤感。

然后，她的眼眶不知不觉便红了。

仇芷薇走回来，见状一惊：“姐你怎么了？”

郦诺笑笑，说："没怎么，就是眼睛有点儿涩、鼻子有点儿酸。"

仇芷薇说："那你赶紧睡一觉吧，我去灶屋给你熬药，顺便熬点儿粥。"说完走过来帮她掖了掖被角，又给了她一个灿烂的笑容，这才转身走了出去。

房门被轻轻掩上的那一刻，郦诺闭上了眼睛。

一滴泪水从她的眼角悄然滑落……

西郊的柳市嘈杂喧闹，行人车马往来穿梭，商贩们的叫卖声此起彼伏。

胥破奴一身西域客商装扮，从人群中挤过，快步走进了旁边的一条小巷。身后，两名年轻男子迅速跟了进去。

他们正是孙泉和刘忠。

二人刚一进入巷口，都还没看清状况，胥破奴便从一个角落里扑了出来，一拳击倒了孙泉，然后挥刀架在了刘忠脖子上。

"大当户，刀下留情。"一个熟悉的声音从背后传了过来。

胥破奴冷然一笑，头也不回道："你派这么笨的手下跟踪我，是瞧不起我呢，还是你无人可用？"

青芒呵呵一笑："大当户误会了，他们不是在跟踪你，而是奉我之命故意把你逼进来，否则大街上人多眼杂，咱俩也不好叙旧不是？"

胥破奴哼了一声，收刀入鞘。

青芒给了孙泉和刘忠一个眼色，二人立刻走出了巷子。

"你为何找我？是不是天机图到手了？"胥破奴转过身来，冷冷地盯着青芒。

"哪有那么容易到手？"青芒淡淡一笑，"天机图被刘彻秘藏在未央宫石渠阁中，防备异常森严，闲杂人等一律不得靠近。我得想一个周全的计划，才能行动。"

"这不会是你的缓兵之计吧？"胥破奴眉毛一挑，"你怕我告发你，便以此借口拖延时间，然后再设计对付我，是不是？"

"大当户不必紧张，我今天找你，纯粹是来向你示好的。"

"哦？"胥破奴眯起了眼，"除了天机图和你的人头，我想不出你还能有什么向我示好的。"

"这是因为大当户的思路不够开阔。"青芒又是一笑，"除了我的人头，还有另外一颗人头，想必你也是喜欢的。"

胥破奴眉头微蹙："有话直说，我没工夫跟你绕弯子。"

“漠南一战，伊稚斜授意籍若侯和罗姑比他们干掉我，可惜他们不够聪明，非但没完成任务，还损兵折将、一败涂地，把他们自己也赔进去了。”青芒不急不躁道，“对此，伊稚斜一定很生气吧？而罗姑比被俘后，摇身一变就成了汉廷的列侯，还被刘彻派到了右北平郡，专门对付左贤王部，听说干得还不错。我想，伊稚斜一定会更加愤怒，恨不得把罗姑比扒皮挖心、碎尸万段吧？”

“你到底想说什么？！”胥破奴听他一口一个“伊稚斜”把大单于来回调侃，顿时大为不悦。

“我想说的是，如果我能帮你拿下罗姑比的人头，让你回去献给伊稚斜，这于你算不算是大功一件？”

胥破奴一愣：“你不是说他在右北平郡吗？”

“是，可他来长安了，过两天就到。”

胥破奴半信半疑：“他怎么会突然来长安？”

“听说是为汉廷立了功，刘彻召他入朝述职，给予嘉奖。”

胥破奴一听这家伙居然替汉廷立了功，不由得恨得牙痒，巴不得现在就把罗姑比的人头砍下来，于是问道：“你刚才说的‘示好’，就是告诉我这个消息？可我怎么知道你不是在耍花招？”

“花招？”青芒“扑哧”一笑，“我前几天不是让居次代为转达了吗？我是要跟你做交易，用天机图换我自己的人头，然后咱们就两清了，你回龙城邀功请赏，我在这儿逍遥度日。这对咱俩都好，我何必要什么花招？今天之所以告诉你罗姑比的消息，是因为一时半会儿拿不到天机图，我觉得有必要表示一下诚意。说白了，罗姑比的人头相当于天机图之外的赠品，纯属买一送一。你白捡一个大便宜，又何乐而不为？”

“最好是这样。”胥破奴盯着他，冷冷道，“你要是敢有半句假话，我一定会让你死得很难看！”

青芒呵呵一笑：“放心，既然是交易嘛，肯定要诚信为先喽。”

“少废话！罗姑比现在到哪儿了？”

“应该快到华山了。若不出意外，两天后必至长安。”

胥破奴眼中寒芒一闪，杀机顿炽。

漪兰殿前的“练武场”上，霍去病正在教夷安公主练习射箭。

“两脚开立，与肩同宽，身体微向前倾……”霍去病站在夷安公主身后，手把手地教着，“左肩推，右肩拉，将弓拉开，右手虎口靠在下颌处……对，做得不错。”

两人靠得很近，夷安公主感受着他身上的气息，不禁有些分神。

霍去病却浑然未觉，继续说道：“眼睛、箭头、靶子，三点一线。瞄准后，右肩继续加力……”

这时，一阵风吹来，拂起了夷安公主的长发。

发梢扫过霍去病的脸庞，发香立刻沁入鼻孔。他下意识地吸了吸鼻翼，忽见夷安公主正用眼角的余光看着他，顿时耳根一热，赶紧退了半步，和她拉开距离，沉声道：“专心看箭靶，别看我。”

“谁让你走神了？”夷安公主暗暗挪动脚步，又靠紧了他，“我是等你往下说呢，你以为我喜欢看你呀？你有什么好看的？”

霍去病赶紧又退了一步。

见他一躲再躲，夷安公主顿时气恼，索性把弓往地上一扔：“手酸死了，不练了！”

“不练了是吧？那我走了。”霍去病说着，转身就走。

“哎，你给我站住！”夷安公主气急跺脚，“人家就是累了，想休息一会儿嘛，你干吗说走就走？”

霍去病转过身来，露齿一笑：“巧得很，为师也累了，也想去休息会儿。你想练就自个儿接着练，不想练就改日。”说完，便大步流星、头也不回地走了。

“喂，哪有你这么不负责任的师傅？”夷安公主追了几步，愤愤喊道，“你给我回来，不许走！再走我就不认你啦！”

“不认就算了，你另请高明。”霍去病渐渐远去，不紧不慢地扔回来这句话。

夷安公主气得不行，一把抓起地上的弓，飞快搭上一支箭，“咯吱”一声拉开弓弦，瞄准了霍去病的背影。

“瞄错方向了，靶子在你右手边！”霍去病背上仿佛长了眼睛。

夷安公主一怔，又跺了跺脚，把弓箭狠狠掷在了地上。

霍去病刚一走出漪兰殿的宫门，便见青芒抱着双臂，身子斜倚在一株树干上，正似笑非笑地看着他。

“你笑得这么邪乎是什么意思？”霍去病迎上前去，冷冷道。

“没什么，替你高兴而已。”

霍去病眉头一皱：“高兴什么？”

青芒朝着漪兰殿努努嘴："连漪兰殿都可以自由出入了，想必你很快就要成为大汉的主婿了吧？"

霍去病不语，突然一拳打在了他的胸口上。

青芒"哎哟"一声，疼得倒吸一口冷气："你怎么说动手就动手？"

"你错了，我是什么都没说就动手了。"霍去病面无表情道。

青芒无奈一笑："随便动手你还理直气壮？"

"谁让你狗嘴吐不出象牙，自己找打？"霍去病瞪眼。

"其实你也没必要这么敏感。"青芒揉着胸口，"男大当婚，女大当嫁。陛下那么赏识你，人家公主又对你有意，你又何必遮遮掩掩扭扭捏捏？"

"你再乱嚼舌头，信不信我割了你的舌头下酒？"霍去病狠狠道。

"好好好。"青芒举手作投降状，"不说这个了，跟你说正事儿。"

"你能有什么正事儿？"霍去病一脸不屑。

"本来也不想找你。"青芒撇撇嘴，"问题是，咱俩有麻烦了。"

"咱俩？"霍去病冷然一笑，"是你有麻烦了吧？"

"我要是出了事，你能撇得清吗？"青芒斜眼看他。

霍去病一想也对，只好叹了口气："我眼下最大的麻烦便是摊上了你。"

"没有我你能拿到天机图？"青芒冷哼一声，"别想过河拆桥，我的事便是你的事。"

"有事就说，别耽误我工夫！"霍去病不耐烦道。

青芒直视着他，淡淡道："罗姑比要来长安了。"

"什么？"霍去病猝然一惊，"是陛下召他来的？"

青芒冷冷一笑："难道还有别人？"

霍去病蹙眉思忖了一下："陛下莫非是想……让他指认你？"

"这不是明摆着吗？"

"你哪来的消息？"

"有人给我递了匿名信。"

霍去病大为诧异："什么人会这么干？"

青芒自嘲一笑："你问我我问谁？"

霍去病意识到事态的严重性，不由得眉头紧锁。青芒瞥了他一眼，故意不说话，等着他问。

"那你打算如何应对？"半晌，霍去病才无奈问道。

“我也没辙，还想找你霍骠姚拿个主意呢。”

“你没辙？”霍去病睁大了眼睛，“没辙你就等死吧！”

青芒看着他，狡黠一笑。

霍去病顿时反应过来：“你耍我是吧？”

“别生气，我是想听听你有没有更好的主意。既然没有，那我便说说我的想法。”青芒警惕地看了一下四周，然后凑近他，低声说了起来。

霍去病凝神细听，眉头不禁越蹙越紧……

暴风雪在关中席卷数日后，向东而去，又在华山和弘农一带肆虐。

华山山麓有一座驿站。日暮时分，一队车马顶着风雪从弘农方向匆匆赶来，在驿站门口停下。一个年约六旬、深目高鼻的匈奴人从马车上下来，抬头看了看漫天飞雪，嘟囔了一句什么，在侍卫们的簇拥下走进了驿站。

此人便是罗姑比。

在驿站一楼吃过饭后，罗姑比进入了二楼的一间上房，旋即熄灯就寝。

虽然房中门窗紧闭，但恍如鬼哭的阵阵风声还是顽强地钻进了罗姑比的耳膜。他在床榻上辗转反侧，至少翻了半个多时辰才有了睡意。

刚迷迷糊糊睡过去，北面的一扇窗户突然被大风吹开。大风灌了进来，房中顿时一阵噼啪乱响。

罗姑比一个激灵从床上坐起，一边用匈奴语咒骂着，一边跳下床，跌跌撞撞走过去关上了窗户。

这一下弄得他睡意全消。

他摸黑走回床榻坐下，然后抖抖索索地从床头摸出火石火镰，点燃了床边的一盏灯烛。

火苗燃起，瞬间驱散了黑暗，也驱散了几缕寒意。可就在这时，罗姑比打了一个重重的喷嚏，烛火“呼”的一下熄灭了。

罗姑比苦笑，正想再点，忽然感觉有一丝异样——黑暗中似乎有一双眼睛正盯着他。

征战沙场多年，他的直觉向来敏锐。许多次死里逃生，都是因为他对来自背后的偷袭有着惊人准确的预判。

罗姑比不动声色，暗暗从枕头下摸出了佩刀，同时用眼角的余光迅速瞥了侧后方一眼。

果不其然，那儿正直挺挺地站着一条黑影……

郦诺在养病的这几天里，心里一直想着天机图被青芒献给朝廷的事，越想越愤懑，索性在这天上午溜出内史府，来到了未央宫北阙外的甲第区，足足蹲守了两个时辰，总算“逮”到了青芒。

此时青芒带着一队禁军正要回宫，远远瞥见站在树下的郦诺，愣了一愣，便让手下先行回宫，然后策马迎了上去。

“你怎么来了？莫非才几天不见就想我了？”青芒露齿一笑，翻身下马，身上的甲胄在正午的阳光下闪闪发亮。

郦诺不说话，只冷冷瞥了他一眼，便转身走进一条僻静的巷弄。青芒纳闷，只好把坐骑系在树下，跟着她走了进去。

二人来到一处无人的角落。郦诺止步，回身盯着他，冷冷道：“告诉我，天机图现在在哪儿？”

青芒一怔，故作轻松地一笑：“怎么突然问起这个？”

“回答我！”郦诺提高了音量。

“上回在茶肆不都告诉你了吗？东西在匈奴太子於单手里。”

郦诺冷哼一声：“那於单人呢？”

青芒神色一黯，迟疑了一下：“听霍去病说，这家伙企图发动叛乱，不久前……被朝廷杀了。”

“这么说，现在没人知道天机图的下落了？”郦诺一脸讥诮。

青芒点点头，然后挠了挠鼻子：“不过我可以帮你查一查。我想，总会有些蛛丝马迹的，不至于全无线索。”

郦诺无声冷笑，目光依旧直直地盯着他。

青芒被盯得心里发毛，刚想开口说什么，郦诺突然拔刀出鞘，刀尖“铿”的一声抵在了他胸前的甲胄上。青芒一惊：“你……你这是干什么？”

“天机图早就被你献给朝廷了，你还想骗我到什么时候？！”郦诺狠狠道，眼里闪射着怒火。

青芒大为惊诧，一时竟说不出话来。

“非但如此，你甚至还想拿天机图跟匈奴人做交易。”郦诺几乎是咬牙切齿了，

“我真没想到，原来你是如此卑鄙无耻之人！”

青芒闻言，终于明白她是听到了自己和荼蘼的谈话，不由得苦笑道：“原来你……跟踪我？”

“你若问心无愧，又何必怕人跟踪？”

青芒叹了口气：“好吧，这事是我不对，不过我也是迫于无奈。我本来是想从於单那儿把天机图拿回来还给你们，没想到被霍去病发现了，加之匈奴人也对天机图虎视眈眈，我没别的办法，只好跟霍去病联手——条件是他帮我隐瞒匈奴阿檀那的身份，我把天机图交给他。倘若不这么做，我可能……早就被皇帝杀了。”

郦诺一听，心下有些释然，却仍板着脸道：“你还有多少事情瞒着我，最好痛痛快快全都说出来！”

青芒又苦笑了一下，便把之前在北邙山的那场混战，以及随后在宫中被皇帝设局考验的事原原本本告诉了她。

听到天机图因设有密码而令皇帝一筹莫展，无法开启，郦诺悬着的一颗心终于落地，手中的刀也跟着垂落下来。

青芒见状，这才暗暗松了一口气。

“那天机图现在何处？”郦诺又问。

“未央宫石渠阁。”青芒忙道，“你放心，把天机图交给朝廷只是权宜之计，我一定会想办法再把它拿回来。”

郦诺想着什么，忽然冷冷道：“拿回来再去跟匈奴人做交易吗？”

青芒无奈一笑：“既然我跟荼蘼说的话你都听见了，那你就该知道，所谓‘交易’，不过是迷惑胥破奴的缓兵之计罢了。”

“你用权宜之计对付朝廷，用缓兵之计对付匈奴，那我倒想问问，你又用什么计策在对付我、对付我们墨家？”

青芒一怔，哑然失笑，半晌才道：“难道在你心目中，我就是这样一个处处玩弄心计的人吗？”

“如果不是，你又何必向我隐瞒？”郦诺冷哼一声，“天机图的事要不是被我得知，你会主动告诉我吗？”

“我不敢告诉你，并非别有所谋，而是心中愧疚。”青芒黯然道，“我是打算把东西拿回来之后，再把事情跟你说清楚。”

“我怎么知道你这话是真是假？”

“咱俩一起经历了那么多事，到现在……你还不相信我吗？”

青芒看着郦诺，目光既清澈又灼热。

迎着他的目光，郦诺眼前蓦然闪现出二人在终南山上命悬一线的情景，心头不由得一软。可紧接着，荼蘼居次那张痴情而幽怨的脸庞却生生“闯”了进来，瞬间搅乱了她的回忆，也搅乱了她的心。

“经历了一些事能证明什么吗？”郦诺苦涩一笑，“要是这么说，你和你那个匈奴妻子一起经历的事，恐怕会更多吧？”

青芒沉重地摇了摇头：“荼蘼不是我的妻子，我和她只是……有婚约而已。”

“既有婚约，便是一种承诺。”郦诺冷冷道，“任何一个负责任的男人，都不应该背弃对女人的承诺。”

其实那天郦诺已经听到了他们的谈话，知道他们只是订婚而尚未成婚。当时她心底还生出了一丝庆幸。可随后她便骂自己不该生出这种心思，因为这让她感觉好像是在跟荼蘼争抢男人似的。

对于生性矜持，甚至有些清高的郦诺而言，根本不屑于跟任何一个女人去争抢男人——哪怕她不得不承认自己爱着这个男人。

青芒苦笑：“过去在匈奴的那些事情，我几乎都不记得了，这也算背弃承诺吗？更何况……我并不爱荼蘼。”

“也许你以前是爱她的，只是你忘了呢？否则你怎么会跟她订婚？除非你想告诉我，你只是在利用她匈奴公主的身份，跟她订婚只是为了在匈奴立足，为了得到荣华富贵。”

青芒顿时语塞。

这也是荼蘼对他的质问，甚至也是青芒自己对自己的质问。

然而，他回答不了这个问题。

青芒不相信自己会为了荣华富贵而去欺骗女人的感情，但是，如果是为了更高的目的，为了某种使命呢？比如说为了天机图？

那么为了完成使命，自己是不是就得千方百计甚至不择手段？倘若是在这种情况下与荼蘼订立了婚约，那自己逃离匈奴算不算背弃承诺？该不该受到良心的谴责？

见青芒怔怔出神，眼神既茫然又纠结，郦诺心中颇为不忍，便缓了缓语气，道：“我相信，你不会是那种为了荣华富贵便不择手段的人，但无论如何，你的未婚妻宁可放弃一切、千里迢迢来长安找你，这份感情你就不该辜负。”顿了顿，又道：“同样作为女人，我同情她，也敬佩她，所以……我不想成为你们之间的障碍。”

青芒苦笑，嘴唇嚅动了一下，似乎想说什么，却终究没说出口。

一阵难捱的沉默后，郦诺轻叹了一声，道：“你几时可以拿回天机图？”

“石渠阁防备森严，我需要一点儿时间。”青芒木然道。

“好吧，我等你。”郦诺把脸转开，望着天边越积越厚的铅灰色的云层，目光有些迷离，“哪天你把东西还给我，咱俩也就……两清了。我希望你，善待荼蘼，也希望你们幸福。”说完，便擦着青芒的肩膀朝巷口走去。

郦诺离开的身影似乎颇为决绝，但步伐其实迈得很慢。

一步，两步，三步……郦诺感觉好像有另外一个自己在心里期待着，期待着青芒能够叫住她，然后冲上来一把抱住她，对她说点儿什么，不管说什么都好。

然而，直到郦诺走出了十几步远，身后始终没有半点儿动静。

即将拐出巷口的时候，她顿了一顿。心里的另外那个郦诺拼命想要回头，可这种冲动还是被她强行压抑了下去。

然后，郦诺就从巷口消失了。

而巷弄中的青芒却像一尊石雕一样伫立原地，许久一动不动。

天空中乌云翻涌，太阳像一颗破碎的蛋黄在乱云中时隐时现……

第十五章 反杀

用义为政于国家，人民必众，刑政必治，社稷必安。

——《墨子·耕柱》

清晨，长安东郊。

白鹿原上白雪皑皑，一片苍茫。

一队车马自东方的地平线上缓缓而来，正是罗姑比的车队。

车队行进路线的右前方，有一片茂密的云杉树林，道路从树林边缘穿过。此刻，林中早已埋伏了一支人马，共有二三十人，身上都背着弓箭，为首者是乌拉尔。

很快，车队便接近了树林。

乌拉尔搭弓上箭，“咯吱”一声拉了个满弓，箭头瞄准了队伍中间的那辆马车。与此同时，所有手下也都已拉开弓弦，手中的箭都对准了各自的目标。

双方距离约莫十余丈时，乌拉尔的箭“嗖”地射出，笔直飞向马车，准确地从车窗射了进去，而另外那二三十支箭则同时射向罗姑比的侍卫队。

弓弦响过，队伍立刻一片惨叫，当即有七八名侍卫被射落马下。

乌拉尔把弓一扔，拔刀出鞘，策马扑了上去。手下也纷纷拔刀紧随其后。

罗姑比的侍卫们惊魂未定，敌人却已逼至目前，不得不仓促应战……

未央宫宣室殿，天子刘彻高坐御榻，下面左首坐着公孙弘、张汤、李广、苏建，右首坐着李蔡、汲黯、张次公、青芒。

刘彻的目光从众人脸上一一扫过，最后停留在了青芒脸上。

青芒双目微垂，神色安详。

片刻后，刘彻才把目光移开，朗声道：“诸位爱卿，今日召你们入宫，主要有三件事：其一，讨论近期赈灾事宜；其二，墨家一案有些新情况，朕想跟诸卿聊聊；其三，今日将有一位边郡官员回朝述职，诸位不妨一起听听，看他会带来什么有趣的消息。”说着，刘彻把目光转向公孙弘：“丞相，赈灾一事，就由你来介绍吧。”

“臣遵旨。”公孙弘起身，环视众人一眼：“诸位同僚，近日暴雪成灾，关中灾情极为严重，以致陛下夙夜忧劳、圣躬难安，亦令本相心急如焚、感同身受。据最新统计，各地民房共倒塌四千七百三……不，四千三百七……”

公孙弘忽然卡壳，不由得脸色涨红，可越急越想不起具体数字。

“四千六百七十三间，另有官署房屋倒塌一千二百九十五间。”汲黯淡淡接言，似笑非笑道，“公孙丞相，您年事已高，就不必学陛下背这些数字了，还是直接挑重点说吧。”

公孙弘干咳了几声，颇为窘迫。

“汲卿言之有理，丞相大可不必拘泥于具体数字。”刘彻道。

“谢陛下体恤！老臣昏聩，汗颜之至！”公孙弘躬身一揖，然后面朝众人：“呃，如汲内史所言，官署房屋亦倒塌不少，而各县受灾人数亦多达三万余人。陛下爱民如子，日前已筹集一千万钱安顿灾民，但后续赈灾及重建所需款项，必达亿万之巨！故本相在此吁请诸位同僚，值此急难关头，我等理当同心同德，群策群力，与朝廷同进退，与百姓共患难……”

接下来，公孙弘便开始了他最擅长的长篇大论，主旨虽然是在介绍朝廷的赈灾和重建计划，但说着说着总不忘歌颂天子，粉饰太平，所以“尧舜禹汤”之类的谀辞便滔滔而来，不绝于耳。在座众人表面上静静听着，实则心里都有些不耐烦。

他们都知道，今日的“重头戏”绝非什么赈灾重建，而是方才天子提到的后两件事，尤其是最后一件，更是激起了众人强烈的好奇心。

在公孙弘侃侃而谈之际，不少人都注意到，天子的目光不时会瞟向坐在最下首的秦穆。

天子的举动显然不会是无意的，所以众人便都寻思着：今日廷议的后两件事，必定都与这个新任的卫尉丞有关！

可到底会是怎样的相关呢？天子口中所称的那位“边郡官员”究竟是谁？又会

带来怎样“有趣的消息”？

大伙儿的胃口都被吊起来了，因而公孙弘的一番慷慨陈词便越发显得索然无味、又臭又长……

在此过程中，青芒都一动不动地坐着，仿佛老僧入定一般。

白鹿原上，不过短短一炷香工夫，双方的厮杀便已分出了胜负。

雪地上躺着二十多具尸体，大部分是罗姑比的侍卫。乌拉尔仅以伤亡六七人的代价，便快速解决了战斗。

此刻，乌拉尔及手下已经将罗姑比所乘的马车团团包围。

“罗姑比，出来吧！”乌拉尔骑在马上，得意扬扬地喊道，“这么久不见了，大当户想跟你好好聊聊。”

话音刚落，胥破奴便策马从树林中走了出来，径直来到了马车前。

“王爷，出来叙叙旧吧。”胥破奴冷冷道，“听说你为汉廷立了大功，来长安是接受刘彻嘉奖的，我很感兴趣，想听你说说。”

车内悄然无声，没有丝毫动静。

“他娘的，不会是刚才一箭被我射死了吧？还是吓尿了不敢露头？”乌拉尔哈哈大笑。

胥破奴狐疑，给了乌拉尔一个眼色。

乌拉尔翻身下马，大步走过去，一把掀开了车帘。

谁也没料到，就在这一瞬间，一把长刀突然递出，“噗”的一声刺入了乌拉尔的喉咙，并自后颈穿出。

一道血柱喷溅而起。

长刀倏然抽回。

乌拉尔捂着喉咙，像根木桩一样直直地向后倒去……

宣室殿中，公孙弘冗长的讲话终于接近尾声。他面朝天子深长一揖，最后道：“多难兴邦，殷忧启圣！有圣明天子在上，加之满朝臣工凝心聚力，必可众志成城，克服危难，令天下万民安居乐业，亦令我大汉社稷繁荣昌盛、长治久安！”

耐着性子听完，好几个人不约而同地打了个长长的哈欠，就差抬起双臂伸个懒腰了。

“好，丞相所言甚善，令朕亦颇感振奋。”刘彻不咸不淡地捧了个场，示意公孙弘坐下，然后环视众人，“嗣后之重建事宜，便由丞相府统一筹划，万望诸位爱卿勉力协同。所需款项及各色物资等，皆由丞相府牵头募集；必要时，朕也会亲自下诏征调。总之，此次赈灾，凡我大汉臣工，皆须振奋精神，全力以赴，不得因循延宕、塞责推诿，更不可阳奉阴违、徇私害公！”

“臣遵旨。”众人齐声回道。

刘彻满意颔首，旋即眸光一扫：“张次公。”

“臣在。”张次公赶紧起身。

“朕听丞相奏称，你日前在终南山又遭遇了一伙墨家凶徒，可有此事？”

“回陛下，千真万确。”

“据说，那个身负墨者嫌疑的仇芷若，那天也在山上？”刘彻说着，眼睛又朝青芒那儿瞟了一下。

“正是。”

“然后，仇芷若便与那伙墨者合力攻击了你们，对吗？”

闻听此言，青芒眉头不由得微微一皱。

“对，那天臣去追击另一伙盗匪，然后臣的下属陈谅等人便遭到了他们的攻击。”

刘彻冷然一笑，终于把犀利的目光全然盯在了青芒身上：“秦穆。”

青芒从容起身：“臣在。”

“朕听说，那天你凑巧也在场？”刘彻眉毛一挑。

“回陛下，臣那天确实也在终南山，但并非‘凑巧’在场，而是有事前往。”

“哦？是什么事？”

“臣是跟踪仇芷若上的山。”

张次公一怔：“撒谎！你明明在我之前上的山，而仇芷若是在我之后，你怎么会是跟踪她上的山？”

青芒淡然一笑：“敢问张将军，凭什么说我是在你之前上的山？你看见我了吗？”

张次公语塞：“我……我发现了脚印。”

“谁的脚印？”

“当然是你的。”

“凭什么说是我的？”

张次公再度语塞，只好强辩道：“终南山玉柱峰人迹罕至，除了你还能有谁？！”

这句话显然不值一驳，所以青芒便笑而不语，还故意看了天子一眼。

刘彻脸色微微一沉："张次公，你要是有证据，便拿出来；若无证据，岂可捕风捉影？"

张次公当然没证据，只好悻悻闭嘴。

"秦穆，那你告诉朕，你为何跟踪仇芷若？"

"回陛下，臣负有追查墨家之责，而仇芷若又有墨者嫌疑，所以，臣表面上与其交好，实则外松内紧，派人监视着她，故而那天她一离开内史府，臣便一路尾随，结果便跟上了终南山。"

"那你跟她上山之后，她与墨者联手攻击陈谅等人，你为何没把她当场拿下？"

青芒瞥了张次公一眼，朗声道："陛下，臣不得不说，此事明显是有人在编造谎言、欺君罔上。"

此言一出，殿上众人不禁都有些惊讶。

看来，不必等那个"边郡官员"前来，此刻便有好戏看了。

"你说谁在欺君？"刘彻的脸色越发阴沉。

"臣说的当然是张次公张将军。"

张次公闻言，却并不恼怒，反而呵呵一笑："秦尉丞，你凭什么说我欺君罔上？"

"那天我亲眼所见，仇芷若明明是与陈谅等人在联手对抗墨者，可到了你的嘴里，却变成是与墨者联手攻击陈谅。你这不是欺君是什么？"

刘彻一听，顿时眉头深锁。

张次公又是一笑，却不答言，而是对刘彻道："启禀陛下，既然秦穆与臣各执一词，那最好的办法，便是请证人出来作证了。臣恳请陛下，即刻传召证人陈谅上殿，他此刻就在殿外候着。"

汲黯闻言，顿时替青芒捏了一把汗。

张次公显然是有备而来，才让陈谅在殿外等候，而且陈谅是他的手下和死党，其证言自然对他有利，怎么可能向着秦穆说话？

"陛下，臣有话说。"汲黯不忍看他就这么被小人所害，只好及时出头。

刘彻看了他一眼："讲。"

"陈谅是张将军的下属，并非中立之人，所以臣以为，让其作证并不妥当。"

"臣附议。"苏建连忙跟着道，"陈谅的确不宜当这个证人。"

苏建被青芒救过一次，早已对青芒心存好感，现在又是青芒的顶头上司，自然不能眼睁睁看青芒往火坑里跳。

“汲内史、苏卫尉，”张次公冷冷一笑，“照你们所言，连亲历此事之人你们都不信任，那这件事不就是个糊涂官司了？我就算跟秦尉丞在这儿争一天，也争不出个子丑寅卯啊！”

三人说完，全都看着天子，等着他裁决。

刘彻一时也拿不定主意，遂沉吟不语。

公孙弘见状，便道：“陛下，今日李大夫和张廷尉都在，二位皆有丰富的办案经验，陈谅究竟适不适合作证，不如参考一下他们的意见。”

“嗯，言之有理。”刘彻道，“张廷尉，你先说。”

“以臣看来，并无不妥。”张汤言简意赅，“臣办案多年，什么身份的证人都有过，没必要纠结陈谅是谁的属下。”

刘彻颔首，又看向李蔡：“李大夫，依你之见呢？”

汲黯看了李蔡一眼，心想他终究跟自己是一头的，肯定不会向着公孙弘和张次公他们。

然而，他万万没料到，李蔡略为思忖之后，说的话却是：“陈谅虽是张将军属下，但毕竟是禁军校尉，当的是朝廷的差，并非张将军的私兵，且当着陛下和这么多大臣的面，想必也不敢作伪证。因此臣认为，他可以当这个证人。”

汲黯如遭当头一棒，难以置信地看着李蔡。

李蔡面无表情，微微把头转开。

公孙弘和张次公暗暗交换了一下眼色，心里都有些得意——此前李蔡便已表露投靠之意，现在又公开站在他们这边，足见他已经彻底抛弃了汲黯！

汲黯和苏建无奈地对视一眼，最后都把同情的目光抛向青芒。

青芒却依旧一脸平静，仿佛这场针锋相对的争论完全与他无关。

白鹿原上，乌拉尔突然被杀，让胥破奴和所有手下刹那间全都呆住了。

乌拉尔是“鹰卫”出身，是匈奴人中万里挑一的勇士，即使全无防备，也断然不至于被一刀毙命！可见，此刻马车上的这个人绝对不是罗姑比，而是一顶一的高手！

中计了！

胥破奴瞬间得出了结论，旋即掉转马头，嘴里大喊一声：“撤！”

他现在已顾不上去理会车厢中的人到底是谁了，当务之急是赶紧跑，三十六计走为上计。

“往哪儿跑！”车厢中传出一声厉叱，同时一道白色身影飞掠而出，手中长刀高高举起，朝着他的脑后当空劈落。

胥破奴拔刀出鞘，回身一挡。

“铿”的一声，双刃撞击出了火星。胥破奴但觉虎口一麻，手中刀险些脱落。

虽然挡开了这一刀，但对方强大的力道还是把他从马上震落了下来。

胥破奴就地一滚，顺势起身，这才看清了对手的面目，不禁无声苦笑。

霍去病！

这个让匈奴人闻风丧胆的少年战神，此刻正像天将下凡一样威风凛凛地伫立在他面前。

与此同时，百余名骑兵从云杉树林中无声无息地冒了出来，对胥破奴和二十几个手下形成了一个完整的包围圈。

这些骑兵全都身披白色大氅，乍一看几乎与雪原融为一体。

很显然，方才胥破奴和乌拉尔在林中设伏的时候，霍去病手下的这支骑兵早已包围了他们，只是按兵不动罢了。

这就叫螳螂捕蝉，黄雀在后！

“传陈谅上殿！”

宣室殿中，刘彻一锤定音。

侍立一旁的吕安当即拉长声调又宣了一遍。殿外的宦官遂一层一层向外传旨。片刻后，一个小黄门便领着陈谅上殿来了。

张次公不无得意地瞟了青芒一眼，仿佛已经看见他被殿前侍卫拉下去并投入大牢的情景——接下来，只要皇帝一问，陈谅一答，这一幕必然出现。

跟这家伙斗了这么久，自己终于还是笑到了最后。张次公踌躇满志地想，再接下来，朝廷就可以把仇芷若及背后的墨者一锅端了！而自己作为破获墨家的首功之臣，便可以当之无愧地荣升中尉、跻身九卿了。

陈谅趋步进殿，跪地见礼：“微臣北军校尉陈谅叩见陛下！”

他的声音微微有些颤抖，显然是头一回被皇帝召见，更从未被这么多当朝大员齐齐注目，神情颇为紧张。

“陈谅，朕接下来问你的话，你要如实回答，不可有一字虚言。”刘彻沉声道。

陈谅跪伏在地，不敢抬头，答道："微臣遵旨。"

"日前在老君庙，仇芷若是与墨者联手攻击你，还是与你联手对抗墨者？"

陈谅迟疑着，眼珠子滴溜溜打转，还偷偷瞥了张次公一眼。

当着天子和这么多人的面，张次公当然不敢跟他有目光接触，便假装没看见。

公孙弘淡淡一笑，开言道："陈谅，你不必紧张，只需遵陛下旨，如实道出真相即可。"

从刚才陈谅上殿到现在，青芒一直沉静无言。

汲黯和苏建都很纳闷，不明白他为何能如此气定神闲。

陈谅的嘴唇嚅动了几下，终于鼓起勇气，道："回禀陛下，那天在终南山上，仇芷若并未……并未与墨者联手攻击微臣，而是与微臣联手在……在对抗墨者。"

此言一出，如同一石激起千层浪，大殿上登时"嗡"的一声，所有人全都惊诧莫名，几乎不敢相信自己的耳朵。

当然，青芒除外。

他的表情依旧沉静，只有唇角微微上提，无声一笑，仿佛一切早已在他意料之中……不，是一切早已在他的掌控之中。

汲黯和苏建交换了一下眼色，二人都是既诧异又欣慰。

而最为惊愕的人自然非张次公莫属了。他瞠目结舌地呆了一瞬，然后再也顾不得这里是金銮殿了，用手指着陈谅，暴跳如雷道："你、你撒谎！当着陛下的面，你竟敢胡言乱语，颠倒黑白？！一定是秦穆胁迫了你，对不对？"

"属下、属下……"陈谅脸色煞白，嗫嚅着说不出话。

公孙弘也忍不住了，赶紧道："陈谅，你若遭人胁迫，便大胆说出来，自有陛下和本相替你做主，你不必害怕。"

陈谅苦着脸，仍然无话可说。

刘彻眉头紧蹙，一字一顿道："陈谅，朕再问你一遍，你说的可是实情？"

"陛下明鉴，确属实情！"陈谅吓得在地上连连磕头，"微臣……微臣不敢欺瞒陛下。"

张次公闻言，顿时双肩一颓，几乎要瘫倒在地。

他万万没想到，这个该死的陈谅竟然会在这性命攸关的时刻反水！

数日前，他在丞相府中早就跟公孙弘谋划好了一切，之后专门把陈谅等人带到长安城最好的神雀酒肆喝了一顿大酒，然后千叮咛万嘱咐，让他们一口咬定是仇芷若与墨者联手攻击了他们，一旦天子召问千万别说错，而这小子也信誓旦旦说打死也不会说错，不料今日却是这般结果！

张次公不相信陈谅会真的背叛自己，一定是秦穆用什么诡计迫使他改了口，可问题是秦穆是如何办到的？

眼下就算知道这个答案也没用了，当务之急是要想个绝地反击的办法，否则今日必死无疑！张次公心念电转，蓦然有了一个主意，便躬身对刘彻道：“启奏陛下，当日在终南山上，臣还有多名属下与墨者厮杀，并非只有陈谅一人，现在他证词有假，臣恳请陛下，即刻传召其他知情人入宫，以辨明真相，还臣一个清白。”

“张次公，”刘彻脸色阴沉，“你这是把朕当成你的属下使唤了吗？”

张次公大惊失色，慌忙下跪：“臣不敢。”

“启禀陛下，”沉默许久的青芒忽然离席，趋前数步，俯首禀道，“张将军想辨明真相，其实也很简单，无须再召那么多人入宫，只要再传一人上殿足矣。”

“谁？”

“廷尉史，杜周。”

张汤闻言，不由得浑身一震：怎么回事？自己最器重的手下竟然也卷入此事，而自己却一无所知，这怎么可能？！而且瞧秦穆这意思，杜周似乎是他这边的证人，这就更加匪夷所思了！他们两个是什么时候打上的交道？

公孙弘也颇为惊诧，不禁投给了张汤既困惑又充满责备的一瞥。

张汤只能苦笑，感觉自己特别无辜。

“杜周？”刘彻眉头一蹙，“他跟此事有何相干？”

“回陛下，若杜周上殿，自会向陛下道明原委，臣恳请陛下传召。”青芒回答。

刘彻盯着他看了片刻，才闷声道：“传。”

吕安当即拉开嗓子：“传廷尉史杜周上殿……”

“胥破奴，投降吧，你不是我的对手。”

霍去病冷冷地盯着胥破奴道。

“霍去病，我们匈奴人向来最敬重英雄，尽管你是我们的敌人，可我胥破奴仍然敬重你。所以，就算今日死在你的刀下，我也无悔。”胥破奴道，“不过，我有一个疑问，还望霍骠姚解惑。”

“讲。”

“你怎么知道我会在此伏击罗姑比？”

霍去病冷哼一声：“你以为我们大汉朝廷的人都是吃干饭的？会任由你们在我们的地盘上为所欲为？”

胥破奴显然不相信他的话，摇了摇头：“不对，你们若是早已掌握我的行踪，不可能等到今天才动手。”

霍去病冷然一笑：“反正你死期已至，何必问这么多？倒是有件事我也想问问你——这些年，你一共杀了多少汉人？”

胥破奴冷哼一声：“两国交战，岂有不杀人的道理？”

“交战？”霍去病大声冷笑，“你们用全副武装的铁骑屠杀手无寸铁的平民，这也叫交战？你不觉得无耻吗？”

胥破奴沉默了。

他想着什么，忽然苦笑了一下：“我明白了，今日之事是阿檀那和你联手做的局，对吧？”

“你错了，这是上天做的局，要让你们这些杀人如麻的刽子手血债血偿！”霍去病说着，长刀在空中划过一道弧光，以泰山压顶之势砍向胥破奴。

胥破奴慌忙挥刀格挡。

与此同时，双方人马也交上了手，顷刻间杀声震天……

杜周上殿的时候，所有人的目光“唰”的一下全都落在了他的身上。

杜周低垂着头，趋步上前，跪地见礼：“臣廷尉史杜周叩见陛下。”

“平身。”刘彻道。

此时陈谅仍跪在地上，可天子根本没有让他起身的意思——同是上廷作证，两人的待遇可谓云泥之别。

“谢陛下。”杜周起身。

“杜周，日前张次公在终南山遭墨者袭击一事，真相究竟如何，你可知道？”刘彻开门见山道。

“回陛下，臣知道。”

“那天仇芷若究竟是与墨者联手攻击了陈谅，还是与陈谅联手对抗墨者？”

“回陛下，是仇芷若与陈谅联手对抗墨者。”

殿上众人闻言，忍不住又是一阵交头接耳。

刘彻眯起了眼："当时你并不在场，此事你如何得知？"

"此事说来也是凑巧。"杜周不紧不慢道，"两天前，臣出外办事，从尚冠后街路过，偶遇了卫尉丞秦穆。臣知道他最近在负责墨家的案子，而我们廷尉寺数月来也一直在追查墨家，臣便想跟他打听该案的最新情况。当时天寒地冻，秦尉丞便邀臣到附近的神雀楼小坐，顺便喝两杯暖暖身子……"

两天前，杜周的确在尚冠后街"遇见"了青芒，不过当然不是"偶遇"，而是奉李蔡之命在盯梢。

盯着盯着，杜周忽然发现了一个有趣的事情——秦穆好像也在盯人。

而秦穆盯梢的对象便是张次公、陈谅及一帮手下。

当时，前后三拨人都策马走在尚冠后街，随后张次公等人便进入了神雀楼，正当杜周以为秦穆也会跟进去时，秦穆忽然掉转马头，朝他的方向走了过来，似乎是打算放弃盯梢了。

此时杜周想躲已来不及，便硬着头皮迎上前去，假装"偶遇"，跟秦穆寒暄了起来。秦穆未有任何异常表现，而是盛邀杜周上神雀楼喝两杯，边喝边谈。杜周便顺水推舟，跟他一块儿进入了酒肆。

而巧合的是，两人进入的那间包厢，恰好在张次公等人的隔壁。

这个事实经过，杜周当然不能公开，因为一旦公开，他就必须承认自己在跟踪秦穆，然后还要解释为何跟踪，这样就把事情复杂化了，稍有不慎便会当着张汤的面暴露自己御史府暗探的身份。所以，杜周索性以"偶遇"掩盖了这一切。

"……臣等二人进了神雀楼，找了个包间，一边喝酒一边聊了起来。"杜周接着禀道，"于是便听秦尉丞讲了他那天跟踪仇芷若上终南山的经过。而巧合的是，当时张将军和陈校尉等人也在隔壁包间喝酒……"

"等等。"刘彻蓦然打断他，"你是说，你先是在大街上偶遇了秦穆，然后进了酒楼，又恰巧与张次公坐在隔壁？"

"是的陛下，虽然此事听上去颇为巧合，令人难以置信，但事实正是如此，臣不敢有半句虚言。"

刘彻将信将疑地看着他："接着说。"

"是。张将军和陈校尉他们当时也在讲终南山这件事，本来臣也只是觉得巧合而已，并不在意，可后来他们的话题却变了味道，一下就吸引了臣的注意力。"

"如何变了味道？"

“张将军让陈校尉他们就终南山之事统一口径，说日后不管谁问起，都不能说仇芷若与他们共同对抗墨者，而要说她与墨者联手攻击他们。臣一听，当时就吃惊不小，这不是明目张胆地教唆手下作伪证吗？而他们接下来说的话，不仅让臣吃惊，更令臣义愤填膺、忍无可忍！”

“他们说了什么？”刘彻听他加重了语气，不由得身子前倾。

此时，跪在一旁的张次公早已面如死灰，忍不住转头死盯着跪在另一边的陈谅，恨不得把他吃了。陈谅慌忙别过脸去，不敢看他。

“陈校尉就问张将军，”杜周接着道，“说这事万一闹到陛下那儿，陛下问起该怎么说。张将军的回答是：那就更不能说实话了！陈校尉似乎有些犹豫，说这不是欺君吗？张将军冷笑一声，说咱们只要一口咬定仇芷若和墨家联手，那咱们说的便是事实，谁敢说咱们欺君？”

听到这儿，在场众人不约而同地发出一阵唏嘘。

虽然每个人心思各异，但有个判断却高度一致——张次公这回彻底玩完了！

刘彻森寒的目光像刀子一样落在了张次公身上，半晌才沉声道：“然后呢？”

“然后，张将军又叮嘱了他们一番，叫他们千万不可说漏嘴，否则必不轻饶，说完便先行离开了。臣终于忍不住，便与秦尉丞一起闯入他们房间，揭穿了他们的阴谋。陈校尉大惊失色，只好趴在臣的脚下，赌咒发誓说借他十个胆子他也不敢欺君，方才只是在敷衍张将军，毕竟张将军是他的顶头上司，他也不敢得罪。”

刘彻听完，重重地哼了一声：“张次公，你还有何话说？”

张次公惨然一笑：“陛下，臣怀疑仇芷若那天只是在演戏而已，臣敢拿脑袋担保，她一定是墨者！”

“拿脑袋担保？”刘彻冷冷一笑，“张次公，你觉得一个欺君之人的脑袋，还属于他自己吗？这样的脑袋又能担保什么？”

“陛下，臣有罪，愿受国法制裁。”既然最坏的结果已经出现，张次公心里反而坦然了，“但臣就算是死，也不会改变看法——仇芷若肯定是墨家刺客，而秦穆一直千方百计在包庇袒护她，此二人必将危害社稷，遗祸无穷！还望陛下明察，勿为奸人所惑。”

张次公死到临头却仍镇定自若，并未像一般人那样恐惧求饶，这一点倒是让刘彻有些刮目相看。他沉吟片刻，道：“你口口声声说秦穆包庇仇芷若，有何证据？”

张次公心底重新燃起了一丝希望，回道：“回陛下，那天臣虽不在老君庙现场，但据陈谅讲述，他们与墨者厮杀时，还有一个黑脸人也在场。他装作与仇芷若捉对厮打，而后佯装落败，与仇芷若一前一后离开了老君庙，其实就是在掩护仇芷若。臣怀疑，此人便是秦穆。”

“黑脸人？”刘彻摇头苦笑，“既然连脸都没看清，你凭什么说是秦穆？”

“据陈谅讲述，此人的身材、体态皆与秦穆十分酷似。”

“陈谅，”刘彻转过目光，“是这样吗？”

“回陛下，”陈谅弱弱道，“微臣虽看不清那人长相，但看身材，的确很像……很像秦尉丞。”

“陛下，”未等刘彻发问，青芒便主动趋前几步，从容道，“他们所言非虚，臣的确就是那个黑脸人。”

此言一出，刘彻和殿上众人都大出意料之外，连张次公都面露诧异之色。

“怎么回事？”刘彻又眯起了眼，“你把话说清楚。”

“回禀陛下，臣那天跟踪仇芷若，便是想弄清她为何上山，不料她却在老君庙遭到了攻击，臣只能先帮她脱困，让她以为臣在暗中保护她，再次取得她的好感和信任，才能打探她上山的目的。但臣若以真面目出现，只怕陈校尉他们以为臣要跟他们抢功，难免又横生枝节，是故臣索性就把脸涂黑了。”

这个解释听上去也有些道理，刘彻便道：“那你后来打探得如何？仇芷若到底为何上山？”

“回陛下，仇芷若是去寻访一位避世隐修的铸剑师，号北冥先生……”

“呵呵，竟然有这么巧的事！”刘彻忍不住嗤笑，忽然对公孙弘道：“丞相，你不也是得到线报，说这个北冥有墨者嫌疑，才派张次公前去搜捕的吗？”

青芒一听，不禁眉头微蹙。

他没想到，公孙弘竟然会恶人先告状，诬称北冥为墨者。如此一来，自己声称郦诺也是去找北冥，便无异于自动往他刀口上撞了。

“正是。”公孙弘也没想到青芒会这么说，心中窃喜，忙道，“既然秦尉丞说仇芷若也是去找北冥的，那不就足以说明，仇芷若很可能是墨者吗？换言之，她冒着大雪上山，不就是去跟北冥接头的吗？”

至此，形势陡转，方才明明还占据上风的青芒，此刻的处境忽然就变得极为不利了。

张次公心中不由得掠过一阵绝处逢生的狂喜。

对他而言，虽然“欺君”一事已板上钉钉、无可争辩，但若能坐实仇芷若的墨者罪名，他还是功大于过，不但脑袋可保，将军一职应该也能保住。

眼前这个局面，让在场众人都有些始料未及。

今日这场廷议，公孙弘和张次公本来是给秦穆设了个死局，不料陈谅反水，还半路杀出一个杜周，导致秦穆生生将局势逆转，对他们进行了反杀。可没有人想到，就在张次公已经陷入绝境之际，秦穆竟然会得意忘形、自摆乌龙，令形势再度逆转，使得公孙弘和张次公又对他形成了反杀！

如此波谲云诡、一再反转的杀局，偏偏又在这么短的时间内上演，真是令在场众人都感到惊心动魄和匪夷所思。

汲黯和苏建忍不住对视了一眼，彼此的目光中都充满了担忧。

白鹿原上，霍去病一方对胥破奴等人形成了压倒性的优势，不消片刻便将其歼灭大半。胥破奴也不是霍去病的对手，才十几回合便已身中数刀，鲜血淋漓。几名亲兵狼卫拼死护着他突出重围，徒步逃进了云杉树林中。

霍去病带人紧追不舍。

这片林子很大，且树木茂密，霍去病等人循着雪地上的脚印和血迹追出了半里多路，蓦然发现踪迹分成了多股，各自朝不同方向延伸而去。霍去病勒马观察了一下，略为沉吟后，命手下分头追赶，自己则策马朝西边追去。

当霍去病等人的身影渐渐远去，他们身后一棵高大的云杉树上，忽然落下几滴鲜血，瞬间染红了雪地。紧接着，树枝一阵摇晃，枝头上的积雪被纷纷震落，然后胥破奴便从树上跳了下来。

他眯眼望着霍去病远去的方向，嘴角掠过一丝冷笑，旋即一瘸一拐地走进了南面的树林中。

长安在林子西面，所以霍去病才会向西追踪，而胥破奴拐往南边，便是为了躲开他，并打算从长安南面绕一圈回西北面的柳市。

胥破奴身上血流不止，体力渐渐不支。约莫走了小半个时辰，他便气喘吁吁，不得不坐下来休息。

周遭阒寂无声。他把头靠在一棵树干上，疲惫地闭上了眼睛。

不知过了多久，胥破奴在迷迷糊糊中感觉脖颈有一丝冰凉，猛地睁开眼睛，却见一把寒光闪闪的环首刀正架在他的脖子上，而持刀的人正是霍去病！

胥破奴惨然一笑："你不是往西边去了吗？"

"区区障眼法就想瞒过我？"霍去病冷哼一声，"你也太自信了吧？"

"那你一定跟我很久了，为何现在才现身？"

"看你跑得那么辛苦，我一时心生恻隐，便决定不打搅你，让你多歇一会儿。"霍去病揶揄一笑。

"少来这套。"胥破奴撇了撇嘴，"你不就是想看看有没有人来接应我，好将我们一网打尽吗？"

"哟，这都被你看出来了？"霍去病又是一笑，"那你自己说，有没有同伙来接应你？"

"我倒是希望有。"胥破奴苦笑，"可惜老子的本钱今天全砸在这儿了。"

"不对吧？"霍去病唇角一扬，似笑非笑，"不是还有个匈奴公主跟你一块儿来长安了吗？"

胥破奴目光一凛："别费心思了，她是不会来救我的。"

"哦？为什么？难道你们匈奴人都天生绝情？"

"少废话！要杀便杀，我胥破奴若皱一下眉头，便算不上匈奴人！"

"很好，是条汉子。"霍去病淡淡一笑，"反正死在我霍去病手上，你也不冤，对吧？"

胥破奴大声冷笑："这话虽说听着臭屁，不过多少也是实情。动手吧，给老子来个痛快的！"说完便胸膛一挺，闭上眼睛，伸直了脖子。

霍去病不再言语，右手挥起，手腕一翻，长刀在空中划出一道冷冽的弧光，朝着胥破奴的脖颈砍了过去。

就在这时，北面的树林中突然射出一支冷箭，朝着霍去病呼啸而来……

宣室殿上，刘彻正冷冷地看着青芒："秦穆，你有何话说？"

"回陛下，"青芒稍一迟疑，迅即恢复了从容之色，"臣想请教公孙丞相，指控北冥为墨者，不知有何凭据？"

公孙弘自信一笑："陛下，这个问题，臣想让张将军来回答。"

刘彻想了想，淡淡道："张次公，起来回话吧。"

这显然是要给他一个公平的机会，让他跟秦穆当堂对质。

"谢陛下！"张次公大为振奋，迅速起身，一扫颓唐之态，接着便把他那天在老君庙附近发现假墓的过程以及进洞后发现的种种秘道机关，绘声绘色、一五一十地向天子和众人描述了一遍。

众人一听，都觉得闻所未闻，不由得又是一阵交头接耳。

“陛下，”张次公精神抖擞道，“综上所述，臣有两个问题想跟秦尉丞讨教。”

刘彻不语，也就是默许了。

“请问秦尉丞，”张次公冷然一笑，得意扬扬道，“第一，北冥若不是心中有鬼，何必躲进那人迹罕至的终南山玉柱峰？又何必假死，还造了一座假坟以掩人耳目？这些是正常人会有的举动吗？第二，众所周知，墨家最擅长机关术，而那座假坟入口的墓碑机关，还有洞中的铁索机关，皆可谓巧夺天工，令人叹为观止！试问，一般人造得出这样的机关吗？有这么多铁证，还不足以证明北冥是墨者？”

青芒淡然一笑：“张将军，你这些话，在下可不敢苟同。首先，去终南山隐居的人，难道一定是心中有鬼，不可以是心中有神吗？据我所知，北冥先生是一位心性高洁、与世无争的修道之人，他之所以假死、造假坟，只是为了避开世俗纷扰、潜心修道而已。此举固然异乎寻常，但历代的终南隐士，不都是异乎寻常之人吗？远有姜太公，近有商山四皓、留侯张良，张将军不会认为他们都是墨者或不法之徒吧？”

张次公刚想回嘴，青芒抬手止住他：“等等，我话还没说完。其次，墨家擅长机关术没错，但你不能说擅长机关术的都是墨家。这道理很简单，所有的马儿都吃草，但不等于吃草的都是马，对吧？张将军凭什么说北冥一定是墨者？”

“你……你这是诡辩！”张次公有些气急败坏。

“我只是在讲道理。”青芒唇边依旧含着笑意。

“秦穆，”刘彻接过话茬，“听你这意思，似乎对北冥颇为了解？”

“回陛下，臣帮仇芷若脱困之后，和她一起进入了北冥隐居的山洞，与北冥有过一番交谈。”

“仇芷若跟北冥是何关系？她为何去找北冥？”

“据她说，其父早年与北冥是好友，病故前曾嘱咐她，有机会就去探望一下故人。”

“是吗？”刘彻冷哼一声，“仇芷若来长安的日子也不短了吧？怎么天气晴好时不去，偏偏选一个大雪封山的日子才去？这不是很奇怪吗？”

“回陛下，这话臣也问过她了。据仇芷若称，平日天气晴好时，其叔父都要在内史府正堂赶工，她也得帮着忙前忙后，都没有空闲；反而是那几天风雪交加，工程被迫暂停，她和叔父才得以抽空上山。臣对内史府的情况不甚了解，也不知这理由是真是假，还请陛下垂询汲内史。”

“仇芷若所言非虚。”汲黯不待天子发问，赶紧接言道，“此次雪灾之前，臣的确要求他们日夜赶工，他们根本没时间出门。”

刘彻闻言，没再说什么，又对青芒道：“据张次公方才所言，这个北冥的身份相当可疑，其背景绝对不简单。朕觉得，他就算不是墨家，恐怕跟墨家也脱不了干系。”

在对付墨家的事情上，朝廷一贯坚持“宁可错杀，不可放过”的做法，现在天子如此定调，显然是打算故技重施了。张次公难掩得意之色，挑衅地瞟了青芒一眼。

青芒没理他，而是面朝天子，淡淡一笑：“陛下圣明，北冥的身份和背景的确都不简单。”

“哦？”刘彻察觉他话中有话，“说说。”

“禀陛下，北冥本名张道初，正是我大汉开国功臣、留侯张良的后人；准确地说，是留侯的嫡传曾孙。”

此言一出，刘彻和在场众人顿时大出意料之外。

张次公更是听得浑身一震——留侯张良曾辅佐高祖定鼎天下，有大功于大汉，历来威望卓著，倘若北冥真是他的嫡传后人，而自己却在没有证据的情况下杀了他，那岂不是麻烦大了？！

“留侯后人？”刘彻克制着内心的惊讶，眯起眼睛盯着青芒，半信半疑道，“这是他告诉你的？”

“是的，陛下。”

“你信他的话？”

“臣信。”

刘彻沉吟片刻，忽然对侍立一旁的吕安道：“立刻传旨，宣北冥入宫。朕倒要看看，这个留侯的嫡传曾孙究竟是什么样的世外高人。”

“老奴遵旨。”

公孙弘和张次公暗暗交换了一下眼色，心中都觉不妙。

“启禀陛下，北冥来不了了。”青芒淡淡道。

刘彻眉头一蹙：“为何？”

“因为……”青芒故意停顿，瞟了张次公一眼，“他已经被张将军杀了。”

闻听此言，殿上众人又是一阵惊愕。

“什么？！”刘彻从御榻上霍然站起，目光如电射向张次公。

张次公慌忙俯首，脸色煞白。

刘彻盯了他片刻，旋即转向公孙弘，冷冷道：“丞相，这么大的事，朕怎么不知道？”

公孙弘万万没想到北冥是张良后人，所以根本不把这当一回事，闻言不由得支吾了一下，道：“请陛下恕罪，是老臣一时疏漏，忘了禀报此事。不过，秦穆称北冥是留侯后人，不知有何凭证？”

“是啊陛下，此事空口无凭，如何令人信服？”张次公忙抢着道，“自本朝建元以来，多有奸人为骗取朝廷恩荫，诈冒功臣之后，而今怎知那个北冥不是假冒？又怎知此事不是秦穆胡编的？”

刘彻缓缓坐回御榻，看着青芒：“秦穆，你说北冥是留侯后人，可有凭证？”

众人的目光“唰”的一下全都集中到了青芒身上。

“回陛下，臣当然有。”青芒坦然答道，同时从怀中掏出一块不大不小的弧形铁片，用双手呈上，“凭证在此，请陛下过目。”

众人一看，顿时“嗡”的一声，忍不住又是一阵窃窃私语。公孙弘和张次公见状，更是目瞪口呆。

青芒掏出的这个东西，便是由汉高祖刘邦始创的“丹书铁券”。

丹书铁券，又称金书铁契，是一种用朱砂或金粉撰写的铁制凭证，由帝王赐给功臣元勋，作为其后人世代得享恩荫或抵罪免死的信物。为了取信和防止假冒，通常将铁券从中剖开，朝廷和被赐者各存一半。史称刘邦建立汉朝后，“与功臣剖符作誓，丹书铁契金匮石室，藏之宗庙”。所谓“作誓”，便是将皇帝与功臣之间的信誓书于铁券上；“剖符”，便是将铁券剖成两半，然后朝廷将其中一半装入金匮，藏于石砌的宗庙之中。

此刻，吕安从青芒手中接过丹书铁券，转呈给了天子。刘彻只扫了一眼，便认出此物正是高祖当年赐给留侯张良的丹书铁券。为防假冒，他即刻命吕安前去宗庙取出另一半。片刻后，吕安将东西取来，在天子和众人目光的共同注视下，将两半铁券并在了一起。

严丝合缝。

这丹书铁券果然是真的！

张次公顿时面如死灰。他意识到，自己滥杀功臣后人的罪名是逃不掉了，加上之前的欺君之罪，今日已是在劫难逃，就算天子念在他曾有功于朝，饶他一命，但仕途肯定是彻底完蛋了。

“秦穆,”半晌，刘彻才沉声道，“此物为何会落到你的手上？”

“回陛下,”青芒朗声答言，“北冥本属无辜，却遭张将军所害，临终前愤懑难平，故特意将此物交给臣，嘱咐臣一定要面呈陛下，证明其身份，并恳请陛下依律严惩凶手，以伸其冤屈。他说，如若不然，他在九泉之下也难以瞑目。”

这番话说得有理有据，让刘彻一时无言以对。

不过，刘彻当然不知道，这并非北冥真正的临终之言。

那天，当青芒把身负重伤的北冥背进山洞后，弥留之际的北冥的确让弟子把丹书铁券交给了他，但说的话却是：“贤侄既在朝为官，又私下帮助墨家，不啻悬崖上走索，必时时如临如履；今上乃雄猜之主，恐怕迟早会找你麻烦。此物便交予你吧，想必你有用得着它的时候……”

此刻，青芒不得不佩服北冥的先见之明。

今日若没有这丹书铁券，自己定然无法自圆其说，而郦诺也势必逃不过这一劫。

第十六章 血统

今天下之君子，欲天下之富，而恶其贫；欲天下之治，而恶其乱，当兼相爱、交相利。

——《墨子·兼爱》

云杉林中，那支冷箭倏忽即至。

霍去病飞快转身，长刀一扬，“铿”的一声把箭挡飞了出去。

胥破奴抓住时机，飞起一脚踢在了霍去病的腰眼上。

霍去病猝不及防，被踹得一个趔趄，险些跌倒。胥破奴趁势夺路而逃。霍去病拔腿欲追，林中又是一箭射来，不得不回身格挡。

与此同时，另一侧的树林中又传出沉闷的弓弦声——这一下居然是三箭齐发，分别朝着霍去病的后脑、肩背和腿部射来。

说时迟那时快，就在霍去病挡掉前面一箭的瞬间，背后三箭已呼啸而至。

此刻无论是转身还是卧倒都已不及，霍去病只好把头一歪，躲开了脑后一箭，同时反手一刀，挡掉了背部一箭，但双脚却因重心上移而无法腾挪，于是最下面那一箭“噗”的一声射入了他的左小腿。

背后这家伙三箭齐发还能有如此力道和准头，射术显然十分了得。霍去病的斗志猛然被激了起来，遂咬牙拔掉箭支，然后不顾腿上疼痛，转身朝那人的藏身之处扑了过去。

约莫十丈开外的一棵树上，一个纤细的黑影迅速跳下，把树冠上的积雪纷纷带落。

此人背着弓箭和箭囊，一落地便朝着西南方向拔足狂奔。

霍去病脚上发力，紧紧追了上去。

饶是腿上有伤，可他的轻功仍然未打折扣，不消片刻便追上了对方。

很快，双方的距离便缩小到了两三丈。霍去病无声冷笑了一下，再度提速，旋即腾身而起，在半空中翻了一个身，然后稳稳落地，挡住了那人的去路。

那人无奈，只好刹住脚步，“唰”的一声拔出了佩刀。

霍去病转过身来，从头到脚打量着对方：此人穿着束身的胡服，身材纤细，头脸用黑布裹得严严实实，只剩下一双眼睛露在外面。

这是一双匈奴女子特有的淡蓝色的眼睛——纵然此刻这双眼睛中满含着警惕和敌意，却依旧难掩其妩媚。

“若我所料不错，你便是荼蘼居次吧？”霍去病冷冷道。

对方沉默了一会儿，忽然一把扯下脸上的黑布，荼蘼居次那张美艳无双的脸终于露了出来。尽管霍去病向来不重女色，可一见之下还是忍不住在心里发出了惊叹。

“都说霍骠姚武功盖世，今日一见，果然名不虚传。”荼蘼居次镇定下来，嫣然一笑，“不过堂堂霍骠姚却追着我这么一个弱女子不放，似乎不是英雄所为吧？”

“弱女子？”霍去病大声冷笑，“你那三箭齐发的本事，别说女子了，连绝大多数的军中男子都未必有，还敢说自己是弱女子？

“那霍骠姚今天是不肯放过我了？”荼蘼居次依旧面含笑意。

“我可以不为难你。不过，你必须跟我回京面圣。”

“我要是说不呢？”

“那我只能提你的人头入宫了。”

“我不过射伤了你的腿，你却要我的人头，这公道吗？”

霍去病淡淡一笑：“想要公道也不难。只要你放下武器，举手投降，我可以暂时不要你的人头，把你交由大汉天子发落。”

“说来说去，我不还是难逃一死吗？”荼蘼居次幽幽一叹，“罢了，既然横竖都是死，我还不如放手一搏呢！”

她说得轻描淡写，甚至略带一种小女人特有的娇态，仿佛只是在谈论什么微不足道的家常。可越是如此，越能证明这个女子具有过人的胆识。

霍去病心中不由得生出了一丝敬佩。

连一个公主都能如此临危不惧，怪不得匈奴人在战场上个个悍不畏死。

“你可想好了，我的刀一出鞘，必定是要见血的。”霍去病沉声道。

“巧得很，我也是。”荼蘼居次又是一笑，旋即身形一动，手中长刀如银蛇吐信，径直向霍去病刺来。

霍去病凝然不动，直到长刀逼至目前，才从容抽刀格挡。

二人你来我往，瞬间杀成一团。

不远处的树林中，朵颜拉着满弓，箭头试图瞄准霍去病，无奈二人身影往来交错，始终无法锁定目标，她只好恨恨地收起弓箭，拔刀冲了过去……

宣室殿上鸦雀无声，空气仿佛凝固。

一卷空白帛书平铺在御案上。刘彻握着一管狼毫，飞快地在上面写下几行字，然后把狼毫一丢，抓起帛书扔给了一旁的吕安。

吕安慌忙用双手接住，展开帛书，瞥了张次公一眼，旋即清了清嗓子，拉长声调道：“张次公接旨。”

张次公面如死灰，颓然跪地。

“张次公欺君罔上，滥杀无辜，有负皇恩，国法难容，依律应斩首弃市，念其往昔有功于朝，故赦其一死，即日罢去所有官爵，废为庶民。钦此。”

尽管对此早有预料，可真的面对这个结果，张次公还是几近崩溃，半晌才有气无力道：“臣领旨谢恩。”说着摘下头上官帽，双手颤抖着举过头顶。

吕安接过官帽，然后把帛书递到了他的手上。

“下去吧。”刘彻把目光转开，仿佛再也不想多看他一眼。

“臣……告退。”张次公起身，抱着那卷重如千钧的圣旨，失魂落魄地退了出去。

“你们也下去吧。”刘彻对杜周和陈谅道。

二人旋即行礼退下。

“丞相，”刘彻把脸转向公孙弘，“择日以列侯之礼，将张道初厚葬，再以朕的名义发布一篇祭文，勒碑记之，并昭告天下：我大汉朝廷，绝不愧对任何一位元勋之后。”

“陛下英明！”公孙弘忙躬身道，“臣遵旨。”

“诸卿，”刘彻环视众人，“今日廷议三事，二事已毕；这最后一件事，诸位一定很想知道是什么吧？”

刘彻的目光扫了一圈，最后落在了青芒身上。

从方才答完话到现在，青芒一直保持着微微俯首的姿势，神色安详，目光平和，仿佛刚才那一系列惊心动魄的事件都没发生过或者都与他无关。

这个年轻人，要么真的是清白无辜的，所以问心无愧；要么就是大奸似忠、大伪似真，故而城府极深。如若不然，他何来这么强的定力？！

刘彻沉吟着，又接着道："不瞒诸位，朕今日传召之人，便是原匈奴亲王罗姑比。朕传他入京的目的，其一是述职，其二嘛，便是与原於单侍从叙叙旧。"

谜底终于揭开。

殿上众人顿时反应各异——有的恍然大悟，故而兴奋好奇；有的早有所知，故而无动于衷；有的眉头紧锁，暗暗替青芒捏一把汗；有的幸灾乐祸，等着看一出好戏。

恰在刘彻揭开谜底的同时，一驾马车正从东司马门悄然驶入未央宫。

车中端坐一人，正是罗姑比。

白鹿原上，荼蘼居次和朵颜联手攻击腿上有伤的霍去病，却仍远远不是他的对手。

"二位姑娘，我霍去病从不杀女人，奉劝你们还是放下武器投降吧，别逼我破例！"霍去病一边与她们轻松过招，一边道。

其实他仅仅使出了五成功力，明显是刀下留情，要不然她们二人绝对撑不到现在。

"我们匈奴人只有战死的，没有投降的！"荼蘼居次一边拼死抵挡，一边大声道，"你要杀便杀，不必多言！"

"这可是你说的，那就别怪我欺负'弱女子'了。"霍去病冷然一笑，猛地飞起一脚把朵颜踹飞了出去，同时手腕暗暗加力，"铿"的一声击落了荼蘼居次手中的刀。

荼蘼居次大惊失色，慌忙后退。

霍去病欺身而上，刀尖一下抵住了她的喉咙。

荼蘼居次的后背被一棵树挡住，只能直挺挺地站着，恨恨地盯着霍去病。一旁的朵颜显然被踢得不轻，趴在地上半天爬不起来。

"居次，现在可以随我入宫了吧？"霍去病唇角一扬，用惯常的似笑非笑的表情看着她。

"除非你杀了我！"荼蘼居次咬着牙根道。

霍去病轻叹了一声："胥破奴说你不会来救他，可你还是来了。你如此有情有义，可惜那家伙却扔下你们跑了。你就这么替他死，不觉得不值吗？"

荼蘼居次冷哼一声，刚想说什么，头顶的树上突然传来一声暴喝，紧接着一条身影纵身而下，猛地向霍去病扑来。

霍去病下意识右手一抬，环首刀准确指向来人的胸口。

不料此人却不闪不避，反而径直迎向他的刀尖。

只听“噗”的一声，长刀遽然贯入此人胸膛，并自后背穿出。

让霍去病和荼蘼居次都没料到的是，此人竟然是胥破奴！

“大当户！”荼蘼居次失声喊道，眼里瞬间涌出了泪花。

胥破奴用双手死死抓住环首刀的刀刃，对着她凄然一笑：“走吧，居次，回王庭去，永远别再回来。”然后转眼直视霍去病：“霍去病，我们匈奴绝无贪生怕死之辈，个个都是有情有义之人！你刚才的话，说错了！”

霍去病不禁有些动容，用力想把刀抽出，不想那环首刀却像长在了胥破奴手上，竟然纹丝不动。

荼蘼居次的泪水夺眶而出，一时愣在当场。

“快走！”胥破奴吐出一口鲜血，厉声大喊。

就在这时，朵颜已从林中牵出坐骑，瞬间拍马而至，一把将荼蘼居次拉上马背，旋即飞驰而去。

“居次！”胥破奴冲着她们远去的背影，用尽最后的力气高喊，“代我禀报大单于，我胥破奴有辱使命，无颜见他，唯愿来生再效犬马之劳！”

霍去病又一使力，终于把刀抽回，旋即朝二人逃走的方向追了过去。

怎奈双脚终归追不上四足，加之腿上有伤，所以只追出了数十步，那匹马儿便从他的视线中消失了。

身后的雪地上，胥破奴仰面朝天，双目圆睁，已然没有了呼吸。

霍去病慢慢走回来，在他身旁蹲下，伸出手去，轻轻合上了他的双目，最后黯然一笑：“胥破奴，我收回刚才的话。你是一条汉子，是有情有义之人。若有来生，愿你我不必再刀兵相见。”

云杉树林的西边，树木渐渐稀疏。

朵颜抓着缰绳策马狂奔。

坐在后面的荼蘼居次抱着她的腰，一路啜泣，泪流满面……

罗姑比在几名宦官的引领下走上宣室殿的时候，刘彻和众人都已经等得有些不耐烦了。

待他跪拜行礼后，刘彻也不寒暄，便单刀直入道："罗姑比，站在你身旁之人，你可认得？"

罗姑比冷冷地瞟了青芒一眼，说道："回陛下，这家伙化成灰臣都认得。"

听他的口气，似乎跟青芒有什么过节。公孙弘和张汤闻言，不禁窃喜，暗暗交换了一下眼色。汲黯和苏建则眉头微蹙，心中都有些不安。

青芒则依旧一脸平静，身体也仍然保持着原来的姿势，几乎一动不动。

"哦？"刘彻显然来了兴致，"你为何这么说？"

"回陛下，这家伙是个背信弃义、趋炎附势的小人，貌似忠厚谦恭，实则狡诈奸猾，陛下万万不可重用他。"罗姑比粗声粗气道。

刘彻一听，越发相信秦穆的假面具马上会被撕开，遂迫不及待道："说清楚点儿，他如何背信弃义，又如何狡诈奸猾了？"

"是。此人早先与臣的儿子是朋友，当年军臣单于遴选狼卫之时，此人便托犬子极力巴结臣，让臣在单于面前替他美言。臣见他为人谦恭，且身手不错，便与他约定，待狼卫任职期满，便转到臣的麾下为臣效力，此人也满口答应。臣遂向军臣单于大力举荐，此人才顺利加入狼卫。不料，他后来竟攀附上了於单太子，遂将当初的约定抛诸脑后，见了臣父子俩也都绕着道走。陛下您给评评理，这种家伙岂不是背信弃义、趋炎附势的小人？"

刘彻大失所望。

"罗姑比，"刘彻沉下脸来，"朕召你入京，不是让你来讲这些琐屑之事的。"

"陛下息怒。"罗姑比忙道，"臣要说的可不止这事……"

"先不扯别的。"刘彻不耐烦地打断他，"你且告诉朕，他在匈奴叫什么名字，身居何职？"

"回陛下，此人名叫居延那，最早只是一名士卒，后来因臣举荐成为狼卫，再后来便成了於单太子的贴身侍从。"

刘彻愈加失望，冷冷道："那他到底是汉人还是匈奴人？"

"禀陛下，臣方才正要说到此事。"罗姑比一脸神秘道，"臣料想，他一定向陛下自称是汉人，正如他过去在匈奴，也一直自称是匈奴人一样。可问题是，居延那的身世绝非如此简单……"

"罗姑比！"方才还镇定自若的青芒忽然脸色一变，急切地打断他，"当初是於单太子选中我当他的侍从，并非我背信弃义，不履行约定。你方才信口污蔑，我当着陛下的面不想与你计较，你可别得寸进尺，又编造什么诬罔之词毁我清誉！”

“这就急眼了？”罗姑比冷然一笑，“我看你不是挺镇定的吗？你的身世若果真没有问题，又何必怕人说？你这不是明摆着心虚了吗？”

是狐狸终究会露出尾巴！

刘彻见状，不由得在心里冷笑——看来自己的直觉是对的，这个秦穆身上果然藏有不可告人的秘密！

此刻，公孙弘和张汤都不禁暗露喜色，汲黯和苏建则越发不安。

没有人注意到，李蔡和李广也在这个微妙的时刻暗暗对视了一眼，眼神颇为复杂。

“秦穆，”刘彻盯着青芒，沉声道，“有道是身正不怕影子斜，你让罗姑比说说又有何妨？不管他所言是真是假，朕都自有公断，你又何必如此紧张？”

青芒无奈，只好缄默。

“罗姑比，”刘彻又道，“你尽管放心大胆地说，只要是事实，便无须忌讳。”

“是！”罗姑比得意地瞟了眼青芒，“禀陛下，您刚才问他是汉人还是匈奴人，其实居延那既不是汉人，也不是匈奴人，而是汉匈二族混血！这个秘密他一直瞒着所有人，臣也是偶然得知的。若臣所料不错，他必定也向陛下隐瞒了此事。若果如此，那不就是欺君之罪吗？”

闻听此言，刘彻和殿上众人不禁都有些惊诧。

“秦穆！”刘彻当即沉声道，“你不是说你是汉人吗？现在又作何解释？”

青芒面露惭愧之色，双膝一软跪了下去，“陛下恕罪，臣没有坦白自己的身世，臣……有罪。”

“那朕现在就给你个坦白的机会。”刘彻冷冷道。

“是。”青芒神色黯然，缓缓道，“臣的生父，本是驻守五原郡的一名士兵；臣的生母，是匈奴呼衍儿部的一个牧羊女。有一年，家父出塞征战，负了重伤，并与大部队失散，弥留之际被家母所救，遂留下养伤。此后二人朝夕相处，日久生情，便结为了夫妻，家父也从此留在了草原。然而好景不长，就在臣出生不久，呼衍儿部与匈奴的其他部落为争抢地盘发生战事，家母的父母兄弟尽皆罹难，家母也下落不明、生死未卜。家父悲痛欲绝，苦寻无果，只好带着年幼的臣回到了魏郡邺县的老家。到了臣十五岁时，家父便因病去世了。临终前，家父念念不忘家母，说他相信家母一定还在人世，并把家母当年留下的一枚玉佩交给了臣，让臣无论如何也要找到家母。臣不敢违背父命，安葬了家父之后，便踏上了流亡匈奴、寻找母亲的路……”

殿上众人听了，除公孙弘和张汤外，不禁都有些动容。

“那你后来找到你母亲了吗？”刘彻的语气比方才和缓了许多，甚至带着一丝同情和伤感。

青芒凄然一笑，摇了摇头：“臣其实并不相信家母尚在人世，但是家父的遗命，臣却不敢不遵。就算明知没有一丝希望，臣也要去找；除非有证据能够证明，家母的确已经不在了，否则臣会一直找下去……”

刘彻闻言，一时竟也黯然无语。

“秦尉丞，”公孙弘忽然离席，走到青芒身边，微微冷笑道，“你这个故事编得十分感人，连本相都差点儿信了你。只可惜，你并未把谎编圆，还是留下了一个不大不小的漏洞！”

青芒淡淡苦笑：“丞相何出此言？”

“你方才说，你父亲是到了草原才与你母亲成的婚，然后才生下了你，那本相就不明白了，你那个在章台街卖笑的姐姐秦姝月，又是打哪儿蹦出来的？”

刘彻眉头一蹙，目光立刻射向青芒。

“丞相有所不知，”青芒从容道，“家父虽然是到草原才生下了我，但他在从军之前，却已娶了一位指腹为婚的同乡女子。也就是说，家父被征发五原郡的那一年，其结发之妻、我的大娘，已经怀上了家姐秦姝月。

这一解释合情合理，公孙弘顿时语塞，而刘彻也当下释然。

“居延那，”一旁的罗姑比又开腔了，“饶是如此，你隐瞒身世不报，向陛下谎称你是汉人，终归还是欺君！这个罪名你敢否认吗？”

青芒未及答言，坐在下面的汲黯便霍然起身，接过话茬道：“既然秦尉丞的生父是汉人，那他说自己是汉人就不能算欺君，充其量只是没有说清原委而已。鉴于其身世如此凄苦，不便对人言也是情有可原的。换成是你罗姑比，你会拿着这事满天下嚷嚷吗？”

罗姑比一怔，不服道：“我当然不会满天下嚷嚷，我又没病！但我会向陛下禀明，绝不敢有丝毫隐瞒！”

“是吗？”汲黯冷笑，“那你敢说，到今日为止，你已经把你之前在匈奴的所有情况都向陛下禀明了吗？你可曾向陛下说清你的身世以及你有多少牛羊、财宝、妻妾、子女？所有这些，你都禀报了吗？”

“这……”罗姑比一下子面红耳赤，“你这是强词夺理！”

“你错了。”汲黯冷哼一声，“我只是在用你的矛，攻你自己的盾。”

“行了，都别吵了！”刘彻皱眉喝止，然后沉吟了一下，才道：“秦穆身世，迥异常人，不便明言，朕能理解。此事，不算欺君。”

天子一锤定音，罗姑比只能悻然闭嘴。公孙弘也颇感无趣，只好撇撇嘴，悄然退回到了自己的坐席。

“陛下圣明！”汲黯如释重负，对着天子深长一揖。

“多谢陛下体恤！”青芒当即俯首抱拳，朗声道，“臣铭感五内，感激涕零！”

没有人注意到，此刻罗姑比其实也暗暗松了一口长气。

因为从上殿一直到现在，他的一言一行、一举一动都是在配合青芒演戏。

而这场起伏跌宕、扣人心弦的“大戏”，自然是青芒一手策划的。

事情要从数日前的那个风雪之夜，华山脚下的那座驿站说起……

那天夜里，罗姑比在驿站客房中被大风惊醒，忽然察觉角落里立着一条黑影，便暗暗从枕头下摸出了佩刀。就在这时，黑影开口了：“别来无恙啊，罗姑比王爷！”

“谁？！”罗姑比吓得一跃而起，佩刀直指黑影。

“才多久没见，便认不出我的声音了？”青芒从角落里走了出来，脸上带着淡淡的笑意。

很显然，刚才窗户并不是被大风吹开的，而是青芒借着大风撞进来的。

“阿檀那！”罗姑比大为惊愕，下意识握紧了手中的刀，“你怎么会在这儿？！”

“听说你要入京述职，我就提前给你接风来了。”青芒仍旧微笑着，“怎么？王爷还把我当敌人吗？咱俩现在都归降汉廷了，过去的恩恩怨怨，总该一笔勾销了吧？”

“你怎么知道我的行踪？”罗姑比一脸警惕。

“这你就不必问了。”

“你到底想干什么？！”

“别紧张。我要是想杀你，你早就死了，还能站在这儿跟我说话吗？”

罗姑比心中稍安，却仍狐疑地盯着青芒：“那你究竟想怎样？”

“刚才不说了吗？我就是来给你接风的，顺便聊点儿事。”青芒又是一笑，大大咧咧地在床榻上坐下，还拍了拍旁边的位置，“你不坐吗？咱们要聊的事，三两句可说不完。”

罗姑比站着不动：“少废话！你想说什么？”

“其一，有人想杀你，后天一早会在长安城东的白鹿原设伏。念在咱们同僚一场，我是特意赶来通知你的。”

罗姑比冷哼一声：“你以为你说什么我就会信什么吗？”

“别的事你不信倒也罢了，但此事性命攸关，你最好还是信我。”

罗姑比的眼睛转了转：“你说谁要杀我？”

“咱们的一位老朋友。”

“少跟我兜圈子，快说！”

“胥破奴。”

罗姑比一震：“他也来长安了？”

青芒点点头。

“他怎么会知道我的行踪？”罗姑比大感诧异。

“世上没有不透风的墙。”青芒淡淡一笑，“我能知道，他怎么就不能知道？”

“不会是你泄露给他的吧？”罗姑比眯起了眼睛。

“随你怎么想。”青芒狡黠一笑，“反正明天你得改道。我建议你从南边走，绕过白鹿原，从龙首原方向入京，这样你就安全了。”

罗姑比不答，而是定定地看着青芒，忽然一声冷笑：“我明白了，你今天来，一定是想求我，别向刘彻泄露你的真实身份吧？”

“猜对了，这正是我要说的第二件事。”青芒直言不讳，“不过，我可不是来求你的，而是来跟你做交易的。”

“你有什么资格跟我做交易？”罗姑比一下抖擞了起来，从容收刀入鞘，然后走到青芒身边坐下，斜眼看着他，“你现在的小命就在我手里头攥着，让不让你死，全看老子心情！”

青芒呵呵一笑：“我冒着风雪连夜来给你送信，救了你一命，你现在心情应该不错吧？”

“放屁！我的行踪不就是你透露给胥破奴的吗？你还敢说救我一命？”

“唉，真是好心当成驴肝肺。”青芒叹了口气，站起身来，“也罢，既然你这么不近情理，那咱们也没什么交易可做了，我这就告辞。”说完，径直朝窗口走了过去。

罗姑比一愣，顿时有些纳闷：这小子怎么可能什么都没捞着就走了？

果然，青芒走到窗前便停住了脚步，旋即转过身来，无声一笑：“对了，我忽然想起一件事，你的小女儿好像是去年嫁到了浑邪部对吧？有没有给你生个小外孙呢？”

罗姑比不由得一震："你什么意思？"

"没什么。我就是想说，现在整个匈奴，唯一敢跟伊稚斜叫板的人，也就是我外祖父浑邪王了。而你的小女儿、小女婿，或许还有素未谋面的小外孙，目前都是我外祖父在庇护着。假如他哪天顶不住伊稚斜的压力，把人都交出去的话，你说伊稚斜会怎么对付他们？"

"你威胁我？！"罗姑比腾地跳了起来，咬牙切齿道。

"我只是在提醒你。"青芒笑了笑，"你刚才说，我的命在你手里头攥着，这我不否认；可你怎么就不想想，你小女儿一家的命在谁手里头攥着呢？要是让我外祖父知道，是你向刘彻告密才害我掉了脑袋，你说他一怒之下会干出什么事来？"

罗姑比目瞪口呆，颓然坐回床榻，半晌才有气无力道："那你想让我做什么？"

"很简单。"青芒粲然一笑，"只要你到时候配合我演一场戏就行了。"

"演戏？"罗姑比不解，"演什么戏？"

青芒随即把自己事先策划好的方案一五一十告诉了他。罗姑比听完，顿时大为困惑："你不是怕刘彻知道你的真实身份吗？干吗又让我拿你的身世说事？"

"这样的戏演起来才逼真嘛。"青芒冲他眨眨眼，"你也知道，刘彻乃雄猜之主，你若不说一些对我有威胁的事，他怎么会轻易相信你？所以，到了刘彻的金銮殿上，你必须表现出一副跟我不共戴天的模样，拼命把我往死里整。总之，到时候你越是针对我，刘彻就越会信你的话。"

"这可是你说的。"罗姑比瓮声瓮气道，"那万一真把你整死了，浑邪王要我女儿一家子偿命咋办？"

青芒一笑："放心，只要你照我说的做，刘彻便不会拿我怎么样。"

罗姑比半信半疑："你就这么有把握？"

青芒若有所思："以我对刘彻的了解，他恐怕更喜欢我是汉匈混血。"

"为何？"

"一个血统纯正的汉人，对他反而没有利用价值。"青芒淡淡道。

罗姑比蹙眉一想，恍然大悟。

宣室殿上，刘彻看着青芒，忽然露出和煦的笑容："秦穆，平身吧。"

"谢陛下！"青芒站了起来。他意识到，自己对天子刘彻的判断是对的——接下来，天子很可能要拿他"汉匈混血"的身份做文章了。

果不其然，刘彻紧接着便道："诸位爱卿，今日听了秦穆的身世，朕深有感触！其实，无论是汉人还是匈奴人，本来便是天下一家，何苦定要兵戎相见、杀得你死我活呢？从秦穆的身世足以见出，大汉的百姓与匈奴的百姓，是完全可以和平共处乃至亲如一家的！真正祸乱天下的，其实只是以伊稚斜为首的一小撮匈奴权贵。他们为了一己私利，不惜征战杀伐，陷汉、匈二族百姓于水火之中！朕近年来屡兴王师，正是为了吊民伐罪，征讨那些骄奢淫逸、嗜血好战的匈奴贵族，解万千匈奴百姓于倒悬！设若有朝一日，我大汉王师将伊稚斜等元凶祸首铲除殆尽，那么'汉匈一家、天下大同'之太平盛景，定可降临于世！"

天子这一番慷慨激昂的即席演说，立刻感染了在场众人。

"陛下圣明！"身为百僚之首的公孙弘当即起身，朗声道，"孔子曰：'远人不服，则修文德以来之。'而今陛下德比尧舜，功侔禹汤，且以儒术治天下，太平盛世定然指日可待！臣相信，不假数年，匈奴百姓势必云集景从，纷然来附，寰宇共沐皇恩，率土均沾王化！"

尽管明知此言略嫌阿谀，刘彻心中还是颇为受用，脸上的笑意又添了几分。

一看这势头，汲黯便知天子是有意把秦穆塑造成"汉匈亲善"的典型了。

近年来，天子一边屡屡对匈奴用兵，一边也在不遗余力地用各种怀柔手段招抚匈奴人，可谓是双管齐下、恩威并施。不过，天子正值盛年，血气方刚，所以对付匈奴终究还是以战争手段为主，这是主张和平的汲黯一向反对的。

眼下，天子想利用秦穆加强怀柔政策，这对汲黯这种主和派显然是个有利的信号，且不失为一个趁势进谏的契机。

此外，对秦穆本身而言，能被天子树立为"汉匈亲善"的典型，似乎也不是什么坏事，至少从今往后他在朝中也能更好立足了。

思虑及此，汲黯决定顺水推舟，促成此事，便起身禀道："陛下宽仁慈爱，心系苍生福祉，对汉、匈二族百姓不分华夷，一视同仁，皆以化下子民待之，令臣深为感佩！臣祈愿自今而后，我朝能偃武修文，息兵罢战，且以互市、和亲、容留安置等怀柔之策抚御匈奴。若此，必可铸剑为犁、化干戈为玉帛，则家国社稷幸甚，天下苍生幸甚！"

这老头儿，又在变着法儿地劝谏了。刘彻心里嘀咕，脸上却保持着笑容："汲卿言之有理。正所谓'兵者，不祥之器也'，朕之用兵，皆属不得已而为之，岂好战邪？若仅以怀柔之策便可使匈奴臣服，朕又何乐而不为呢？"

天子的意思明摆着：对付匈奴，“用兵”与“怀柔”两手都要硬，缺一不可。

“陛下所言甚是。”汲黯接言道，“怀柔之策得力与否，端赖朝廷是否得人。是故臣建议，可任命秦尉丞为‘招抚使’，负责对匈奴的亲善招抚等事宜。臣相信，假以时日，秦尉丞必可为朝建功。”

刘彻眸光一亮：“这个提议倒是不错。”说着转向青芒：“秦穆，你意下如何？”

“回陛下，”青芒恭谨道，“臣既忝列朝堂，自当为社稷鞠躬尽瘁，故而臣对此并无个人意见，只唯陛下与朝廷之命是从！”

尽管早就料到天子会拿自己“汉匈混血”的身份做文章，可青芒还是没想到会有一个“招抚使”的职衔凭空落到自己头上。

“很好！”刘彻对他的回答颇为满意，转脸对公孙弘道：“丞相，即日发布对秦穆的任命状，令内外臣工及四方郡国周知。”

“臣遵旨。”公孙弘躬身道。

今日廷议，公孙弘本欲将秦穆及墨家一网打尽，不料打蛇不死反被蛇咬——到头来秦穆非但安然无恙，反而加了官，还把张次公给整垮了，这无异于扇了他一记响亮的耳光。

公孙弘表面上不动声色，心里却沮丧透顶。

小子，走着瞧，本相终有一天会挖出你的老底、撕破你的假面！

第十七章 抓捕

天下无道，仁士不处厚焉。

——《墨子·耕柱》

郦诺那天去见了青芒之后，许是受了凉，加之心情抑郁，原本尚未痊愈的风寒又加重了，遂一连数日卧病在床。其间，仇芷薇一直悉心照料。郦诺心里很是感动，但越是感动，便越发纠结于仇景的事，不知该不该接着往下追查。

这天午后，郦诺精神好了许多，便坐起来跟仇芷薇聊天。聊着聊着，两人回忆起了儿时的光景，说到好玩的地方，不由得一块儿笑得前仰后合。然后两人就开始互揭老底，说起对方小时候的糗事。

郦诺说："你那时天天拖着鼻涕跟在我屁股后面，讨厌死了，我们这几个大的没人想跟你玩。"

仇芷薇哼了一声，说："你以前就是个假小子，成天跟一帮男孩子玩，有一回人家都脱光了跳河里游泳，就你不敢脱，那些家伙差点儿没把你扒光了！你那天哭着回去找你爹的样子，我还记得一清二楚呢！"

郦诺登时羞红了半边脸，道："你还敢提这茬？那回你躲在一边偷笑，被我揪出来扇了几巴掌你忘了？"

"那我可没忘。"仇芷薇一本正经道，"我还发誓以后要找你报仇来着。"

郦诺看她煞有介事的样子，便道："要不你现在打我几下，免得记我一辈子仇。"

仇芷薇讪讪道："谁敢打你这个准巨子啊，别说现在了，那时候我也不敢打呀。

从小你就是个孩子王，我怕你都来不及呢！”

郦诺咯咯笑了起来：“你既然这么怕我，干吗还要死乞白赖地当我的跟班？”

“因为我也想当孩子王啊！”仇芷薇也笑道，“不跟着你学点儿本事，岂不是永远翻不了身？”

郦诺伸手点了一下她的额头：“没想到你这丫头心机这么深。”

仇芷薇叹了口气：“其实这也就是我这种小跟班自欺欺人的小心思罢了，哪敢称什么心机啊！要说从小到大的心机，谁能跟你这个孩子王比？”

郦诺微微一怔，蓦然想起之前对他们父女俩隐瞒线索的事，不觉有些尴尬。仇芷薇似乎没有察觉，起身说我去灶屋看看药熬好了没有。郦诺眉头一皱：“我都好得差不多了，那药能不喝了吗？”

“不能。”仇芷薇断然道，“医师叮嘱说你至少还得喝三天，不然断不了根，病情会有反复。”

“天底下的医师没有不危言耸听的。”郦诺撇了撇嘴，“我这几天都快喝吐了，一闻到药味就犯恶心，咱能不喝了吗？”

“不行。”仇芷薇冷冷地打断她，“这事得听我的，没得商量！”

郦诺无奈，忍不住嘟囔了一句：“跟个管家婆似的。”

“你说什么？”仇芷薇瞪起了眼睛。

“没什么。”郦诺只好赔笑，“我说你对我真好。”

仇芷薇哼了一声，扭头朝外走去。刚一走到外间的门后，虚掩的房门突然被推开，雷刚一头闯了进来，差点儿跟她撞个满怀。

“雷子你吃错药了？瞎闯什么？！”仇芷薇大怒，“诺姐的屋你也敢乱闯？”

“急事，我有急事。”雷刚被她挡住了去路，急得跳脚，只好冲里屋连声喊道：“旗主！旗主……”

郦诺从里屋走了出来：“什么事？”

雷刚瞥了仇芷薇一眼，欲言又止。

“说吧，这儿没外人。”郦诺道。

雷刚又迟疑了一下，才急切道：“铁锤李派大川送来口信，说樊左使有消息了。”

“樊左使？！”郦诺大为惊异，“大川怎么说？”

“他说铁锤李想约你见面细谈。”

“去何处见面？”

“北郊。”

郦诺沉吟不语。

仇芷薇见状，讪讪道：“姐你忙吧，我就不在这碍事儿了。”说完扭头就走。

“芷薇。”郦诺叫住她，“把你爹叫上，咱们一块儿去见铁锤李。”

仇芷薇诧异地回过身来：“你是说……我和我爹都一起去？”

郦诺一笑：“你耳朵又不背，还要我说几遍？”

仇芷薇又愣了一下，这才喜笑颜开，重重点了点头，开心地跑了出去。

看着她离去的背影，郦诺眼中掠过一丝复杂的神色。

两只木匣并排放在案上，每只木匣里各放着一颗人头。

尽管两颗人头都是血迹斑斑、狰狞可怖，可依旧能看出是胥破奴和乌拉尔。

温室殿中，刘彻爆出一阵朗声大笑：“去病啊去病，你可真是匈奴人的克星，廷尉寺折腾了那么久都没拿下的人头，居然被你拿下了！你为朝廷又立了一功啊！”

霍去病站在下首，拱手道：“臣只是偶然得到线报，才得以伏杀此二人，实属侥幸，不敢居功。”

刘彻示意一旁的吕安取走木匣：“把它们挂到北阙去，枭首示众，看伊稚斜还敢不敢再派人来。”

“老奴领旨。”吕安领着两个小黄门，小心翼翼地捧起木匣，退了出去。

“有功则赏，不必过谦。”刘彻龙颜大悦，看着霍去病，“你自己说，想让朕赏你什么？”

“多谢陛下！不过，臣每月从朝廷领取的俸禄都花不完，衣食住行一无所缺，陛下真的不必再赏赐臣。”

刘彻又笑了笑：“朕上辈子是积了多少福德，才得到你这样一个既能干又不居功的臣子？满朝文武若都能如你这般，朕何愁天下不能大治！”

“陛下谬赞，臣只是做了分内之事而已。”

“你说你一无所缺，依朕看来却也未必。”

天子似乎弦外有音。霍去病不解：“臣驽钝，不知陛下此言何意？”

刘彻唇边浮起一丝深长的笑意：“你不是尚未婚娶吗？朕的意思，就是你虽然什么都不缺，却还是缺一位贤内助。”

霍去病大为惊讶：听天子这口气，难不成是要给自己指婚？

“禀陛下，臣未及弱冠，这男婚女嫁之事，尚未在臣的计议之内……”

“你今年不是满十八了吗？也不小了。”刘彻打断他，“朕大婚那年才十四呢！朕问你，这满朝王公大臣的千金之中，可有你心仪之人？只要是你中意的，朕都帮你做主。”

霍去病顿时有些慌神：“陛下，臣乃军人，一心只想上阵杀敌、保家卫国，从未思及儿女情长之事，更未与任何王公大臣结交，何来……何来什么心仪之人？”

刘彻呵呵一笑，忽然话锋一转：“对了，朕听说，你最近在教夷安公主练武，都在宫里设上练武场了？”

霍去病一惊，慌忙躬身道：“陛下明鉴，是公主殿下学武心切，极力要求臣教她练武，臣拗不过，只好……”

“朕明白，你不必解释。”刘彻摆了摆手，“朕不是在怪你。夷安那性子，连朕都拗不过，何况是你？朕的意思是想说，夷安除了学武之外，对你存什么心思，难道你真的看不出来吗？”

霍去病闻言，越发惶惑，一时竟说不出话来。

“怎么？”刘彻微微眯起眼睛，“是不是你对夷安全无好感？”

霍去病蹙眉片刻，蓦然跪地，双手抱拳：“回陛下，臣眼下尚不愿论及终身大事，是别有原因，与公主殿下无关。”

“哦？那你说说，是何原因？”

“回陛下，臣的原因，只有八个字。”

“哪八个字？”刘彻身体前倾，露出了好奇的神色。

“匈奴不灭，何以家为！”霍去病一字一顿、斩钉截铁道。

刘彻不由得一震，眸光霎时亮了起来，凝视着霍去病，半晌才道：“好，很好，不愧是我大汉铁骨铮铮的男儿！朕一定让史官把你这八个字载入史书，令后人永世铭记！”

“陛下如此厚爱，令臣惶恐。”

“不必惶恐了，大丈夫自应当仁不让。平身吧。”

“谢陛下！”霍去病起身。

刘彻看着他：“从今往后，朕再也不会跟你提及婚娶之事了，除非是你自己的意愿。”

霍去病暗暗松了口气：“谢陛下体谅。”

“对了，”刘彻忽然想着什么，换了一个话题，“你诛杀胥破奴和乌拉尔之时，是否也将其党羽一并铲除了？”

“回陛下，除此二人外，臣昨日在白鹿原还另行击杀了二十九名匈奴人。臣料想，应该是没有漏网之鱼了。”

“是吗？”刘彻浅浅一笑，“你杀的这二十九名匈奴人中，应该不包括伊稚斜的女儿荼蘼居次吧？”

霍去病一怔，忙道：“陛下圣明，荼蘼居次的确不在其中。臣一时疏忽，未想起此人。”

“据说，这个荼蘼居次是伊稚斜的掌上明珠。她此次居然会跟胥破奴一起潜入长安，令朕十分不解。若说她是为天机图而来，朕总感觉有些牵强。这道理就跟朕无论多么想得到一样东西，也绝不会把夷安派出去冒险一样。你说是吧？”

“陛下所言甚是。”霍去病蹙眉思忖，“那会不会……这个荼蘼居次是瞒着伊稚斜偷偷跑出来的呢？”

“嗯，这么说倒是有些道理。”刘彻颔首，“那依你看，她为何会这么做？”

“这个……”霍去病一脸茫然，“这个臣就无从推测了。”

刘彻淡淡一笑，站起身来，在书房中来回踱步，边走边道：“身为匈奴的公主，也算是金枝玉叶，养尊处优，竟然会不顾一切，千里迢迢地从大漠跑到长安……哼，依朕看来，原因只可能有一个。”

刘彻停下脚步，伸出了一根指头。

霍去病看着那根指头，等着天子说下去。

“那就是‘情’字。”刘彻接着道，“朕料想，这个荼蘼居次很可能是为情所困，才会做出这种超乎寻常的举动。换言之，荼蘼来长安，一定是来找她的心上人的。那么，这个人又会是谁呢？”

刘彻面带笑意地看着霍去病，像是在问他，又像是明知答案却故意在卖关子。

霍去病无从接言，只好保持沉默。

“朕最近一直在思考这个问题，所以，朕日前特意询问了熟悉匈奴事务的大行丞。你猜朕发现了什么？”刘彻深长地一笑，“朕得知，这个荼蘼居次有一个未婚夫；而这个未婚夫便是在漠南之战中神秘失踪的匈奴前锋大将——左都尉阿檀那！”

霍去病心中猛然一震。

他万万没想到，荼蘼居次跟阿檀那还有这层关系！

“综上所述，不难推知，这个阿檀那一定早已潜入了长安，荼蘼居次正是冲着他来的。另外，朕还听大行丞提起了一件趣事：这个阿檀那居然跟秦穆一样，也当过於单的贴身侍从；另外，此人的身世也是个谜，其母据说是浑邪王的女儿，但其父是谁却无人知晓。朕得知这些后，不免浮想联翩——这个阿檀那会不会跟秦穆一样，也是汉匈混血呢？”

“陛下这个联想有意思。”霍去病的心早已咚咚直跳，如同擂鼓，脸上却笑了笑，“臣甚至有更进一步的联想。”

“哦？”刘彻饶有兴味地看着他，“是什么？”

“臣会不会是被秦穆蒙蔽了，其实……他便是阿檀那？”

心中恐惧什么便索性直面什么，与其逃避，不如以攻为守。这既是霍去病在战场上一向恪守的信条，也是他与生俱来的性格。

“你也这么想？”刘彻微笑地看着他，“不瞒你说，朕之前也有此怀疑，若不是昨日罗姑比证实了秦穆的身份，朕恐怕早就把他抓起来了。”

“陛下相信罗姑比的证言吗？”霍去病进一步试探道。

“你说呢？”刘彻呵呵一笑，不置可否。

“想必陛下大体还是信的，否则怎么会给秦穆加了个‘招抚使’的职衔呢？”

“反正只是个虚衔，朕又何必吝啬？”刘彻又是一笑，“当然了，朕也实在找不出罗姑比会包庇秦穆的理由。所以……朕权且信了他吧。”

“陛下，秦穆是臣引荐入朝的，他若是有问题，臣难辞其咎。”霍去病适时表态道，“接下来，臣一定会盯紧了他，若发现任何异常，立刻把他绑到陛下面前。”

“嗯，你有此警觉便好。”刘彻拍了拍他的臂膀，“另外，荼蘼居次就交给你了。此女很有价值，要尽快抓获，而且要活的——一旦拿下，咱们便等于拿住了伊稚斜的命门，还可以顺藤摸瓜，挖出那个阿檀那！”

“臣遵旨。”

霍去病朗声答言，心中却在苦笑：阿檀那啊阿檀那，碰上如此慧眼如炬、明察秋毫的天子，你再自作聪明又有何用？虽然我三番两次替你兜着，但这回怕是兜不住了，你就等着现出原形吧！

郦诺、仇景、仇芷薇、雷刚四人跟着大川，来到了长安北郊一处僻静的小村落，见到了铁锤李。

众人围着一盆炭火坐下。

“我已经跟樊左使派来的人约好了，明晚戌时跟他见面。”铁锤李开门见山道。

郦诺眉头深锁，苦笑了一下：“樊左使这么长时间音讯全无，为何现在突然现身？”

“就是！”仇芷薇附和道，“他脱离咱们墨家这么久，有没有变节都不好说。万一他要是被朝廷收买了，想借机把咱们一网打尽怎么办？”

“芷薇！”仇景立马沉下脸来，“不可胡言乱语！”

仇芷薇哼了一声，不说话了。

“不瞒二位旗主，其实我也跟樊左使派来的人发了牢骚。”铁锤李道。

“那对方怎么说？”郦诺问。

“他说樊左使也有不得已的苦衷。这回约弟兄们见面，就是想跟大伙儿好好解释一下，同时跟郦旗主商讨一件大事。”

“什么大事？”

“是关于天机图的。”

“天机图？！”

郦诺和仇景同时脱口而出。仇芷薇和雷刚也都颇为惊诧。

铁锤李点点头：“听那人的意思，樊左使这次见面，会向郦旗主透露天机图的秘密，甚至可能会把天机图交给你。”

“不可能。”郦诺不假思索道，“天机图都失踪好几年了，你不也一直在找它吗？怎么现在突然又落到樊左使手里了？”

“这事那人也解释了。他说真正的天机图一直在樊左使手中，后来失踪的所谓天机图其实是假的。四年前，樊左使为了掩人耳目，便造了一个假的天机图，然后命一个代号‘共工’的弟子携带出去，之后又故意散播共工和天机图均已失踪的消息，借此混淆视听，以保护真正的天机图。这事没人知道，连我也被蒙在了鼓里。”

在场四人闻言，同时露出惊愕的神色，不由得面面相觑。

郦诺难以置信地看着铁锤李，半晌才道：“既然樊左使如此苦心孤诣地保护天机图，不让任何人知道这个秘密，现在为何又愿意说了？而且还想把东西给我？”

铁锤李忽然神色一黯：“据来人说，樊左使他……他已身染重疾，恐怕不久于人世了。”

此言一出，在场众人不禁都是一震。

郦诺叹了口气：“你跟樊左使约在哪里见面？”

“出洛城门一直往北走，过渭水三十里处，有一座孤鹜岭，岭下有一秋水山庄，是我经营多年的一处秘密据点，位置隐蔽，非常安全。”铁锤李说完，貌似不经意地瞟了下仇景父女，又道：“另外，樊左使有交代，明晚去的人，宜少不宜多。”

仇景和仇芷薇下意识地对视了一眼。

“放心吧，就我们四个。”郦诺道。

仇芷薇闻言，不禁开心地冲郦诺笑了一下。郦诺回以笑容，然后用眼角余光瞥了下仇景。

仇景脸上几乎看不出什么表情。

一连数日，青芒都在焦灼地寻找荼蘼居次。

因为他得知，霍去病正在暗自搜查长安内外的多处胡人聚居点。虽然无从知晓霍去病具体执行什么任务，但青芒凭直觉断定，他要抓的人一定是荼蘼。

所以，青芒必须赶在霍去病之前找到她。

为此，他暗中命人画了几张荼蘼居次的画像，然后发动孙泉、刘忠和六喜那帮小乞丐，找遍了东市、西市、柳市等长安内外九市，却始终不见荼蘼的踪影。

这天晌午，孙泉终于传来一条消息，说六喜的人昨日在渭水北边的交门市一带见过一个匈奴女子，眉眼与画像上的荼蘼居次十分相似，遗憾的是，小乞丐把人跟丢了，所以不知这女子住在何处。

青芒闻讯，立刻策马出城，过了渭桥，来到交门市，在人流熙攘的市场上转悠。约莫转了半个多时辰，蓦然察觉背后好像有人跟踪，遂猛然掉转马头，迎面朝那个跟踪者走去。

不料那人却不回避，而是勒马停在了原地。

此人身形娇小，穿着臃肿的胡服，脸上包着头巾，只露出一双眼睛。见青芒策马近前，此人拉下头巾，露出了脸，正是荼蘼的侍女朵颜。

青芒先是一怔，继而大感欣慰，便看了看四周，试图寻找荼蘼。

“不用看了，居次不在这儿。”朵颜开口道。

“那她在哪儿？”

“左都尉不必多问，跟我走便可。”

“不必了。我只有几句话，麻烦你转告她。”尽管担心荼蘼的安危，可青芒却不想再面对她，“胥破奴和乌拉尔既已伏诛，朝廷眼下正全力搜捕你们，你们随时可能被抓。告诉居次，回龙城去吧，留在这儿毫无益处，只能白白丢掉性命。”

“这些话你跟我一个侍女说不着。”朵颜冷冷道，“要说你自己去跟居次说。”

青芒犹豫了一下，苦笑道：“也罢，带路吧。”

二人旋即打马离开。

此刻，在街对面，隔着熙来攘往的人群，有一个人正看着他们离去的背影，眼神颇为复杂。

她就是郦诺。

适才，郦诺等人辞别铁锤李后，经过交门市，仇芷薇起了玩兴，央求郦诺一块儿进市场逛逛。郦诺拗不过，便让仇景和雷刚先回去，然后陪她进了市场，不料恰在此处遇见了青芒。

仇芷薇也看到了刚才的一幕，不禁眉头一皱，对郦诺道：“姐，那女的好像是那个匈奴公主的侍女吧？”

郦诺不语。

“秦穆一定是去见那个匈奴公主了，我看这姓秦的就是脚踩两条船！”仇芷薇愤然道。

“瞎说什么！”郦诺白了她一眼。

“我怎么瞎说了？”仇芷薇不以为然，“你和秦穆不是郎有情妾有意了吗？别以为我看不出来。”

“我跟这个秦穆没有任何关系。”郦诺冷冷道，“以前没有，现在没有，将来也不会有。”

仇芷薇一怔：“你们是不是……吵架了？”

郦诺没回答她，只淡淡道：“我累了，回去吧。”随即拨马欲走。仇芷薇却忽然看见了什么，失声道：“姐，你看那几个家伙是不是在跟踪秦穆？”

郦诺一惊，顺着仇芷薇的目光望去，但见三名便装骑士正悄悄跟着青芒，而为首之人竟是霍去病！

“走。”郦诺略为迟疑了一下，便拍马跟了过去。

仇芷薇紧随其后，哧哧一笑道：“刚说跟人家没关系，这会儿又这么紧张，哼，我看你就是口是心非！”

郦诺心中苦笑，只能假装没听见。

青芒跟着朵颜出了交门市，一路沿渭水西行，约莫一盏茶工夫后，进了一个村落，然后穿过几条小巷，来到了一处宅院前。

宅子坐落在渭水边上，位置偏僻，简陋破旧。原本便低矮的夯土院墙因年久失修坍塌了一小段，看上去越发显得破陋寒酸。

青芒见状，想她荼靡一个堂堂的匈奴公主、草原上万众景仰的女神般的人物，竟然为了自己沦落到这步田地，心头不由得有些酸楚。

“到了。”朵颜把坐骑系在墙外的一棵树下，从马鞍边取下一包东西，也不看他一眼，便径直从院墙的缺口处走了进去。

青芒把马系好，跟着她走进小院，迎面便见荼靡正站在院中，背对着他。朵颜走到荼靡身边，低声说了句什么。荼靡一动不动，也没有回头。朵颜叹了口气，回头看了青芒一眼，然后走进了一旁的灶屋。

“你是来劝我回龙城的吧？”静默了片刻，荼靡居次终于开口，声音有些虚弱，仿佛从很远的地方飘来。

此时，屋里飘出了一阵浓酽的药味。

青芒眉头一蹙，又见荼靡瑟缩了一下，似乎有些畏寒，忙问：“你生病了？”

荼靡居次猛然发出了一串咳嗽。

青芒心中不忍，连忙脱下身上的披风，走上前去，轻轻披在了她的身上。荼靡居次微微一震，立刻红了眼眶。

“外面太冷，还是进屋说话吧。”青芒道。

披风上犹存的体温让荼靡居次感到了一阵暖意。她转过身来，凄然一笑：“你既然不在乎我，又何必管我生不生病？”

才数日不见，荼靡竟然瘦了一圈，且脸色异常苍白。青芒心中又升起了一阵莫名的愧疚。“我若是不在乎你，就不会来见你了。”

“你来，不就是为了赶我走吗？”

“我是不希望你把命扔在这儿。你可知道，如今朝廷正在四处搜捕你？”

“我当然知道，可我已经不在乎了，不就是一个死吗？”荼靡居次冷笑，“从离开龙城的那天起，我就知道，我选的是一条不归路。”

“你觉得这么做……值得吗？”

“用世人的眼光看，当然不值。”

“那你为何还要这么做？”

“因为我愿意。”荼靡居次直直地看着他，“值不值是头脑的算计，但是爱一个人是无关算计的，也是不讲道理的。不是吗？”

青芒不语，但心里却给了她肯定的回答。

爱的确无关算计。

就像自己和郦诺在终南山的山洞中命悬一线的时候，如果用理智来考虑的话，当自己竭尽全力也无法救起郦诺时，就只能选择放手，没必要与她同归于尽，因为这么做“不值得”。然而，自己当初却已经做好了跟郦诺一同坠入深渊的准备，头脑和理智在那一刻是完全不起作用的，而原因正如荼蘼刚刚所讲——爱无关算计，也不讲道理。

既然如此，你又凭什么追问荼蘼这么做值不值得呢？

她爱你，正如你爱郦诺一样！

“进屋吧。”荼蘼居次忽然露出笑容，“咱们小酌几杯，暖暖身子。”

青芒不忍拒绝，便跟着她走进了堂屋。

屋里陈设简陋，除了一榻一案、一口旧箱子和几张破草席外，再无余物。

案上放着一把酒壶，还有两只杯子。

荼蘼居次跪坐在草席上，把两只空杯一一斟满，对着青芒嫣然一笑：“坐吧，还愣着干什么？”

青芒坐下，看着她莫名其妙就明媚起来的笑容，心里蓦然涌起一丝不安。

“知道这叫什么酒吗？”荼蘼居次用手指旋转着酒杯，仍旧笑盈盈地看着他。

“你现在身体不适，怎么还能喝酒？”青芒蹙紧了眉头。

“它有一个美丽的名字，这名字你也很熟悉……”荼蘼居次自顾自地说道。

青芒心念一动，已然猜到了什么。

“是的，如你所想，这酒的名字跟我一样，叫荼蘼，乃荼蘼花之果实精酿而成。”荼蘼居次端起酒杯，碰了下青芒的杯子，然后一饮而尽。

“这东市卖酒的掌柜是个有趣之人，我不过是去沽两斤酒，他却跟我讲了许多酿酒之法。”荼蘼居次又把酒斟满，“他说了那么多我都听不懂，就懂了他讲荼蘼花的那几句。不过，他说的荼蘼花，和你当初说的不太一样。你想不想听听，他说了什么？”

荼蘼居次又是一口喝掉杯中的酒，笑道：“掌柜的说，荼蘼是一年花季中最后盛放的花。当它开放的时候，就意味着春天已然消逝，一场美丽的花事行将终结，所以你们汉地的老百姓常说：开到荼蘼花事了……”

青芒静静听着，眼中渐渐浮出了泪光。

荼蘼居次又把酒杯斟满，依旧笑靥嫣然：“掌柜的还说，在你们汉地，许多情人要分手的时候，往往以荼蘼作喻，暗示对方：春日已逝，花事将歇，就让我们在荼蘼花开得最灿烂的日子里，分手作别，互道珍重吧，至少我们还能在彼此心中留下一段美丽的记忆……阿檀那，这就是你当初要告诉我的，对吗？”

青芒强忍着眼中的泪水，把脸转开了。

是的，荼蘼，当初送给你这个名字的时候，我已经决意要回汉地了。我不能对你明说，但又不能不说，所以只能给你留下这个“密语”，希望我走之后，你能尽早猜破。

遗憾的是，迟至今日，你才悟透了这两个字的真正含义。

“可是，你以为给我留下这个暗示，便可以心安理得地不告而别了吗？”荼蘼居次依旧保持着笑容，但双眸已是泪光闪动，“你以为让我自己悟出来，明白你的离开是不可避免的，我的痛苦和悲伤就没有那么深、那么重了吗？”

他从不敢奢望他的离开不会对荼蘼造成伤害，他只能尽己所能，把这种伤害降到最低。

当然，青芒也知道，在上苍给他们安排的这场命定的悲剧中，无论他怎么做，最后很可能都只是徒劳，或者说是一种聊胜于无的自我安慰。

霍去病跟踪到此后，便命两个手下潜到宅子后边，自己则躲在院墙的缺口处暗暗观察。可他并不知道，此时郦诺和仇芷薇正躲在不远处的一棵大树后窥视着他。

“姐你说，这些家伙是什么人？”仇芷薇一边探头探脑，一边低声问，“会不会是朝廷鹰犬？”

“听说过霍去病吗？”郦诺不答反问。

仇芷薇一怔：“听说过呀。”

郦诺朝宅子那边努努嘴：“那个年轻人便是。”

“啥？”仇芷薇大吃一惊，“那毛头小子……就是令匈奴人闻风丧胆的冠军侯霍去病？！”

“正是。”

仇芷薇忍不住朝那边多看了几眼，忽然嘻嘻一笑：“我还以为霍去病是个五大三粗、胡子拉碴的莽夫呢，没想到是如此年轻英俊的美男子！”

“别忘了，他可是朝廷鹰犬。”郦诺揶揄道，“你不是最恨这种人吗？”

“就算他吃的是朝廷俸禄，可也不见得就是坏人吧？”

“你凭什么说他不是？”

仇芷薇语塞，想了想，道：“看他长相就不像坏人。”

郦诺一笑：“真新鲜，好人坏人难不成还会写在脸上？”

仇芷薇撇了撇嘴：“反正我觉得，他跟别的朝廷鹰犬不一样。”

“怎么不一样？”郦诺故意逗她，“你不会是看上人家了吧？”

仇芷薇脸颊一红：“姐，你说什么呢？根本没有的事，好吧？”

“没有就好，咱们今天说不定得跟他们打一场。”

“为啥？你不是说秦穆跟你没关系吗？”仇芷薇终于逮到了一个反击的机会，促狭一笑，“就算霍去病要抓他，也不关咱的事吧？”

“我是说我跟他没有那种关系，又不是说不管他的死活。”郦诺白了她一眼，“他毕竟帮过咱们好几回，咱们岂能忘恩负义，见死不救？”

“救秦穆我没意见，可那个匈奴女人，你也要救吗？”

郦诺登时语塞。

荼蘼居次将杯中的酒一饮而尽，又把手伸向酒壶。青芒一把夺过，沉声道：“你不能再喝了。”

“你是我什么人？有什么资格管我？”荼蘼居次斜眼看着他。

“不想让我管，你就离开这儿，回匈奴去。”青芒冷然道。

这时，木门“吱呀”一声被推开，朵颜端着一碗药走了进来：“居次，该喝药了。”

“我不喝，让我病死算了！”荼蘼居次赌气道，紧接着又是一串咳嗽。

青芒忙问朵颜：“居次到底得了什么病？”

朵颜叹了口气：“伤寒。”

青芒顿时一惊。伤寒是极为可怕的传染病，若不及时医治，足以危及生命。他从朵颜手里接过碗，走到荼蘼居次面前，柔声道：“把药喝了，别拿自己性命当儿戏。”

“躲远点儿！”荼蘼居次往后缩了一下，“别靠近我！”

青芒知道她是怕把病传染给自己，便故意蹲下来，又靠近了一些，看着她的眼睛道：“你若是怕传染给我，就把药喝了。”

荼蘼居次迎着他的目光，眼圈微微泛红，终于把碗接过，却又冷冷道："你走吧，最近都别再来找我了。"

"我会走，不过得先送你们走。"

"什么意思？"荼蘼居次不解。

"你们必须离开长安，今天就走！"青芒用斩钉截铁的口吻道。

荼蘼居次刚想说什么，门外忽然响起一个熟悉的声音："很遗憾，你们谁都走不了了！"

随着话音，霍去病猛地推门而入，面无表情地站在了他们面前。

屋内三人同时一惊。

"你跟踪我？！"青芒立刻反应过来。

霍去病毫不避讳地点点头："不然我怎么找得到荼蘼居次？"

"你想怎样？"青芒冷冷道。

"带她入宫面圣，陛下有话问她。"霍去病倨傲一笑。

"问什么话？"

"陛下想问一问居次，她的未婚夫阿檀那是不是也躲在长安？"霍去病故意在"未婚夫"三个字上加了重音。

荼蘼居次又是一惊，暗暗抓住了藏在草席下的佩刀。朵颜也握住了腰间的刀柄。

青芒先是一怔，旋即哑然失笑。

霍去病斜睨着他："都死到临头了，你还笑得出来？"

"咱俩不是早就绑在一起了吗？我若是暴露，你又该如何跟陛下解释？"

"这就不劳你操心了。大不了，我这冠军侯不要了，还给朝廷呗。"

"这么说，你是打定主意要跟我翻脸了？"

"说得好像咱俩交情多深似的。"霍去病冷哼一声，"别忘了，我是看在天机图的分儿上才帮你隐瞒身份的，我可从来没想跟你做兄弟。"

"问题不是你想不想，而是陛下会怎么想。"青芒也冷然一笑，"今上是雄猜之主，这点你比我清楚。若是陛下发现，你一直在包庇我这个匈奴左都尉阿檀那，到时候剥夺你的侯爵事小，从此不再信任你，不再让你领兵打仗才事大。你说呢？

霍去病眉毛一挑："听你这意思，我还非放了你不可喽？"

"不光是我，还有她们。我今天就打算送她们离开，你说她们还能做什么对大汉不利的事吗？你抬抬手，事情就过去了，何必逼人太甚？"

“抬抬手？”霍去病冷笑，“抱歉，我霍去病还从来没对匈奴人抬过手，这辈子都不可能！”

“既然如此，多言无益。”青芒脸色一沉，“看来你我终于可以履行前约，好好打一场了。”

“很好！”霍去病拔刀出鞘，“霍某等的就是这一天！”

荼蘼居次霍然起身，与朵颜同时拔刀在手。

“荼蘼，你和朵颜先走。”青芒道，“霍骠姚这儿，有我一人奉陪足矣。”

荼蘼居次刚想答言，霍去病便冷笑道：“现在外头至少有一百名弓箭手围着这宅子，我劝你们还是别动，否则一出去便会被射成筛子。”

“那你也太自信了，霍去病。”青芒不由得笑道，“把手下都留在外面，就你一个人进来，以一敌三，你就不怕我们把你挟持了？”

霍去病傲然一笑，把刀一横：“我霍去病于千军万马中尚能取敌方上将首级，还会怕你们三个不成？来吧，一块儿上！”

“那就不跟你客气了！”青芒手腕一抖，率先发动了攻击。

荼蘼居次和朵颜也同时出手。

霍去病挺身相迎。

顷刻间，昏暗逼仄的斗室中便亮起了一片刀光剑影……

第十八章 焦尸

死者既以葬矣，生者必无久哭。

——《墨子·节葬》

“姐，打起来了，咱们要不要过去？”

宅子外，仇芷薇紧张地问郦诺。

郦诺眉头紧锁：“你不觉得有什么不对劲吗？”

“哪儿不对劲？”

“霍去病既没叫援兵，也没让那两个手下一块儿上，而是自己一个人杀进去了，这是要抓人的样子吗？”

此时，霍去病那两个手下的确还站在屋后，虽一脸焦急，却不敢轻举妄动，显然是霍去病事先交代过他们，没有命令不准擅自行动。仇芷薇想了想，道：“兴许是霍去病自认为武功高强，一个人就可以把他们拿下呢？”

“不可能！他很清楚秦穆的身手，再加上那两个匈奴女子，他根本没有胜算。”

“那霍去病岂不是危险了？”仇芷薇脱口而出，话一出口，才发觉不妥，赶紧捂住了嘴。

郦诺冷冷地瞥了她一眼：“你到底是哪边的？怎么反倒担心起他来了？”

“我哪边的都不是，就是姐你这边的。”仇芷薇嘿嘿一笑，赶紧岔开话题，“姐你说，那霍去病明知没有胜算还要动手，到底想怎么样？”

郦诺沉吟着，自语般道：“或许，他并不是真想抓他们。”

“啊？”仇芷薇越发不解，“他不是朝廷的人吗？抓了匈奴公主岂不是大功一件？他干吗不抓？”

“正如你刚才说的，霍去病跟那些朝廷鹰犬……不一样。”

“哈哈，还真让我说着了。”仇芷薇喜道，“我就说嘛，看他的长相就不像坏人。”

就在这时，村落东边突然传来一大片杂沓的马蹄声，显然有大队人马正急速迫近。二人同时一惊。仇芷薇立刻蹿上身旁的大树，手搭凉棚往远处一望，顿时一脸惊愕，急切道：“姐，不好了，有大队骑兵过来了，看样子是朝廷的人！”

郦诺微微一震，眉头不禁拧得更紧了。

难道是霍去病暗中派人把援兵召来了？难道是自己判断错了，霍去病终究还是要抓秦穆他们？

“姐，看来咱们都错了。”仇芷薇跳下来，一脸失望道，“霍去病这家伙只是长得好看，其实也不是什么好人。”

听见这么孩子气的话，郦诺顿时有些哭笑不得。

“既然如此，那就该咱们上场了。”郦诺不再犹疑，“唰”的一声抽出了佩刀。

堂屋内，霍去病以一敌三，却毫无惧色，方寸不乱。青芒不禁暗暗佩服。

不过，若只有青芒一人与他单挑，二人功力相当，或许能打个平手，可现在加上荼蘼居次和朵颜拼死相攻，霍去病终究还是落在了下风。

约莫二十来个回合后，霍去病便渐渐被三人逼到了墙角。

这间屋子本就狭小，墙角处愈加施展不开手脚，饶是霍去病如何神勇，此刻也只有招架之功而无还手之力了。

然而，打斗正酣的青芒并未注意到，荼蘼居次的攻击力度慢慢减弱了下来。

她的脸色越来越苍白，额头和鼻尖沁满了汗珠。

青芒一心想挟持霍去病以便突围，故全神贯注进攻。两人硬碰硬地对攻了几刀后，他故意露了个破绽，引霍去病来攻，同时手腕突然一翻，手中刀长驱直入，一下抵在了霍去病的胸前。

可霍去病毕竟也是高手——就在同一瞬间，他的刀也抵在了青芒的腰间。

二人目光凛凛，同时又相视一笑。

当然，另一把刀也在此刻架上了霍去病的脖子。

这是朵颜的刀。

眼看霍去病已再无翻盘的机会，荼蘼居次却在此时双目一闭瘫软了下去，手中的刀也当啷落地。

“居次！”朵颜大惊失色，慌忙回身扶住了她。

青芒一震，下意识地回过头去。霍去病抓住这个间隙将他的刀格挡开去，旋即把刀尖抵在了他的喉咙上。

青芒无奈一笑，眼睛却不看霍去病，而是焦急地望向晕厥倒地的荼蘼居次。

“来人！”霍去病一声大喊。

话音一落，立刻有两条身影从后窗一跃而入。

然而，进来的却不是霍去病那两个手下，而是脸上蒙着黑布的郦诺和仇芷薇——屋外那两人，已经被她们轻松摆平了。

乍一看到进来的竟是两个蒙面女子，霍去病不由得一愣。趁着这一愣神，青芒急退两步，摆脱了霍去病的威胁，同时一把抱起了地上的荼蘼居次。

霍去病大怒，又要来攻，仇芷薇和朵颜不约而同挥刀阻挡，三人立马杀成了一团。

就在这一刻，青芒目光一瞥，霎时认出了郦诺，不禁愣在当场。

他万万没料到她会出现在这里，更没想到他们三人居然会在这样的境况下相遇——自己怀里抱着并非真爱的未婚妻，却与真正两情相悦的她四目相对。

这样的境况，似乎已经不能用错愕与尴尬来形容了。青芒心中刹那间五味杂陈。

此时，郦诺也定定地看着青芒，内心的纠结和撕扯似乎比他有过之而无不及。

自从那天与青芒不欢而散后，郦诺无时无刻不在承受着痛苦和煎熬：她爱青芒，却出于自尊不愿做他和荼蘼之间的第三者，于是爱与自尊便在她心中展开了交战；同样作为女人，她很同情也很敬佩荼蘼对青芒的那份痴情，可恰恰是作为女人，她对荼蘼这个情敌却又怀着一种本能的嫉妒和排斥……

这些复杂矛盾的情感就这样纠结在一起，彻底搅乱了她的内心。

而现在，她居然又阴差阳错地出现在这里，眼睁睁地看着自己心爱的男人抱着另外一个女人！

此时此刻，她仿佛听见另外一个郦诺在心里大声冷笑，骂她是傻瓜，是以自苦自虐成全情敌的天字第一号大傻瓜！

可不这么做又能如何呢？难道要放弃自己最珍视的自尊，放下墨家准巨子的身段，像个怨妇一样去跟另一个女人争抢男人吗？

郦诺不屑。

如此她只会鄙视自己。

所以她宁可自苦自虐，宁可承受随之而来的所有纠结、撕扯、痛苦、煎熬……

青芒和郦诺只对视了短短一瞬，感觉却像过去了很久。

他很快回过神来，不敢再做耽搁，抱着荼蘼居次迅速冲出了堂屋。朵颜紧随而出。霍去病压力骤减，一掌就把仇芷薇击倒在地，刚要追出去，却被郦诺挡住了去路。

“你是何人？！”霍去病盯着她厉声喝问。

可是，还没等郦诺答言，霍去病愤怒的表情便突然转为惊愕，脱口道：“仇芷若？”

既已被识破，郦诺索性扯下面巾，淡淡一笑：“霍骠姚好眼力。”

仇芷薇从地上爬起，气得咬牙切齿，本想上前反击，却被郦诺的眼神制止了，只好恨恨跺脚，站在一旁。

“你知不知道你在干什么？”霍去病冷冷质问。

“对不起，霍骠姚，我不想阻挠你做事，但是秦穆救过我很多次，我不能不帮他。”郦诺坦然道。

“我不也救过你吗？”霍去病冷笑，“为何你对秦穆报恩，对我却恩将仇报？”

“霍骠姚救过我，我一直感激在心。所以，今日若换作是秦穆拿刀对着你，我也一定会帮你。”

“是吗？”霍去病又是一笑，但笑容却有些酸涩，“这么说，我和秦穆在你心目中的分量是一样的喽？”

郦诺微微一怔，忙道：“当然，你们……都是我的朋友。”

“别瞒我了。”霍去病讪讪道，“你和秦穆是什么关系，你以为我看不出来？”

“我和他只是普通朋友，请霍骠姚不要误会。”郦诺冷冷道。

霍去病哼了一声：“罢了，你俩的事，本来便与我无关，现在请你让开。”

郦诺为了给青芒多争取一点儿时间，遂置若罔闻，站着不动。

“让开！”霍去病沉声一喝，“否则休怪我不客气了！”

此时，外面的马蹄声越来越近，且呼喝之声几乎已到了院墙外。

二人神色同时一凛。霍去病一把将郦诺推开：“赶紧走，别再让我看见你。”一边说，一边大步走了出去。

郦诺叹了口气，连忙拉起仇芷薇的手，从后窗跃出。

不料刚一落地，不远处的巷子口便有一小队骑兵发现了她们，立刻大声喝问。

二人翻身上马，朝着巷子另一头飞驰而去。众骑兵当即拍马紧追。

院门外，霍去病刚一跃上马背，大队骑兵便已驰到近前，为首之人竟是张汤和张次公。

“霍骠姚，人犯呢？”张汤高声问道。

“我正在找。”霍去病淡淡道，“什么风把张廷尉给吹来了？”

“本尉接到线报，说那个匈奴居次藏匿在此。”

“哦？你们廷尉寺的消息还真是灵通。”

“过奖了。”张汤阴阴一笑，“本寺的消息再灵通，不也还是被你霍骠姚捷足先登了吗？”

“抓捕荼蘼居次是陛下亲口给霍某下的旨，霍某岂敢不奋勇争先？倒是张廷尉来得突兀，让霍某颇感意外啊。”

“听霍骠姚这意思，是怪本尉来跟你抢功劳喽？”

“难道不是吗？”霍去病呵呵一笑，“常言道无利不起早，张廷尉岂能例外？”

张汤没料到他会如此直言不讳，登时语塞，脸上一阵红一阵白。

“霍骠姚，”一旁的张次公忍不住道，“抓捕匈奴间谍，朝廷人人有责。张廷尉食君之禄，忠君之事，似乎没什么错吧？”

“张次公，”霍去病斜睨着他，“如果我没记错，你现在已经是无官无职的一介平民了，有什么资格参与行动？”

“本寺得到的线报便是他提供的。”张汤接言道，“张次公虽无官职，但也是大汉子民，难道不可以向朝廷提供线索，帮着朝廷抓捕间谍吗？”

“得了，我也不跟你们浪费时间了。我抓我的，你们抓你们的，咱们井水不犯河水，告辞。”霍去病一脸不屑地说完，掉转马头，一夹马腹，头也不回地疾驰而去。

青芒载着荼蘼居次在渭水沿岸的黄土道上策马飞奔。

身后三丈来远，紧跟着朵颜。

而约莫二十丈外，则是大队廷尉寺的骑兵紧追不舍。

由于荼蘼居次昏迷未醒，所以青芒只好用一根绳子系着她和自己的腰，把两人紧紧地绑在一起，让她贴在自己背上。

饶是如此，荼蘼居次整个人还是摇摇晃晃的，好几次险些摔下马背。青芒不得不稍稍放慢了马速，以免过于颠簸。大概飞驰了三里多路后，朵颜渐渐跟了上来，而远处的追兵也在逐渐迫近。

这么跑下去不是办法，迟早会被撵上！

青芒大为焦急，举目四望，但见右手边是冰封的渭水，脚下是一条无遮无拦的黄土道，只有左手边半里开外有一片树木葱郁的山岭足以藏身，遂一拔马头，朝那片山岭驰去。

朵颜紧随其后。

追兵也迅速跟了上来。

驰入山林不多时，一条羊肠小道便走到了尽头，左右都是茂密的林子。青芒不假思索，一头朝右边的林子蹿了进去，同时回头朝朵颜喊了一声："往这儿走。"

可是，朵颜却迟疑了一下，忽然停了下来。

青芒没注意，径直驰进了树林。

朵颜目送着他和荼蘼居次的背影消失在树林中，凄然一笑。

不消片刻，后面的追兵便赶了上来。朵颜故意高喊了一声"驾"，然后掉转马头驰进了左边的林子。

青芒在树林中埋头奔驰了好一会儿，才蓦然发觉朵颜并没有跟上来。

他下意识地勒住缰绳，回头望去。

山岭寂寂，四野悄然，只有身下的坐骑不停地喷着响鼻。

他明白，朵颜是为了保护他和荼蘼，故意把追兵引开了……

约莫一炷香后，郦诺和仇芷薇也双双驰入了这片树林。

发现后面的追兵没跟上来，两人才长舒了一口气，放慢了马速。

"姐，你觉不觉得，那个霍去病跟你说话的口气……好像怪怪的？"仇芷薇忽然道。

郦诺瞥了她一眼："怎么怪了？"

"就是……就是有些酸酸的。"

郦诺心里"咯噔"了一下，脸上却不动声色道："我没觉得。"

仇芷薇讪讪一笑："姐，你就别跟我装糊涂了，依我看呀，霍去病明明喜欢你，他在吃秦穆的醋。"

郦诺脸色一沉："我说你这脑子，一天到晚都瞎想些什么呢！"

"我可没瞎想，傻子都看得出来他对你有意思。"仇芷薇悻悻道，"我就不信你完全没有感觉。”

郦诺本已心乱如麻，闻言更是又好气又好笑，只好冷哼一声：“随你怎么说吧。”旋即加快了速度。

仇芷薇赶紧纵马跟上：“姐，要我说，这个霍去病其实挺不错的，年轻，英俊，武功高强，而且还很迁就你，一点儿也不比那秦穆差。依我看哪，你也别跟那个什么居次抢秦穆了，干脆就让霍去病当我姐夫吧。”

“你还有完没完？！”

郦诺猛然勒马，冷冷地盯着仇芷薇，眸光和语气一样森寒。刚才那个“抢”字显然深深刺痛了她，令她忍无可忍。

仇芷薇吐了吐舌头：“你生气啦？”

郦诺不语，提起缰绳就走。

仇芷薇紧跟着，赔笑道：“姐，是我不好，都怪我胡说八道，你别生气了。”说着轻轻打了自己一个嘴巴，“你这张臭嘴，叫你瞎说！”

郦诺依旧阴沉着脸。

突然，附近又响起了追兵的马蹄声，二人慌忙加速前行。不料没走多远，周遭的树林中竟都隐隐传来人喊马嘶之声。仇芷薇大惊：“姐，咱们好像被包围了！”

郦诺迅速观察了一下周边地形，发现左后方有一座兀立的山峰，林木比此处更为繁茂，当即翻身下马，然后狠狠拍了一下马臀。马儿吃痛，发出一声长嘶蹿了出去。仇芷薇一看，顿时明白过来，赶紧跟着照做，于是两匹坐骑便一前一后跑进了密林中。

附近的廷尉寺骑兵听见动静，纷纷打马追赶。

“走。”郦诺拉起仇芷薇的手，朝相反方向的那座山峰跑了过去。

幽暗潮湿的山洞中，青芒用火镰小心翼翼地点燃了一束干草，又用干草点着了一小堆枯枝。

一团篝火渐渐燃起，照亮了一方洞穴。

依旧昏迷的荼蘼居次躺在一边的干草堆上，身上虽然盖着青芒的披风，但脸色还是十分苍白，浑身瑟瑟发抖。

“阿檀那，你别走……”荼蘼居次似乎在做梦，身体扭动着发出梦呓。

青芒轻轻握住了她的手。

手掌一片冰凉。

青芒眉头紧蹙，沉沉一叹。

片刻后，荼蘼居次悠悠醒转，诧异地看着周围。

“你醒了？”青芒心中稍安，放开了她的手。

“这是哪儿？”

“山上。现在外面都是追兵，咱们得在这儿躲一躲。”

荼蘼居次强撑着坐起来，有些恍惚地看着青芒：“躲一躲……然后呢？”

“你在这儿待几天，把病养好，然后我送你离开。”

“在这儿待几天……”荼蘼居次环视周遭，苦笑了一下，“这儿能住人吗？”

“这洞穴之前应该有人待过，我想，住几天没问题。”青芒说着，朝一旁努努嘴，只见干草堆的边上凌乱地放着瓦罐、牛皮水袋和一些陶土器皿，另外还有些发霉的食物。

“朵颜呢？朵颜在哪儿？”荼蘼居次忽然想了起来，左看右看。

青芒神色一黯：“她……她跟咱们跑散了。”

荼蘼居次一怔，似乎意识到了什么，顿时红了眼眶。

“你别着急，我一定把她找回来。”

“那这几天，你是不是要在这儿陪我养病？”荼蘼居次又定定地看着他，目光中充满了期待。

青芒点点头，几乎不假思索。在此情况下，他绝不能扔下她不管。

荼蘼居次开心地笑了，苍白的脸上终于泛出了一丝血色。忽然，她又剧烈地咳嗽了起来。青芒赶紧道：“你赶紧躺下休息，我去山里采些药。”说完便站起身来。荼蘼居次一把拉住了他：“你不是说外面都是追兵吗？”

“我单独行动，他们发现不了我。”

“可……可我不想让你走。”

青芒急切道：“你病得很重，得赶紧服药，不能再耽搁了！”

“我不让你走，我……我冷。”荼蘼居次说着，真的全身又开始颤抖了起来。青芒无奈，只好把她扶到靠近篝火的地方：“这样好些了吧？”

荼蘼居次摇摇头：“还是冷。你……能抱抱我吗？”

青芒一怔。

“我都快病死了，你连抱抱我都不肯吗？”荼蘼居次凄然一笑，语气近乎央求。

青芒终究不忍心，只好坐了下来，轻轻搂过她的肩膀。荼蘼居次一头钻进他的怀里，双手紧紧抱住了他的腰。

青芒身体僵直，心里唯有苦笑。

一个念头忽然从他心里闪过——还好郦诺不在这里，假如让她撞见这一幕，她不知又该做何感想？！

然而，青芒并不知道，此时的郦诺正躲在三丈开外的一块岩石后面，真真切切地看见了这一幕。

方才，她和仇芷薇埋头往山上跑，一口气跑到了半山腰，两人都累得气喘吁吁。郦诺偶然发现这儿有一处隐蔽的山洞，便拉着仇芷薇进来躲避。洞不是很深，两人走着走着便发现了里头的亮光，出于好奇摸了进来，结果恰好看见青芒和荼蘼抱在了一起。

郦诺紧咬着下唇，心中霎时一片翻江倒海。

仇芷薇恨恨地低声道：“这个该死的秦穆，就是个脚踩两条船的浑蛋！”

郦诺再也忍不住，一滴泪水从眼角悄然滑落。

她猛然转身，跌跌撞撞地朝洞外走了出去。仇芷薇重重叹了口气，赶紧跟上来：“姐，咱不能就这么便宜了他们！得让秦穆把话说清楚，他到底是喜欢你，还是喜欢那个匈奴的狐狸精！”

郦诺却恍若未闻。

她脚步不停，泪水也不可遏制地潸然而下。

很快，两人走到了洞外。郦诺闭上眼睛，仰面朝天，深长地吸了一口凛冽的空气，才勉强止住了汹涌的泪水。

“姐，要我说，咱们就该把那个荼蘼抓起来，交给霍去病。”仇芷薇愤然道。

“然后呢？我就可以和秦穆在一起了是吗？”郦诺抹去脸颊的泪痕，转头看着她。

“对呀，如果你真喜欢秦穆的话。”

“就算喜欢他，我也不会用这种手段。”

“为什么？”

“不屑。”

“姐，你就是太清高了！明明是自己喜欢的男人，干吗要让给别的女人？要是我的话，我就会去争、去抢，不管用什么手段！”

“是的，你说得对，我就是太清高了。”郦诺苦笑了一下，“可要是去争、去抢，我会瞧不起自己，就算最后得到秦穆，我也不会快乐。”

仇芷薇翻了个白眼：“那你就把这浑蛋彻底忘了，别再想他，更别为他伤心。”

这时，洞内忽然传出脚步声，两人连忙躲到树后。不一会儿，青芒手里提着牛皮水袋走了出来，警惕地看了看四周，旋即快步离开。

“姐，你再好好想想，这可是最后的机会。”仇芷薇道。

“什么意思？”郦诺一时没反应过来。

“把那个荼蘼抓起来啊！或者一不做，二不休，干脆……”仇芷薇做了个抹脖子的动作。

郦诺一惊：“闭嘴！亏你想得出来。”

“我还不是为你好？”仇芷薇急道，“再说了，她是匈奴人，本来就跟咱们汉人不共戴天，杀了她有什么不对？”

“匈奴人也不全是坏人。”

“可她老子不是单于吗？侵犯咱们边境，杀害咱们百姓，在咱们汉地奸淫掳掠，罪魁祸首不就是她老子吗？要我说，拿她偿命完全是天经地义……”

“别说了！”郦诺冷冷地打断她，“我不会杀无辜之人。”说完扭头就走。

仇芷薇气得跺脚，却又无可奈何，只好跟了上来。两人默默走了一段路，仇芷薇想着什么，眼睛转了转，忽然捂住肚子，“哎哟”一声蹲了下去。郦诺一惊，忙走回来：“怎么了？不舒服吗？”

“我肚子疼，想……解个手。”

“吓我一跳。”郦诺嗔笑地白了她一眼，“那就快去快回，我在这儿等你。”

仇芷薇嘿嘿一笑，举目四望，看见身后不远处有一片茂密的灌木丛，便道：“我去那儿，你等我啊。”说完便跑了开去。到了灌木丛后面，她探头望了望郦诺，见她毫无察觉，立刻转身，飞快地向山洞跑去。

山洞内，荼蘼居次正躺在厚厚的干草堆上熟睡，一旁的篝火发出毕毕剥剥的声响。

仇芷薇蹑手蹑脚地走了进来，手上的长刀在火光的映照下闪着寒芒。

荼蘼居次翻了个身，却依旧昏睡。

仇芷薇慢慢走到她身边，不料脚却踩上了一根枯枝，发出“咔嚓”一响。

荼蘼居次醒了过来，大吃一惊：“你是何人？”

仇芷薇镇定下来，冷哼一声：“居次真是贵人多忘事啊！咱们不是在西市的铁匠铺见过一面了吗？”

荼蘼居次终于回忆了起来，也冷然一笑：“我想起来了，你和那个狐媚女人是一伙的。”

“放你的狗屁！”仇芷薇大怒，长刀一送，抵在了她的胸口，“什么狐媚女人？她是我们堂堂墨家的首领！比你可厉害多了！”

“墨家首领？！”荼蘼居次大为诧异。

“怕了吧？”仇芷薇眉毛一挑，“别以为你是什么狗屁居次就了不起。”

“这么说，是她让你来杀我了？”荼蘼居次面对着刀口却浑然不惧。

仇芷薇顿了顿，脱口道：“没错！你们匈奴人个个该杀，死有余辜！”

“她想杀我，就因为我是匈奴人吗？恐怕是为了抢我的夫君吧？”荼蘼居次鄙夷一笑，“还说什么墨家首领，想杀我都不敢亲自动手，只派一个丫鬟来，是害怕还是心虚？”

仇芷薇怒不可遏：“都死到临头了还满嘴喷粪，我今天就送你回老家！”说着长刀一挺便刺了过去。

荼蘼居次闪身避过，飞起一脚，把她踹退了几步。仇芷薇越发恼怒，一声厉叱，挥刀连砍。荼蘼居次频频闪避，险象环生。若是平时，她的武功当在仇芷薇之上，可眼下病弱体虚，没几个回合便已大汗淋漓、脚步踉跄。

仇芷薇瞅准一个空当一刀刺入她的肩膀，紧接着又当胸一脚把她踹飞了出去。

荼蘼居次重重撞在石壁上，当即昏死过去。

仇芷薇狞笑了一下，走上去踢了几脚，荼蘼居次一动不动。仇芷薇把刀高高举起，却犹豫着没有落下。

忽然，她感觉背部有些灼热，回身一看，顿时大吃一惊。

方才她们打斗时踢翻了那堆篝火，此刻火苗已经点着了脚下的干草堆，正在迅速蔓延。仇芷薇下意识地冲上去踩了几脚，想把火踩灭，可干草极易燃烧，加之铺得很厚，根本无法扑灭。

仇芷薇若有所思地回头去看荼蘼居次。

她静静地躺在地上，毫无知觉。

“不是我杀你，是老天要灭你，休得怪我……”仇芷薇低声念叨着，又站了一会儿，旋即一咬牙，朝洞外跑去。

身后，大火肆意蔓延开来，一簇火苗跳动着舔上了荼蘼居次的衣袖……

青芒从山洞出来后，绕到后山，找到一眼山泉取了满满一袋水，又在附近挖了麻黄、甘草、野蓼等几味可治伤寒的草药，才匆匆往回赶。

然而，还没走到洞口，远处的情景便令他目瞪口呆——一团团乌黑的浓烟从洞中不停地冒出来，里面隐隐有火光闪烁。

牛皮水袋和一大捆草药从他手中掉下，然后青芒便像疯了一样冲了过去。

他不顾一切地冲进了洞口，立刻被滚滚浓烟吞噬。

可短短片刻之后，青芒便不得不退了出来。浓烟熏黑了他的脸庞，也呛得他拼命咳嗽。两行泪水顺着他的脸颊流了下来，不知是被浓烟和大火熏的，还是因为突如其来的震惊和悲伤。

接着，他又好几次试图冲进去，却每次都被生生逼了出来。

青芒方寸大乱，彻底没了主张，只能像丢了魂一样在洞口走来走去，嘴里不停念叨着荼蘼的名字。

不远处的一棵树后，仇芷薇冷冷地看着这一幕，心里道：秦穆，这就是你用情不专的下场，日后你要再敢欺骗诺姐的感情，烧的恐怕就是你了！

然后，她不无得意地转过身，却见郦诺就直挺挺地站在她面前。

郦诺望着黑烟滚滚的洞口，眼中流露出万般惊愕。

“姐……”仇芷薇弱弱地叫了声，却不知该说什么。

“是你干的？”郦诺一字一顿道，目光像刀子一样盯在了她的脸上。

“也……也不算是。”仇芷薇垂下眼皮，“我跟她打了一架，她晕过去了，然后……就着火了，我也不是故意的。”

“那你就把她扔在那儿了？”郦诺红着眼眶，忍不住大声道。

“我……”仇芷薇说不出话了。

两人沉默地僵持着，却都没注意到青芒正一步一步地朝她们走来。等郦诺察觉时，青芒已经站在了仇芷薇的身后。

见郦诺眼神有异，仇芷薇下意识地回过头去，顿时尖叫了一声：“呀，你怎么像鬼一样，走路都没声音的？！”

“谁干的？”

青芒的嗓音又沉又涩，像是从一口枯井中发出来的，让郦诺感觉无比陌生。

“什么谁干的？干什么啦？”仇芷薇装糊涂。

青芒瞥了郦诺一眼，然后又死死地盯着仇芷薇："荼蘼和你无冤无仇，你怎么下得了这个狠手？"

"你血口喷人！"仇芷薇顿时恼怒，"我下什么手了？那火明明是自己烧起来的……"一句话没说完，她便意识到自己上当了——倘若没进过山洞，她又怎么知道火是怎么烧起来的？

"唰"的一声，青芒的刀已经抵在了她的咽喉上。

"你为什么要害她？！"青芒双目赤红，像一头受伤的猛兽发出骇人的低吼。

仇芷薇一震，微微颤抖着强辩道："我还想问你呢！谁叫你要脚踩两条船？你这边欺骗诺姐的感情，那边又跟那个匈奴女人卿卿我我，我还想问你到底什么意思呢！"

青芒似乎明白了什么，苦涩一笑："就算如你所言，可我跟郦诺、荼蘼之间的事，又与你何干？"

"诺姐的事便是我的事。"仇芷薇恨恨道，"你就是欺负诺姐宽宏大量，可我仇芷薇却咽不下这口气！"

"这么说，你承认是你杀了荼蘼？"

"是我杀的又如何？！"仇芷薇的倔脾气上来了，不管不顾道。

"如何？"青芒圆睁着血红的双眼，额头上青筋暴起，"很简单，杀人偿命！"

"要杀便杀，少废话！"

青芒眼中杀机顿炽，环首刀高高举了起来。一直沉默的郦诺挺身上前，挡住了仇芷薇，冷冷道："这是我的主意，跟芷薇无关。"

"你说什么？"青芒难以置信。

"芷薇替我抱不平，说要教训荼蘼，我……我默许了。"

"不，不可能。"青芒摇头，"你不是这种人。"

"你爱信不信。"郦诺面无表情道，"反正事情已经发生了，你要找人偿命，就冲我来吧，别为难芷薇。"

"姐，"身后的仇芷薇拔刀出鞘，"别跟他费话了，大不了就是拼个鱼死网破！"

"你闭嘴！"郦诺厉声呵斥，"把刀收回去！"

仇芷薇只好悻悻地收刀入鞘。

"郦诺，不管你之前看见了什么，都不是真的，我和荼蘼不是你想的那样。"青芒急切道。

“你和你的未婚妻怎样，与我无关，不必跟我解释。”郦诺口气淡漠，却分明在“未婚妻”三个字上加了重音。

青芒摇头苦笑，正想再说什么，附近林子中突然传来大队人马呼喝传令的声音，显然是发现了这边山洞的浓烟。

三人神色同时一凛。

“你们走吧。”青芒收刀入鞘，沉声道。

郦诺和仇芷薇面面相觑。

“走！”青芒低声一喝，“往后山跑！”

郦诺不无担心地看了看青芒，这才抓起仇芷薇的手往后山跑去。

张汤和张次公带着大队骑兵从林中驰出，将青芒团团围住。另有几名军士奉命驰往山洞那边，却同样被呛人的黑烟拦在了洞口。

“秦尉丞，你为何会在此处？”张汤策马立在青芒面前，斜着眼问道。

“跟张廷尉一样，抓捕匈奴间谍。”青芒镇定自若。

“哦？那不知秦尉丞抓着了没有？”

“很可惜，一无所获。”

张汤冷哼一声，瞟了洞口一眼：“那洞里为何会着火？”

“下官也很纳闷。”

“瞧你这一脸烟熏火燎的，方才应该在洞里吧？”

青芒抹了抹脸上的污渍，淡淡一笑：“让廷尉见笑了。下官并不是在洞里，而是想进去探个究竟，可火势太大，硬是让烟给呛出来了。”

“秦尉丞，”一旁的张次公忽然插言，“你想进去探什么究竟？莫非那个荼蘼居次在里边？”

青芒不屑地看着他：“你是何身份？有什么资格跟本官说话？”

张次公大为羞恼，却不敢发作。张汤道：“张次公是本寺的线人，理当参与行动，他的问题也是本尉想问的，还请秦尉丞如实回答。”

“回廷尉，下官方才已经说了，并不知那个匈奴居次的下落。”青芒面无表情道。

此时，洞口的黑烟渐渐淡了，里面的火已几近熄灭。张次公对张汤抱拳道：“禀廷尉，可否让在下进洞勘查？”张汤颔首，张次公旋即策马驰了过去，然后带着几名军士摸进了山洞。

约莫一盏茶工夫后，几名军士抬着一具用毯子包裹的尸体跑了过来。张次公骑着马慢慢跟在后面，脸上似有得意之色。

青芒抬眼望去，看见一只焦黑的手臂垂落在毯子外，随着军士的跑动一晃一晃，内心顿时如同刀割。

很快，尸体被抬到跟前，军士掀开毯子，一具手脚蜷曲、黑如焦炭的尸体便露了出来。尸身纤瘦，显然是名女子。

"果然不出所料！"张次公狞笑着对张汤道，"荼蘼居次就藏在洞里，结果被烧成这副模样了。"

青芒强忍着心中的悲痛，脸上虽不动声色，但下颌的咬肌却因过度紧绷而一跳一跳的。

"尸体已然面目全非，凭什么说她便是荼蘼？"张汤皱眉道。

张次公无声一笑，翻身下马，走到张汤跟前，摊开手掌，露出一枚烧黑了一半的玉佩，说道："廷尉请看，这是我在洞里找到的。"

张汤接过，拿在手上端详。

青芒目光一扫，内心猛然又是一阵刺痛。

这枚鹰形玉佩正是荼蘼随身佩戴之物！

张次公不无得意地瞟了青芒一眼，对张汤道："廷尉，据在下所知，咱们汉地并无这种苍鹰图案的玉佩，此物当为匈奴人所造。另外，此玉佩材质上乘、雕工精湛，价值定然不菲，想必也只有匈奴贵族才戴得起。是故在下以为，此物当为荼蘼所有。"

张汤不语，将玉佩收起，然后冷冷地盯着青芒："秦尉丞，匈奴间谍荼蘼被烧死在这个山洞中，而案发现场只有你一人，你的嫌疑着实不小，恐怕得跟本尉走一趟了。"

"廷尉何出此言？"青芒从容道，"下官也是来抓捕荼蘼的，只是比诸位早一步到达现场而已，何来嫌疑之说？"

"秦尉丞，"张次公插言道，"你所谓的早到一步，究竟是到了洞中还是只到洞外？"

"你还要本官说多少遍？"青芒勃然作色，"方才火势那么大，我如何进得去？"

“那好。”张次公呵呵一笑，忽然从袖中又掏出一样东西，“那请你解释一下，你们卫尉寺官服上的这个东西，又是怎么跑到洞里去的？”

青芒定睛一看，顿时怔住了。

那是半副被火烧得略为变形的铁质盘扣，分明是他那件披风上的领扣。而披风是卫尉寺统一定制的，扣子皆为貔貅造型，与其他衙署官服上的扣子全然不同，所以这个证物一出，青芒就算是跳进黄河也洗不清了。

“来人，把秦穆拿下！”张汤厉声一喝。几名军士立刻上前，卸了青芒的佩刀，并死死抓住了他的双臂。

青芒脸色铁青，试图思索对策，然而脑中却一片空白。

恍惚间，他的眼前烧起了熊熊大火，而荼蘼居次就在火中痛苦绝望地挣扎着……

第十九章 翁主

不胜其任而处其位，非此位之人也；不胜其爵而处其禄，非此禄之主也。

——《墨子·亲士》

郦诺目睹了青芒被捕的一幕。

方才，她终究不放心青芒，所以并未走远，而是躲在了山洞附近的林子里观察。当那些军士一拥而上抓住青芒时，她便毫不犹豫地从树后冲了出来。

仇芷薇从背后死死抱住了她。

“姐，你疯了？现在出去就是送死！”

“松开！”郦诺只觉血往上涌，根本顾不上别的。

“秦穆就是个浑蛋，为他拼命值得吗？”

“见死不救的人才是浑蛋！”郦诺回头，狠狠瞪着她道。

此言分明一语双关，显然还在责备仇芷薇没把荼蘼从火中救出来。

仇芷薇一愣神，郦诺奋力挣脱开来，抽刀冲了上去。不料没跑几步，便被斜刺里蹿出来的一人一骑挡住了去路。

“秦穆公然抗旨，私纵人犯，大逆不道，死有余辜，你何必救他？”

霍去病把马横在郦诺面前，冷冷道。

“霍骠姚，你要抓的人是秦穆的未婚妻，他当然要保护她。”郦诺愤然道，“若换作是你，你会眼睁睁看着自己的未婚妻被别人抓走吗？”

“仇芷若，你这么说让我很纳闷啊。”霍去病似笑非笑道，“我抓走荼蘼，不是正好成全了你和秦穆吗？可你反倒帮着秦穆救他的未婚妻，这是何道理？”

“我之前已经说过了，我和秦穆只是普通朋友，何来成全之说？”

“口是心非，自欺欺人。”霍去病摇头冷笑，“算了，不跟你扯这些没用的了，你赶紧走吧，趁我还没改主意。”

郦诺冷哼一声，身子一晃绕开了他，继续朝青芒所在的方向跑去。

霍去病苦笑，忽然对仇芷薇道：“你这个姐姐，向来就是这种倔脾气吗？”

仇芷薇一怔：“你……你跟我说话？”

“这儿又没旁人，不跟你跟谁？”

仇芷薇脸颊微微一红，忙道：“我去把她追回来。”说着赶紧低头追了过去，生怕让霍去病看见她不自然的表情。怎料霍去病突然拔刀，从马上跃下，一把抓住她，同时把刀架上了她的脖子。

“你干什么？！”仇芷薇又惊又怒。

“何必追？”霍去病狡黠一笑，低声道，“这样她不就回来了？”

仇芷薇反应过来，旋即很配合地惊叫了一声。郦诺回头一看，大吃一惊，慌忙又跑了回来：“霍骠姚，你这是何意？”

“何意？”霍去病冷然一笑，“秦穆现在已经触犯了朝廷律法，你们想救他，便是与朝廷为敌，我难道不该抓你们吗？”

郦诺无奈，只好给了仇芷薇一个眼色。仇芷薇佯装会意，猛然用手肘朝后一击。霍去病捂着胸口，半真半假地“哎哟”了一声。郦诺立刻杀了上来。

霍去病一边抵挡，一边朝仇芷薇眨了眨眼。

仇芷薇佯装跟郦诺一起攻击他，却趁郦诺不备，从背后用刀柄砸了下她的后脑。郦诺猝不及防，当即瘫软了下去。

霍去病一把将她抱住。

仇芷薇一看，心里老大不是滋味。

霍去病定定地看着怀中仿佛睡美人一般的郦诺，竟有些痴了。

“喂，我说，你这是在趁机揩油吗？”仇芷薇没好气道。霍去病回过神来，颇为尴尬，忙把郦诺交给她，道：“骑我的马，赶紧走吧。”说完便头也不回地朝青芒被押走的方向追了过去。

仇芷薇一直目送着他的背影消失在林中，才把郦诺抱上马背，策马离去。

张汤、张次公带着大队人马走在山道上，青芒被五花大绑地押在队伍中。那具焦黑的尸体依旧用毯子裹着，被驮在一匹马上。

“张老弟，这回你算是将功赎罪了。”张汤笑笑道，“虽然没抓到活口，但好歹了结了此案，加之又抓了秦穆一个现行，更是大功一件，陛下一定很满意。”

“多谢张廷尉。”张次公忙赔笑道，“主要还是廷尉指挥有方，在下只不过从旁协助而已，要论功，廷尉您当居首功！”

张汤哈哈大笑，毫不掩饰他的志得意满之情，说道：“放心吧，陛下面前，本官一定会替你美言。若无意外，你很快便会官复原职了。”

“谢廷尉提携，在下感激不尽！”张次公大喜过望。

两人正说笑着，一道身影突然从一旁的林中蹿出，直挺挺地挡在了他们面前。

霍去病？！

二人同时一愣。

“霍骠姚，你想干什么？”张汤脸色一沉。

霍去病瞟了后面的青芒一眼，淡淡道：“张廷尉，你把我的计划彻底搅乱了，若是陛下怪罪下来，不知你是否担待得起？”

“计划？”张汤大为诧异，“什么计划？”

“数日前，陛下交给了我一个任务，不仅要抓捕匈奴居次荼蘼，还要引出她后面更重要的那个人。秦尉丞便是与我配合行动的，可让你们这么一搅和，计划全泡汤了！”

张汤越发诧异：“你说要引出荼蘼后面什么人？”

“她的未婚夫，前匈奴左都尉阿檀那。”霍去病一字一顿道。

张汤和张次公大为震惊，顿时面面相觑。

青芒远远听着，瞬间便明白了霍去病的意图，不由得暗自一笑。

“你说让秦穆配合你，是什么意思？”张汤半信半疑道。

“该行动本属绝密，你是无权过问的，可事到如今，不跟你说清楚，你也不知道自己捅了多大的篓子。”霍去病一脸倨傲、反客为主道，“我让秦穆利用他匈奴人的身份，暗中接近荼蘼，然后我假装出手抓捕，再让秦穆救走她，从而获取她的信任，以便从她口中套出阿檀那的下落。本来这个计划是万无一失的，可你们偏偏在这节骨眼儿上横插一杠子，现在又稀里糊涂地抓了秦尉丞，你说，我该如何向陛下解释？”

霍去病左一个“陛下”右一个“陛下”，把张汤吓得脸都青了，一时竟无言以对。张次公略为思忖，忽然道：“霍骠姚，你大可以直接抓了荼蘼，命她供出阿檀那，何苦绕这么一个大弯子？”

霍去病冷然一笑：“张次公，看来你果然是个草包，怪不得落到今天这步田地。你了解荼蘼居次这个女人吗？你知道她生性刚烈，吃软不吃硬吗？若不设法智取，你就算把她大卸八块，她也绝不会吐露半个字！”

此言颇有道理，张次公也无法反驳，想了想，又道：“即便如此，可我们追捕荼蘼也没什么错吧？你不也在作势抓捕她吗？再说了，人又不是张廷尉和我杀的，而是秦穆杀的，此事证据确凿，你凭什么怪到我们头上？”

霍去病一听，登时有些卡壳。正迟疑间，青芒远远扔过来一句话：“诸位，可否让我说几句？”

张汤无奈，只好对手下道：“带他过来。”

几名军士押着青芒走了上来。青芒投给霍去病感激的一瞥。霍去病却把头扭开，那表情像是在说我只能帮你到这了，接下来是死是活就看你自己的了。

青芒淡淡一笑，看向张次公：“你说你们追捕荼蘼没有错，可你知不知道她患了非常严重的伤寒？她方才一路昏迷，你们又在后面死命追赶，结果她从马上摔下来，头撞了一个大洞，这你们也不知道吧？”

张次公愣住了。

“我只好把她带进山洞，然后去采止血的草药。”青芒接着道，“结果等我回来的时候，她已经……已经没了呼吸。考虑到她的伤寒会传染，不便把尸体带回长安，我思来想去，只好一把火把她烧了。所以，荼蘼根本不是我杀的，而是间接死于你们之手——若不是你们追赶，她就不会摔下马，也就不会死。”

为了脱困并配合霍去病的说辞，青芒不得不故作冷漠，用一种例行公事、平淡无奇的语气谈论着荼蘼的死亡。

然而没有人知道，此刻他的内心却痛如刀绞。

他深知只要一眼，只要再看荼蘼一眼，他的泪水便会像决堤之水一样彻底失控。

闻听青芒之言，张汤和张次公再度面面相觑。

“怎么样，张廷尉？”霍去病眉毛一挑，“你是打算把秦尉丞放了，还是就这么捆着他，咱们一道去觐见陛下？”

张汤赶紧命军士把青芒解开，然后赔笑道：“误会误会，都是一场误会。”

张次公打心眼儿里不相信青芒的话，却又寻不出什么破绽，只好道：“就算你所言不假，可你方才就可以把事实说出来，你为何不说？”

青芒斜睨了他一眼："张次公，适才霍骠姚的话你没听见吗？我们执行的是陛下亲自下达的绝密任务，没有霍骠姚的允许，我岂能向你们泄密？"

张次公这才撇了撇嘴，无话可说了。

"好了好了，这就是大水冲了龙王庙，纯属误会。"张汤连忙呵呵一笑，打圆场道，"霍骠姚、秦尉丞，本官还有点儿事，得先走一步，改天一定设宴给二位赔罪。"说完给张次公使了个眼色，然后拔马欲走。

"慢着。"霍去病懒洋洋道，"留两匹马，尸体也给我留下。"

"好说好说。"张汤命手下照做，然后拱了拱手，带着大队人马一溜烟跑远了。

"多谢。"青芒看着霍去病道。

霍去病冷哼一声，看也不看他一眼，翻身上马，头也不回道："找个地方，让你的未婚妻入土为安吧。"

青芒和霍去病站在一片空旷的山冈上，面前是一个新垒的坟堆。青芒神色空茫，怔怔地望着远方。

霍去病看了看他，沉声一叹："人死不能复生，节哀顺便。"

青芒恍若未闻，沉默半晌后，才缓缓道："你今天只带了两名手下，并不是真心想抓荼蘼吧？"

霍去病摸了摸鼻子，没有答言。

"你领了圣旨，职责在身，不得不行动，可又不想害我，终究下不去手，只好迫使我带荼蘼逃走，这样你就算是尽力了，也就心安了。我说得对吧？"青芒又道。

"自作聪明！"霍去病哼了一声，"我倒想问你，你和那个仇芷若到底是什么关系？"

"朋友。"青芒面无表情道。

"什么样的朋友？"

"普通朋友。"

"就这么简单？"

"就这么简单。"

"你蒙谁呢？"霍去病冷然一笑，"普通朋友会三番两次冒死救你？"

"朋友相交，自然义字为先，若见死不救，还算什么朋友？"青芒瞥了他一眼，"就像刚才，你不也救了我吗？"

“别自作多情，我可没想救你。”霍去病撇了撇嘴，“我只是不想让张汤抢了功劳。”

青芒淡淡苦笑，没说什么。

“听着，”霍去病忽然扭头盯着他，“仇芷若是个侠骨柔肠的女子，你打着灯笼都难找。她能看上你，是你八辈子修来的福分！你可得好好待她，如若不然……我会亲手杀了你！”

他一口气说完，也不等青芒做何反应，便转身走开，大步跨上马背，旋即纵马而去。

青芒没料到他会甩下这么一句话便走了，不禁愣在当场，直到霍去病的身影消失在远处的树林中，嘴角才泛起一丝苦笑。

片刻后，他慢慢蹲了下去，伸手拨开地上的残雪，然后捧起一抔黄土，微微颤抖着撒在荼蘼的坟头上……

日暮时分，一队车马风尘仆仆地从长安西北角的雍门驶入了篙街。

约莫行进了三里多路，车队停在了长街中段一座气势恢弘的大宅前。宅子的门楣上挂着一块乌木匾额，上刻三个鎏金大字：淮南邸。

淮南邸便是淮南国设在京师的办事机构。在汉代，天下诸郡及诸侯国均在长安设有这样的“驻京办”，是各郡国至京师朝见、办事者的联络处和寓所，类似于后世唐朝藩镇的“进奏院”。

诸侯邸设有邸长、邸丞、主簿、员吏、卫士等。这些官吏名义上受朝廷的少府管辖，由朝廷任免，可人选却是诸侯自荐，且俸禄都是诸侯发放的，所以实际上都是诸侯自己的人。

此刻，淮南邸的邸长程苍、邸丞薛晔早已率一干掾属在大门口等候多时。程苍年约四旬，面目清癯；薛晔三十来岁，身材微胖。

一见马车停下，程苍和薛晔立刻步下台阶，毕恭毕敬地迎了上去。

车帘掀开，一个头戴帷帽，面遮轻纱，服饰华贵的女子被一名侍女搀扶着走下马车。程、薛二人忙躬身道：“属下恭迎翁主大驾。”

女子并未回话，只微微点了下头，接着便咳嗽了几声，似有微恙。

“翁主身体不舒服吗？”程苍关切问道。

“翁主无碍，只是旅途劳顿，身子有些疲乏而已。”侍女代答道。

“翁主一路辛苦了。”一旁的薛晔满脸堆笑道，“我等为翁主准备了洗尘宴，还请翁主赏光。”

侍女跟那女子耳语了一下，回头道：“翁主累了，想早些歇息，宴饮就免了，你们把饭菜直接送到后院的房间即可。”说完也不等二人回话，便扶着那女子走进了府邸。

程苍和薛晔不禁面面相觑。

“合着咱们忙活了一天，这马屁都拍到马腿上了？”薛晔自嘲一笑。

程苍却不接茬，只淡淡道：“做好你分内的事，少发点儿牢骚。”

“是，邸长教训的是。”

薛晔弯了弯腰，依旧面含笑意，看上去十分好脾气的样子。

夜幕降临，章台街一片灯红酒绿。

琼琚阁门口，一群浓妆艳抹的女子正在卖力地招揽客人。一个眉清目秀的年轻男子带着两名侍卫匆匆走了进来，姑娘们立刻蜂拥而上，围着男子拉拉扯扯。

男子对她们笑了笑，从袖中摸出一大把铜钱，忽然往上一抛，门厅顿时落下了一片“铜钱雨”。姑娘们发出一阵惊喜的叫声，纷纷争抢。男子鄙夷一笑，带着侍卫快步穿过这群莺莺燕燕，径直走上了楼梯。

琼琚阁二楼的一间雅室中，张次公左拥右抱着两个俗艳的女子，一杯接一杯地喝酒，连眼睛都喝红了，神情已然半醉。

这时，敲门声骤然响起，张次公混浊的眸子中微光一闪，示意左手边那个稍胖的女子去开门。

女子嘟了嘟嘴，懒洋洋地起身，走过去打开了房门。方才那个年轻男子一步跨了进来，身后那两名侍卫立刻一左一右守在门口。

胖女子一看男子的容颜，不由得眼睛一亮：“哟，这位公子是不是神仙下凡呀，咋长得这么俊呢！”

男子仍旧微笑着，伸手在胖女子手上摸了一把，旋即有一小枚碎金塞进了她的手中。胖女子受宠若惊地叫了起来：“哎呀，我说公子啊，你不但是天神，你还是财神哪！”

张次公身旁的瘦女子见状，忙不迭地站起身来，三步并作两步地扑了过去，一下倒在男子身上，媚眼一抛：“财神哥哥，你可要雨露均沾，不能偏心眼儿啊！”

男子哼了一声，又从袖中掏出一枚碎金，比刚才那枚更大。

瘦女子大喜，刚要去接，男子却把金子扔在了地上。瘦女子赶紧蹲下身去，伸手要捡，男子忽然沉声道："趴下去，用嘴叼。"

瘦女子一怔，仰头看着男子。

男子依旧笑意盈盈，神情和语气完全像是两个人。

瘦女子咬了咬牙，趴下去用嘴把碎金叼了起来。

男子脸上又露出了鄙夷的笑意。

"都他娘的一个个见钱眼开！"张次公骂道，"你们这两条母狗，一见我这位又帅又多金的兄弟，就把老子撇在一边啦？"

两个女子的神色都很难看，但捏了捏手中的金子，还是勉强堆起了笑容。

"哎呀，我的将军，您自个儿都说他是您兄弟了，难不成您还吃自家兄弟的醋？"胖女子说着，把金子揣进袖中，扭着腰肢走了回来。

"滚！"张次公忽然沉下脸来。

胖女子一愣，止住脚步。

张次公不再理她，而是直勾勾地盯着站在门边的年轻男子，然后站起身来，摇摇晃晃地走到他面前，突然一把握住他的手："你终于来了，把我想得好苦！"

见此情景，胖女子和瘦女子不由得又惊又疑——瞧这架势，她们两个似乎变成多余的了。

男子甩开张次公的手，冷冷对二人道："还不快滚？"

二人慌忙赔了个笑脸，争先恐后地走了出去。

"把门给老子带上！"张次公吼了一声。

胖女子浑身一颤，低低咒骂了一声，赶紧回头去关门。就在两扇门即将合上的一瞬间，透过门缝，两个女子同时看见了令她们越发惊诧的一幕——张次公竟然将那个年轻男子一把拥入了怀中。

两人面面相觑，暗暗交换了一个嫌恶的表情，旋即快步走开。

"真他娘的晦气！"胖女子一脸恶心道，"没想到姓张的居然好这口！"

"断袖之风，龙阳之好，自古以来的贵人们不都喜欢这个吗？"瘦女子冷笑。

"管他呢，反正咱们姐妹今儿是赚大发了。"胖女子挤眉弄眼道。

瘦女子嘻嘻一笑："就是，老娘这个月都不用开张了。"

房间中，张次公紧搂着年轻男子，凑过脸去要吻他。男子挣扎了几下没挣开，索性一巴掌打在了他的脸上。

随着“啪”的一声脆响，男子沉声道：“张次公，你能不能有点儿出息？多大点儿事你就喝成这样？！”

“他”居然发出了女子的声音。

“陵儿，我……”张次公松开了“他”，捂着脸颊，苦笑了一下，“你不知道，我这几日……心里苦啊！”

“哼，不就是丢了刘彻给你的那顶官帽吗？”此人一声冷笑，“跟着我刘陵，你还怕没有官做？！”

这个眉清目秀的年轻“男子”正是淮南王刘安之女刘陵。

至于淮南邸的那位“翁主”，则是她的一名侍女假扮的。

一驾马车静静地停在街边，车旁一只毛驴正无精打采地甩着尾巴。

车中坐着李蔡和杜周。

“先生，刚接到‘鸱鸮’的消息，刘陵一进淮南邸便把自己关在了房间里，一句话没说，连接风宴都推了。”杜周喘着气道，显然是刚刚坐下。

李蔡眉头一蹙，闷声不响。

“先生，您看……刘陵是不是已经有所察觉了？”

“此女精明过人，若说她没有察觉，你信吗？”李蔡冷然一笑。

“那咱们接下来怎么办？”

李蔡略为沉吟，道：“告诉鸱鸮，一动不如一静。反正他身在淮南邸，刘陵的一举一动不都在他眼皮底下吗？”

“话是这么说……”杜周思忖着，“可我担心，万一刘陵不相信鸱鸮呢？”

李蔡笑了笑：“刘陵就算把淮南邸的人全都怀疑一个遍，也不会怀疑到鸱鸮头上。”

杜周不解：“先生为何如此自信？”

“因为鸱鸮是刘陵费尽力气从大牢里捞出来的人，所以她相信鸱鸮会对她感恩戴德、死心塌地。”

“大牢里捞出来的？”杜周越发不解。

“你忘了？数月前陵寝一案，鸱鸮身为守护陵寝的官员，不都跟其他人一块儿被投进大牢了吗？当时我故意按兵不动，就是等着刘陵去捞他。果然，刘陵没让我失望。”

杜周有些释然，同时又困惑道：“可是，您怎么确定刘陵一定会捞他？”

李蔡又是一笑：“鸱鸮的父亲曾任淮南国国相，与刘安有旧谊，而鸱鸮入仕之时，其父已逝，他在朝中没有靠山，所以仕途不畅，只能在陵寝坐冷板凳。我就是在那时收编了鸱鸮，随后给了他几个任务，他都完成得不错。之后，我便命他向刘安表露投靠之意，可刘安却很有耐心，一直在观察他，始终没有表态。直到这次陵寝案发，我又让他给刘安一连写了数封求救信。终于，功夫不负有心人，刘安、刘陵父女这才出手，不但把他捞了出来，还把他调入了淮南邸，也不枉我这么些年的苦心布局。”

杜周终于恍然：“原来鸱鸮这步棋，您老早就走了。”

“跟你前后脚吧。当时我还只是御史中丞，但陛下便已授命我，为朝廷组建一支精干的暗探队伍。”

“陛下果然英明！”杜周不由得感叹，“那么早便未雨绸缪了。”

李蔡瞥了他一眼：“这几日，你在廷尉寺的日子不好过吧？”

杜周苦笑：“自从那天替秦穆作证后，张汤便把我晾起来了，不跟我见面，更不给我解释的机会。先生，您觉得秦穆这事，我做得对吗？”

“当然对。”李蔡不假思索道，“张次公强迫手下作伪证，欺君罔上，罪无可恕；你身为御史和廷尉史，负有维护朝廷纲纪之责，岂可视而不见？”

“先生这么说，属下就安心了。”杜周道，言下却有一丝落寞。

李蔡看着他，淡淡一笑：“回廷尉寺收拾收拾，过几日，我正式把你调回御史府。”

杜周又惊又喜：“先生……此言当真？”

“张汤既已不信任你，你留在那边也没多大意义，不如回来吧。刚好淮南王这摊子事，我也需要可靠的人手。”

“多谢先生！”杜周双手抱拳，激动得泛出了泪光，“那……张汤身边，岂不是没有咱们的人了？陛下不是不放心他吗？”

“这你就不必操心了。”李蔡略带神秘地笑了笑，“你以为廷尉寺里面就只有你一个御史府暗探吗？”

杜周哑然失笑，同时如释重负。

青芒不紧不慢地走进了琼琚阁，身后跟着朱能和侯金。

门厅处的莺莺燕燕们立马围了上去，朱能和侯金当即跟她们调笑起来。

“滚滚滚，我家兄弟是来找我的，都别缠着他。”秦姝月扭着腰肢从里面迎了出来，挥着手帕驱赶众人。莺莺燕燕们顿觉无趣，转身招揽别的客人去了。

“咱们大姐就是威风！”朱能谄媚一笑，“这一嗓子就把姑娘们全都吓跑了。”

“姐知道你小子馋着呢，别着急。”秦姝月笑着掐了一把他脸上的肥肉，“这些个都是上不了台面的，待会儿姐给你介绍一个，包你满意。”

“那就多谢大姐了，小弟我感激不尽！”朱能嘿嘿笑着作了一揖。

“姐，还有我呢，您可别把我忘了。”侯金忙道。

“放心，忘不了。”秦姝月说着，扭头瞟了青芒一眼：“你小子呢？要不要也给你介绍一个？”

“你就别埋汰我了。”青芒撇了撇嘴，“我今天可是专程来看你的。”

“是吗？亏你还记得我这个同父异母的姐姐。”秦姝月故意在“同父异母”四个字上加了重音，旋即“哼”了一声，凑近他，低声道：“这套新编的说辞我可刚刚记熟，你今天不会又想编啥新的吧？”

“哪来那么多新的？我就是来看看你记熟了没有。”青芒一笑，也压低嗓门儿道，“回头再跟你聊，先帮我们找个清静的房间，我们哥几个谈点儿事。”

秦姝月领着三人来到二楼最西边一个僻静的雅间，给他们上了酒菜，便转身离开了。

三人围着食案坐下，朱能和侯金忙不迭地吃喝起来，可青芒却神色凝重、滴酒未沾，连筷子都没动一下。

“老大怎么了？来的路上就见你怪怪的。”朱能啃着一根鸡腿，口齿不清道，“到底有啥心事，就不能跟兄弟说说吗？”

青芒苦笑了一下，仍不说话。

朱能和侯金对视了一眼，都很诧异。侯金想了想，放下手里的筷子：“老大，你今天领我们上这来，不单纯是让我们来开荤的吧？”

青芒蓦然端起面前的酒杯，扬起头一饮而尽，仿佛下了很大的决心道：“没错，是有事跟你们说。”

朱能赶紧放下啃了一半的鸡腿，用袖子擦了擦油腻的嘴巴，看着青芒。

青芒却把目光投向了窗外，望着外面迷离的夜色，悠悠道：“人生在世，总免不了生离死别，不管是父母子女、兄弟姐妹，还是夫妻、朋友，都只能陪彼此走一段路，而后终究要各奔西东或者阴阳永隔……可无论怎样，我们都要好好活着，你们说是吧？”

闻听此言，朱能和侯金不禁莫名其妙、面面相觑。

“老大，你怎么突然说起这个？”朱能弱弱道，“怪瘆人的，到底出了啥事啊？”

青芒看着他，沉沉一叹：“兄弟，我对不住你……”

朱能大吃一惊，忙道：“老大，你别吓我，你这么说我可承受不起。一直以来都是我对不住你，哪有你对不住我的事啊？要不是你宽宏大量、重情重义，我这条小命早就被公孙弘给收拾了，哪还能活到今天？”

“我今天要说的事，便与公孙弘有关。”

“公孙弘？”朱能纳闷，“这老家伙又出什么幺蛾子啦？”

“上回从终南山下来后，他是不是第二天就找你们过去问话了？”

“对呀，他问我们跟你上山之后都发生了什么。我们就说是跟你一块儿盯梢仇芷若，先是到了老君庙，然后便遭遇了墨者袭击，再然后就跟你失散了，我们只好先下了山，之后发生什么我们就不知道了。那老家伙听完也没说啥，大概是信了我们，就让我们回来了。”

青芒苦笑了一下：“遗憾的是，他并不相信你们。”

“何以见得？”朱能和侯金同声问。

青芒迟疑了一下，才缓缓道：“从终南山下来后，我预感到这回很难再瞒过公孙弘，便让孙泉和刘忠带上一帮兄弟，快马赶赴你的老家泉陵，命他们无论如何也要把你的家人从公孙弘的人手里头抢出来，转移到安全的地方。不料，就在他们赶到泉陵的当天，公孙弘的人便……便下手了。他们在你老家的宅子放了一把火。孙泉他们恰好赶到，拼命救火，可最终……只救出了你的一个小侄儿，而令堂和你大哥他们……”

青芒说到这儿，已然眼眶泛红，声音哽咽，说不下去了。

朱能双目圆睁，整个人瘫软了下去。

侯金也是目瞪口呆。

他们此刻才终于明白，他们老大刚才为什么会说那段没头没脑而且那么“瘆人”的话……

“听说你这回栽在了一个叫秦穆的家伙手上？”

琼琚阁雅间中，刘陵问张次公。

张次公苦笑不语。

“这家伙什么来头？怎么连公孙弘和你都对付不了他？”刘陵又问。

张次公叹了口气：“匈奴那边逃过来的，之前是於单的侍从，漠南之战中投靠了霍去病，前不久又帮朝廷弄回了一件宝贝，所以摇身一变成了陛下跟前的红人。”

“宝贝？什么宝贝？”

张次公仰头灌了一杯酒，恨恨道：“天机图。”

刘陵神色一凛：“天机图？”

张次公眯了眯眼，看着她：“怎么？你知道这东西？”

“略有耳闻。”刘陵淡淡道，“这东西现在在哪儿？”

“还用说吗？自然是藏在未央宫石渠阁的金匮之中。”

“刘彻就没打开看看？”

“听说那东西有一套很复杂的密码，可密码是什么却没人知道，刘彻便不敢乱动，怕毁了里头的东西。”

刘陵若有所思。

“你莫不是也在打它的主意？”张次公斜着眼问。

刘陵冷然一笑：“我打的是刘彻的主意，还有高祖留下的这大好江山！”

张次公微微一震，忍不住伸出大拇指：“霸气！我张次公从未佩服过任何人，但就服你身上这股子巾帼不让须眉的豪气！”

“少给我灌迷魂汤。”刘陵哼了一声，“咱们要干的事，光有霸气豪气可不够，最终还得靠脑子。”

“那是，你的脑子我更佩服！”张次公露出一个奉承的笑容，“对了，王爷那儿，想必都准备得差不多了吧？”

“兵马、武器、钱粮，都齐备了，随时可以起事。”刘陵踌躇满志道，“我父王现在唯一担心的，便是咱们这条线在关键时刻不顶用。”

“那不可能！”张次公拍了拍胸脯，“你转告王爷，让他老人家放心，只要他一声令下，我张次公一定义无反顾、万死不辞！”

“我刚才说了，光靠血性之勇是不够的，得靠脑子。”刘陵冷冷道，“本来父王还指望你这个北军将军能派上用场，谁料你却在这节骨眼儿上让一个不相干的秦穆给扳倒了，你让父王怎么放心你？”

“此事纯属意外。”张次公懊恼道，“我是急着想立功，把中尉一职拿下，这样咱们的行动不是更有胜算了吗？谁知道秦穆那浑蛋会抄了老子后路？”

“我看你就是有勇无谋！”刘陵白了他一眼，“连一个区区匈奴人都对付不了，你还怎么帮我做事？”

“是是，我没脑子，可你现在不来了吗？”张次公嘿嘿一笑，“打今儿起，我什么都听你的，你就是我的脑子，我就是你的手脚，咱俩珠联璧合，鸾凤和鸣，何愁大事不成？”

“滚蛋！谁跟你鸾凤和鸣？”刘陵杏眼圆睁，“再随口胡喷，当心老娘把你舌头割了！”

“好好好，算我说错话，我自罚三杯。”张次公嘻嘻笑着，一连喝了三杯，然后抹抹嘴，“你这次来，一定是有计划了吧？说说，咱们该怎么干？”

刘陵直直地盯了他片刻，才一字一顿道：“一不做二不休，干掉刘彻！”

张次公悚然一惊，看见刘陵的目光中满是杀机。

朱能瘫坐在地上，背靠着墙，脸色惨白，目光呆滞，好半天一动不动。

青芒和侯金对视了一眼，眼中都充满了无奈。

“兄弟，想哭就哭出来吧，没必要憋着。”青芒艰难地开口道，“我领你来这儿，就是想找一个可以让你放声大哭然后一醉方休的地方。若是在宫里，你有泪也只能往肚子里咽……”

朱能缓缓抬眼，怔怔地看着青芒。紧接着，一滴滚圆的泪珠从他眼角淌了下来。然后他便开始啜泣，之后哭声越来越响，最后终于号啕大哭了起来。

侯金也不停地抹着眼泪，哽咽着对青芒道：“我之前总埋怨老天，为什么让我爹我娘那么早死，把我变成了一个孤儿。可老大你刚才那些话，算是让我想明白了：说到底，在这世上，哪个人不是独生独死，独往独来呢？不管是爹娘还是别的什么人，都只能陪咱走一段路，又有谁能陪咱们从头走到尾呢？”

青芒拍了拍他的肩膀，黯然无语。

这时，朱能的哭声渐渐小了，忽然道：“老大，我娘和大哥大嫂他们，可……可安葬了？”

青芒点点头：“孙泉置办了棺椁，又在你们家附近找了块地，已经让他们入土为安了。”

朱能稍感安慰，又问：“那……那我侄儿现在在哪儿？”

“放心吧，他很安全。孙泉家境富裕，多养一个娃儿不在话下，我已让他把你侄儿带回老家好生照看。日后找个时间，你再去看他。”

朱能眼中露出万分感激之色，冲青芒抱了抱拳，旋即抓起食案上的酒壶，仰头就往嘴巴里倒。侯金见状，也抓过一把酒壶，粗声粗气道：“来，兄弟陪你喝，咱们今天喝他个生死两忘、万事皆休！”

朱能抽噎着点点头。

接着，两把铜壶便“哐”的一声碰在了一起。

眼见两人今天是非醉倒在此不可了，青芒心里苦笑，觉得酒虽然算不上什么好东西，但至少在这种时刻，它却是不可或缺的。

“未央宫防卫何等森严！要杀刘彻，谈……谈何容易？”

张次公没料到刘陵的计划会如此凶悍，不由得暗暗吃了一惊。

刘陵冷哼一声：“我又没说要杀进未央宫。”

“那你想怎么做？”

“这还用说？当然是等他出宫的时候下手。”

“刘彻现在万分小心，哪肯轻易出宫？”张次公不假思索道，“我跟你说，现在可不光是你们诸侯想动他，还有匈奴、墨家，都想要他的命，他怎么可能离开未央宫？”

“我问你，今天是几月几日？”

“十二月初二啊。”

“那我可以肯定地告诉你，五天之后，刘彻必然出宫！”刘陵斩钉截铁道。

“五天之后？十二月初七？”张次公越发懵懂，“这日子有什么特别吗？”

刘陵摇头笑了笑：“亏你还在长安当了这么久的官，我看你就是瞎子和聋子！”

张次公皱紧眉头想了半天，还是毫无头绪。

刘陵叹了口气：“想想，满朝文武中，刘彻打心眼儿里最敬畏什么人？”

“不就是右内史汲黯吗？”张次公脱口而出道。刚一说完，他便顿了一顿，旋即恍然大悟：“我想起来了，十二月初七是汲黯的生辰！今年他五十五岁，刘彻定会去内史府赴他的生辰宴！”

刘陵白了他一眼：“所以，咱们的时间不多了。”

“你有何计划？”

刘陵凑近张次公，低声说了起来……

第二十章 山庄

据财不能以分人者，不足与友；守道不笃、遍物不博、辩是非不察者，不足与游。

——《墨子·修身》

孤鹜岭下，月黑风高。

一座白墙灰瓦的三进宅院坐落在山脚下，正是秋水山庄。

戌时刚过，郦诺、仇景、仇芷薇、雷刚便策马赶到了山庄。铁锤李带着铁柱等几个徒弟站在门口迎候。

四人翻身下马，铁锤李大步迎了上来。双方匆匆见礼、稍加寒暄后，铁锤李便领着四人进了山庄。

“樊左使到了吗？”郦诺急切问道。

“到了。不过……”铁锤李叹了口气，“左使长途奔波，加之重疾在身，听他的侍从说，一路上咯了不少血，结果刚才一到便昏过去了……”

四人闻言，都是一惊。

“那怎么办？”郦诺大为忧虑，“此处荒无人烟，能找到医师吗？”

“郦旗主勿忧。”铁锤李道，“大川懂些医术，我这儿也常年备着不少草药，方才已经让左使服过药，病情算是暂时稳定了。”

郦诺松了口气：“那，有劳你带我去看看他老人家。”

铁锤李苦笑了一下：“左使刚刚睡过去，现在去见他，恐怕不大合适。咱们先到正堂小坐片刻，要是待会儿左使醒了，咱们再去见他。”

“也对。”郦诺无奈一笑，“是我心急了。”

“老李，”仇景忽然紧走几步，跟了上来，“左使想必把天机图也带来了吧？”

郦诺闻言，暗暗瞟了仇景一眼。

铁锤李道：“左使随身携带了一个包裹，寸步不离，想来定是天机图无疑了。”

仇景“嗯”了一声，没再说什么。

众人来到正堂坐定，铁锤李命铁柱给客人们上了茶。正喝着，大川走了进来，郦诺忙问他左使的情况如何。大川道：“我给左使服了几味养心安神的药，这会儿睡得正沉呢，今晚恐怕是没法跟各位见面了。”

众人一听，不由得都有些失望。

“郦旗主、仇旗主，”铁锤李歉然道，“事发突然，恐怕得让诸位多等一夜，明早再见左使了。”

郦诺笑了笑：“无妨，还是让左使养病要紧，我们多等一夜也没什么。”

“郦旗主说得对，就算在这等上几日也无妨。”仇景接言道，“不过，那天机图是咱们墨家的圣物，可得千万看紧了，切不可出什么差池。”

郦诺又瞥了仇景一眼，若有所思。

“仇旗主放心。”铁锤李道，“左使的两名贴身侍从都在他屋里守着，我和大川、铁柱也都睡在他隔壁屋，断不会有何差池。”

“如此甚好。”仇景淡淡道。

“这么说，咱们今晚只能住在这儿了？”仇芷薇忽然皱着眉头道。

“仇姑娘不必担心。”铁锤李忙道，“敝庄虽地处山野、陈设简陋，不过房子有的是，床榻被褥也一应俱全，诸位不怕没地方住。”

仇芷薇撇了撇嘴：“我倒不是怕没地方住，就是怕跳蚤臭虫什么的……”话未说完，便见仇景皱眉扫了她一眼，只好悻悻闭嘴。

“时辰不早了，闲言少叙。”郦诺站起身来，“烦请老李给大伙儿安排一下，咱们各自歇息吧，明儿也好早起。”

琼琚阁二楼的房间门口，青芒和秦姝月在低声交谈。

方才，青芒一直变着法儿“盘问”她的“身世”，看她是否记熟了自己在金銮殿上编的那套说辞，而秦姝月始终镇定自若，对答如流，丝毫不见破绽，让青芒颇为满意。

“怎么样？我这个同父异母的姐姐，还当得起吧？”秦姝月眉毛一挑道。

青芒一笑：“还行，算你过关了。”

“切！”秦姝月得意道，“不是我自夸，就算是皇帝亲口来盘问，老娘我照旧是脸不变色心不跳。”

“好，不愧是见过世面的，弟弟佩服。”青芒笑着，从袖中掏出一块金饼塞了过去。

秦姝月大喜接过，掂了掂分量，忽然想着什么，幽幽道：“我秦姝月要真有你这么个弟弟，那该多好！”

青芒咳了咳，忙转移话题：“屋里那两个家伙，今晚怕是会烂醉如泥了，就让他们在这儿睡一晚，有劳你照看一下。”

此刻，朱能和侯金正在屋里又哭又笑，还噼里啪啦地乱砸东西，跟疯了一般。

“这俩小子啥毛病？”秦姝月疑惑道，“咋喝成这样？”

青芒淡淡苦笑：“让他们喝吧。男人真正伤心的时候，往往比女人还脆弱。”说完，拍了拍秦姝月的手背，转身离去。

走廊很长，不时有酩酊大醉的红男绿女搂搂抱抱地与他擦肩而过。

青芒独自行走的身影，似有几分孤傲不羁，又有几分清冷落寞。

他刚从张次公那个雅间门口走过，门恰好打开，刘陵走了出来。她无意中一瞥，依稀看见了青芒的一个侧脸。

刹那间，刘陵如遭电击，整个人呆住了。

此时青芒已经走过长廊，转身步下楼梯。刘陵猛然跨前一步，从栏杆上探出身去，却还是看不见青芒的相貌，只能看见一个颀长而清寂的背影。

这背影分明是陌生的，却又如此似曾相识，令刘陵瞬间恍惚了起来。

她的眼前蓦然出现了一个白衣少年修长的身影——同样是那么孤傲不羁，同样是那么清冷落寞，像极了此刻琼琚阁中渐行渐远的这个背影。

两道身影渐渐重合，刘陵的目光不由自主地湿润了……

“还真是冤家路窄，到哪儿都能碰到这小子！”张次公不知何时已站在身边，冲着青芒远去的背影冷然一笑。

“你说什么？”刘陵回过神来，悄悄抹了下眼睛。

张次公朝大门的方向努努嘴：“刚刚走出去的那小子便是秦穆。”

刘陵又是一震，眼中掠过难以置信的神色。

“怎么了？”张次公察觉到她神色有异。

“没什么。”刘陵强抑着内心的波澜，淡淡道，“我也没想到会这么凑巧，的确如你所言——冤家路窄。”

秋水山庄有十几间客房，主要分布在正堂的东、西两侧和后院的北侧。

郦诺和仇芷薇被安排在东厢房的一个二人间。本来铁锤李是安排她们各睡一个单间的，可仇芷薇硬要跟郦诺一起睡，铁锤李便开了东厢房中最大的房间给她们。

仇景和雷刚被安排在西厢房，各睡一间。

后院北侧的正中一间大屋是樊仲子及两名侍从所住；东边隔壁屋住着铁锤李，西边屋住着大川和铁柱。

另外，山庄中还有六个铁锤李的徒弟：其中两人守着前院大门，另两人守着后院，剩下两人负责在三进宅院中来回巡逻。

夜深人静，唯有北风在孤鹜岭的上空盘旋呜咽。

东厢房中，郦诺和衣躺在床榻上，一双乌黑的眸子在黑暗中闪闪发亮。

从半个时辰前熄灯到现在，她一直保持着这种清醒的状态。

因为她知道，今夜，这座山庄一定会有什么事情发生。

此刻，房间另一头的床榻不时传出阵阵鼾声——从小到大，仇芷薇都是这样没心没肺，一沾枕头便呼呼大睡，敲锣打鼓都叫不醒她。

郦诺苦笑了一下。

这丫头，终究还是个大孩子，竟然丝毫没有察觉今夜这座山庄注定不会太平。

不过，这样也好。郦诺想，这样她就不必面对这个诡谲而凶险的黑夜了。不管这个黑夜会发生什么，至少当她从睡梦中醒来，看见的依旧是一个安详而平静的早晨……

约莫亥时时分，当郦诺在东厢房中睁着眼睛耐心等待的时候，有一高一矮两个蒙面黑衣人正从孤鹜岭上飞扑而下。

此二人一个身形瘦高，一个敦实矮壮。在接近山庄北面院墙时，二人兵分两路，分别从东北角和西北角翻墙进入了山庄。

高黑衣人一翻过墙头，便迅速朝后院那排房屋摸了过去。

此人身手敏捷，脚步无声，很快便摸到了樊仲子所在那间大屋的窗外。

不料，窗下的雪地上横着一根枯树枝。黑衣人恰好一脚踩了上去。只听“咔嚓”一响，虽然声音不大，但在这寂静的夜晚却显得分外清晰。

此处离山庄后门不远，两名看守察觉有异，立刻跑了过来。

黑衣人赶紧匍匐在地。

两名看守迅速迫近，眼看马上就要发现他了，但听二人身后忽然响起“噗噗”两声，两枚细长的钢针瞬间射入了他们的后颈。

二人未及发出任何声音，便同时扑倒在地。

紧接着，那个矮黑衣人从暗处冒了出来，与高黑衣人对视了一眼，彼此微微点了下头，旋即转身没入了黑暗之中。

高黑衣人等了片刻，确认四周再无动静，才慢慢直起身来，从袖中掏出一把匕首，把虚掩的窗户挑开了一条缝。

屋内点着一盏昏暗的烛灯，樊仲子面朝里侧躺在床榻上，正发出均匀的鼾声，两名侍从各自坐在一旁打盹。

一根竹管从窗缝中伸了进来，然后从管口徐徐吐出了一团黑烟。

黑烟很快在屋里弥散开来……

与此同时，正堂西侧的回廊上也蓦然出现了一条黑影。此人身形魁梧，脚步飞快，迅速朝后院方向摸了过去。

此人刚走，身后便又有一条黑影紧紧跟上了他。

少顷，第一条黑影进入了后院，刚绕过一座假山，便见两个人躺在雪地上一动不动，身旁掉着两盏灯笼，烛火早已熄灭。黑影一怔，忙蹲下身去察看。

这时，一直在后面跟踪的那条黑影也绕过假山，飞快地追了上来。可他却没料到前面这人会蹲在地上，发现时已然收势不及，顿时一头撞了上去。

前面这个身形魁梧之人忽觉背后有人扑来，立刻回身，一拳打了过去。

眼见拳头袭来，后面这人情急之下只能双掌齐出。

“砰”的一声，拳掌相击，双方各自向后震出了六七步。

二人赶紧稳住身形，旋即拉开架势，死死地盯着对方。就在双方准备大打出手之际，假山的另一侧忽然传来一声“住手”，紧接着郦诺便从暗处走了出来。

那魁梧之人一怔，脱口道：“郦旗主？！”

此人竟是仇景。

这时，方才那个对手也走了过来。仇景定睛一看，对方居然是雷刚，不由得失笑道："原来是你小子！干吗偷偷摸摸跟着我？你就不怕我失手伤了你？"

雷刚冷哼一声："仇旗主，偷偷摸摸的人是你吧？敢问你三更半夜，到此何为？"

仇景又是一怔："嘿你小子，敢用这种口气跟我说话！"

"仇叔，"郦诺冷冷接过话茬，"这个问题也是我想问的，希望你如实回答。"

仇景诧异地看着她："郦旗主这是在审问我吗？"

"随你怎么想。"郦诺依旧冷冷道，"我只想知道，你深夜不眠，来此做什么？"

仇景有些不悦："你和雷刚不也一样深夜不眠吗？为何单单问我？"

"雷刚是跟着你出来的，而我之所以不眠，则是为了等你。"郦诺冷然一笑，"因为我知道，你今夜必会有所行动。"

"你说什么？"仇景满脸惊诧，"郦旗主，你到底对我有什么误会？为何突然说这种话？"

"误会？"郦诺看着地上那两具尸体，不由得面露悲愤，"难道老李这两位徒弟的死也是误会吗？"

"当然是误会！我到这的时候他们已经死了，难道你以为是我杀的吗？"

郦诺沉沉一叹："仇叔，事到如今，你就不要再狡辩了。你不想回答的问题，就让我来替你回答吧：你今夜不眠，不就是因为失踪已久的樊左使和天机图终于出现了吗？你偷偷来到后院，不就是想伺机下手，夺取天机图吗？我敢断定，就算这两人不是你杀的，也定然是你的同伙杀的，对不对？我甚至可以进一步推断，这个同伙便是你昔日的贴身侍从，也是你一直以来的帮凶——胡九！"

仇景猛然一震，苦笑道："没想到你对我的误会这么深……"

"够了！"郦诺愤然打断他，用手指着地上那两具尸体，"我还可以断言，他们必是死于胡九最拿手的吹管暗器！此刻他们身上一定中了胡九的剧毒钢针，就像当初的石荣和许虎一样！"

郦诺话音一落，雷刚立刻大步上前，蹲下来检查尸体身上的伤口。

"不必看了。"仇景淡淡道，"我方才检查过了，确如郦旗主所言，他们二人的喉咙口各有一枚钢针。"

"你终于肯承认了。"郦诺凄然一笑。

"我承认什么？"仇景反而冷笑了起来，"我从来就没否认胡九是凶手，而且他这个凶手还是我亲自揪出来的，不是吗？他之前杀石荣和许虎根本与我无关，现在杀这两人怎么就跟我有关了？"

郦诺摇头苦笑，正想反驳，樊仲子那间屋内突然传出了一声凄厉的惨叫。

“不好！”仇景神色一凛，“樊左使出事了……”

郦诺却冷哼一声，不慌不忙道：“别装了，樊左使出事，不正是你想要的吗？可惜我只能告诉你——今晚的这座秋水山庄根本就没有什么樊左使，更没有什么天机图！”

“什么？！”

仇景脸上顿时写满了惊愕。

方才，那个身形瘦高的黑衣人将迷药吹入房间后，足足等待了一盏茶工夫，那两名打盹的侍从才一前一后栽倒在地，而床榻上的鼾声也渐渐微弱并消失了。

黑衣人的眼中掠过得意之色，旋即打开窗户，从容地跳了进去。

两名侍从趴在地上一动不动。黑衣人走上去各踢了几脚，确认二人都已昏迷，才攥紧了匕首，一步一步走向了床榻。

屋内光线昏暗，樊仲子依旧面朝墙壁侧卧着，一只黑布包裹打了个结套在他的臂弯里。

黑衣人走到榻旁，用左手把他的肩膀扳了过来，同时右手高高扬起，锋利的匕首朝着他的心窝猛刺了下去。

千钧一发之际，床上那人突然睁开眼睛，一把抓住黑衣人的手腕，用力往下一拗——只听“咔”的一声，黑衣人的手腕当即折断。

匕首“当啷”落地，一声惨叫同时响起。

直到此刻，黑衣人才看清了床上这个“樊仲子”的面容。

他根本不是墨家左使樊仲子，而是黑旗旗主田君孺！

田君孺翻身坐起，左手依旧抓着黑衣人手腕，右手猛然扯下他脸上的黑布。

一张并不陌生的脸露了出来。

然而，此人并不是胡九。

“丁雄？！”田君孺颇有些意外。

此时，地上那两个假装晕厥的侍从已经起身，一左一右按住了丁雄，还朝他身上狠踢了几脚作为报复。丁雄面色惨白，痛得嗷嗷大叫。

田君孺解下手臂上的包裹，随手扔到了地上。包裹松开，里面分明是一块石头。

“想杀樊左使，抢走天机图？！”田君孺对丁雄大声冷笑道，“你小子也不撒泡尿照照自己，有那本事吗？”

与此同时，在后窗外面的空地上，铁锤李发现了看守后门的那两个徒弟的尸体，悲愤莫名。

田君孺、铁锤李等人押着丁雄来到了假山旁，把他摁跪在了郦诺面前。

一看此人竟是丁雄，郦诺颇为惊诧，不过转念一想便也释然了：此人和胡九都是跟随仇景多年之人，死心塌地做他的帮凶自然毫不足怪。

另外，郦诺也猛然想起，之前调查吹管暗器时，负责看押胡九的人便是这个丁雄。而房屋垮塌后，据说胡九被压住了腿，可后来却消失无踪——现在看来，丁雄显然跟他是一伙的，所以帮助他逃脱了，并很可能在事后帮他藏匿了起来。

眼下，这个最危险的胡九一定就躲藏在附近！

“老李，”郦诺急切道，“胡九说不定还在这儿，此人非常危险，得赶紧抓住他！”

“放心，他跑不了！”铁锤李一脸悲愤地看着地上那两个徒弟的尸体，“今晚我四个徒弟都折他手里了，我一定要把他千刀万剐！”说完立刻带着大川和铁柱离开了。

“雷子，芷薇还没醒，得有人保护她。”郦诺对雷刚道。

“明白。”雷刚二话不说，马上朝东厢房方向跑了过去。

“守着她就好，别叫醒她。”郦诺又补充了一句。

雷刚头也不回地抬了抬手，表示听到了。

“仇旗主，”郦诺这才转过脸来，冷冷地盯着仇景，“你的贴身侍从胡九早已被证明是凶手，而你的得力手下丁雄今晚又被抓了现行，你还敢狡辩，说你不是这一切的幕后主使吗？”

仇景仰面朝天，望着黑沉沉的夜空，凄然一笑：“原来所谓的樊左使和天机图都是你设的局，目的是引胡九上钩？”

“你错了！”田君孺接过话茬，“最重要的不是引胡九上钩，而是引你上钩！”

“郦旗主、田旗主，”仇景沉沉一叹，“就算胡九和大雄都曾经是我的人，可光凭这一点，便能证明我是那个幕后主使吗？”

“当然不止这一点。”郦诺冷笑，“你的疑点太多了，要我一一说出来吗？”

“你说！”仇景愤然道，“就算是官府抓人，也得有个罪状吧？”

“那好，那咱们不妨从头说起。”郦诺直视着他，“两个月前，是不是你突然提议，把倪右使、田旗主召集过来，讨论新巨子人选的？”

“是我，那又如何？”

“那又如何？”郦诺冷笑，“倪右使被毒杀，房子被纵火，我被偷袭，巨子令被抢，田旗主被冤枉，还有刘五被害、石荣被灭口，这一连串可怕的事件，不都是因此而起的吗？莫非你想说这一切都是偶然？”

“这一切当然是有人策划操纵的，可凭什么说我这个召集人就一定是策划者？”仇景梗着脖子道，“巨子位长久虚悬，咱们墨家群龙无首，我出于公心提出此议有何错？再者说，巨子令被劫那晚我也遇袭了，你不也看见我身上挂彩了吗？”

“那么简单的苦肉计，想蒙谁呢？”田君孺在一旁冷笑，“何况你遇袭的事，有目击者吗？有旁人可以作证吗？还不都是你一个人自说自话？！”

仇景顿时语塞。

“你把这一切都栽赃给了田旗主，可谓天衣无缝，我也被你蒙在了鼓里。”郦诺接着道，“可惜，再完美的阴谋总有破绽，许虎终究还是露出了马脚，紧接着胡九也暴露了。这时候，你立刻壮士断腕，抛出胡九，以一副大义凛然的姿态消除了我的疑心。而私底下，你却命丁雄看守胡九，这难道不是想让他伺机把胡九灭口吗？碰巧那天，突如其来的暴风雪帮了你一个大忙，丁雄便趁机帮胡九逃脱了。而当田旗主被陷害之事真相大白时，你便又设计了一场新的阴谋，把所有疑点又转移到了樊左使身上，而我竟然再一次被你蒙骗了……”

“等等！”仇景蓦然打断她，“你说我转移疑点，这又是从何说起？”

“你就别再装无辜了，仇旗主。”田君孺冷哼一声，接言道，“你说胡九房间里发现的那本兵书是樊左使的，还说樊左使和胡九私交不错，时常在一块儿讨论兵法。这事我怎么不知道？我看是你瞎编的吧？另外，你又在胡九房间里发现了所谓的帛书残片，还说上面是樊左使的笔迹，从而把郦旗主的注意力全都吸引到了樊左使身上，让她认定樊左使就是躲在幕后操纵一切的元凶罪魁。可我想说的是，对于一个处心积虑玩弄阴谋的人，要模仿樊左使的笔迹不是轻而易举吗？而要把一本来历不明的书提前放在胡九房间里，不更是举手之劳吗？这些鬼蜮伎俩你骗得过郦旗主，只可惜瞒不过我。”

仇景摇头苦笑：“欲加之罪，何患无辞！田旗主，你说你不知道樊左使跟胡九有私交，可你不知道的事就不存在吗？只怕是你自己孤陋寡闻吧？你又说我模仿樊左使的笔迹，可雷刚明明也认出……”

“雷刚斗大的字识不了一筐！”田君孺大声道，“他的话岂能做准？”

仇景正欲再辩，雷刚忽然慌慌张张地跑了过来，气喘吁吁道："旗主，不好了，芷薇姑娘她……她不在房间里，我到处找遍了，都找不着。"

仇景和郦诺同时一惊。

仇景立刻抬腿要走，田君孺"唰"的一声拔刀出鞘，横在了他的面前："仇景，事到如今，你还想跑吗？"

"你聋了吗？雷刚的话你没听见？"仇景又急又怒，"等我找着女儿，再来跟你算这笔糊涂账！"

"她那么大的人了还会走丢不成？"田君孺冷冷道，"你休想趁机脱逃！"

"放屁！"仇景勃然大怒，也把刀抽了出来，"老子是清白的，何必要逃？！"

"仇旗主，"郦诺终于开口道，"今天你是走不了了，芷薇我一定会找到，你不必担心。现在，我奉劝你把刀放下。"

"否则呢？"仇景冷笑，笑容中却透着一丝无奈和悲凉。

"否则，我只能出刀。"郦诺说着，缓缓拔出了腰间的佩刀。

她根本不愿意跟仇景走到刀兵相见的地步，但眼下的形势已令她无从选择。

"既然如此，那就不必多言了！"仇景手腕一翻，手中长刀泛着寒光直逼田君孺。田君孺立刻挥刀格挡。郦诺沉声一叹，不得不加入战团。雷刚也赶紧围攻了上去。

此时，一直跪在地上的丁雄趁一名侍从不备，冷不防抽出他的佩刀，旋即刀光一闪，竟割断了他的喉咙。鲜血喷出，侍从栽倒在地。

丁雄飞快起身，朝着后门方向拔腿狂奔。

雷刚见状，赶紧和另一名侍从追了过去。

仇景以一敌二，左支右绌，渐渐落于下风，十来个回合后，肩膀便被田君孺砍了一刀，顿时鲜血淋漓。郦诺心中不忍，不自觉便放缓了攻势。田君孺察觉，一边急攻仇景，一边道："郦旗主，现在可不是心软的时候。"

郦诺无奈，只好继续进攻。这一下仇景越发不敌，被逼得步步退却。稍不留神，田君孺的长刀又在他腿上划开了一道口子。

此时，仇景只能全力抵挡田君孺，左侧门户大开，郦诺只要正常出手，三招之内必可取他性命。

然而，郦诺却无论如何也下不了这个手，即使目前所有的证据都表明仇景十有八九便是那个操纵一切的幕后元凶，而且很可能也是害死自己父亲的凶手！

就在郦诺万分纠结之际，耳旁忽然响起一声娇叱，一把长刀从右侧当空劈来。

郦诺下意识抬手一挡，“铿”的一声，只觉虎口一阵发麻，心里不禁生出一丝诧异——芷薇的功力何时变得这么强了？

这个突然杀到的人，正是仇芷薇。

她持刀挺身挡在了郦诺、田君孺和仇景之间，脸上是既惊且怒又万般困惑的表情。

田君孺见状，只好停止了进攻。

“芷薇……”郦诺脱口道，但接下来的话却一个字都说不出来。

眼前这一幕是她这些日子以来最害怕、最不敢面对的，然而它终究还是发生了。

“到底出了什么事，你们要杀我爹？！”仇芷薇死死地盯着郦诺，一字一顿道。

“这没你的事，你快走。”仇景在身后道，但仇芷薇却充耳不闻。

“芷薇，这事……说来话长。”郦诺艰难地说出这句后，却再也不知如何开口。

“其实也可以长话短说。”田君孺冷然一笑，“芷薇姑娘，我和郦旗主已经查明，你爹便是咱们墨家数月来发生的这一系列祸事的始作俑者！换句话说，倪右使、许虎、石荣、刘五，还有其他那么多弟兄，都是直接和间接死在了他的手上；而当年向朝廷告密、害死巨子一事，很可能也是他干的！”

“不可能！”仇芷薇怒目圆睁，回头问仇景：“爹，这是怎么回事？他到底在说什么？”

仇景苦笑：“都是一场误会，我会跟两位旗主解释清楚的，你先回屋去，听话……”

“您到现在还把我当三岁小孩吗？”仇芷薇厉声打断了他，眼底忽然涌出既担心又委屈的泪光，“我晚到一步你就被他们杀了，你还能解释什么？！”

仇景凄然无语，肩膀和腿上流出的鲜血滴滴答答落进了雪地里。

“郦大旗主，”仇芷薇转脸看着郦诺，眼中满是不解、伤心和怨恨，“田君孺的话我不信，我就想听你亲口说，我爹是不是他说的那种人？”

郦诺黯然良久，才鼓起勇气道：“到目前为止，我的判断，基本跟田旗主一致。”

仇芷薇浑身一震，难以置信地看着她，片刻后才惨然一笑：“我明白了。这么说，咱们今天只能拼一个你死我活了？”

“芷薇，事情还没有坏到这个地步。”事已至此，郦诺也只能坦然面对了，“我不想杀仇叔，但我也不能放他走。事到如今，为了咱们墨家的安危，我必须解除他的旗主之职，并将他暂时关押，然后再把事情慢慢弄清楚。相信我，倘若仇叔是被冤枉的，我一定会查出真相，还他清白。”

“算了吧！”仇芷薇大声冷笑，“你的说辞永远是这么冠冕堂皇，可你的手段永远是那么卑鄙下作！我问你，咱们今晚来这儿真的是要见樊左使吗？所谓的樊左使和天机图全都是你编的吧？你这么处心积虑，不就是想设个陷阱让我爹往里跳吗？”

“芷薇姑娘，你这话可不对。”未等郦诺开口，田君孺便冷笑插言，“你爹今晚要是老老实实待在屋里头睡觉，再大的陷阱也逮不着他吧？说到底，不也还是他自己心怀不轨才掉进陷阱的吗？”

“田君孺，你不要血口喷人。”仇景愤然道，“我是不放心樊左使和天机图，横竖睡不着，才想来后院看看……”

“是吗？”田君孺眉毛一挑，满脸讥讽道，“这可太巧了！你的心腹手下胡九、丁雄，今晚也是横竖睡不着，所以他们也来了。胡九顺手杀了铁锤李的四个徒弟，丁雄也顺手迷倒了我和两个侍从，然后还想杀了我，抢走天机图。我问你，假如今晚躺在那屋里的不是我，而真的是身染重病的樊左使，那现在樊左使是不是已经死了？而天机图是不是也已经落到你手里了？你说你不放心樊左使和天机图，在我看来倒真的是句大实话，你的确一心‘惦记’着天机图，而且已经惦记很久了。除此之外，你恐怕很早以前就开始惦记巨子令和巨子位了吧？”

“田君孺，你少在这阴阳怪气，满嘴喷粪！”仇芷薇把刀一横，厉声道，“你今天休想动我爹一根毫毛，除非你先杀了我。”

“行啊，那我就成全你！”田君孺说着，手中刀已毫不客气地劈了过去。

仇芷薇刚想挥刀格挡，田君孺突然整个人顿住了，刀也匪夷所思地停在了半空。

在场三人同时一怔。

“田叔，你怎么了？”郦诺慌忙上前，却见田君孺不仅身体僵住，连脸上的表情都凝固了，仿佛瞬间被寒冰冻住了一般。

还没等郦诺弄明白怎么回事，耳后忽然传来一声利器划破空气的锐响。虽然声音极其细微，但郦诺还是瞬间察觉，遂下意识把头一偏。

一枚细长的钢针擦着她的耳垂飞了过去。

胡九！

郦诺又惊又怒，猛然回头，只见一条矮壮的黑影在不远处的回廊一闪，朝西边飞奔而去，眨眼便没入了夜色之中。郦诺拔腿欲追，便见铁锤李、大川、铁柱从正堂方向大步奔来，并朝黑影消失的方向追了过去。

这时，身后的田君孺仰面朝天重重地倒在了雪地上。

郦诺回过身来，一把扶起田君孺："田叔，你坚持住，山庄有解毒药，大川也懂医术……"

可话未说完，她的心便往下一沉，后面的话也堵在了喉咙口。

田君孺的伤口赫然位于眉心，显然一根毒针已经完全贯入了他的脑部——就算华佗在世、扁鹊重生，也已无力回天了！

"田叔……"郦诺的眼泪夺眶而出。

田君孺睁着血红的眼睛，尚未咽气。忽然，他用尽最后一丝力气抓住郦诺的手，声如蚊蚋道："你、知道……魔山吗？"

郦诺不由得一震。

倪长卿临终时也说起过"魔山"，却语焉不详，不料田君孺此刻竟也会提起它。

郦诺含泪摇了摇头。

"我曾偶然……听巨子和倪右使提过，我……出于好奇，查了下，方知魔山，便是……九、九嶷山。"

"九嶷山？！"

郦诺知道，九嶷山位于零陵郡，相传是舜帝南巡的驾崩之处，故而名闻天下。

"可是，不管是魔山还是九嶷山，它到底藏着什么秘密？"郦诺迫不及待道。

"天、天机图……"田君孺气若游丝。

"天机图怎么了？"郦诺大惑不解。

"天机图的……秘密，便是……九嶷山……的秘密。山中藏有机、机关……"话未说完，田君孺的头往下一歪，再也没有了声息。

天机图？九嶷山？机关？

她举头四顾，只见周遭一片寂静，仇景和仇芷薇早已不见踪影。

空旷的庭院中，郦诺的身影看上去显得孤单而渺小。被风吹起的片片雪花，恍若一大群白色蝴蝶绕着她盘旋飞舞。

风雪弥漫之中，铁锤李和大川、铁柱大踏步走了过来。

铁锤李的手上提着一颗血淋淋的人头。

郦诺远远望见，心中终于感到了一丝欣慰。

那是胡九的人头。

第二十一章 身世

义不从愚且贱者出，必自贵且知者出。

——《墨子·天志》

熙熙攘攘的长街上，青芒策马踽踽独行。

在他身后五丈开外，一驾马车和两名骑士一直不紧不慢地跟着。

这显然不是跟踪，因为他们并不怕青芒发现；而且，他们也不是恰好与他同路，因为青芒方才故意拐了几个弯，可他们仍然一路紧随。

双方相距约莫一丈时，青芒勒马，朗声道："何方朋友，跟了在下这么久，到底意欲何为？"

车厢中静默了片刻，然后车帘掀开，一个年轻男子步下马车，径直走到青芒跟前，却不说话，只是定定地看着他。

见此男子肤色白皙，面容姣好，姿色竟远胜一般女子，青芒不觉有些意外；又见此人行为怪异，跟了自己这么久，下了车又不说话，心下更是诧异，不由得淡淡一笑："阁下就打算一直这么看着我吗？"

"敢问阁下便是秦尉丞吧？"

对方终于开口了，却是女子的声音。青芒先是一怔，继而恍然：怪不得此人如此貌美，原来果然是个女子！

此人便是刘陵。

"正是在下。"青芒道，"敢问这位姑娘，既女扮男装，又跟了在下一路，不知想做什么？”

刘陵又不语了，仍然直勾勾地看着他，半晌才道：“你真的认不出我了吗？还是想装作不认识我？”

青芒又是一怔，无奈笑道：“姑娘这话真是蛮横。咱俩素昧平生，我为什么一定要认识你？”

看着青芒，刘陵眼前蓦然又浮现出那个白衣少年的身影。尤其是他笑起来时那副桀骜不驯又玩世不恭的样子，更是像极了当初的那个少年。

刘陵现在已经可以认定他们就是同一个人了。

“看来你记性不大好，需要我提醒你一下吗？”刘陵脸上露出讥讽的笑容，“我不知道你为什么变成了秦穆，也不知你如何当上了卫尉丞，但我知道你的过去——至少是你十五岁之前的全部过去。说白了，我对你知根知底。可惜的是，你却假装不认识我。你不觉得这么做很不明智吗，青芒？”

青芒顿时一震。

自己对这个女子毫无记忆，可她为何能如此笃定地喊出自己的小名？而她故意提到的“十五岁”这个字眼，显然也大有深意，因为青芒就是十五岁去的匈奴。这分明意味着这个女子确实非常了解自己的过去。可她究竟是谁呢？自己过去跟她又是什么关系？

“你到底是谁？”青芒压抑着内心的惊愕，冷冷道。

“我都已经说得这么直白了，你还在装？”刘陵摇头苦笑。

“抱歉，如果你认定我是在装的话，那咱们就没什么可聊的了。”青芒决定以退为进，便冲刘陵抱了抱拳，“大路朝天，各走一边，希望姑娘不要再跟着我了，告辞。”

说完，青芒拔马就走。

刘陵一怔，没料到他会如此果决。稍一愣神，青芒已然策马驰出了三丈来远。

“站住！”刘陵不得不喊住了他。

青芒无声一笑，勒住缰绳。

在青芒看来，这个女子既然跟了他一路，那就说明他对她很重要，她绝不会让他轻易走掉。尽管青芒并不知道自己是她的什么人，但这并不妨碍他以退为进吊她的胃口。

“姑娘还有什么要赐教的？”青芒头也不回道。

“能不能请你喝杯茶，咱们坐下来聊聊？”刘陵只好换了种语气。

青芒故意沉默了一会儿，才慢慢掉转马头，微笑道："喝杯茶倒是无妨。不过，初次见面，怎么好意思让姑娘请客？还是我请吧。"

这家伙，还是跟以前一样狡猾！

刘陵在心里暗骂，脸上却嫣然一笑："那我就恭敬不如从命了。"

内史府，一座崭新的正堂巍然屹立。

汲黯满面笑容地站在堂前，身旁站着郦诺和雷刚。

"可惜啊！"汲黯有些遗憾道，"原本还想着竣工之日，请老仇和你们大伙儿痛饮一番，也感谢你们这么长时间的辛劳，不料他却不告而别了，这家伙不仗义啊！"

"还请内史见谅。"郦诺忙躬身道，"叔父确实是家中出了急事，不得已才带着堂妹赶回老家。他临走前千叮万嘱，交代小女子一定要向内史转达歉意，万望内史海涵。"

"罢了。"汲黯大袖一拂，"他跑了是他没口福，老夫请你们也是一样。"

"多谢内史！"郦诺和雷刚同时一揖。

"对了，过几日便是老夫的生辰，陛下会御驾亲临，阵仗绝对不小。府里的人手怕是不太够，到时候能否劳烦芷若姑娘和一干女眷，一块儿帮忙打个下手？"

郦诺有些意外，忙道："能为内史和陛下效劳，是我等小民的荣幸。请内史放心，届时小女子及姐妹们一定义不容辞，全凭内史差遣。"

"好。"汲黯笑笑，"那就这么说定了。"

郦诺和雷刚暗暗交换了一个眼色，彼此的眼中都有一丝微妙难言的东西。

说是喝茶，刘陵却挑了一家上好的酒楼，找了一个上等雅间，还点了满满一食案的珍馐佳肴。

雅间中，青芒和刘陵隔案而坐。

看着眼前琳琅满目的山珍海味，青芒不禁哑然失笑。

"怎么，刚才不是说要请我吗？这会儿就后悔了？"刘陵带着揶揄的笑容道。

青芒撇撇嘴："区区一顿饭，在下还是请得起的，只是你一个姑娘家，胃口这么大，让我有些吃惊。"

"我又没说要把这些菜全部吃完。"刘陵呵呵一笑，夹起一块羊肉塞进嘴里，

“我每样就尝一口，不行吗？”

“这倒没什么不行。”青芒也淡淡一笑，“姑娘做派如此豪奢，想必是出身高门大族，不过用这种方式炫耀自己的门第，未免有些浮夸，失之浅薄。”

刘陵闻言，顿时咯咯笑了起来：“吃你一顿饭，便要受你这般数落，我是该说你寒酸小气呢，还是该说你不解风情？”

青芒叹了口气：“明知在下寒酸小气又不解风情，姑娘又何必跟在下打交道呢？”

“因为你从小就如此，我早习惯了。”刘陵目光灼灼地看着他，“而且我向来讨厌那些挥金如土、处处留情的纨绔子弟，就喜欢你这样的。”

青芒避开她的目光：“行了，咱们言归正传吧，你到底是谁？”

刘陵直视着他，目光渐渐转为幽怨：“看来你果真变了，不再是从前那个重情重义的青芒了。亏我从小跟你一块儿长大，亏我父王养了你整整十五年，可你现在却在问我是谁！”

“你父王？”青芒眉头一蹙，“你是诸侯之女？”

刘陵摇头苦笑，旋即一脸讥嘲道：“既然你彻底把我忘了，那咱们就重新认识一下吧。”说着煞有介事地拱了拱手，“淮南翁主刘陵，久闻秦尉丞大名，今日得见，实乃三生有幸。”

“你是刘安之女刘陵？”青芒大为惊诧。

尽管自己的身世大多已忘却，可青芒对许多天下大事却记得很牢——以淮南王刘安为首的诸侯，长期与大汉朝廷貌合神离，近年来隐然有分庭抗礼之势，这在如今的大汉天下早已不是什么秘密了。

“放肆！”刘陵忽然变脸，“我父王的名讳岂是你随便叫的？”

青芒顾不上理会她的不满，忙追问道：“你的意思是，我从一出生就被淮南王领养了，然后一直到十五岁才离开了淮南国？”

“你连自己的事都忘得一干二净了吗？还来问我？”刘陵十分不悦。

青芒苦笑：“实不相瞒，我之前出了点儿事故，很多记忆……都丢失了。”

既然自己从小是在淮南跟刘陵一块儿长大的，那眼下就没必要再跟她藏着掖着了。青芒想，只有说出实情，才能尽快将自己的身世碎片拼接完整。

刘陵闻言，不由得有些惊讶，眯着眼睛又打量了他一下，发现他的样子的确不像说谎，这才半信半疑道：“你真的把过去全忘了？”

青芒无奈一笑："十五岁之后的，已然记起了一些，十五岁之前……可以说一片空白。"

刘陵这才信了他的话，面露关切之色："那你十五岁之后到底去了哪儿？"

这事她居然不知道？

青芒有些意外，迟疑了一下，才道："这事回头再说，你先告诉我，我的父亲是谁？"

刘陵蹙眉："你连自己的父亲都不记得了？"

青芒又苦笑了一下："我只查出自己的先人是秦朝大将蒙恬，可他后来被赵高所害，含恨自尽，其后人为了避祸，定然会隐姓埋名，远走他乡，所以我虽是蒙氏的骨血，但我父亲却肯定不姓蒙，我自然也就无从查起了。"

刘陵看着他，刚要开口，忽然想到什么，眼珠子转了转，便把溜到嘴边的话咽回去了。

青芒眉头一皱："怎么不说话了？"

"你难道不应该先问我，我为什么找你吗？"

"正所谓他乡遇故知。你找我，不就是想叙叙旧吗？"

刘陵咯咯一笑："叙旧倒是不假。不过，除了叙旧，咱们是不是还可以聊点儿别的？"

"聊什么？"

"咱俩现在孤男寡女共处一室，你说可以聊什么？"刘陵笑靥嫣然，冲他抛了一个妩媚的眼风，"难道不可以聊聊风月、聊聊这么多年的别离和思念之情？"

"如果咱俩真的是故交，那你应该很清楚，我这人向来不解风情。"青芒冷冷道，"所以，你想跟我聊风月，恐怕是找错人了。"

"这倒也是。你要是真的跟我聊风月，那就不是我认识的青芒了。"刘陵依旧面带笑容，"也罢，你就跟我聊一聊朝中的见闻吧。"

"朝中见闻？"青芒目光一凛，似笑非笑道，"什么样的朝中见闻？是哪个官员又侵吞了民田，哪个列侯又新纳了小妾吗？"

刘陵一听，忍不住咯咯笑了起来："少跟我装糊涂！我刘陵还不至于无聊到那种程度，千里迢迢从淮南跑到长安来听这些。"

"那你想听什么？"

"听一些坊间百姓不知道的，只有你这个宿卫宫禁的卫尉丞才晓得的东西。就比如……朝廷那些三公九卿最近都在忙些什么，陛下最近有何动向之类的。”

“你这是想害我吗？”青芒直直地盯着她，“刺探宫禁机密，泄露内廷情报，妄议朝政，不管哪一条，都是杀头的大罪！”

“没这么严重吧？”刘陵讪讪道，“这儿就咱俩，天知地知你知我知……”

“不必多言。”青芒冷冷打断她，“我不会干这种事的。”

“是吗？”刘陵撇撇嘴，“看来你对刘彻忠心耿耿啊！”

“过奖。我只是食君之禄，忠君之事而已。”

刘陵定定地看了他一会儿，慢慢沉下脸来：“这么说，咱俩好像没什么可聊的了。”

青芒摇头笑了笑，从怀中掏出一把铜钱，“啪”的一声拍在案上，旋即起身朝门口走去。

“等等！”刘陵没料到他会如此决绝，脱口而出道，“你难道不想知道自己的身世了？”

“我当然想。”青芒头也不回道，“可我不喜欢被人要挟。”

“这不是要挟。”刘陵站起身来，“这只是礼尚往来——我给你你想要的，你也给我我想要的，仅此而已。”

“不就是交易吗？”青芒冷然一笑，“只可惜，你的要价太高了，恕难从命。”说完，便头也不回地走了出去，还重重带上了房门。

听着他的脚步声在走廊上渐渐远去，刘陵竟有些怅然若失。

突然，她飞起一脚，狠狠地踹翻了食案。

一阵噼里啪啦之声响过，地上顿时一片杯盘狼藉。

“旗主，咱们的机会来了！”

内史府后院一处僻静的角落，雷刚一脸兴奋地对郦诺道。

“什么机会？”郦诺淡淡道。

其实方才一听汲黯说刘彻要来赴生辰宴，她心里便立刻生出这个想法了，只是她要考虑和顾及的东西很多，不能头脑一热，说干就干——尤其是经历了那一夜秋水山庄的变故后，她成了墨家现在唯一的旗主，也是硕果仅存的唯一首领，所以作任何决定都必须慎之又慎、三思而行。

“利用这次生辰宴杀了刘彻，为巨子和郭旗主他们报仇啊！”雷刚摩拳擦掌，不自觉便提高了音量。

几名内史府的仆佣从不远处走过。郦诺白了雷刚一眼，示意他小声点儿。

雷刚赶紧压低嗓门儿：“旗主，刘彻鲜少出宫，咱们一直是鞭长莫及，徒唤奈何，可这回他主动送上门来，就在咱们眼皮底下，如此天赐良机，岂能白白错过？”

郦诺蹙眉不语。

雷刚大为不解：“旗主在担心什么？”

“天子出宫，防备必定比在宫中还要森严，咱们未必有机会。”郦诺敷衍道。

“我说旗主，你怎么聪明一世，糊涂一时啊？”雷刚急道，“汲黯不是让你们一干女眷去帮着端汤送菜吗？咱们在菜里下点儿药，岂不是不费吹灰之力就把刘彻给办了？”

“你想得倒美！端汤送菜的事肯定都会交给随驾的黄门宫女，哪能轮到我们？依我看，我们顶多就是在庖厨打打下手，烧个柴、洗个菜而已。”

“那也有机会啊，只要人在庖厨，总不难下手。”

“下药不是好办法。”郦诺思忖着，“刘彻身边一定有试菜的宦官，很难得手。”

“这倒也是。”雷刚想了想，“要不，咱就给他来硬的？”

“太危险了。刘彻此次出宫，卫尉寺的禁军一定会倾巢而出，全力护驾，再加上内史府的侍卫，人数比咱们多百倍还不止，咱们何来胜算？”

一说到卫尉寺，郦诺便蓦然想起了青芒。

他是卫尉丞，天子出宫他必定护驾随行，想行刺刘彻势必要与他刀兵相见，暂且不说没有胜算，即便有，郦诺也断然下不了这个手。

“左也不行右也不行，莫非咱们就眼睁睁让如此大好机会溜走？”雷刚仍不死心。

郦诺又沉吟了片刻，决然道：“我想清楚了，这个事，就算干得成也不能做。”

“为何？”雷刚大惑不解。

“汲内史救过我，对我有恩，我若是在他的地盘上行刺刘彻，不管能否得手，他都要被诛灭三族。你说，我岂能干这种恩将仇报的事？”

雷刚顿时语塞。

“这事到此为止，不准再提。”郦诺说完，便顺着回廊径直走远了。

雷刚恨恨跺脚，一副心不甘情不愿的样子。

日暮时分，一驾马车沿着长安城北的夕阴街向西而行，几名侍卫策马紧随。

片刻后，马车拐进一条僻静的巷子，在一家不起眼的小客栈门口停了下来。

刘陵掀开车帘，步下马车，警惕地看了看四周。

她依旧是一身男装打扮。

几名侍卫簇拥着她走进客栈，径直来到二楼的一间客房前。刘陵候在门口，等侍卫打开门，进去点了灯并确认安全后，才走进房间。几名侍卫立刻退出，带上了房门，然后守在了门外的走廊上。

刘陵走进里间的卧室，在灯前坐下，神情略显疲惫，似有满腹心事。

今日，她在长安城跑了一大圈，暗中拜会了近年来刻意结交的一干文武大臣，依照惯例给每人都奉上了价值不菲的“见面礼”——这是她每次来长安必做的一件事。以往，这帮人通常会投桃报李，除了请她转达对淮南王刘安的敬意和谢忱之外，少数人甚至会婉转地表达忠心，还会主动跟她聊一些“朝中见闻”，其实就是朝廷针对诸侯的政策动向。

所以，过去刘陵的每一趟长安之行总能“满载而归”，收获不少至关重要的机密情报。然而这次她却明显感觉很多“老朋友”都在敷衍她。虽然表面上仍旧笑脸相迎，礼节甚周，但却有意无意地避开了种种敏感话题。无论她如何旁敲侧击，这帮家伙都只会装傻充愣、顾左右而言他。

很显然，这帮“人精”一定是嗅到了什么危险的气息，才会变得如此首鼠两端。

莫非，刘彻打算对诸侯动手了？

刚才回客栈的路上，刘陵越想越觉得可能性很大。

今日拜会的这帮人既然不约而同地摆出了一副暧昧不明的态度，那就说明形势已经非常严峻了。换言之，他们虽然什么都没说，但却足以传达给刘陵一个相同的信息——图穷匕见的时刻就要到了！

想到这里，刘陵非但不感到惊讶，反倒有些庆幸和得意。

因为她这次来长安，本就是抱着“先下手为强”的决心来的，并且已经带来了一个完整的行动计划。正因为如此，她才会昨夜一到长安就密晤了张次公。

原本刘陵多少还有些犹豫，拿不准现在对刘彻动手是不是最佳时机，可今天走完这一圈下来，她的心里就再没有半点儿犹豫了……

此时，窗外突然吹进一阵冷风，把旁边的烛火吹得几欲熄灭。

刘陵打了个寒战，赶紧站起来，转身想去关窗，却见一个黑影正直挺挺地立在跟前。她猝然一惊，刚要叫出声来，对方飞快捂住了她的嘴。

“是我。”

一个熟悉的声音沉声道。

确认她听清了之后，对方才慢慢把手从她嘴上拿开。

刘陵仰头，惊魂未定地看着眼前的青芒：“你……你怎么进来的？”

“别说你窗户开着，就算关上，也拦不住我。”青芒淡淡一笑。

“你怎么知道我住这儿？”刘陵一脸狐疑。

青芒不语，一屁股在床榻上坐下，然后环顾左右，把这个陈设简陋的房间打量了一圈，才不紧不慢道：“堂堂翁主放着舒适奢华的淮南邸不住，却跑到这又破又旧的小客栈来，是为了体察民生疾苦呢，还是想干什么见不得光的事？”

刘陵闻言，不愠不恼，走到他旁边坐下，面带笑意道：“你今早那么义无反顾地离开，我还以为你这辈子都不会理我了，没想到才过了半天，你就主动找上门来了，我是该夸你识时务呢，还是该骂你没志气？”

“此一时彼一时也。”青芒也笑了笑，“早上不理你，是你提的交易不太公平；现在来找你，是打算跟你重新谈谈。”

“哦？”刘陵仍旧笑意盈盈，“你勾起我的好奇心了，现在谈有什么不一样吗？”

“当然不一样。”

“说说看。”

“之前你的要价让我难以接受，可现在我有充分的理由认为，你不会再开那样的条件了。”

刘陵似乎意识到了什么，眉头微蹙：“是吗？是什么理由让你如此自信？”

“你真的猜不出来？”青芒一笑，“其实是你早上的做法提醒了我，让我忽然悟到，应该‘以彼之道，还施彼身’。”

“你到底什么意思？”刘陵的眉头蹙得更紧了，“把话说清楚！”

青芒笑而不语，忽然从袖中摸出一枚竹简，递了过来。刘陵满腹狐疑，接过一看，只见上面用蝇头小字密密麻麻地写着十来个人名，还有各自的官爵。

犹如当头一棒，刘陵整个人都呆住了。

这居然是她今天秘密拜会的那些文武官员的完整名单，而且无一遗漏！

“你跟踪我？！”刘陵脸色骤变，霍然起身。

“小点儿声，别把侍卫们都招进来。”青芒淡淡说着，从她手上把竹简抽了回来，又放进袖中，“他们可不是我的对手，万一伤着了，对谁都不好。”

“你以为你记了这份名单，就可以要挟我吗？”刘陵愤愤道，却不得不压低了声音。

“别误会。”青芒又是一笑，“这不是要挟，只是想跟你‘礼尚往来’罢了。”

这分明是刘陵今早的口吻。

面对青芒成功地“以彼之道，还施彼身”，刘陵大为懊恼却又无计可施——诸侯暗中结交大臣，刺探朝廷情报，这在任何朝代都是大逆之罪。

所以，青芒现在握住了这份名单，就等于握住了她的“命门”，只要他前脚把名单呈给天子，刘陵后脚立马人头落地！

这么想着，刘陵的脊背不由得阵阵发凉。

“翁主大可不必如此焦虑。”青芒瞥了她一眼，面带笑容道，“只要你把我的身世原原本本告诉我，我就让这份名单烂在肚子里。咱们互利互惠，高高兴兴做朋友，又何必伤了和气呢？”

刘陵阴沉着脸，默然不语。

青芒站起身来，走到她面前，盯着她的眼睛，缓缓道：“告诉我，我的先人在蒙恬遇难之后究竟改为何姓、所居何地？”

刘陵仍旧默不作声。

“也罢，你不想说就算了。”青芒摇了摇头，沉声一叹，径直朝窗户走了过去，“赶紧逃吧，趁现在还有时间。我从这儿赶到未央宫，少说也要小半个时辰……”

“站住！”刘陵终于脱口而出。

青芒无声一笑，却没有回头，只是站在窗前静静等着。

“你错了。你的先人虽在秦末汉初改了姓，但到了文帝一朝便恢复原姓了。所以，你的父亲，正是姓蒙。”刘陵面无表情道。

青芒大为惊诧，猛然转身：“那你快告诉我，他是谁？”

刘陵看着他，一字一顿道：“前东郡太守，蒙安国。”

蒙安国……

青芒在心中默念着这三个字，感觉数月来堆积在心头的阴霾一扫而光！

然而，这样的释然和喜悦之情却只存在了短短一刹那。紧接着，青芒便被一种突如其来的震惊攫住了——他猛然想起，自己并不是第一次听见这个名字。

第一次把这个名字告诉他的人，是郦诺！

那是一个多月前，当时青芒和霍去病联手把郦诺从张次公手里救了出来，然后青芒送她回去，半路在一家茶肆避雪，彼此道出了各自的身世和遭遇。那天，郦诺说她父亲郦宽遭了朝廷的毒手，青芒很好奇，便问她：是什么人害了你爹？

青芒至今犹然记得，当时郦诺几乎是咬牙切齿地说出了三个字：蒙安国。接着郦诺又说，蒙安国是东郡太守，她父亲便是在他的狱中被害的。

这么说，自己的父亲竟然是郦诺的杀父仇人？天底下竟然会有如此巧合，又如此匪夷所思之事？！

然而，青芒的震惊与错愕并没有到此结束。因为他紧接着又想起来了，那天在茶肆中，他和郦诺还有如下几句对话：

“那个东郡太守蒙安国，后来如何了？”青芒问。

“还没等我杀了他，他便恶有恶报，被刘彻给满门抄斩了。”郦诺恨恨道。

青芒不由得一震：“满门抄斩？是何缘故？”

“我不知道，也没兴趣知道。”郦诺声音很冷。

……

满门抄斩？

父亲究竟做了什么，竟然会被朝廷满门抄斩？！

青芒感觉自己的脑子“轰”的一声，全身的血液仿佛在瞬间凝固了……

御史府中，李蔡正在伏案处理公文，杜周匆匆入内，低声道：“先生。”

李蔡抬起脸来：“鸱鸮有消息了？”

“是。”杜周点头，神情却有些失望，“可惜……不是什么好消息。”

“说。”

“刘陵自称在路上染了病，这几日一直躲在寝室中，大门不出二门不迈，一日三餐和汤药都让人直接送进去，而且都是侍女在应付，她本人始终没有露面，更不消说有什么动静了。”

李蔡眉头一蹙：“这就有蹊跷了。”

“是啊，鸱鸮也认为事有蹊跷，却又不便采取什么行动。”

“他就没找个什么由头去见刘陵？”

“他说找了无数个借口了，可侍女从头到尾就给一句话：待翁主身子好些再议事。”

李蔡站起身来，在屋内来回踱了几趟，忽然止步，自嘲一笑：“看来，咱们都上当了。”

杜周略为思忖，旋即反应过来："先生的意思是，刘陵根本没在淮南邸？"

"没错。从进入长安的第一天起，那个所谓的翁主很可能便是她的侍女假扮的，刘陵本人则一步都未踏入淮南邸，一直在外面活动。咱们都被她耍了！"

"此女果然狡猾！那咱们该怎么做？"

李蔡沉吟片刻，道："而今之计，只能请咱们这位翁主的老朋友出马了。"

"谁呀？"杜周不解。

李蔡示意他靠近，杜周赶紧走过来。李蔡附在他耳旁低语了一下，杜周不由得一笑："先生英明。"

"你怎么了？"

客栈中，刘陵见青芒突然脸色大变，不禁有些纳闷。

青芒木然良久，才艰难地开口道："告诉我，我父亲究竟做了什么，才会被朝廷……满门抄斩？"

刘陵一怔："你不是失忆了吗？这事你怎么……"

"回答我。"青芒猛然打断她，脸色冷得吓人。

刘陵无奈，只好道："朝廷对外只说你父亲贪污了巨额赈灾款，还说他鱼肉乡里、草菅人命、徇私枉法什么的，其实都是谎言。据我后来调查，是有两个大臣先后给刘彻上了密奏，把两个严重的罪名栽到了你父亲身上。"

"哪两个大臣？是何罪名？"

"一个是大行令韦吉，他指控你父亲与我父王暗中交通，妄图谋逆，颠覆朝廷。"

果然是这个韦吉！

青芒在心中冷笑。怪不得自己会把韦吉的名字刻在狼头骨上，并在北邙山上行刺他。

"还有一个便是丞相公孙弘吧？"青芒道。

"你怎么知道？"

青芒冷笑不语。既然公孙弘是自己刻在狼头骨上的第二个名字，那么陷害父亲的第二个人自然非他莫属。

"是公孙弘，他当时还是御史大夫。"刘陵接着道，"他指控你父亲与匈奴的浑邪王暗中勾结，泄露大汉的军事情报，导致汉军与浑邪王部交战接连失利。这条罪名更是非同小可，所以刘彻一怒之下，便……"

青芒凄然一笑。

他相信父亲绝对不会通敌，但公孙弘的这项指控显然也不是空穴来风。因为事涉浑邪王，而浑邪王正是自己的外祖父、父亲的岳父！

青芒想，公孙弘很可能是得知父亲与外祖父、私下有联络，才以此为由提出了指控。

“那你有没有查出，韦吉和公孙弘为何要陷害我爹？是不是我爹得罪过他们？”青芒不相信韦吉和公孙弘这么干是出于公心。

“据我所知，韦吉有一个弟弟叫韦祥，是东郡濮阳一霸，仗着其兄在朝为官，一贯欺男霸女，无恶不作，结果被你父亲绳之以法，关进了大牢。韦吉私下找你父亲说情，被他严词拒绝，因此便怀恨在心了。”

不出所料，韦吉果然是公报私仇。

这么说来，此人摔死在北邙山也是罪有应得、死有余辜了！

“那公孙弘呢？”青芒又问。

“公孙弘的原因比较复杂。”刘陵思忖了一下，“其一，你父亲与公孙弘一向政见不合，尤其在匈奴事务上，二人的立场更是针锋相对——公孙弘是主战派首领，而你父亲和汲黯都是主和派的代表，所以公孙弘早就对你父亲心存不满了。其二，公孙弘任御史大夫期间，私下收受了不少贪官的贿赂，不仅帮他们销毁罪证，还助其升迁；你父亲发现后，向刘彻递了密奏，可刘彻却以证据不足为由，按下不表。这事过后便被公孙弘察觉了，你想，新仇加上旧怨，他岂能不千方百计报复你父亲？”

青芒恍然。

事实果然没有超出他的意料。

与此同时，青芒蓦然发觉，在父亲被害这件事上，天子刘彻也要负相当一部分责任——一是无视律法，袒护公孙弘，可谓“举枉错诸直”，是非不分；二是听信公孙弘和韦吉的一面之词，未经深入调查便对父亲施以“灭门”极刑，行事过于草率，用法太过苛酷。

从这个意义上说，天子刘彻又何尝不是自己的杀父仇人？！

刘陵观察着青芒的神色，嘴角不由得掠过一丝冷笑。

她之所以如此痛快地把青芒的身世及相关的所有事情全部和盘托出，除了顾虑青芒手中的那份名单之外，更重要的是因为她决定将计就计，让青芒意识到刘彻其实是他和她共同的敌人。

换言之，这是把青芒拉到自己阵营的最简单也最有效的办法。

一想到今早竟然没有想到这个办法，刘陵不禁暗骂自己太过糊涂，不，简直就是愚笨透顶！

当然，刘陵所说的与青芒身世有关的这一切，其中几分为真，几分为假，那就完全是由她掌控了——反正青芒已然失忆，所谓的事实真相不全都凭她一张嘴吗？

“青芒……”刘陵意识到自己的办法开始奏效了，便继续加码，“对你父亲遇害一事，我和我父王都深感义愤，却又有心无力。不过我听父王亲口说过，他说总有一天，一定会为你父亲报仇！”

“王爷和我父亲，是不是私交不错？”青芒忽然问。

“当然，否则你父亲怎么会把你托付给我父王？”

“如此说来……”青芒想着什么，不由得苦笑，“韦吉说我父亲与你父王暗中交通，也不全是诬罔之词喽？”

刘陵叹了口气：“我不想让你伤心，可有件事，我还是……不得不告诉你。”

“何事？”

“事实上……韦吉指控你父亲妄图谋逆，颠覆朝廷，也不算是冤枉他。”

“你这话什么意思？”青芒蹙紧了眉头，直视刘陵。

刘陵迎着他的目光：“意思就是，你父亲和我父王，的确打算里应外合，联手推翻刘彻！”

青芒浑身一震，几乎不敢相信自己的耳朵。

刘陵看着他，知道自己的目的已然达成了大半，接下来就不宜继续在这个方向上加码了，而应该适时地调整一下话术。

“自从十年前一别，我以为这辈子再也见不着你了。”刘陵幽幽一叹，神情凄婉，“那时候两小无猜，大人们一见到咱们，就说咱俩是天造地设的一对。别的孩子们就起哄，让咱俩入洞房，还在我头上披了红绸子，让我做你的新娘……这些事，你还记得吗？”

说到此处，刘陵的眼睛早已湿润。

“对不起，我忘了你失忆的事……”刘陵抹抹眼睛，歉然一笑，“这些事你当然记不得了。你能告诉我，当年离开淮南后，你到底去了哪儿吗？”

青芒迟疑了一下，才苦笑道：“匈奴。”

怪不得张次公说“秦穆”来自匈奴，原来是蒙安国把他送过去的。刘陵想着，困惑道："你爹为何会把你送到匈奴去？"

"说来话长……"青芒感觉自己的心中一片凌乱。这样的时刻，他只想一个人静静待着。"日后若有机会，再慢慢跟你说吧，我先告辞了。"说完转身便走。

刘陵一怔，忙道："等等。"

青芒止步，却没回头。

"你就不问问，我这次来长安，是想做什么吗？"刘陵起身，眼中浮出冷冽的光芒，与方才那个回忆往事的刘陵瞬间判若两人。

"我没必要问，你也不必告诉我。"青芒冷冷道。

他当然知道，刘陵此次来京，一定是要筹划一些对朝廷不利的勾当，所以他不想卷入。

"你这么说，让我很失望。"刘陵道。

"人生不如意事十之八九，岂能事事如人所愿？"青芒依旧没有回头，"何况，我本来便没给你希望，你又谈何失望呢？"

"你说得这么绝情，是不想再跟我有任何瓜葛了是吗？"刘陵说着，冷冽的目光中竟然又浮出了一层忧伤。

青芒顿时不忍，只好转过身来："你可以找青芒，但请不要找秦穆。因为他是朝廷的卫尉丞，职责在身，你找他，只会让两个人都陷入麻烦。"

"想不到你会如此忠于刘彻。"刘陵摇头冷笑，"好吧，那我不找秦穆，我就找蒙恬的后人、蒙安国之子蒙奕，总可以吧？"

青芒一震："你是说……我的本名叫蒙奕？"

"这还用问吗？"

蒙奕？！

青芒不禁在心里苦笑。

原来这才是自己的本名，可它却是多么陌生的两个字啊！

"我就想问蒙奕一句话。"刘陵直视着他，目光咄咄逼人，"他还想不想为自己的父亲报仇？"

青芒浑身一震。

到现在为止，自己已经拥有了四个名字——青芒、秦穆、阿檀那、蒙奕，并且相应拥有四种截然不同的身份！

"青芒"是一名失忆的刺客——他暗杀了大行令韦吉，被朝廷通缉，而且多次暗中帮助墨家，显然是朝廷的敌人；

“秦穆”是朝廷的卫尉丞兼招抚使——他把天机图献给了朝廷，得到天子赏识，其职责是宿卫禁中、保护天子，且肩负调查墨家、招抚匈奴的使命，显然是朝廷的干臣；

“阿檀那”是匈奴左都尉、荼蘼居次的未婚夫，也是匈奴浑邪王的外孙——他在漠南之战中反水，间接帮助霍去病缔造了赫赫战功，同时令匈奴人损失惨重，分明可以算是大汉朝廷的盟友；

“蒙奕”是蒙恬后人、前东郡太守蒙安国的私生子——他被淮南王刘安抚养了十五年，没有理由不报恩，且身负父亲满门被害的血海深仇，没有理由不报仇，所以他注定与大汉朝廷不共戴天，且注定是大汉天子刘彻的敌人！

如此复杂矛盾又彼此冲突的四个身份，竟然全都叠加在了他的身上。

青芒不禁自问——到底哪个身份才是真正的我？！

没有人可以回答他，而他也给不了自己答案。

“蒙奕，回答我的问题！”

咄咄逼人的刘陵丝毫不给他喘息的机会。

青芒感觉自己像被一张无形而巨大的蛛网给困住了，又像是被一块千钧巨石压住了身体，既无法挣扎，也无法呼吸。

额角又在此时剧烈地疼痛起来——这个旧伤已经有好些日子没发作了，以致青芒几乎忘记了它的存在。

青芒的脸色瞬间变得惨白，额角的青筋一跳一跳，豆大的汗珠从他的额头和鼻尖不停地冒了出来。刘陵见状，不由得一惊，凌厉的目光这才柔和下来，轻声道：“你……不舒服吗？”

青芒艰难地摇了摇头：“给我点儿时间，让我想想……”

说完这句话，他便一个箭步从窗口跃了出去，瞬间消失在茫茫夜色之中。

刘陵怔怔地望着窗外，沉声一叹。

客栈后院，夜色漆黑。

角落的马厩里挂着一盏灯笼，发出昏暗的光芒。

张次公从后门匆匆走进院落，下意识地抬头向二楼望去，恰好看见一条黑影从楼上跃下，正朝着他迎面奔来。

张次公悚然一惊，立刻拔刀出鞘，大喝一声："什么人？"

黑影之前显然也没看见他，闻声才猛然刹住脚步，无声地与他对峙着。

这里光线太暗，张次公摸不准对方的来头，遂不敢贸然上前，只握紧了刀柄，沉声道："何方毛贼，鬼鬼祟祟在此做甚？"

黑影似乎微微冷笑了一下，接着身形一晃，往马厩方向冲了过去。张次公拔腿急追。不料对方竟然"噌"的一下腾空而起，足尖在马厩的屋顶上轻盈一点，旋即越过客栈围墙，瞬间消失得无影无踪。

"他娘的，还真有两下子！"

张次公暗骂，却也只能悻悻作罢。

忽然，一个念头从他的心中闪过——这个黑影好像有些眼熟，尤其是刚才飞上马厩的那一下子，似乎很像他熟悉的某个人……

可到底是谁呢？

二楼客房，刘陵犹然站在窗前，望着外面的夜色怔怔出神。

客房外间，房门被悄无声息地推开，一个身影闪身而入，蹑手蹑脚地走了进来。

刘陵依旧蹙眉沉思，浑然未觉。

身影走进卧室，冷不防一步跨上来，从背后拦腰抱住了她。

"把你的爪子拿开！"刘陵不耐烦道，"本翁主现在没心思陪你玩。"

"谁和你玩了？我是认真的……"张次公依旧在她耳旁喃喃低语。

刘陵脸色一沉，倏然抬脚，狠狠往后一踩。张次公顿时"哎哟"一声，抱着脚跳开了。刘陵转过身来，冷冷地盯着他："你听着，下次再敢对本翁主无礼，踩的就不只是你的脚了！"

张次公跌坐在地上，一边揉着脚面，咝咝地倒吸冷气，一边皱眉道："我说陵儿，你至于吗？咱俩虽说不是夫妻，但怎么说也是有过琴瑟之好了，你就不能对我温柔点儿？"

"闭嘴，此事休得再提，否则我亲手把你舌头割下来！"刘陵愤然道，神情颇有几分恼羞成怒。

两年前，刘陵入京收买文臣武将，因张次公掌管北军，自然成了她的主要目标之一。刘陵刻意接近张次公，不仅贿以重金，还时常邀其宴饮。一次二人都喝醉了，便发生了张次公所谓的"琴瑟之好"。事后刘陵颇为懊悔，但木已成舟，无法挽回，且为了笼络张次公，只好隐忍下来，权当没这回事。

见她真的动怒了，张次公有些无趣，只好拍拍屁股站了起来。

“交代你的事，办得如何？”刘陵板着脸问。

“放心吧，都办妥了。”张次公悻悻道，“若不照你的吩咐做，你不得把我吃了？”

刘陵哼了一声：“皮糙肉厚的，吃你我还嫌磕牙。”

话虽难听，但多少已有些打情骂俏的意味，说明她的气已消了大半。张次公嘿嘿一笑，然后若有所思地扫了房间一眼，道：“方才，是不是有人来过？”

“你说什么？”刘陵眉头一蹙，似乎没听清。

“是这样，方才我在楼下，撞见了一个家伙。”张次公观察着她的反应，“看不清长相，但身材颇有些眼熟……”

“你就算撞了鬼也跟我没关系。”刘陵白了他一眼，没好气道。

张次公讪讪一笑，正想再说什么，一名侍从忽然闯了进来，有些慌张道：“翁主……”

“何事慌张？”刘陵神色一凛。

侍从瞥了张次公一眼，欲言又止。

“这儿没外人，说！”

“是。刚接到‘渔夫’消息，说夷安公主乘车出了未央宫，估计是往咱们的淮南邸去了。”

刘陵不由得一惊。

“渔夫？”张次公斜眼看着刘陵，“这家伙是谁，怎么从没听你提过？”

“这不是你该问的。”刘陵恢复了冷峻之色，“回去做好准备，这几日哪儿都不能去，随时等我指令。”说完便与侍从一起匆匆走了出去。

渔夫？

直到刘陵的脚步声远去，张次公依旧在揣摩着这两个字。

淮南邸。

夷安公主从前院大踏步走来，身后跟着一群侍女和侍卫。邸丞薛晔领着几个下人，提着灯笼在前面照路。

“公主殿下，请您到正堂稍候片刻，小的这就去把翁主请出来。”薛晔弓着腰，满脸堆笑道。

“不必了。”夷安公主冷冷道，“你们淮南邸本公主又不是没来过。”

“是是，殿下和我们翁主姐妹情深，这儿您自然是熟得很，怕是闭着眼睛您都能来去自如。”薛晔嘿嘿笑着，“只是这外头太冷了，殿下您金枝玉叶，万一冻着了小的可担待不起。您还是先到正堂烤烤火，暖暖身子吧……”

“哪来那么多废话？”夷安公主白了他一眼，脚步不停，“本公主有那么弱不禁风吗？”

“不不不，小的不是那意思。您瞧小的这张臭嘴，怎么就不会说话呢，真是该打！”薛晔作势轻拍了几下脸颊，一脸皮笑肉不笑的表情。

夷安公主素来最讨厌这种阿谀谄媚之人，见状越发嫌恶，便不再理他，径自加快了脚步。薛晔眉头暗蹙，似乎颇为忧急。

很快，一行人便来到了内院。

刘陵的寝室是一幢精致的二层小楼，坐落在曲径通幽的内院深处。

一名侍女立在二楼窗前，忽见夷安公主等人大步走来，脸上露出惊诧的表情，立刻转身，从窗口处消失了。

此刻，刘陵正从宅邸后门方向飞奔而来，身后紧跟着两名侍从。

周围漆黑无光，刘陵被什么东西绊了一下，一个趔趄险些跌倒。

“翁主小心！”侍从赶紧拉了她一把。

这边，夷安公主已穿过小楼前的一道月亮门，径直朝楼梯口走去。薛晔抬头望了二楼一眼，面露焦急之色，接着眼珠一转，猛然快跑几步，挺身挡在了楼梯前。

“你干什么？”夷安公主诧异。

“公主殿下，您有所不知，我们翁主她……她在路上染了点儿疫病，这几日一直卧床静养呢。”薛晔赔笑道，“小的怕这楼上难免有些疫疠之气，万一把殿下您给传染了，那……那可如何是好？”

“疫病？！”夷安公主眉头一皱，“这大冬天的，哪来的疫病？”

“这个殿下您就有所不知了。”薛晔一脸苦笑，“疫病一年四季皆有，春则曰春瘟，夏则曰时疫，秋则曰秋疫，冬则曰冬瘟；一人之病，染及一室，一室之病，染及一乡，辗转染易，甚为可怖啊！”

听他说得这么瘆人，夷安公主不由得倒退了一步，狐疑道：“翁主果真染了疫病？”

薛晔正欲答言，一旁忽然传来一个低沉的声音：“薛晔，休得胡言乱语！”

随着话音，邸长程苍快步走了过来，与夷安公主见过礼后，便盯着薛晔道：“谁告诉你翁主染疫病了？”

薛晔一怔：“属下……属下是听汐芸姑娘说的啊，岂能有假？”

汐芸便是这几日一直在替刘陵挡驾的侍女。

“胡说！这几日翁主所服之药，都是本官亲自监督下人熬的，分明只是几味治风寒的药，何来什么疫病！”

夷安公主一听，大为不悦：“薛邸丞，你好大的胆子，竟敢欺骗本公主！”

“不不不，小的不敢，小的万万不敢啊！”薛晔哭丧着脸，频频俯首作揖。

“那还不滚开？”

薛晔慌忙闪到一边去了。

“殿下息怒。”程苍躬身道，“此人兴许只是听错汐芸姑娘的话，应属无心之失，还望殿下莫跟他一般见识，且饶他这一回。”

刘陵的寝室有里外两间。夷安公主迈着大步一头走进寝室外间的时候，刘陵刚刚在两名侍从的帮助下从后窗翻入里间。

侍女汐芸拨开里间的珠帘，满面笑容地迎了出来，盈盈施礼道：“公主殿下大驾光临，奴婢有失远迎，还请殿下恕罪。”

夷安公主白了她一眼：“你这丫头，是不是你跟薛邸丞说我陵姐姐染了疫病了？”

论辈分，刘陵是天子刘彻的堂妹，相当于夷安的姑母，不过两人年纪相差不大，且性情相投，从小要好，所以便都不理睬什么辈分，一向以姐妹相称。

汐芸掩嘴，“扑哧”一笑：“那人成天想来巴结翁主，跟只苍蝇似的嘤嘤嗡嗡，奴婢特烦他，就编个由头吓吓他喽。”

“好了好了，不跟你扯了。”夷安公主说着便绕开她，朝里间走去：“陵姐姐，你身子好些了吗？”

汐芸一惊，正想再拦，夷安公主已经掀开珠帘走了进去。汐芸慌忙跟入，只见刘陵已经坐在了床榻上，身上盖着锦衾，长发披散在肩，一副病弱之状。

汐芸暗暗松了口气，悄然退出。

“妹妹这么晚还来看我，让姐姐如何过意得去？”刘陵起身，作势便要下床。夷安公主赶紧上前拦住她：“姐姐不必起身。”

刘陵歉然一笑：“那姐姐不就失礼了？”

“瞧你说的。”夷安公主在榻沿坐下，“咱们姐妹之间还要讲究那么多虚礼吗？”

“也是。”刘陵又笑了笑，“对了，妹妹怎么知道我来京了？”

“你还说呢！”夷安公主嗔怪地白了她一眼，“来了京城都不跟我打声招呼，你眼里还有没有我这个妹妹？”

“好了好了，莫生气，都是姐姐不对。”刘陵笑着拍拍她手背，“我这不是有恙在身，不便出门吗？就想着病好了再入宫找你去，不承想妹妹倒先来了，你这耳目还挺灵通的。”

“哪有什么耳目？赶巧听闻罢了。”

“赶巧？怎么个赶巧法？”

“我午后去找父皇，恰好听大行丞在那儿禀报，说你偷偷来了京师，未依例向有司通报，不合朝廷法度……”

“哦？那陛下怎么说？”

“父皇可大度了！他说淮南翁主又非正式朝觐，只是寻常走动而已，就跟老百姓串个门，走个亲戚一样，不必死守朝廷法度，还骂那个大行丞小题大做呢。”

“是吗？”刘陵一笑，“陛下真是宽仁！”

夷安公主得意道：“父皇又不是不知道咱俩的关系，哪会向着那个大行丞说话？”

“那姐姐真是托你的福了。”

“对了，姐姐这次来京是有事吗？”

“没事，姐姐就是想你了，便来看看你，顺便散散心，淮南那小地方都快把我闷死了。”

“姐姐来得正好，刚好跟我做个伴。”夷安公主喜道，“过几日在宫外有一场盛宴，父皇会御驾亲临，咱们也跟着去凑凑热闹。”

刘陵眸光一闪，却佯装不知：“哦？是什么宴会如此隆重，陛下也要驾临？”

“是汲黯的生辰宴。”

“哦，原来是汲内史。只是我这身子，怕是去不成了……”

“那不行，你一定得陪我去。”夷安公主娇嗔道，“天天待在这屋里头，没病也会闷出病来，出去透透气，换个心情，说不定病就好了。”

刘陵一笑：“好吧，姐姐依你便是。”

二人又天南海北地聊了半个多时辰后，夷安公主才起身告辞。

刘陵和汐芸站在二楼走廊上，挥手目送夷安公主一行远去。

“翁主，方才真是把奴婢吓死了！”汐芸心有余悸道，“您若是再晚回一步，咱们可就彻底穿帮了。”

“还好渔夫的消息及时送到。”刘陵若有所思道，“方才薛晔是不是在楼底下挡了一挡？”

“是啊，这个马屁精！不知哪根筋搭错了，竟会去阻拦公主。”汐芸嘻嘻一笑，“不过也算歪打正着，恰好替咱们解了围。”

“依我看，他可不是脑筋搭错了。”刘陵思忖着，“他怕是早已猜到我不在府邸，所以才会去阻拦公主。”

“他猜到了？”汐芸一惊，“这家伙有那么聪明？”

刘陵冷然一笑：“不只是他，程苍想必也早猜到了。”

汐芸想了想：“目前看来，薛晔的忠心当无可疑，可程苍明知您不在府邸，却不帮着薛晔挡公主的驾，还训斥他，奴婢觉得程苍的居心值得怀疑。”

刘陵略为沉吟，道：“现在下结论还为时过早。你回头安排一下人手，盯住他们两个，我要知道他们的一举一动。”

“是。”

冬日的阳光散淡地照在内史府的飞檐上。

汲黯在新落成的正堂前热情地迎接了青芒。

三天后便是汲黯五十五岁的生辰宴，且天子要御驾亲临，宴会势必盛大隆重。此时，整个内史府都已开始紧锣密鼓地筹备布置，其中安全保卫工作自然是重中之重，更需提前安排。青芒便是奉卫尉苏建之命，来与汲黯商讨具体的安保事宜的。

双方见礼后，寒暄了几句，汲黯注意到青芒气色很差，忙问：“秦尉丞昨夜没休息好？”

青芒淡淡一笑：“昨晚喝了点儿酒，现在还有些上头，让内史见笑了。”

“人不风流枉少年嘛！”汲黯哈哈一笑，“老夫年轻的时候，有一阵子天天喝，你知道喝成啥样了吗？往地上吐口唾沫，狗舔了都会醉倒。”

青芒也被他逗乐了：“看来那狗酒量不行，您得让它多舔几回。”

二人说笑着，在内史府走了大半圈，讨论了各个门户及诸多关键位置的兵力部署以及内史府侍卫与卫尉寺禁军的协防细节。然后，二人走到后院，从一座小院门前经过。青芒无意中一瞥，恰好看见郦诺正在院子里晾衣服。

四目相对，彼此都愣了一下。郦诺旋即反应过来，忙向二人行礼。

汲黯察言观色，暗自一笑，对青芒道："对了，我还有点儿事，就不陪你了。你自己再四处转转，有什么想法，待会儿到正堂找我即可。"

青芒一怔，连忙拱手："内史请便。"

汲黯意味深长地拍了拍他的肩，又瞥了郦诺一眼，这才含笑离去。

青芒走进院子，看着郦诺。

郦诺却把脸转开，然后故意把一件长袍甩上晾衣绳，一下挡住了他的视线。

青芒走过来，撩开长袍一角，依旧定定地看着她。

"除非你是来还我天机图的，否则……请你离开。"郦诺终于开口道。

"那天在山洞里，芷薇到底对荼蘼做了什么？"青芒问。

郦诺神色一黯，叹了口气："她和荼蘼起了冲突，然后不小心把火给点着了，结果……"

"结果芷薇就扔下她，自己跑了？"青芒一脸伤感，眼中隐隐仍有悲愤之色。

"我也没想到事情会变成这样……人死不能复生，请你节哀。"郦诺歉然道。

青芒默然良久，才道："我知道，那天你也进过山洞，可我想告诉你，不管你看见了什么……"

"我说过了，此事与我无关。"郦诺冷冷地打断他，"你不需要跟我解释。"

青芒语塞，旋即苦笑了一下："也罢，那你忙吧，我告辞了。"说完便转身朝院门走去。

郦诺心中不忍，脱口而出道："等等。"

青芒停下脚步。

郦诺却不知该说什么，只好道："我听说，未央宫石渠阁防卫森严，连只苍蝇都飞不进，你怎么拿回天机图？"

"放心吧。"青芒头也不回道，"以我卫尉丞的身份，总会有办法的。"

"但愿如此吧。"郦诺若有所思道，"希望你能信守承诺，不要反悔。"

青芒不解，回过身来："反悔？我为何要反悔？"

郦诺淡淡一笑，不无揶揄道："你今天来内史府，不就是跟汲内史商议如何保护刘彻的吗？你对刘彻如此忠心，说不定哪天就反悔了，宁可把天机图留在朝廷，也不会还给我们墨家。"

说者无心，听者有意。青芒闻言，蓦然想起自己复杂的身世，耳边顿时又响起刘陵昨夜的质问：“我就想问蒙奕一句话——他还想不想为自己的父亲报仇？”

是啊，我该不该为含冤而死的父亲报仇？

接下来，我是该继续以秦穆的身份效忠大汉，还是该以蒙奕的身份联手墨家、诸侯一起对付朝廷和天子？

或者在这两者之外，我还可以有别的选择？如果不甘屈服命运的安排，我又该怎么做？

还有，倘若郦诺有一天知道她的杀父仇人蒙安国其实是我的父亲，她又会如何面对这个事实？我又该如何面对她？

一连串问题再次把青芒逼迫得喘不过气来。

他感觉额角又开始隐隐生疼了……

见青芒忽然怔怔出神，郦诺狐疑道：“想什么呢？”

青芒回过神来，歉然一笑：“哦，没什么，我还有些事要跟汲内史商议。那个……你忙吧，我先走了。”

说完，青芒便不顾郦诺诧异的目光，匆匆走出了小院。

天色不知何时阴沉了下来。

周遭的景物灰暗而萧瑟。

青芒望着头顶上那片乱云飞渡、阴霾漫卷的天空，感觉它像极了自己波谲云诡又变幻莫测的命运。

第二十二章 墨弩

治于神者，众人不知其功；争于明者，众人知之。

——《墨子·公输》

十二月初七，内史府里里外外都是一派张灯结彩的喜庆气象。

生辰宴定于日落之际的酉时三刻正式开场，不过满朝文武、公卿列侯们申时前后便已络绎不绝地纷纷前来，“寿星”汲黯则是午时一过便亲自出来迎接宾客了。

他盛装华服，容光焕发，站在府邸大门前，不停地打拱作揖，与一拨又一拨贵宾见礼寒暄。将近酉时，一驾豪华辎车在一群侍从的簇拥下辚辚而至。汲黯一看，赶紧快走几步，迎上前去。夷安公主和刘陵一前一后步下马车，身后跟着汐芸等侍女，还有几个侍卫挑着两箱贺礼。

“公主殿下大驾光临，老夫荣幸之至！”汲黯躬身见礼。

“汲内史不必客气。”夷安公主大大咧咧道，“这么热闹的场合，本公主怎么能不来呢？祝内史松鹤长青，春秋不老！”

“多谢殿下！”汲黯客气着，也对刘陵施了一礼：“想不到翁主也来了，真是稀客。”

“汲内史这么说，是不是不欢迎我呀？”刘陵欠身还礼，笑靥嫣然。

“岂敢岂敢，汲某欢迎之至，欢迎之至！”

说话间又有宾客前来，汲黯道了声“失陪”，便命僚属将二人及随行下人请入府内，旋即转身迎客去了。夷安公主和刘陵进了府门，刚一转过照壁，便见一身甲胄、英气逼人的青芒正在对几名站岗的禁军说着什么。

青芒无意中一瞥，恰好与刘陵四目相对，两人都是微微一怔。青芒迅速恢复常态，遥遥向二人抱了抱拳，便带着朱能、侯金和一队禁军走开了。

“姐姐认识此人？”见刘陵有些异样，夷安公主问道。

“哦，不认识。”刘陵淡淡道，“只是觉得这位将军……看上去挺威风的。”

“此人是卫尉丞秦穆，听说有点儿本事。”夷安公主看着她，忽然促狭一笑，“姐姐方才那一眼好似丢了魂，莫非是……看上这个秦尉丞了？”

“看上他又如何？”刘陵居然毫不避讳道，“难不成妹妹要帮我做媒？”

“这有何难？只要姐姐一句话。”

刘陵咯咯笑了起来：“行了行了，我就是开个玩笑，妹妹还当真了？”

夷安公主哼了一声：“我看你就是口是心非！看上就看上呗，有啥不敢承认的？”

恰在这时，霍去病领着一队巡逻的禁军从不远处走过，浑身上下铠甲锃亮，跟青芒一样威风凛凛。夷安公主的目光立刻被吸了过去。直到霍去病的身影转过一个屋角，消失不见，她才回过神来，却见刘陵正不怀好意地掩嘴窃笑。

“你笑什么？莫名其妙！”夷安公主顿时又羞又恼。

“是啊，我也觉得莫名其妙。”刘陵憋着笑，“某人刚才还好好说着话呢，怎么突然就跟丢了魂似的！”

夷安公主越发窘迫，跺了跺脚：“陵姐姐！你胡扯什么呢？霍去病是我师傅，教我练武的，我看他一眼怎么了？”

“哦，原来如此。”刘陵煞有介事地点点头，“徒儿喜欢师傅，太正常不过了，确实没怎么。”

“我……我那是仰慕，不叫喜欢，你别瞎说好吗？”

“嗯嗯，我信我信。”刘陵又连连点头，“仰慕是仰慕，喜欢是喜欢，分明是两码事，不可混为一谈。”

府邸门前，汲黯刚应酬完几位宾客，转身便见李蔡步下马车，不紧不慢地走了过来。

汲黯的脸色顿时一沉。

自从那天在宣室殿上，李蔡罔顾二人多年交情，且完全无视他的感受，公然与公孙弘等人站在一边，汲黯的心就被伤透了。此后二人便再无往来，即使偶尔在宫中撞上，汲黯也是扭头就走，装作没看见。

可今日这种场合，李蔡显然不能不来，而汲黯自然也是无由再躲。

“长孺兄今日真是神采奕奕啊！”李蔡微笑着走到他面前，“你这哪有五十五岁？我看四十五还差不多。”

汲黯冷哼一声：“李大夫此言，是在暗示汲某，这么些年的饭都白吃了吗？”

“瞧你这话说的。”李蔡被呛得这么狠，却丝毫不以为忤，仍旧面带笑容，“咱老哥俩说话，何曾需要什么‘暗示’呢？我若是真对你有何不满，一定会当面说，绝不会阴阳怪气拐弯抹角。”

这话听着温和，却分明是绵里藏针。汲黯闻言，心里越发不悦，便冷笑道：“听你这意思，是我说话阴阳怪气喽？莫非要像你一样，在朝堂上当众向公孙弘巴结谄媚、大表忠心，才算坦诚率直吗？”

“长孺兄这话我就听不懂了。”李蔡淡淡一笑，“我何时跟谁巴结谄媚、大表忠心了？”

“敢做就要敢当，何必装糊涂？把话都挑明了就没意思了。”

“此言差矣，我还真就想听你把话挑明了。”

汲黯又重重地哼了一声：“那天在大殿上，你不是力挺公孙弘，让张次公的手下陈谅上殿替他作证吗？这还不算巴结公孙弘？”

“我不过是秉公直言，谈何巴结？何况陈谅上殿之后，不也道出实情了吗，可曾让公孙弘和张次公他们得逞？既如此，我支持陈谅上殿作证又何错之有？”

汲黯顿时语塞，旋即心念电转，忽然悟到什么：“我明白了，看来杜周事先已向你禀报过了，所以你早知陈谅会吐露实情？”

李蔡笑而不语，算是默认了。

误会终于澄清，汲黯不由得大为内疚，赧然道：“惟贤老弟，那是愚兄错怪你了，方才……言语有些冒失，你别往心里去啊。”

李蔡呵呵一笑：“这么多年，你口无遮拦、乱发脾气的事还少吗？我若是真与你计较，岂不是要跟你绝交百八十回了？”

正说着，又有两驾马车到了。公孙弘和张汤先后下车，一边谈笑风生，一边走了过来。

汲黯和李蔡默契地对视了一眼，然后李蔡便快步走进了府门，汲黯则硬着头皮朝公孙弘和张汤迎了过去。

内史府占地规模很大，屋宇宏敞，整个建筑布局呈“回”字形结构，即有内外两重围墙；府邸分为前、后两个区域，前院是办公之处（称为厅事），后院是起居之所（称为府舍），厅事与府舍之间以“阁门”相连，称为“前堂后寝”。

前院最重要的建筑便是正堂，府内的一干僚佐属吏在正堂两侧及后面厢房中分曹办公；后院的中部是内史汲黯和家人所居，东、西两边是小吏和仆佣的房舍，后部是一座面积不小的后花园；后院西北角有一个后门，门边建有一座望楼；东北角是一排庖厨，也是今日整个内史府最繁忙的所在。

青芒带着手下在府邸巡视了大半圈，经过庖厨附近时，恰好看见郦诺与一群女佣正在水井边淘米洗菜，杀鸡宰鸭，忙得不可开交。

兴许两人之间真是心有灵犀，青芒刚一看到郦诺，她便下意识地抬起头来，目光遂与他碰在了一起。

青芒的第一反应是想躲开，因为父亲的事这几日一直横亘在他心中，令他寝食难安，更令他不敢面对郦诺。

可郦诺显然不想放他走——他还没来得及“逃脱”，郦诺便扔下手里的活计，起身朝他走了过来。

“你们再到后门去看看。”青芒无奈，只好对身旁的朱能和侯金道，“跟门吏和咱们的人再交代一遍，今日外面的人一律不得踏入府内半步。”

“是。”朱能、侯金当即带着手下军士离开了。

郦诺并未径直走过来，而是半道往左手边一拐，走向一处僻静的角落。

那里伫立着几株梅花树，在这寒冬时节中正傲然绽放。

青芒四下看了看，见远近之人都在奔走忙碌，没人注意他们，这才抬脚跟了过去。

二人在盛放的梅花树下站定，四目相对。郦诺定定地看了他片刻，才道：“我今日找你，是想跟你说，我……明日一早便要走了。”

青芒猝然一惊：“你是说……要离开长安？”

“天下没有不散的宴席。”郦诺微微苦笑，“正堂既已竣工，我便没有公开的理由留在长安了。若不是汲内史让我今日留下来帮忙，我可能早就走了……”

这事情太过突然，让青芒一时反应不过来。

“公开的理由是没有了，可你不还有自己的理由吗？虽说公孙弘他们盯着你，但你完全可以隐藏起来啊！偌大的长安城，哪儿不能躲？”

“隐藏下来做什么？”

“你不是一心想替令尊报仇吗？”

“报仇？”郦诺露出讥嘲的笑意，“有你这么一位武艺高超且尽忠职守的卫尉丞保护着皇帝，我怎么报仇？难道要先杀了你吗？”

青芒语塞。

其实皇帝刘彻和丞相公孙弘也是自己的杀父仇人。作为蒙安国之子蒙奕，他的立场与郦诺是一致的，两人完全可以联起手来对付朝廷。可问题是，自己并不单纯只是蒙奕。在目前拥有的四个身份中，最让他感到陌生的便是这个“蒙奕”——因为迄今为止，关于蒙奕的一切都是刘陵告诉他的，青芒自己几乎没有与这个身份相关的任何记忆，所以在内心深处，他始终无法认同。

还有，倘若真如刘陵所言，自己的父亲蒙安国一直与淮南王刘安联手，企图颠覆朝廷的话，那么这一点显然与青芒目前的认知和立场更为相悖。

尽管他不是很了解天子刘彻的为人，但至少他知道，从社稷安危、百姓福祉的角度上讲，刘彻的所作所为并没有错。无论是抗击匈奴、压制诸侯，还是打击游侠、铲除豪强，都是一个负责任的皇帝为了天下的长治久安所不得不为之事。换作是青芒坐在御榻上，或许也只能这么做。

从这个意义上讲或者说从理智上讲，青芒目前更为认同的身份，其实是卫尉丞秦穆。

当然，从情感上讲，蒙奕和阿檀那这两个身份也并未从他的心上抹去——身为蒙奕，他不能置父亲的血海深仇于不顾，也不能置淮南王刘安十五年的养育之恩于不顾；而身为阿檀那，匈奴人就是他的另一半同胞，他又怎么可能完全站在汉人的立场上与他们兵戎相见、向他们挥起屠刀？！

青芒的痛苦和纠结由此而生。

这相互冲突的多重身份仿佛在他心里展开了一场激烈的厮杀，青芒感觉自己的灵魂似乎已被片片撕裂……

在这场厮杀尘埃落定之前，他只能凭借直觉和一个人起码的良知，做卫尉丞秦穆该做的事。否则，他还能怎么办呢？

所以，此刻的青芒无论如何也不可能让“蒙奕”从他的躯壳中钻出来，然后热血沸腾地对郦诺说：“刘彻和公孙弘是我们共同的敌人，就让咱们携手并肩、快意恩仇吧，把他们都杀了，然后一起自由自在地仗剑江湖、无拘无束地驰骋天下……”

见青芒忽然间怔怔出神，脸上的神色阴晴不定，郦诺越发确信他有什么事瞒着自己。可他既然三缄其口，就肯定有他的苦衷，她也无法强求。

“我这次决定要离开，也是听取了盘古先生的意见。”郦诺接着道，“我前几天通过后羿跟他联络，他坚持让我带着弟兄们离开长安。”

青芒回过神来，眉头一蹙：“盘古？就是你们潜伏在朝中的那个卧底？”

郦诺点头，苦涩一笑：“盘古还说，以我们现在的力量，对抗朝廷无异于蚍蜉撼树、螳臂当车，到头来只会把弟兄们全都害了。”

“这么说，盘古应该是你们墨家中的少数派吧？”

郦诺又苦笑了一下：“他从一开始就跟大伙儿唱反调。为此，很多弟兄一度认为他变节了。不过，我爹倒一直倾向于他，也从未怀疑过他。”

青芒想说其实盘古和你爹是对的，但话到嘴边又咽了回去，想了想，道：“那仇景和芷薇他们呢？他们肯放弃复仇、跟你一块儿走吗？”

郦诺一怔，凄然一笑：“他们……已经走了，走了好些天了。”

“走了？”青芒大为诧异。

郦诺沉默了片刻，这才把数日前自己精心设局、在秋水山庄迫使仇景露出原形、田君孺遇害的经过一五一十告诉了他。

青芒听完，不禁愕然，半晌才唏嘘一叹：“田旗主是条好汉，可惜遭此不测，真是令人扼腕！”

郦诺也黯然良久，才道：“对了，田旗主临终前，也跟倪右使一样提到了魔山。他说，其实魔山便是零陵境内的九嶷山，而天机图的秘密便是九嶷山的秘密，还提到了什么机关……”

“九嶷山，天机图，机关……”青芒蹙眉思忖着，“就这些吗？”

“就这些。我明日离开长安后，便打算到九嶷山走一趟，看能否查出些什么。”

“可是，没有天机图，又没有别的线索，你怎么查？”

“这我何尝不知？”郦诺叹了口气，“可要等你盗出天机图，那得等到猴年马月？”

青芒本意是想以天机图为借口劝她留下来，因为内心实在舍不得她走，可一想自己的确没有把握在短时间内盗出天机图，不觉有些尴尬，竟无言以对。

金乌西坠，暮色徐徐降临。

内史府西北角的后门，一位门吏带着四名侍卫，会同一小队卫尉寺的禁军在此把守。门边有一座两层高的望楼，四个楼角各悬挂着一串白色纱灯，明晃晃地照着方圆十丈开外的地方；望楼上站着一名侍卫和一名禁军，正在警惕地瞭望四周。

门外是一条小街，行人稀少。

昏黄的暮色中，忽然有十几名大汉牵着三辆牛车匆匆朝这边走来，牛车上似乎满载着什么东西。

望楼上的禁军军士率先警觉，眯眼看了看，连忙冲楼下喊道："什长，有不明身份之人靠近，人还挺多，有十几个！"

什长神色一凛，沉声道："让他们站住，问明身份。"

军士得令，刚要转身喊话，楼下的门吏忙道："不必问了，一定是屠三刀，给咱们府上送货来了。"

"屠三刀？"什长眉头一皱，"什么家伙，名字这么邪乎？"

"附近的一个屠户，屠三刀是他的绰号。"门吏嘿嘿一笑，"定是送肉来了。"

"眼看宴席都快开了，到现在才来送肉？"什长狐疑。

"这我就不清楚了，兴许之前不够数，补送的吧。"门吏话音刚落，紧闭的大门外便响起了拍打声："姚门吏，劳烦开开门，小的是屠三刀，给贵府送羊肉来了。"

"你瞧，我没说错吧？"姚门吏说着，示意手下开门。

大门打开，大汉们拥着牛车便进来了，为首的一人竟然是个面白无须、细皮嫩肉的年轻男子。

"等等！"头一辆牛车刚推进门，什长便抬手止住了他们，然后盯着为首男子上下打量，"你就是屠三刀？"

"正是在下。"屠三刀赶紧赔笑作揖。

"赵什长，你别看这小子细皮嫩肉的，长得一点儿都不像屠户，可刀功却是一绝啊！"姚门吏说道。

什长不语，绕着屠三刀走了一圈，然后抓住牛车上的苫布一角，猛地掀开。

一股浓烈的腥膻之气扑面而来，但见车上果然堆满了刚刚宰杀的一头头山羊。什长扔下苫布，扭头看了看那十几名壮汉，冷冷道："三辆车，却跟了十几个人，这阵仗未免太大了吧？"说完，回头斜睨着屠三刀。

"军爷有所不知，这是贵府的卢掾史吩咐的。"屠三刀满脸堆笑道，"贵府本来订了五十头羊，昨儿小的就全都送过来了。可今儿下午卢掾史忽然说不够，要加订三十头，让小的赶紧杀了送来，还说贵府庖厨忙不过来，让小的多叫些伙计，一块儿到庖厨去帮着析骨切肉，所以就……”

“不成！”什长打断他，“上头有令，今日闲杂人等一律不得踏入内史府半步！你们把货放下，人赶紧走。”

“这……”屠三刀面露难色，看向姚门吏。

“赵什长，既是卢掾史吩咐的，要不……咱就通融一下吧？”姚门吏道。

“没得通融，命令就是命令。”什长大手一挥，“走吧！”

手下的军士立刻上前驱赶屠三刀等人。

“屠三刀，你小子死哪儿去了，到现在才来？”随着话音，一个精瘦的中年男子从后花园方向匆匆走来，满脸焦急之色。

此人正是卢掾史。

“耽误了宴席，你就不怕老子把你的头拧下来当夜壶？！”卢掾史愤愤道。

“掾史息怒，您下午才给小的消息，可小的铺子里已经没货了，这不跑了半个长安城才给您凑齐的吗？”屠三刀哭丧着脸，“这三十头羊都是高价从同行那儿倒腾的，做您这笔生意，小的可是亏了血本了……”

“废话少说，赶紧跟我走，庖厨那儿都等着呢！”

卢掾史说着，拉起屠三刀的袖子就要走。“慢着！”什长伸手一拦，“卢掾史，上头的命令你又不是不知道，就这么放他们进去，出了事小的可担待不起。”

“不就几个屠户吗，能出什么事？”卢掾史不悦，“让他们赶紧把这些羊拾掇了再走，出了事有我担着。”

“抱歉卢掾史，军令如山。”什长面无表情道，“方才本寺的两位都侯又来传话了，说是秦尉丞的命令，倘若要放他们进去，除非你把秦尉丞找来。”

两位都侯便是指右都侯朱能与左都侯侯金。

“我说赵什长，你也太死心眼儿了吧？”卢掾史急得面红耳赤，“这都火烧眉毛了，我哪有工夫去找秦尉丞？”

“那在下就爱莫能助了。”

“你……”卢掾史气得吹胡子瞪眼，却又无计可施。

屠三刀身后那十几个大汉中，一个皮肤黝黑的虬髯汉子暗暗给了其他人一个眼色，然后摸了摸自己右手的袖子。

他的袖子微微鼓起，似是藏了什么东西。

“你明日几时走？我……送送你。”

青芒黯然良久，最后只能说出这句话。

“不必了。”郦诺强忍着内心的伤感，淡淡道，“你能送我到哪儿？城门口？十里长亭？还是三十里外的驿站？纵千里相送，亦终须一别，又何必多此一举？”

“你真的非走不可吗？”青芒一直忍着不想出言挽留，可不知为何还是脱口而出，“难道，长安就再也没有让你留下来的理由了？”

郦诺沉默，在心里挣扎了好一会儿，才冷冷道：“是的，没有了。”

青芒一怔，没想到她最终还是说出了如此绝情的话。

“好吧。”青芒苦涩一笑，“那祝你明日一路平安，自己……多多保重。”

“你也是。”郦诺感觉自己用尽了全身的力气，才没让眼眶中的泪水掉下来。

话已至此，似乎再也没什么好说的了。

青芒猛然转身，大步离去。

郦诺看着他的背影渐渐远去，很快便被黑夜完全吞噬，泪水终于不可遏制地潸潸而下。

一阵夜风吹来，几片花瓣仓皇地离开枝头，飘飘摇摇不知该落向何方……

后门处，卢掾史急得跳脚，指着那几辆牛车对赵什长吼道：“你不让他们进，那这些羊怎么办？你给我背进去啊？”

赵什长冷冷一笑：“抱歉卢掾史，在下的职责是把守门禁，不是替你背羊的。还有，不光人不能进，这几车羊，在下也得仔细检查，以防夹带违禁物品。”说完，丝毫不顾怒形于色的卢掾史，立刻示意手下的七八个军士上前检查。

军士们纷纷拔出刀来，往那些羊的身上捅去。

这些羊刚被宰杀，身上尚有余温，被刀一捅，血水纷涌而出，一时间腥膻味更浓了。

站在牛车旁的虬髯汉子脸色一变，迅速跟屠三刀交换了一下眼色。

就在这时，一名军士随手把刀插进一头羊的腹部，不料刀尖仅没入数寸便发出一声闷响，像是碰到了什么硬物。

现场的气氛本已高度紧张，这声诡异的闷响更是令在场众人都是一震。

赵什长骤然色变，“唰”的一声拔刀出鞘。

可惜他还是慢了一步。

只见虬髯汉子右手一抖，一管精致小巧的单筒袖箭便从袖口滑入掌中，紧接着便有一枚长约三寸的铁箭从筒口激射而出，倏地没入了赵什长的太阳穴。

赵什长哼都没哼一声，便圆睁着双眼，像根木头一样直直栽倒在地。

与此同时，屠三刀和十多个手下也相继发射了袖箭，一一击杀了那七八个军士。

这一切都发生在电光石火的一瞬间，而当望楼上仅存的那名禁军惊觉，刚要张嘴呼喊，身后那名内史府侍卫便用刀抹了他的脖子。

军士身子一歪，从望楼上重重摔了下来。

卢掾史余怒未消地踢了什长的尸体一脚，然后和姚门吏一起上前，对着虬髯汉子躬身见礼："张将军。"

虬髯汉子并不回礼，而是沉声问道："宴席开始了吗？"

此人居然是张次公化装的。

"看时辰，也差不多了。"卢掾史回道，"方才我过来的时候，銮驾刚到府门口，这会儿人应该已经在正堂了。"

他说的人，当然是指天子刘彻。

张次公"嗯"了一声，没说什么。

"将军，"姚门吏有些担心道，"今日卫尉寺几乎倾巢而出，现在府里到处都是秦穆和他的人，防备异常森严；另外，霍去病也带了不少人过来，把正堂围得密不透风。咱们就这点儿人手，怕是……"

"很好，我还怕他们不来呢！"张次公冷然一笑，"今天就是秦穆和霍去病的死期，就让他们一块儿给刘彻殉葬吧。"

姚门吏不知他哪儿来的自信，又不敢再问，只好看向卢掾史。

卢掾史也是面露忧色，对张次公道："将军，您之前说，此次行动要出奇制胜，却又不曾明言，所以我和老姚都很纳闷，实在不知将军所谓之'奇'，到底奇在何处？"

张次公倨傲一笑，道："那现在就让你们见识一下。"说完，给了屠三刀一个眼色。

屠三刀和手下立刻七手八脚地从牛车上抬下六七头山羊，然后一一扒开它们的肚子，从已经去除内脏的腹腔中掏出了一张张精铁打造、寒光闪闪的弩。

屠三刀扔了一张过来，张次公稳稳接住。

"我所谓的奇，便是此物。"张次公拿着弩朝二人晃了晃，沾在上面的羊血滴滴答答地落了下来。

这张弩看上去与一般的弩大体无异：它由一张横弓、一支弩臂、一副弩机组成；

横弓装于弩臂前端，弩臂用以承弓、撑弦、托持；弩机装于弩臂后部，其前端是用于挂弦的“牙”，后部是用于瞄准的“望山”，下方是用于扣动发射的“悬刀”。

一般的弩，操作过程是手拉望山，使牙上升，扣住弓弦，然后将箭置于弩臂上方的箭槽内，使箭栝顶在两牙之间的弦上，然后通过望山瞄准目标，再扣动悬刀，使牙下缩，箭即随弦的回弹而射出。

此刻，卢掾史和姚门吏眼前的这张弩，却比一般的弩多出了一个匣子状的部件，就安装于弩臂的上方。

卢、姚二人凭直觉便断定，这个多出来的不明部件，一定会令这张弩的威力大增。

果不其然，刚这么一想，张次公便抬起手中的弩，“哗”的一下拉起望山，射出一箭，接着再拉，再射……一会儿工夫，便朝一株树干连续射出了多支弩箭。

卢、姚二人定睛一看，树干上的箭整整有十支！

一般的弩，每次击发之后必须再装填一箭，这在间不容发的战场上便是一个极大的缺点，所以战场上的弩兵通常需要三队配合：一队发射，一队准备，一队装填。而眼前这把弩，居然可以在短时间内无须装填便连射十箭，简直堪称神器！

卢、姚二人顿时目瞪口呆。

“这……这是连发之弩？”卢掾史惊叹道，“世上竟有如此厉害之物？！”

张次公得意一笑：“没错，所以这东西就叫连弩。”

“一弩十矢，这威力便是一般弩的十倍啊！”姚门吏也不由得感叹。

“十倍？”张次公一声冷笑，忽然将弩臂上的那个匣子哗啦一声卸下，随手一扔，然后接住屠三刀抛过来的一个新匣子，“咔嚓”一下装了上去，接着很快又是十箭射出。

卢、姚二人再度惊愕不已，忍不住面面相觑。

现在他们终于明白，这张连弩不仅可以连续击发，而且箭匣还可以迅速装卸——这也就意味着，只要持弩之人身上带有足够的箭匣，那么他手上这张连弩的威力，便是一般弩的数十倍、上百倍！

刚这么一想，便见张次公大步走到牛车旁，“哗啦”一下从一头羊的肚子里拉出了一串箭匣。

这串箭匣足有十几个，每个箭匣都套在一个牛皮套中，而所有的皮套又用一条牛皮带串在了一起。

张次公把牛皮带绑在了腰间，拍了拍上面的箭匣，对卢、姚二人道：“还愣着干什么？都给我装备起来，马上行动！”

二人回过神来，这才发现屠三刀等人都已如张次公一样“全副武装”起来了，个个手持连弩，腰间还绑了十几个箭匣……

五天前，琼琚阁。

那天晚上，张次公在刘陵的一再暗示下终于想起，十二月初七正是汲黯的五十五岁生辰，而刘彻必然会赴其生辰宴，便问刘陵道：“你有何计划？”

刘陵凑近张次公，压低嗓门儿，一字一顿道：“突袭内史府，干掉刘彻！”

张次公眉头紧锁：“那天的防备一定异常森严，怎么可能进得去？”

“内史府有咱们的人，到时候自会接应你。”

张次公想了想：“人手呢？”

“我从淮南带过来了，个个是一等一的高手。”

“干这种事，光身手好可不够……”

“这还用你说？”刘陵打断他，“他们个个都是死士，这一趟跟我出来，就没人打算活着回去。”

张次公听着她森寒的语气，心头不由得暗自一凛。

他知道，淮南王刘安为了对付朝廷，多年来不惜血本豢养了一大批死士，想来这些人的武功和忠心应该都是没问题的。

“那你这回带了多少人过来？”张次公又问。

“不多，十三个。”

“什么？！”张次公一脸错愕，“我的翁主，你没开玩笑吧？十三个人就想突袭内史府，干掉皇帝？你想没想过到时候，那内史府里里外外会有多少禁军和侍卫？你就算给我三百人我也未必敢去送死，更何况十三个？！”

“紧张什么？”刘陵冷然一笑，“我话还没说完。”

“那你说，你这十三个死士到底是有三头六臂还是有不死之躯？”

“那倒没有，不过有一样东西，会让他们个个都有以一当百之勇。”

张次公摇头苦笑：“陵儿，别的事，我都可以让你做主，但是这打打杀杀的事，你可得听我的。我张次公戎马多年、杀人无数，却从未听说过有什么东西……”

“窦胜。”他话音未落，刘陵便冲门口喊了一声。

侍从窦胜应声而入：“翁主。”

“去车上把东西拿来。”

“是。”窦胜转身出去。片刻后，便取了一个包裹进来，放在案上，退了出去。

“打开看看。”刘陵道。

张次公皱着眉头，解开包裹，一张从未见过的弩便映入了他的眼帘。接下来，刘陵拿起连弩，一边用娴熟的手法操作给他看，一边跟他详细讲解了起来。张次公凝神静听，神色慢慢起了变化。等到刘陵说完，他的脸上已是一副惊讶莫名又敬畏无比的表情。

“真想不到，世上竟有如此神器！”张次公拿起连弩翻来覆去地把玩着，把箭匣“咔嚓咔嚓”来回装卸了好几次。

刘陵一脸傲然：“为了得到这东西，我父王可没少花心思。”

“如此巧夺天工之物，究竟是何方高人所造？”张次公大为好奇。

刘陵冷哼一声，直言不讳道：“这世上最擅长机关工巧之人，除了墨子，还能有谁？”

张次公恍然大悟：“怪不得！”

刘陵忽然想着什么，把目光投向窗外，眼神似乎有些复杂。

张次公爱不释手地把玩着连弩，并未注意她的表情，又问道：“既然是墨家之物，那怎么会落到你手上的？”

“这你就不必问了。”刘陵收回目光，冷冷道，“你就说干还是不干吧？”

张次公不语，把连弩架在左手臂弯上，摆了个眯眼瞄准的姿势，然后扣动悬刀，嘴里模拟了一声弩箭射出的尖啸。玩了好一会儿，才放下连弩，看着刘陵道：“这可是灭九族的事，我要是干，你给我什么好处？”

“许你三公之位和一辈子享不尽的荣华富贵。”刘陵言简意赅。

“听上去还不错。”张次公狡黠一笑，“不过，我要的可不止这些。”

“那你还想要什么？”

“我想要什么，你还不清楚吗？”张次公目光灼灼地盯着她。

刘陵和他对视了好一会儿，最后才淡淡一笑：“也罢，大事若成，一切如你所愿。”

第二十三章 突袭

君子战虽有陈，而勇为本焉。

——《墨子·修身》

正堂上灯火辉煌，一派笙歌燕舞、觥筹交错的热闹景象。

天子刘彻坐在北首的主榻上，汲黯和公孙弘分坐左右；下首，李蔡、张汤、李广、苏建、夷安公主、刘陵等数十位贵宾在大堂两侧分案而坐；他们身后各有一排乐工或坐或站，正卖力演奏着编钟、建鼓、琴、瑟、笙、竽、埙、箫等各种乐器；大堂中央，一群高髻细腰、体态婀娜的舞伎在表演水袖舞，柔软的长袖抛曳环绕、飘动飞舞，把一干君臣看得如痴如醉。

一曲舞罢，众伎退下。

“所谓‘体若游龙，袖如素霓’，诚如是乎！”刘彻高声赞叹道，率先举起酒杯，向汲黯敬酒祝寿。堂上众人也都跟着举杯，一时间祝寿贺喜之声不绝于耳。汲黯满面笑容，端酒起身，先是感谢了天子，然后面朝众人，躬身环拜了一圈，将杯中酒一饮而尽。

“汲卿，接下来是何节目？”刘彻兴致勃勃地问道。

“回陛下，接下来便是臣亲自编排的《太平舞》……”

“《太平舞》？”刘彻眉头微蹙，“就是去年重阳节宫中聚宴，你们内史府献上的那支？”

“正是。”

“那舞还算不错，只是阴柔有余，刚健不足。”刘彻笑了笑，“此外，你别出心裁地将匈奴舞与我大汉之舞杂糅，新意固然是有，却终究显得不伦不类。说实话，朕……不是很喜欢。”

一旁的公孙弘听着，不由得暗自一笑。

《太平舞》是汲黯精心编排的一支大型群舞，一半舞者扮成匈奴人，与另一半汉人舞者共舞。该舞杂糅了匈奴祭祀舞和大汉宫廷舞的元素，整支舞蹈分成上、中、下三阕，上阕的主题是激烈对抗，中阕是走向和解，下阕是恩仇消泯、共存共荣。在公孙弘看来，汲黯编这支舞的目的就是鼓吹与匈奴和睦共处，反对朝廷与匈奴开战。所以，每次汲黯把这支舞蹈搬出来，其实就是对天子的一次无言的谏诤。

天子当然不吃他这套，只是碍于情面没跟他计较而已。不料今日汲黯“犯颜直谏”的臭毛病又犯了，居然借自己的生辰宴来这一出，这无疑极大地坏了天子的雅兴。

公孙弘斜睨了汲黯一眼，知道今日有好戏看了。

“启禀陛下，”汲黯丝毫没有理会天子的不悦，朗声道，“《易经》有言：‘一阴一阳之谓道。’二气相感而成体，不可执一为定象。自天道以至人伦事理，无不以阴阳合德为宗，可见二者相反相成，不可偏废。譬之乐舞，何独不然？无论阴柔之舞抑或刚健之舞，总以和谐均衡为要，最忌执此废彼，如此方可上承天道，下合人伦。臣所编之《太平舞》，正是蕴含此意，若一味强调刚健进取，臣恐有违阴阳之道。”

此言一出，刘彻的脸色顿时阴了下来。

大堂上顷刻间鸦雀无声。

夷安公主见状，不由得大为扫兴，对一旁的刘陵低声道：“这个汲黯就是不识趣！好好的宴会，生生让他自己给搅黄了。”

刘陵淡淡一笑，没有接茬。

半晌，刘彻才勉强一笑：“汲卿，今日是你的寿宴，咱们君臣好不容易欢聚一堂，朕就不跟你探讨这些大而无当的阴阳之道了。”说着，把脸转向公孙弘：“丞相。”

“臣在。”

“朕日前命乐府编的那支新舞，可编好了？”

“回陛下，不仅编好了，而且乐工舞者们都已排练得甚为娴熟，臣今日正欲借汲内史之寿宴，向陛下进献此舞，同时向汲内史贺寿。”

“很好。”刘彻笑逐颜开，“此舞可取了名字？”

“遵照陛下旨意，此舞要蕴含刚健进取、奋发有为之精神，以扬我大汉国威，故臣斗胆，将其取名为《定戎宣威舞》，不知妥否，尚祈陛下圣裁。”

汲黯一听，不禁无声冷笑。

“定戎宣威……”刘彻念叨着这四个字，顿时龙颜大悦：“善，甚善！此名甚合朕意！”

“公孙丞相果然思虑周密啊！”汲黯忍不住道，“想不到您今日赴宴有备而来，而且还秘而不宣，突然给了下官这么大一份贺礼，让下官如何消受得起呢？”

“汲内史客气了。”公孙弘微笑着，“本相也是想给你一点儿惊喜嘛，倘若提前说了，不就太无趣了吗？”

“这么说，丞相认为此举甚是有趣喽？”

“汲内史不这么认为吗？”

“请恕下官直言，今日是下官的生辰宴，要的是和谐喜庆的气氛，可您那《定戎宣威舞》光听名字便霸气十足、威严肃杀，放在这样的场合表演，您觉得合适吗？”

“汲内史多心了，不就是一支舞吗，何至于如此紧张？莫非在你心目中，舞蹈并不只是舞蹈，而一定要象征着什么喽？”

眼看一场好端端的宴会蓦然变成了宾主之间的斗法，在场众人都始料未及。李广、苏建等大部分宾客心里苦笑，只能面面相觑；而以张汤为首的一部分人则暗暗交换眼色，颇有些幸灾乐祸的意味；只有极少数人面无表情、安之若素，例如李蔡。

最不耐烦的当属夷安公主。她今日本是来听歌观舞寻开心的，不料竟是这般结果，只好拿起筷子一个劲地夹菜吃，吃得嘴巴都鼓起来了。

刘陵一瞥，忍着笑道：“我的公主，你慢点儿吃，这可不是你的漪兰殿，当着陛下和这么多文武大臣的面，你可得矜持一些。”

“不吃了。”夷安公主索性把筷子往案上一拍，“无聊死了，咱们走，出去透透气。”

二人遂一前一后，悄悄从东侧的边门溜出了正堂。

青芒从角落走出，恰好与朱能、侯金等人迎面相遇。

朱能诧异道：“老大，你上哪儿去了？让我们一顿好找。”

“你小子不好好巡逻，找我做什么？”青芒没好气道。

“就是有件事挺蹊跷，找你禀报啊！”

青芒眉头一蹙：“何事？”

“方才我们在阁门附近碰见了那个姓卢的掾史，带着一群侍卫急吼吼地朝前边去了，我跟他打招呼他也爱搭不理，不知道搞啥名堂。”

“卢掾史？”青芒心头一凛。

此人是分管仓库钱粮的仓曹掾史，这会儿应该在庖厨忙碌才对，为何会出现在阁门附近？还带着一群侍卫？

“老大，那姓卢的会不会有问题？”侯金道，“我看他好像是奔着前堂去的。”

“除非硬闯，否则他过不了阁门。”青芒道，“我早就吩咐过了，今晚除了传菜的宦官宫女，前堂与后院之人都要各安其位、各守其职，均不得随意通过阁门进出。何况他还带了一群侍卫，守阁门的弟兄更不会放他过去。”

“还是老大想得周到。”朱能嘿嘿笑道，“这样就不怕那家伙搞什么幺蛾子了。”

“可不怕一万，只怕万一……”青芒眉头紧锁，心头隐隐泛起一丝不祥的预感，“走，去阁门看看。”

内史府后院的东边是一排小吏和仆佣的房舍，雷刚等人暂居此处。

此时，雷刚正与一高一矮两个汉子在自己房中喝酒，三人都已半醉。

“金锁，”雷刚醉眼惺忪，指着食案边的一坛酒对高个子道，“这宜城醴可是天下知名的好酒，通常达官贵人才享用得起，你小子居然弄来了一坛！说，是不是去哪儿偷的？”

金锁眼睛一瞪：“去你娘的，爱喝不喝！”说着一把抢过案上的酒壶。

“雷哥，你这话就不对了。”一旁的矮个子道，“金锁有一位发小在东市卖酒，这宜城醴是人家送的。金锁仗义，拿出来跟咱俩分享，你咋还冤枉人家呢？”

雷刚嘿嘿一笑，赶紧对金锁道：“对不起了老弟，那是哥误会你了。来来来，给哥满上，哥自罚三杯。”

金锁翻了翻白眼：“三杯够吗？要罚就罚三碗。”

雷刚一怔，旋即拍了拍胸脯：“三碗就三碗，哥哥今天舍命陪君子，豁出去了！”

“雷哥就是豪气！”矮个子忙拿过三只陶碗，在案上一字排开，然后抱起酒坛，全都倒满了。

“请吧，雷哥。”金锁笑了笑，“干了这三碗，咱就洗洗睡吧。”

“切！三碗就想让我躺下？你也太小瞧雷某了！”雷刚哈哈大笑，一口气便把那三碗酒咕噜咕噜喝光了，然后打着酒嗝、抹着嘴角，朝二人亮了亮碗底。

话音未落，雷刚便双眼一闭，一头栽倒在案上，旋即打起了呼噜。金锁和矮个子又交换了一下眼色，脸上都是如释重负的表情。

金锁一笑："这酒量也不咋的嘛，老子还以为得陪他喝到天亮呢！"

矮个子松了口气："还好他酒量不行，要不咱怎么跟郦旗主交差？"

金锁凑过来，试探性地推了推雷刚，结果雷刚便像一摊烂泥似的倒在了地上。

"行了！这一觉至少睡到明天中午。旗主就怕他今晚搞事，现在可以放心了。"金锁嘿嘿笑着，和矮个子一块儿走了出去。

他们刚一出门，雷刚的眼睛便倏然睁开了……

正堂上，气氛仿佛凝固了。

半晌，刘彻才呵呵一笑，打破了僵局："二位爱卿不必为此争论了。各有所好，本就是人之常情，又何必强求一致？朕有个提议，《太平舞》和《定戎宣威舞》都别上了，咱们直接上后面的节目，不知二位爱卿意下如何？"

"陛下圣明。"公孙弘忙道。

汲黯却闷声不语。

"汲卿，"刘彻看着他，"后面是何节目？"

汲黯又沉默了片刻，才道："回陛下，是百戏。"

"好！朕许久没看百戏了，上吧！"

天子一锤定音，堂上众宾客大多暗暗松了口气，只有张汤等人面露失望之色。

刘彻举起酒杯，面朝众人，朗声道："诸位尽管开怀畅饮，今夜君臣同乐，朕与尔等一醉方休！"

众人大喜，纷纷举杯附和，堂上的气氛这才重新活跃了起来。汲黯与公孙弘却依旧冷冷地对视着。刘彻看在眼里，无声一笑。

两位重臣彼此针锋相对、水火不容，对皇帝而言其实不是坏事。倘若大臣们关系好，那皇帝就有可能被架空，变成真正的孤家寡人。所以，公孙弘和汲黯越是死磕，刘彻的天子权威就越能凸显，也越能掌控一切。

这是帝王必不可少的驭下之术，刘彻自然深谙此道。

青芒等人匆忙赶到侧门，眼前的情景顿时令他们瞠目结舌、汗毛倒竖。

只见阁门内外躺着数十具卫尉寺禁军和内史府侍卫的尸体，每个人身上都中了多支弩箭，少则三四支，多则七八支，其状惨不忍睹。

"咋……咋会这样？！"朱能脸色煞白，双脚止不住地战栗起来。

青芒蹲下身去，观察着一具中了多支弩箭的尸体。

"这……这是弩机杀的吧？"朱能颤声道。

"肯定是弩机！"侯金接茬道，"可问题是姓卢的才带了二十来人，如何可能在短时间内杀咱们这么多弟兄？瞧这情形，咱们的人几乎……几乎没机会还手啊！"

的确如侯金所言，青芒目光所及，基本上都是自己人的尸体，并且可以看出是在极短时间内遭到了狙杀——不要说还手，恐怕连逃命都来不及。

"只有一种可能……"青芒神色凝重，眉头几乎拧成了一个"川"字，"刺客所持不是一般的弩机，而是无须填箭便可连续击发的连弩！"

"连弩？！"朱能与侯金都是闻所未闻，不由得面面相觑。

青芒抬起目光，四处扫视，忽然发现了什么，遂快步走到阁门的台阶前，从地上捡起了一个黑乎乎的东西。

侯金和朱能连忙跟了过去。

只见青芒手上拿着一个精铁铸造的匣子，铁匣在门楼灯笼的照耀下闪着幽幽寒光。

"这啥东西？难道……是装箭的匣子？"朱能一脸纳闷。

青芒冷笑不语。

侯金一脸忧急道："老大，看来陛下危险了，咱们得马上救驾啊！"

尽管内心的蒙奕并不希望他去救皇帝，可无论是出于卫尉丞的职责，还是出于一个人的良知，青芒都绝不允许自己袖手旁观。

"传我命令，让弟兄们全部散开，摸黑前进，尽量别走甬道回廊……"青芒语速飞快地下达着命令，可一句话还没说完，脸色却骤然一变，大喊道："趴下！"

四五支弩箭从黑暗中破空而来，瞬间便有几名军士中箭倒地。朱能腿上也中了一箭，顿时疼得哇哇大叫。青芒猛地拉着他一同趴下，旋即又有一箭擦着二人的头顶飞了过去。

青芒方才之所以下达那样的命令，就是判断刺客会留下一部进行阻击。现在的情况证实了他的判断，同时也说明——刺客的主力肯定是冲着正堂去了。

时间紧迫，必须立刻解决眼前这支伏兵，否则皇帝随时可能丧命！

可是，敌暗我明，加之对方手上还有那么可怕的武器，这仗该怎么打？

"猴子，叫弟兄们趴着别动，等我命令。"

"老大，太危险了，咱们一块儿上吧……"侯金听出他有单独行动的意思，可劝阻的话刚一出口，青芒便像离弦之箭射了出去，瞬间消失在了黑暗中。

正当青芒等人被阻滞在阁门的同时，卢掾史与化装成侍卫的张次公等人正朝着正堂的后门快速逼近。

越接近正堂，禁军的布防愈加严密，几乎是三步一岗五步一哨，还有一支支巡逻队往来穿梭。然而，张次公等人仅凭十几把墨弩，便硬生生杀开了一条血路，如入无人之境。

沿途，至少有几百具禁军和侍卫的尸体倒在了他们身后。

这几乎不能算是偷袭了，而是一场血淋淋的屠杀！

不过短短一盏茶工夫，他们便如犁庭扫穴一般，悍然杀到了距正堂仅十丈开外的地方。

这里有一条长廊，正好藏身。

堂上的丝竹管弦与欢声笑语已然清晰可闻。

张次公甚至已经闻到了随风飘来的缕缕酒香，嘴角忍不住泛起一丝狞笑。

不过，这最后一小段路，显然没有那么容易跨越了——

首先，中间相距这十丈，基本上是一片无遮无拦的开阔地，一露头便会遭到禁军弓箭手的打击；其次，正堂四周的回廊上，每间隔三尺便站着一名禁军；光是后门两侧，放眼望去便至少有三百人；一旦开打，从两侧边门和正门赶来驰援的兵力，加起来起码会有上千人……

张次公摸了摸腰间的箭匣。

方才他一路上已经打光了五个，眼下还剩六个，加上连弩上装着的，总共有七个箭匣，亦即七十支箭，而其他人的情况也跟他差不多。

他们十五个人，总计约有一千来支箭，这就意味着一旦正面强攻，他们必须一箭射杀一人，才能杀光正堂周围的禁军——但这几乎是不可能的，谁能有那种准头？

张次公不是死士，他并不想死在这里。

屠三刀他们可以抱定有来无回的决心，可张次公却压根儿没有这样的死志。

他还想要富贵，想要权力，想要得到刘陵，想要享受这个世间所有令人垂涎的事物，想要得到一个成功男人可以得到的一切！

所以，他绝对不能死。

他必须在指挥别人全力进攻的同时，给自己留一条随时可以全身而退的后路。

“将军，该怎么打，快下令吧！”一旁的卢掾史见他怔怔出神，忙催促道，“再等下去，万一秦穆他们杀过来，咱们就腹背受敌了。”

张次公又沉吟了片刻，才凑近卢掾史，低声对他下达了命令……

郦诺在庖厨忙活了片刻，心里隐隐有些不安，便找了个由头离开，回到后院东边房舍，敲开了金锁的屋门，问他事情办妥了没有。

金锁打着哈欠，嘻嘻一笑：“旗主勿虑，雷哥现在就是一摊烂泥，你在他耳边打雷他都不会醒。”

“走，去看看。”郦诺仍旧不太放心。

二人来到雷刚房前，见屋里还亮着灯，但房门却虚掩着。郦诺一看便觉不妙，冲上去一把推开了房门——不出所料，房中早已空无一人。

郦诺苦笑，回头看着金锁。

金锁目瞪口呆。

“叫上弟兄们分头找，无论如何也要把他给我抓回来！”

郦诺扔下这句话，迅速转身冲进了黑暗中。

金锁并不知道，一刻钟前，他和矮个子前脚刚走，雷刚后脚便提刀溜出了房门，并与事先约定好的六七个兄弟会合，沿着内史府东侧回廊朝前堂潜行而去……

夷安公主和刘陵沿着回廊朝后院走来，汐芸等侍女提着灯笼在一旁照亮。

“我说妹妹，咱还是回去吧，这儿黑灯瞎火的，你不害怕吗？”刘陵道。

夷安公主其实也觉得无聊，可一听刘陵这么说，又见她有些惧意，顿时玩性大起，便道：“别怕，有我呢！本公主好歹也学了点儿拳脚，正愁没有用武之地呢，真要碰上一两个毛贼，我保管将他们拿下！”

刘陵勉强一笑：“今晚这儿都是禁军和侍卫，哪来的毛贼？怕就怕……”

“怕什么？”

“就怕这黑咕隆咚的地方，有什么邪祟出没。”刘陵心里惦记着正堂的情况，更惦记张次公他们的行动是否顺利，压根儿没心思陪这位任性公主到处瞎逛。

“邪祟？”夷安公主一听，不由得有些心惊。

“是呀，我听说，邪祟都是无影无形的，挖人心肝有如探囊取物一般，它们可不会惧怕你的拳脚。”

夷安公主心里虽惧怕，但执拗劲儿还是占了上风，便哈哈一笑道："我听父皇说过，一个人若有正气，自然百邪不侵。别怕，就算真有邪祟，见了本公主它也会躲得远远的。走，咱去后花园逛逛，听说内史府栽了好大一片梅花树呢！"说着挽起刘陵的手臂，反而加快了脚步。

刘陵暗暗叫苦，眼睛一转，忙道："可邪祟哪知道你是堂堂公主啊？"

"这还不简单？"夷安公主一笑，对身后的侍女道："如意，大声唱宣，叫邪祟们让路！"

侍女如意面露难色："这……这怎么宣啊？"

"这都不会？"夷安公主白了她一眼，"你就宣——夷安公主驾到，四方邪祟避让；如若抗命不从，教你魂飞魄散！"

刘陵闻言，不禁在心里连连苦笑。

碰上这么个任性刁蛮不按常理行事的主儿，你就算满腹心计也只能徒唤奈何了。

青芒躲在阁门边上的一处灌木丛中，紧张地判断着对手可能的藏身位置。

阁门西侧有一座两丈多高的望楼，原本悬挂在楼角上的灯笼已经全部熄灭，楼上极易藏人；望楼对面也就是阁门东侧长着几株高大的黑松，树上也可藏人；另外，正对阁门有一座面阔三间的侍卫值房，房顶上亦可藏身。

这三个狙击点互为犄角、居高临下，只要三名伏兵手持连弩，便可彻底封锁阁门，更何况对手很可能还不止三个。

灌木丛旁边躺着几具禁军的尸体，青芒忽然灵机一动，朝尸体摸了过去……

片刻后，灌木丛中突然飞出一个黑影，仿佛一只大鸟越过阁门门楼；紧接着，另一个黑影径直飞向望楼，继而第三个黑影则飞向那几株大黑松。

嗖嗖嗖嗖，黑暗中立刻传出一连串箭矢破空的锐响。

在那三个"黑影"被弩箭纷纷射中并落地的瞬间，青芒无声地笑了。

那是他从尸身上扒下来的三件铠甲。

它们成功地诱使对方暴露了。

从连弩发射的方位、响声和弩箭运行的轨迹来看，青芒适才的判断完全正确——对方占据着望楼、黑松、房顶三处狙击点，每个点上各埋伏着两名弩手。

这下就好办了，虽然还是敌众我寡，但形势已经变成青芒在暗、对手在明了。

青芒摸到灌木丛边缘，接着双足运力，猛然蹿出，"嗖"的一下攀上了望楼。

这一次对手们都慢了半拍。待弩箭纷纷击发之时，青芒已经抓住二楼栏杆，直接蹿了上去。

看见青芒的一刹那，望楼上的姚门吏和一个手下同时愣了一下。

就在这极为短暂的间隙，青芒飞扑上去，用左手一把抓住姚门吏的连弩，往旁边一推。而姚门吏恰在此刻下意识扣动了悬刀，于是弩箭飞出，射入了那名手下的胸膛。与此同时，青芒右手的环首刀已然出鞘，无声地划开了姚门吏的喉咙。

这一串动作有如行云流水。

当姚门吏捂着喷血的喉咙行将倒地时，青芒原地一个急旋，托住了他的后背，然后一把将他推到了栏杆边。

“嗖嗖嗖”，从右前方屋顶和左手边黑松同时袭来的多支弩箭全部射在了姚门吏的身上。

青芒夺过连弩，旋即蹬上栏杆，纵身一跃，朝侍卫值房的房顶飞了过去。

人在半空中的青芒连续拉起望山并扣动悬刀，“嗖嗖”两箭飞出，房顶上迅速响起两声惨叫。青芒稳稳落在房顶，将较近的那人一脚踹飞了出去。另一人只是受伤，转身欲逃，青芒立刻拉起望山，不料悬刀扣下却“咔嗒”一声，并无箭矢射出。

箭匣空了。

青芒毫不迟疑，右手长刀飞掷而出，“噗”的一声贯穿了那人的身体。

在此过程中，黑松那边的两支连弩频频击发，多支箭矢擦着青芒的身体和耳畔飞过。

青芒跳下屋顶，卸掉了连弩上的空匣，同时迅速冲到方才坠地的那人身边，从他身上抽出一个箭匣，飞快地装上弩机。这时，黑松那边也相继传来了两声“咔嗒”轻响。

他们的箭匣也空了。

青芒一笑，挺身站起，径直朝对方走了过去。

夜色漆黑，树冠浓密，仅凭眼睛根本看不见那两名弩手的藏身之处。

但是，青芒的耳朵听见了。

此刻，那两人手忙脚乱换装箭匣的声音更是清晰地暴露了他们的位置。

青芒又稳稳地往前走了几步，直到听见二人的新箭匣“咔嚓”落槽的声音，才从容抬手，拉起望山，扣动悬刀。

一下，两下。

黑松那边传来两个人重重坠地的声音，然后一切就都安静了。

张次公最后确定了一个兵分三路的计划：

第一路，由他和卢掾史两人绕过正堂，潜行到内史府西南角的钟楼上放一把火，制造混乱，同时吸引正堂的部分兵力；

第二路，命屠三刀手下的十名死士，先对禁军发起佯攻，然后迅速退守长廊，反攻为守，以有限的箭矢最大限度杀伤对手；

第三路，由屠三刀本人和另外两名面皮白嫩的手下化装成宦官，趁乱潜入正堂，伺机除掉刘彻。

张次公这个计划的妙处就在于：既指挥所有人竭尽了全力，又给自己留了退路。

而张次公之所以拉上卢掾史一道，当然不是好心给他逃命的机会，而是为了在最后时刻让他打掩护或拿他当挡箭牌，以确保自己能够顺利逃生。

约莫辰时三刻，当正堂上的宴会进入高潮之际，张次公悄然展开了行动。

一刻钟后，钟楼火起。

正在正堂大门前值守的霍去病闻报，立刻命两名校尉率其所部前去救火。紧接着，又一名军士仓皇来报，称一伙身着侍卫甲胄的刺客正在疯狂进攻后门，弟兄们死伤惨重。

霍去病一震，厉声喝问：“刺客有多少人？”

军士嗫嚅道：“大约……大约十来个。”

“什么？”霍去病难以置信，“十来个人就令弟兄们死伤惨重？！”

“那、那帮家伙都拿着十分厉害的弩机……”

霍去病意识到事态严重，没等军士说完，立刻点了一支百人队火速赶往正堂后门。

刚一转过拐角处的回廊，眼前的景象顿时令他目瞪口呆——数百名禁军军士的尸体，横七竖八、层层叠叠地躺在了正堂北面的那片空地上，汩汩流淌的鲜血仿佛汇成了一条条小溪；而英勇的禁军军士们还在拼命往前冲锋，其中不乏奋力还击的弓箭手，但终究压不住对方；一支支弩箭发出尖锐的啸声破空而来，不断刺入他们的皮肉，爆起一团团血雾……

目睹这样的惨状，霍去病不禁大为憾恨。

因为今日只是执行城内的护驾任务，依照惯例，整支部队以轻装为主，出宫时并未从武库领取盾牌，所以才会造成这么大的伤亡！

尽管浑身上下血脉偾张，可霍去病还是强令自己冷静下来，仔细观察了一下敌人的射击点。他发现，一共有十来个弩手正躲在对面的长廊处，而每个射击点的弩箭都会在连续击发十箭之后有个短暂的停顿。

这绝非一般弩机，而是可以连续击发的连弩！

霍去病并不知道如此可怕的“连弩”具体是什么玩意儿，但至少他已经知道，即便它再厉害，也有因装箭而停顿“哑火”的时候。

这就够了！

思虑已定，霍去病立刻瞅准离自己最近的一个射击点扑了过去。

才冲出三丈来远，那名弩手便发现了他。

一箭，两箭，三箭……尖啸而来的三支箭矢都被霍去病灵巧避过。第四支紧随而至，直射面门，霍去病把头一偏，又躲了过去。

五,六,七，又是一连三箭“嗖嗖嗖”地擦着他的耳畔飞过。

此时霍去病距离长廊已不到两丈，雪亮长刀也已出鞘。

那名弩手本来藏在廊柱之后，见他如此勇猛，似乎微微一怔，紧接着居然站了出来，迎面连射两箭。

霍去病也没料到此人如此凶悍，挥动长刀挡开一箭，不想脚底被一具尸体绊了一下，身体一晃，被呼啸而至的第二箭射中了左臂。

但他却毫不顾及，猛然发出一声暴喝，整个人纵身跃起，手中长刀划过一道弧光，朝着弩手当空劈落。

四目相对的刹那，霍去病的刀已经劈开了他的头颅。与此同时，弩手的最后一箭也已击发，射入了他的右腿。

弩手倒下。霍去病夺过连弩，拿在手上看了几眼，不由得惊叹这把武器的精妙。

连弩既已到手，接下来便是与对手公平对决的时刻了。

霍去病扯下弩手身上的箭匣带，斜挎在肩上，然后给连弩装上一个新箭匣，随即沿着长廊开始反击，与对方弩手展开了对射……

正堂内鼓乐齐鸣，角抵、寻幢、吞刀、吐火等百戏表演正如火如荼地进行着。绝大多数宾客都看得聚精会神，丝毫没有意识到外面发生了什么。

然而，天子刘彻还是敏锐地察觉到了。

他眉头微蹙，用耳朵仔细捕捉着来自正堂后方的那些隐隐的厮杀声，神情渐渐凝重。很快，内史吕安便慌慌张张地走到他身旁，焦急地禀报了外面的情况。

刘彻神色微微一变，摆了摆手，示意他退下。

吕安大为忧急，忙低声道："陛下，这儿太危险了，还是赶紧起驾回宫吧。"

刘彻不语，只犀利地扫了他一眼。吕安无奈，只好退下。

这一幕自然被公孙弘、汲黯等人尽收眼底。此时，外面那些不寻常的动静也或多或少落入了他们耳中。汲黯再也坐不住了，正想起身出去察看，刘彻忽然淡淡笑道："汲卿，少安毋躁。朕可不希望，区区几个小毛贼，便扰了你的生辰宴，坏了朕的雅兴。"

汲黯闻言，只好深长一揖，忐忑不安地坐了回去。

天子的话音不大不小，刚好让坐席离得较近的公孙弘、李蔡、张汤、李广、苏建等人听得见，又不会传得太远。所以公孙弘等人一听，便也只能按捺住七上八下的心，老老实实待在坐席上。

雷刚带着手下在内史府东北角袭击了一支禁军的巡逻小队，随后正准备换上他们的甲胄，便蓦然听见"夷安公主驾到，四方邪祟避让；如若抗命不从，教你魂飞魄散"的唱宣远远飘来。

雷刚刚把一件铠甲胡乱套在身上，闻声顿时一愣，忙问旁边的手下："这宣的是什么狗屁玩意儿？"

手下认真听了听，道："好像是什么夷安公主驾到……"

"公主？"雷刚先是一怔，旋即咧嘴笑了，"哈哈，真是天助我也！"

"大哥何意？"手下不解。

"咱把这什么狗屁公主绑了，抓到刘彻跟前，还怕那狗皇帝不乖乖就范？"雷刚脱下铠甲往地上一扔，"不用换装了，这个送上门来的公主就是咱们的令牌，走！"

说完，雷刚便伏低身子，朝着声音传来的方向摸了过去。六七个大汉紧随其后。

夷安公主一行人沿着回廊走来，一路有说有笑，丝毫没有察觉即将到来的危险。

突然，几颗小石子从暗处飞出，一一打灭了她们手上的灯笼。

周围顿时陷入黑暗，只剩下长廊远处悬挂的灯笼射来几缕微光。

如意等几个胆小的侍女发出一片尖叫声。

刘陵以为是撞上了张次公等人，便后退了几步，佯装害怕道：“妹妹快走，看来这儿真有邪祟！”

夷安公主也被吓得不轻，却仍强自镇定，站着不动：“哼，本公主偏偏不信这个邪！”为了给自己壮胆，又冲着四周喊道：“何方邪祟，竟敢冒犯本公主！有本事就出来，本公主倒想看看你有没有三头六臂！”

话音未落，黑暗中便传出一声暴喝：“老子来也！”紧接着便见六七条黑影从一旁的灌木丛中飞掠而出，为首那个魁梧的黑影更是直扑夷安公主。

如意、汐芸等侍女又是一阵尖叫，旋即掉头就跑。刘陵一怔，难以判断来者何人，只好喊了声“夷安快跑”，然后跟着侍女们一块儿跑了。

夷安公主被这突如其来的情况吓蒙了，一时竟愣在当场。

眨眼间，雷刚已持刀逼至目前。

兴许是平时跟霍去病学武练出了一点儿反应能力，夷安公主下意识往旁边一闪，同时右拳挥出，正好打在雷刚胸口。

不过，这一拳毫无力道，对雷刚而言无异于蚊虫叮咬。

“臭娘们！还敢打老子？！”

雷刚一把抓住她的手腕，猛地扭到背后，同时把刀架上了她的脖子。

夷安公主疼得尖叫了一声，又惊又怒道：“狗胆包天，竟敢侵犯本公主？你不怕被灭族吗？！”

雷刚嘿嘿一笑，把脸凑近她：“老子抓的就是你这个公主。”

一股难闻的酒气扑面而来，夷安公主几欲作呕。

“你疯了不成，明知我是公主还敢动手？”

“老子是疯了！老子今天不仅要杀你，还要杀了那个狗皇帝！”

夷安公主一震，这才意识到事情非同小可，忙强迫自己镇定下来，换了个口气道：“这位好汉，你别冲动。你有何冤屈，尽管跟本公主道来，本公主一定会替你禀明父皇，帮你伸张正义。”

“伸张正义？”雷刚忍不住发出一阵狂笑，“让你爹把狗头给我，就是帮我伸张正义了。”

“我父皇究竟与你有何深仇大恨？”

“狗皇帝迫害墨家，杀了我们无数弟兄，老子今日就要替天行道，取他狗头！”

夷安公主大为惊愕：“你……你是墨者？”

“没错！老子今天就让你死个明白！”雷刚恶狠狠道，“走，带老子去见狗皇帝！”

“哪里走！”

一声女子的娇叱蓦然从长廊那头传来。

雷刚一惊，下意识拽着夷安公主转过身来。

于是乎，夷安公主便在此刻看见了一幕令她心潮澎湃、终生难忘的景象——

只见一个长发飘然、衣袂素白的女子从长廊那头飞奔而来，两手各抓着一把小石子，然后左右开弓、嗖嗖连声，将石子一一击出，竟将那六七个大汉全部射倒在地。然后，白衣女子飞跃而起，将手中的最后一枚石子用中指弹出，准确地打在了雷刚持刀的手腕上。

长刀落地的刹那，白衣女子已倏忽而至，一拳打在了雷刚脸上。

雷刚被打飞了出去，重重摔在了走廊边的灌木丛中。

夷安公主顿时看呆了。

从小到大，她还从未见过如此英姿飒爽、武功超卓的女子！紧接着，女子转过身来，关切地看着她，其明眸皓齿的绝美容颜更是让夷安公主惊为天人。

一瞬间，夷安公主觉得自己若是男人，一定会娶她为妻……

第二十四章 救驾

杀一人以存天下，非杀一人以利天下也；杀己以存天下，是杀己以利天下。

——《墨子·大取》

连弩在手，霍去病终于扬眉吐气，片刻工夫便又消灭了三名弩手。余下的刺客不得不撤出长廊，朝阖门方向仓皇退却。

霍去病率领杀红了眼的部下紧追不舍。

一路上，他们又消灭了两个。

剩下的四名弩手最后躲进了一座假山，凭借有利地形继续负隅顽抗。好几个冲得比较靠前的军士瞬间又被射倒在地。

为了减少不必要的伤亡，霍去病只好命部下暂缓进攻。

就在这时，假山北面忽然传出一阵密集的连弩击发声，似乎这支残部与别人交上手了。霍去病有些诧异，转念一想便猜出来了。片刻后，连弩击发声渐渐稀疏，并终归于沉寂，然后便见一队卫尉寺的禁军大步走了过来。

为首之人正是青芒。

他手上提着连弩，肩上斜挎着箭匣带，样子跟霍去病如出一辙。

霍去病迎上去，大声道："都快被刺客杀到陛下跟前了，你们卫尉寺的人干吗吃的？"

青芒撇了撇嘴："我们也折了好多弟兄，你就别埋怨了，谁能料到刺客如此猖獗？"旋即看见他身上的血迹，关切道："挂彩了？"

“小事一桩。”霍去病丝毫不以为意。

此时夜色渐深，风也大了起来，远处的钟楼已然变成了一支熊熊燃烧的巨大火炬，翻腾的烈焰映红了半个夜空。

青芒遥望了钟楼一眼，道：“看来还有人在折腾，我去收拾。”说完抬腿要走，霍去病却伸手一拦：“我去吧。”

“你受伤了，流着血呢……”

“所以要血债血还。”霍去病愤恨地道，“才杀了这么几个，不解气。再说了，不抓个活口，怎么知道谁干的？”说着跨前一步，把青芒身上的箭匣带一把抢下来，挎在自己身上，然后立马转身朝钟楼走去，脚步却有些微跛。

青芒无奈一笑。

“这儿就交给你了。”霍去病边走边扔过来一句，“四处看看，还有没有漏网之鱼，可别便宜了这帮逆贼！”

“你自己小心点儿。”青芒冲着他的背影道，“都已经挂彩了，要是再把自己赔进去，那可就亏大了。”

“你就咒我吧，狗嘴吐不出象牙！”霍去病头也不回地骂着，快步走远了。

青芒笑了笑，旋即恢复凝重之色，对身旁的侯金道：“叫弟兄们仔细搜索，说不定这帮浑蛋还没死绝，一个都别给我放过！若有发现，尽量抓活的。”

“是。”侯金领命而去。

刺鼻的血腥味随着夜风阵阵飘来，青芒环顾四周，心中一片悲凉。

到底是什么人策划了这场可怕的刺杀行动？会是刘陵吗？

这些刺客手上为何会有杀伤力如此巨大的武器？倘若刘陵便是背后主谋，那她又是从哪儿得到这种连弩的？

正思忖着，他眼角的余光忽然瞥见，不远处的灌木丛中似乎有什么东西。青芒立刻走上前去，俯身一看，只见里面躺着三具尸体，外面的衣袍都被扒了，只剩下单薄的中衣。

青芒眉头紧锁，又靠近了一些，蓦然发现这三人都有一个共同的特征——面白无须。

宦官？

糟了！

青芒猛然意识到什么，不由得浑身一震，立刻朝着正堂飞奔而去。

“美女姐姐，你是上天派来救我的仙女吗？”

夷安公主浑然忘记了适才的危险，心醉神迷地看着眼前的郦诺。

郦诺嫣然一笑：“公主受惊了，待民女制服那些毛贼再来回话。”说着便跃出长廊，跟雷刚打了起来。

而方才被郦诺打倒的那六七个人，早就爬起来溜得无影无踪了。

雷刚满脸窘迫，一边抵挡着郦诺的进攻，一边后退，低声道：“旗主，此人是公主，绑了她咱们就有胜算了。”

“你还有脸说！”郦诺愤然，又是一拳打在了他的胸口上。

雷刚捂着胸口退了几步，嘟囔道：“你还真打呀！”

“我不真打你就不长记性！”郦诺也压低嗓门儿道，“我明明让你不要轻举妄动，你为何不听号令？”

“可……机会难得，我不甘心啊！”

“你糊涂！”郦诺依旧双拳如风，频频往他身上招呼，“如此铤而走险，稍有不慎就会把自己和弟兄们全都害死！还有我和汲内史他们一大家子，也全得被你连累！”

雷刚自知理亏，不敢再还嘴，转眼又中了郦诺几拳。

“那……现在咋办？”

“你带上你那几个难兄难弟，赶紧走，今晚就离开长安。”

“那你呢？”

“我……”郦诺微一迟疑，“我还得想办法拿到天机图，暂时还不能走。”

“那……属下该去哪儿？”

“去九嶷山。我怀疑，樊左使若还在世的话，很可能就藏在那儿。你先去探一探，等我这边的事办完，便去与你会合。”

这时，夷安公主已经亦步亦趋地跟了过来。另一头，刘陵和侍女们见危险解除，也慢慢朝这边靠近。郦诺见状，给了雷刚一个眼色，然后飞起一脚，把他踹了出去。

雷刚装模作样地哀嚎了一声，旋即爬起来一溜烟跑了。

“哪里逃！”郦诺作势欲追，夷安公主忙道：“美女姐姐，穷寇勿追。”郦诺这才作罢，轻盈地跳过栏杆，走上来朝她行了一礼：“民女仇芷若，见过公主殿下。”

“仇芷若……这名字真好听！”夷安公主热切地牵过郦诺的手，颇有一见如故之感。

刘陵和侍女们余悸未消地走了过来。“公主，你没事吧？”刘陵说着，瞥了瞥郦诺，目光中颇有几分警觉。

“你们这群胆小鬼，一个个碰见危险便脚底抹油，太不仗义了！”夷安公主瞪了她们一眼，“要不是这位美女姐姐出手相助，我今天怕就死在这了！若果真如此，你们一个个也都得掉脑袋！”

刘陵和侍女们面面相觑，大为尴尬。

“哎呀，好了好了，别生气了。”刘陵赔笑道，“我们不也是吓坏了，一时乱了方寸吗？早跟你说别乱走，会有危险，你偏不听……”

“算了，不跟你说了。”夷安公主冷冷打断她，拉起郦诺的手，转身就走，“芷若咱们走，别理她们。我带你去见父皇，今儿一定要让父皇好好赏你。”

郦诺一怔，被动走了几步，忙道：“公主殿下，民女只是路见不平而已，实在不敢邀功请赏……”

“不行，这事你得听我的。”夷安公主紧紧拉着她，脚步不停，“我不但要让父皇赏你，我还要拜你为师，跟你练武学艺呢！”

“啊？！”郦诺大为惊诧，几乎不敢相信自己的耳朵。

青芒从西边侧门一头闯进正堂的时候，里面依旧是一派热闹欢腾的景象。

他迅速拿眼一扫，发现正堂两侧除了宾客、乐工之外，至少还站着七八十名宦官宫女，其中宦官不下四十人。由于宴会气氛达到高潮，本来规规矩矩侍立一旁的宦官宫女们，此时都争先恐后地凑到前面去看表演，一时间人头攒动，越发增加了辨认刺客的难度。

青芒异常焦灼，在人墙背后走来走去，凌厉的目光从熙熙攘攘的背影上一一扫过。

忽然，一个中等个头的宦官吸引了他的目光。

宦官后背的衣袍上，赫然有一个小指粗的洞——这是弩箭洞穿过的痕迹，旁边还有一些暗红的血迹。

找到了！

这显然是三名伪装刺客的其中一个。

就在这时，刺客挪动了一下身体，接着右手猛然抬起，宽大的袖子顺着手臂滑落，手上正是一把锃亮的连弩。而他站立的这个位置，恰好可以通过人墙的缺口直接将连弩对准皇帝。

说时迟那时快，青芒拔刀出鞘，一跃而上，在刺客扣下悬刀的当口，将长刀刺入了他的后心。

弩箭飞出，“噗”的一声射在了一根粗大的殿柱上。

刺客颓然倒地，周围的宦官宫女们发出了一片尖叫。

然而，此刻堂上的气氛太热烈了，鼓乐齐鸣的声浪也太高了，如此变故居然只引起了小范围的骚动而已，绝大多数人仍然关注着大堂中央的表演。

青芒的目光在一片乌压压的人群中焦急地搜索着。终于，在他对面，也就是大堂东侧人群中的另一个“宦官”，蓦然映入了他的眼帘。

他衣袍的前胸，同样有一个小指粗的洞。

此人正拨开拥挤的人群，一点点地朝皇帝的方向靠近。

青芒一个箭步冲到了大堂中央。

这时，正在进行吐火表演的大汉刚从嘴里吐出一条长达一丈的火舌。青芒毫不畏惧地从火焰中穿过，手中连弩一抬，弩箭尖啸着没入了第二名刺客的胸口。

这下子，正堂上的所有人，连同天子刘彻在内，全都看见了青芒，也都亲眼见证他在众目睽睽之下杀死了一名“宦官”。

所有人愣了短短一瞬之后，旋即炸开了锅。

十几名御前侍卫迅速挡在了刘彻跟前。另有两拨禁军从大堂两侧杀向了青芒，但是骚乱的人群迟滞了他们的脚步。

此时的青芒根本无暇顾及自身，依然用焦灼的目光在搜索着第三名刺客。

可是，眼前的一切都太乱了——慌乱奔跑的人群，嘈杂鼎沸的声浪，全然掩盖了刺客存在的任何蛛丝马迹。

正当青芒焦急万分的瞬间，他看见吕安身边站着一名宦官，手上提着一摞食盒。而吕安手上则拿着一枚银针。显然在骚乱发生之前，吕安正在对食盒里的东西试毒。

青芒当然不知道，这个“宦官”正是屠三刀，但这并不妨碍他认出这名刺客——因为骚乱一起，吕安便惊住了，目光自然向青芒这边投来，但他身边的这名“宦官”，目光却死死地盯在了皇帝身上，完全无视身边的骚乱。

这显然是不正常的。

仅此一点，青芒便足以判断出此人便是第三名刺客！

果不其然，青芒刚刚得出这一结论，屠三刀便甩掉了手里的食盒，亮出了藏在食盒下的连弩，同时一把将吕安推倒在地，朝着皇帝冲了过去。

屠三刀本来便站在皇帝左侧只有三丈来远的地方，而那十几名御前侍卫则背对着他，眼睛都盯着青芒，根本看不见他的举动。所以他这一冲，几乎一眨眼就可以到皇帝跟前！而更要命的是，这些御前侍卫挡住了青芒的视线和射击角度，令他手中的连弩在这一刹那毫无用武之地。

此刻，正堂两侧的禁军也已拨开人群，一同挥刀扑向了青芒。

就在这千钧一发的瞬间，青芒双足运力，在一旁的柱上一蹬，整个人便腾空而起，然后越过那十几名侍卫的头顶，朝屠三刀扑了过去。

屠三刀立刻把连弩转向青芒，射出了弩箭。

弩箭射入了青芒的胸膛。

不过就是这一耽搁，让屠三刀彻底失去了狙杀刘彻的机会。

在他的弩箭射中青芒的同时，青芒手中的连弩也击发了——屠三刀看见一支弩箭朝着自己迎面飞来，而这便是他在世上看见的最后一个画面。

弩箭正中其眉心。

屠三刀双目圆睁，颓然扑倒在距刘彻不足三尺的地方。

青芒捂着胸口落在刘彻跟前，身体摇晃了一下，勉强一笑道："陛下，微臣救驾来迟，罪该万死……"

一句话没说完，青芒便眼前一黑，瘫软了下去。

刘彻一把扶住了他，对着那些目瞪口呆的侍卫大吼："快传太医——"

张次公偷偷干掉钟楼守卫，并一把火点燃钟楼之后，并未急着离开，而是拉着卢掾史一起躲在不远处的一座库房的房顶上，眺望着正堂的情形。

他满心希望下面那些惊慌奔走的军士或宦官能够喊出一句"陛下驾崩"的消息，然而等了许久，终于还是没有。

看样子，屠三刀很可能失手了。

张次公有些懊丧，看了看一旁的卢掾史，忽然道："卢兄，能冒昧问你个事儿吗？"

卢掾史一怔："将军请讲。"

"你为何……愿意替淮南王卖命？"

"淮南王对我有恩。"

"哦？就这么简单？"

卢掾史迟疑了一下，才苦笑道："我一家老小都是淮南王……在照顾着呢。"

难怪！张次公在心里冷笑，若非全家老小被扣为人质，你又岂肯为刘安卖命？

“屠三刀他们的情形，大致跟你也差不多吧？”张次公又问。

卢掾史摇了摇头：“别人的事，我就不太清楚了。”顿了顿，又道：“张将军，你还是有机会逃的，赶紧走吧，趁现在还来得及。”

张次公干笑一声：“我怎么能撇下你独自逃生呢？要走咱也得一块儿走。”

“多谢将军好意。”卢掾史凄然一笑，“我若是走了，一家老小如何活？”

张次公一想也对，便不吱声了。

就在这时，一阵呼喝声传来，霍去病带着一队军士进入了他们的视野。

张次公用连弩的望山对准了火光映照下的霍去病，不过射程太远，够不着。“卢兄，咱们今天就算干不掉刘彻，至少也得干掉霍去病。”

卢掾史叹了口气：“将军，霍骠姚是好人，咱们……还是罢手吧，就算给后辈积点儿阴德。”

张次公顿时不悦：“别忘了咱们今天是干吗来的，你今天杀的人可不比我少，还谈什么屁的阴德？走！”

卢掾史无奈，只好跟着张次公猫腰离开了房顶。

正堂边上的一间厢房里，青芒静静躺在榻上，脸色苍白，双目紧闭。

几名太医正在忙碌地处理他身上的伤口。

此刻，整个正堂已是一片狼藉，绝大多数宾客都已退场，只剩下宦官宫女和内史府的仆佣在收拾打扫。

刘彻坐在榻上，手上拿着一把连弩，翻来覆去地看着，眼中写满了惊讶和困惑。公孙弘、汲黯、李蔡、张汤、苏建、吕安束手站在一旁，脸上都是余悸未消的表情。

一场欢腾喜庆的生日宴最后竟然以这种方式收场，刘彻的震惊与愤怒可想而知。

尽管他早就知道外面发生了厮杀，可还是万万没料到，那么多禁军和侍卫竟然还是没能挡住刺客，以至于让刺客杀到了自己的眼皮底下！

倘若不是秦穆在危急时刻舍身救主，自己恐怕就龙驭宾天了。

“有谁见过这东西？”刘彻晃了晃手上的连弩，看向众臣。

众人面面相觑，半晌没人吭声。

“好嘛！”刘彻摇头苦笑，“这东西险些把朕杀了，可你们这几位当朝重臣，居然没一个认得。”

“陛下，”汲黯打破了沉默，“秦尉丞既能熟练操控此物，臣料想他一定认得，待会儿他若能醒转，陛下自可垂询于他。”

刘彻没再说什么，把连弩往旁边一扔，对着汲黯怪笑了一下：“汲卿，朕本想与尔等君臣同乐，欢欢喜喜为你祝寿，没想到这不是生辰宴，而是鸿门宴哪！”

汲黯一惊，慌忙跪地俯首：“臣未能尽到安防之责，置陛下于险境之中，惊扰圣躬，几酿大祸，实在罪无可恕，臣愿受责罚。”

公孙弘与张汤对视了一眼，颇有些幸灾乐祸。

刘彻盯着汲黯看了片刻，才淡淡道：“罢了，这也不能全怪你，谁能想到刺客会如此猖獗？平身吧。”

“谢陛下。”汲黯起身。

公孙弘见状，心里不由得阵阵泛酸：陛下啊陛下，你跟你师傅感情深，这大伙儿都清楚，但出了这么大的事，你居然一点儿责罚都没有，这未免也太儿戏了吧？

当然，不管再怎么泛酸，公孙弘也只能腹诽而已，面上自然不敢流露丝毫。

就在这时，李广从东侧门匆匆步入，径直来到刘彻跟前，禀道：“启禀陛下，刺客的身份查清了。”

“这么快？”刘彻大感意外，“快说，是何身份？”

李广沉声道：“是墨者。”

在场众人都是一惊。

“哈哈！”刘彻大声冷笑，“又是墨者！去年杀那么多官员还不够，现在终于杀到朕头上来了！”

汲黯眉头紧锁，对李广道：“郎中令，你说刺客是墨者，有何证据？”

“证据当然有。”李广不假思索，回头喊道：“来人，把证据呈上来。”

话音一落，便有两名军士抬着屠三刀的尸体走了进来。他的内外上衣均被扒开，露出赤裸的上身。正当刘彻和众人皆感诧异，不明白李广此举何意时，尸体已被抬了上来。

众人定睛一看，刺客的胸膛上赫然用血红的丹砂纹了四个字：墨家无罪。

刘彻不由得一震。

汲黯和在场众人也都有些骇异。

“把尸体翻过来。”李广对军士道。

军士依言把尸体翻了个身，却见刺客背上也纹了四个红字：墨者永生。

“墨家无罪，墨者永生……”刘彻念叨着这八个字，冷然一笑：“这是墨家给朕下的战书吗？”

公孙弘若有所思，忽然给了张汤一个眼色。

张汤心领神会，趋前一步道：“启禀陛下，墨家刺客出现在汲内史的府邸，依臣看来，绝非偶然。”

汲黯无声苦笑，这家伙分明要借题发挥了。

“张卿此言何意？”刘彻斜着眼问。

“此前张次公便怀疑仇景、仇芷若叔侄是墨者，只是苦于没有证据；其后这叔侄俩和一干所谓的工匠便搬进了内史府；而今日，汲内史的府中果然出现了墨家刺客！臣不禁想请教汲内史，这一切难道是毫无关联的巧合吗？”

刘彻不语，把目光抛向了汲黯。

汲黯淡淡一笑：“墨家刺客潜入敝府，的确是汲某失职，这一点汲某不敢否认，但事情尚未调查，张廷尉凭什么一口咬定这些刺客便与仇氏叔侄有关？”

“因为这一切都太巧了，巧得令人不得不怀疑。”

“这伙刺客究竟如何潜入敝府，汲某一定会调查清楚。但在此之前，请张廷尉不要妄加揣测，血口喷人！”

“汲内史，”公孙弘发话了，“案子自然是要调查，不过却不该由你来查。案子发生在你府上，难道你不该避嫌吗？”

汲黯冷笑：“听丞相的意思，这案子只能是交给张廷尉喽？”

“侦缉大案要案，向来便是廷尉寺的职责，此案交给张廷尉又有何不妥？”公孙弘寸步不让。

“行了，都不必争了。”刘彻冷冷打断他们，把目光转向李蔡，“李大夫。”

“臣在。”李蔡赶紧出列。

“这案子就交给你们御史府吧。”

“臣遵旨。”

“陛下，”张汤又道，“案子交给御史府，臣无异议。不过，臣认为仇景、仇芷若二人存在重大嫌疑，应立即拘捕，交由御史府严加审讯，以防其畏罪潜逃。”

“迟了。”汲黯冷冷一笑，“仇景在工程竣工后便走了。”

“走了？”张汤一怔，“那仇芷若还在吧？仇景跑了就抓她！”

“谁说要抓仇芷若？”

夷安公主的声音蓦然响起。

众人循声望去，只见夷安公主紧紧牵着一个民女的手，从东边侧门大步走了进来。

在场的人中除了天子刘彻，所有人都认出来了，这个跟夷安公主并肩携手的女子，正是仇芷若！

可让众人诧异的是——公主为何会与这个仇芷若如此亲热？

在钟楼熊熊火光的映照下，一把连弩的望山再次瞄准了霍去病。

这一次，霍去病毫无疑问落入了这把连弩的射程之内。

不过此刻手握连弩的人并不是张次公，而是卢掾史。

他躲在一处灌木丛中，握弩的手在轻微地颤抖着。他想起了半年前，有一天出门办急事，因马骑得太快，冲撞了丞相公孙弘的车队。公孙弘认出他是内史府的人，故意要整他，便纵容手下把他摁在地上暴打。后来霍去病偶然路过，便跟公孙弘据理力争，救下了他。

面对这样一个救命恩人，他岂能下得了手？！

卢掾史满心纠结，忍不住闭上了眼睛。

等他再次睁开眼睛的时候，霍去病已经不见了。

突然，脑后被什么硬物顶住了，霍去病的声音冷冷响起："卢掾史，真没想到会是你。早知今日，当初就应该让公孙弘把你活活打死！"

卢掾史苦笑着站起身来。

不知为何，此刻的他反而感到了一种解脱。

"是啊，霍骠姚，不瞒你说，我自己也是这么想的。"

"说，幕后主谋是谁？"霍去病把连弩顶在他的后脑勺上，同时一把夺过他的连弩，扔在了地上。

"是我。"

"撒谎！"霍去病冷笑，"就凭你，也敢刺杀陛下？"

"信不信由你，杀了我吧。"

"杀了你？"霍去病冷哼一声，"今夜你杀了禁军多少弟兄？岂能这么便宜你？我会把你送到廷尉寺，让你把所有刑具都尝一遍，把真相吐出来，再让张汤把你一刀一刀活剐了！"

卢掾史惨然一笑，目光往斜对面某个暗处一瞥："可惜啊，我怕是没这机会领教张汤的手段了。"

霍去病听出这话味道不对，立刻反应过来，正想拉着他伏低身子，却已经来不及了。

“嗖”的一声，一支弩箭自对面射来，正中卢掾史的心口。

卢掾史闷哼一声，一头栽倒在地。

霍去病勃然大怒，一下跨过灌木丛，朝弩箭射来的方向冲了过去……

“父皇，这儿怎么了？”

夷安公主惊讶地环顾四周，旋即看见地上的尸体，吓得一声尖叫，连退了好几步。

郦诺也是一脸惊愕，尤其是尸体背上那“墨者永生”的四个红字，更是令她触目惊心。忽然，她意识到皇帝在盯着自己，赶紧收回目光，跪了下去。

刘彻把目光从她身上挪开，对夷安公主道：“你方才去哪儿了？”

夷安公主远远绕开尸体，跑过来坐在刘彻身边：“儿臣刚才闷得慌，就出去走了走，没想到遇上了墨家刺客，差点儿就……”

“什么？”刘彻紧张起来，浑身上下打量着她，“你没事吧？”

“儿臣差点儿就回不来了。”夷安公主嘟起嘴，一脸娇态，“还好上天派下来一个仙女姐姐，救了儿臣。”

刘彻眉头一皱：“什么乱七八糟的？哪来的仙女？”

“喏，就是她！”夷安公主指着郦诺，“就是这个仇芷若救了儿臣。”

刘彻一怔，难以置信地看着郦诺：“你就是仇芷若？！”

“回陛下，民女正是。”

刘彻深长地凝视着她，半晌才道：“是你救了公主？”

“适才，一伙歹徒在后院攻击公主殿下，民女恰好经过，便把那些歹徒赶跑了。”

“你有武功？”刘彻眯了眯眼。

“回陛下，民女自小随叔父四处漂泊、居无定所，为了防身，便练了一点儿拳脚。”

“父皇，这是她谦虚了。”夷安公主抢着道，“其实她武功可高了，儿臣想求您赏她个职位，让她在宫里教儿臣练武。”

此言一出，不止刘彻，在场众人全都愣住了。公孙弘和张汤更是一脸匪夷所思的表情，连汲黯都觉得颇为意外。

“胡言乱语！”刘彻脸色一沉，“一介民妇，岂可入宫任职？”

“父皇，她虽是民女，可也是儿臣的救命恩人哪！您就不能破个例吗？”

“当然不能！朝廷之例，岂能因你而破？”

夷安公主嘟起嘴：“您今日要是不答应，儿臣就不回宫了。儿臣就在这内史府住下，跟仇芷若住一块儿！”

“胡闹！”刘彻瞪了她一眼，回头对郦诺道：“仇芷若，你救护公主有功，想要什么赏赐，自己说，朕都可以答应你。”

“谢陛下，民女不求赏赐。”

“哦？这是为何？”刘彻有些意外。

“民女自幼也读过几本书，犹记得《孟子》所言：‘人皆有不忍人之心者……今人乍见孺子将入于井，皆有怵惕之心，非所以内交于孺子之父母也，非所以要誉于乡党朋友也。’民女今日所为，正同此意，只是出于怵惕不忍之心，为所当为而已，绝非沽名钓誉，亦非邀功取宠，故不敢接受陛下赏赐。”

刘彻闻言，不禁微微动容。

他尊崇儒家，正在大力推行孔孟之道和仁义之学，而眼下郦诺所言，可谓声声字字正中其下怀，自然令他龙心大悦，不由得对郦诺刮目相看。

“说得好。”刘彻展颜而笑，“想不到仇姑娘年纪轻轻，却能文能武、有仁有义，难怪夷安对你一见如故。平身吧。”

“谢陛下。”郦诺起身。

夷安公主见父皇转变了态度，大喜道：“父皇，那您同意让她做儿臣的师傅了？”

“这个嘛……”刘彻却又面露难色，“她毕竟是黔首，身份卑微……”

“这有何难？您贵为天下之主，赐她一个出身不就完了？”

刘彻不语，似乎颇为踌躇。

公孙弘又暗暗给了张汤一个眼色。张汤会意，便道：“启禀陛下，自古未闻以黔首之身入宫为公主师傅者，且仇芷若又身负墨者嫌疑，故臣以为，此事大大不妥。”

“张廷尉，本公主刚才说的话你没听见吗？”夷安公主站起身来，冷冷道，“适才在后院绑架本公主的正是墨家刺客，而仇芷若打的便是他们，如此还不足以证明她的清白吗？你口口声声说她是墨者，到底是不相信本公主的话，还是跟她有什么过节想要公报私仇？”

张汤一惊，忙躬身道：“卑职不敢。”

“请问公主殿下，”见张汤败下阵来，公孙弘只好亲自出马，“您如何得知袭击你的人是墨家刺客呢？”

“回丞相话，”夷安公主淡淡一笑道，“当时我质问歹徒，究竟与父皇有何深仇大恨。歹徒答言，说朝廷迫害墨家，杀了他们许多兄弟。请问丞相，这还不够清楚吗？”

公孙弘语塞，只好干笑着拱了拱手。

此时，沉默许久的汲黯忽然趋前一步，道：“启禀陛下，关于仇芷若能否入宫任职一事，臣有话讲。”

“讲。”

“臣与其叔父仇景既是同乡，也是多年好友，故而早有将仇芷若认为义女的打算，只是诸务繁杂，此事便耽搁了下来。如今公主殿下与其投缘，陛下亦赏识其为人，唯一的障碍只是身份而已。是故，臣恳请陛下，可让仇芷若以臣之义女即列卿之女的身份入宫，如此既可遂殿下之愿，又不违朝廷礼制，岂不是两全其美？”

夷安公主大喜过望，连连拊掌：“妙极妙极！列卿之女，足以当一个‘少使[1]’的女官了！父皇，您快赐芷若一个少使吧，这样，她当儿臣的师傅就名正言顺啦！”

见汲黯与夷安一唱一和，愣是把一桩方凿圆枘的事儿变得顺理成章，刘彻不由得觉得好笑，却还是不肯表态。

郦诺没料到汲黯会突然想这一招，心中惊愕，不过脸上却不动声色。

公孙弘和张汤面面相觑，心里极为不悦，面上却也无计可施。

“父皇！”夷安公主走过去抱着刘彻的手臂撒娇，“您就应允了吧，儿臣是真心喜欢仇芷若的。”

对这个女儿，刘彻向来是一点儿办法都没有。眼看事已至此，不答应也得答应了，便对公孙弘道：“丞相，明日拟个旨，封仇芷若为十一等少使，官比四百石，爵同公乘，待诏漪兰殿。”

公孙弘无奈：“臣遵旨。”

“芷若，”见郦诺还愣着，夷安公主忙道，“父皇给你赐官了，还不快磕头谢恩？”

郦诺回过神来，赶紧跪地叩首：“民女叩谢陛下隆恩！”

夷安公主嘻嘻一笑，未等刘彻发话，便跑过来一把拉起她，附在她耳旁道：“你说错了，你现在已经是少使了，应该自称‘臣妾’。”

1　西汉一代，宫廷女官与后宫妃嫔采用同一套制度，共分十四等。第一等为昭仪，官比丞相，爵同诸侯；“少使”位列十一等，官比四百石，爵同公乘。

“什么？”郦诺大吃一惊，“那我不成了……”

“放心好了。”夷安公主捂着嘴笑，“你不是父皇的妃嫔，只是女官，不然方才父皇为何加了句‘待诏漪兰殿’？意思是说，你是专属漪兰殿即专属于本公主的女官，任何人休想染指，连父皇也不能。”

郦诺一听，这才长舒了一口气。

正堂北面的空地上，尸体枕籍，众军士正在清理战场。

刘陵和汐芸站在边上看着，神情复杂。

“尽管有墨弩在手，可咱们还是败了。”汐芸愤愤道。

刘陵嗅着空气中弥漫的血腥味，忽然一笑：“血还没流够。”

“什么？”汐芸一怔。

“我说，血还没流够。”刘陵幽幽道，“咱们要的是整个天下，就这点儿血，怎么够呢？”

汐芸终于听明白了，心忍不住惊跳了几下。

霍去病越过灌木丛后，便朝着弩箭击发的方位冲了过去。

那是一间厢房的房顶，距此约十几丈远。

霍去病知道，这个躲在房顶将卢掾史灭口的人，一定就是今晚这场刺杀行动的首领——只有抓住他，才可能揪出此案的幕后主使。

让他有些意外的是，这个对手居然十分凶悍，见他杀来，竟不逃不避，而是频频朝他发射弩箭，分明想在这十几丈的距离中射杀他。

霍去病冷然一笑，旋即按“之”字形的蛇形轨迹跑动。对方弩箭“嗖嗖”从他耳旁掠过，却无法伤他分毫。与此同时，霍去病手上的连弩当然也没闲着，一边跑，一边连连击发。

双方就这样对射着，距离越来越近。

五丈，四丈，三丈……

忽然，随着霍去病又一箭射出，对方发出了一声闷哼；紧接着，对方的连弩又传来了“咔嗒”一声。

霍去病笑了。

很显然，对方不仅中了他一箭，并且箭匣空了。而霍去病完全有把握在他换匣的间隙冲过这最后的三丈距离，将他手到擒来！

一条黑影慌慌张张地从房顶上站了起来，准备要逃了。借着附近钟楼燃烧的火光，霍去病可以清晰地看见黑影的轮廓，包括插在他肩头的那支弩。

“你跑不了了，束手就擒吧！”霍去病一声暴喝，人已经冲到了厢房下。

然而，令霍去病万万没想到的是，就在他准备跃上房顶的当口，已经燃烧许久的钟楼竟在此刻轰然倒塌，并朝着他面前的这间厢房砸了下来。

黑影纵身一跳，从房顶上消失了。

霍去病万般无奈，只好急退数丈。

“轰”的一声巨响，烈焰飞腾，烟尘漫天，眼前的房子被砸成平地，瞬间变成了一片火海。

巨大的火光映红了霍去病的脸庞，愤怒的火焰在他圆睁的双目中燃烧。

火海的另一头，肩上插着一根箭矢的张次公跃上了内史府的围墙。然后，他回头，面朝火海，嘴角勾起了一抹狰狞的笑意：“霍去病，咱们后会有期。”

皇帝銮驾启程回宫的时候，天上没有一丝星光。

长长的队伍在黑暗中默默前行，气氛沉重而肃穆。无数的马蹄踏在坚硬的冻土上，令大地发出阵阵战栗。

郦诺坐在夷安公主的车驾上，随着马车的行进摇摇晃晃。

夷安公主睡过去了，不知做了什么美梦，嘴角还挂着一丝浅浅的笑意。郦诺掀开一角车帘，焦急地张望着从车旁策马经过的一个个身披铠甲、面容如铁的军士。

她试图从中找出她熟悉的那张面孔。

然而，一张张冷峻的面孔走进她的视线，又从她的视线中一一消失，郦诺始终没有看见青芒。

她并不知道，此刻，青芒正躺在一驾离她不过三丈来远的马车上。

两名太医坐在青芒身边打盹。

青芒依旧昏迷，一动不动，脸上几乎没有血色。不过，他的眼珠却在眼皮底下急剧地颤动着，似乎正处于一场可怕的梦境。

忽然，青芒喊了声什么，猛地睁开了眼睛。

三丈外那个翘首张望的女子当然不可能听见，他喊的两个字是：

郦诺。